作者简介

金允植（1936—2018），韩国著名学者、文学评论家。出生于庆尚南道金海郡，曾任首尔大学韩文系教授、首尔大学名誉教授、韩国艺术院会员。金允植教授的文学批评活动包括实践文学评论和学术研究两个维度，评论侧重于阐述韩国当代作家在韩国文学史上发挥的作用，学术研究侧重于复原开化期以来的韩国批评史。曾获第 1 届金焕泰文学评论奖、第 2 届八峰文学评论奖、第 10 届大山文学评论奖、第 7 届万海学术奖、第 20 届秀堂人文社会奖等奖项。

金炫（1942—1990），本名金光南，韩国著名学者、文学评论家，出生于全罗南道珍岛，曾任首尔大学法语系教授。他强调，对于他个人来说，从事外国文学的研究也是为研究韩国文学所做的一项工作。金炫教授在文学批评领域取得了显著的成就，建立了诸多理论框架。他曾在 1980 年获韩国现代文学奖，在 1990 年获八峰文学评论奖。

译者简介

杨磊，北京第二外国语学院亚洲学院教授。主要研究领域为中韩翻译理论与实践。曾赴韩国首尔大学、韩国外国语大学、韩国文学翻译院等高校和研究机构访学。主要研究成果有著作《朴婉绪小说汉译研究》《中韩比较文学研究管窥》《韩中中韩文学翻译技巧与实践》，译著《晚唐钟声：中国文学的原型批评》（中译韩）、《超越语言的文学》（韩译中）、《从代理满足到现实批判》（韩译中）等，在国内外期刊发表过学术论文多篇。

한-중 고전 저작 상호 번역 출판 사업
中韩经典著作互译项目

〔韩〕金允植（김윤식）
〔韩〕金炫（김현） 著

韩国文学史

杨磊 译

北京大学出版社
PEKING UNIVERSITY PRESS

著作权合同登记号 图字：01-2022-3784

图书在版编目(CIP)数据

韩国文学史 / (韩) 金允植, (韩) 金炫著；杨磊译. —北京：北京大学出版社, 2024.1

ISBN 978-7-301-33581-9

Ⅰ. ①韩… Ⅱ. ①金… ②金… ③杨… Ⅲ. ①文学史研究 – 韩国 Ⅳ. ①I312.609

中国版本图书馆 CIP 数据核字 (2022) 第 211260 号

Original Title: 한국문학사
Copyright © 1973, 1996 Kim Yoon-sik and Kim Hyun
All rights reserved.
Original Korean edition published by Minumsa Publishing Co., Ltd. , Seoul, Korea
Simplified Chinese Translation Copyright © 2024 by Peking University Press (China)
This Simplified Chinese Language edition published by arranged with Minumsa Publishing Co., Ltd. through The Grayhawk Agency Ltd.

书　　　名	韩国文学史 HANGUO WENXUE SHI
著作责任者	〔韩〕金允植（김윤식）〔韩〕金　炫（김현）著 杨磊　译
责任编辑	张　冰　张　娜
标准书号	ISBN 978-7-301-33581-9
出版发行	北京大学出版社
地　　址	北京市海淀区成府路 205 号　100871
网　　址	http://www.pup.cn　新浪微博：@北京大学出版社
电子邮箱	编辑部 pupwaiwen@pup.cn　总编室 zpup@pup.cn
电　　话	邮购部 010-62752015　发行部 010-62750672 编辑部 010-62759634
印 刷 者	北京中科印刷有限公司
经 销 者	新华书店
	650 毫米 ×980 毫米　16 开本　26.25 印张　339 千字 2024 年 1 月第 1 版　2024 年 1 月第 1 次印刷
定　　价	128.00 元（精装）

未经许可，不得以任何方式复制或抄袭本书之部分或全部内容。
版权所有，侵权必究
举报电话：010-62752024　电子邮箱：fd@pup.cn
图书如有印装质量问题，请与出版部联系，电话：010-62756370

序

　　本书内容最早连载在《文学与知性》上，开始于该杂志1971年春季号，完结于1973年秋季号，旨在为民众系统地讲解韩国文学史。迄今为止，现有的韩国文学史大体上可分为文坛史、论争史、杂志史。从某个角度来看，这些文学史反而成了系统了解昔日韩国文学的拦路虎。文学史的书写本应先对作家进行存良去莠的甄别；再根据这些作家对生活以及文学形式的态度，将他们分门别类；最后梳理好作家与作家所处时代环境的关系。这绝非易事。以往的文学史给人的感觉将关注点放在了作品之外，着力挖掘各类奇闻轶事来满足读者的好奇心。因此在策划这本书的时候，我们二人认为当务之急是帮助读者逃离这个陷阱。也希望读者能够树立这样的意识：文学并不是只有文坛地位、杂志编辑权，也不是只有各类纷争，上述这些只是文学的一小部分。文学更是一项宏伟的精神事业，能够帮助我们了解自身和社会的关系。只有当作家在努力思考他与当前社会的关系时，才能孕育出真正纯粹而美丽的文学。而这正是本书的写作目的。

　　1970年前后，我们二人开始筹划这本书。作为同一所大学的同事，我们都对韩国文学怀有深厚的感情。在深入了解韩国文学的过程中，萌生了要编写新文学史的念头，当然这也是我们的责任和义务。直到1972

年，我们才实现了这个梦想。在这两年的准备过程中，我们统一了彼此之间相左的意见，确定了文学史的目录。首先，我们致力于从文学的角度来解释传统问题与外来文化问题、殖民地统治下文学的地位问题、解放后的分裂等问题。我们认为，只有从朝鲜王朝后期的文学开始叙述近代文学史才能得出最恰当的结论。尽管我们一经制定好原则便开始动笔，但是进度却较为缓慢。因为各类问题层出不穷。问题主要源于思想史、风俗史、分类史、体裁史等公开资料的不完备。特别是在讲述朝鲜半岛解放后的文学时，对于目前在世且正处于创作高潮的作家们，该如何去评述他们？社会、政治环境的束缚，资料的缺乏导致评述受到掣肘。出于多种考虑，我们没有把《金九与民族主义》《解放的文化史意义》《"四一九"与批判性知性》《解放后的批评与随笔》等内容列入本书目录。我们希望能够早日填补这些空白。虽然本书无法克服过去文学史的全部缺点，但是我们相信多少会有所进步。阐明作家发挥的作用及其在思想史上的位置是这本书最大的特色。当然我们也认为人人都可以写出文学史，而且这样的文学史也应该被写就。并没有道理规定每一部文学史都必须是完美无瑕或独一无二的。这，是"我们的"文学史。

脾气秉性相去甚远的两个人共同完成了这部著作。两个人虽个性不同，但都殚精毕力，我们在某种程度上获得了求同存异的幸福。通过本次工作，我们也认识到了实证主义精神和存在性精神分析精神是互补的，这一认识对我们来说便是一大乐趣。由此，本书的责任由我们二人共同承担。下面分别是我们各自负责的部分：金允植负责第一章第二节，第二章第五—九节，第三章第四—七节，第四章第五—七节、第十—十一节，第五章第一节；金炫负责第一章第一节，第二章第一—四节，第三章第一—三节、第八节，第四章第一—四节、第八—九节，第

序

五章第二—五节。

虽然本书叙述的是过去之文学,但希望本书能够给当下的文学带来震动。当今人们对于文学的轻蔑和对于穷人的嘲笑日益深重。文学作为人类精神活动最为活跃的舞台,是十分值得我们守护的。自我觉醒对我们来说无比珍贵,对文学的守护就是它引领我们做出的抗争。一个没有文学的时代,等同于精神死亡的时代。文学与暴露在外的伤疤一样,都是历经苦难的见证。

在此,我们要向在这本书创作和出版的过程中给予宝贵建议的各位同仁、让我们随意借阅珍贵藏书的金炳翼兄、努力撰写附录部分的金仁焕兄,以及在万难之中仍欣然出版本书的朴孟浩社长表示深深的感谢。

1973年10月

金允植　金　炫

修订版序

　　1973年，这本书的第一版脱稿示人，白驹过隙，屡变星霜。其间虽然有足够的时间修改完善，但这本书的内容时至今日还和初版一般无二。更为尴尬的是，以后恐怕依旧如此。因为能够动手修订这本书的两个人中的一位已经不在人世。这或许就是这本书的宿命。如果您立志战胜命运，并为此热爱命运，那么我斗胆断言您一定会继续喜欢这本书。在修订过程中，无论是减少了书中的汉字，或者是对作古作家进行注明，抑或对标点符号和标记方法做出修改，我都战战兢兢，唯恐会对初版内容造成破坏。之所以删除初版中的附录部分，是因为如今时代大不相同，文学参考书籍比比皆是，去除以便轻装前行。

1996年8月

金允植 独作

译者序

《韩国文学史》一书初版问世于1973年，距今已达半个世纪。这本研究韩国文学的经典著作出自韩国20世纪久负盛名的学者与文学评论家金允植和金炫两位先生之手。这本书的属性，远远不止停留在"文学史"的层面。作者将全书分成五个部分进行论述，从1780年前后（朝鲜王朝英祖、正祖时期）开始写起，一直写到了20世纪70年代初期，跨度近两个世纪。全书主要从文学的角度来解释传统问题与外来文化、殖民地时期文学的地位、朝鲜半岛解放后的分裂等问题，特别是梳理了这个时间段朝鲜半岛上思想史、风俗史、分类史、体裁史的变迁与发展。

《韩国文学史》不仅涉及朝鲜半岛近200年间的各类体裁、各类题材的文学作品，以及重要历史时期的文献、资料，而且涉及了中国及西方重要思想家、文学家们的思想结晶，取材甚广，蔚为壮观，体现出了作者广博的知识面、深厚的学术功底和高超的思辨能力。令人印象深刻的是作者鲜明、犀利的笔锋。阅读本书，如同聆听金允植、金炫两位韩国顶级学者在对20世纪70年代之前的各类思潮，作家的成果、贡献、偏颇、局限、问题进行切中肯綮的分析与评论。很多观点时至今日仍然是了解、判断、掌握韩国文坛现象与"真相"的经典论断。对广大韩国文学的喜好者和研究者而言，都是振聋发聩且大有裨益的。

韩国文学史

　　正由于本书时间跨度大、内容丰富且庞杂，翻译难度极大。为帮助广大读者深入理解和掌握原书的要义，在此对于具体翻译思路进行简要的说明：

　　第一，概念翻译。本书中出现的概念是多样且纷繁复杂的。如，出现了朝鲜、韩国、韩文、谚文、朝鲜语、韩国语、韩文、国语等多种提法。这固然是因不同历史分期的问题和提法所致，同时很大程度上也是由于作者在写作之初预想的读者是对韩国历史、文学有一定了解的人群。如果"照单全收"，简单套用原文进行翻译，很可能会让我国读者产生疑问和混乱。因此在翻译时，尽量采用尊重原文与适当增加译者注的方式来解决。特别是为了同目前的朝鲜民主主义人民共和国区分开来，根据具体情况，在特定的历史分期中将原文中的"朝鲜"翻译成"朝鲜王朝"，后续的不同历史阶段也进行了不同的注释。"韩文""谚文""国文"等内容的提法，"首尔"与"汉城"的提法，都遵循了这个原则。

　　第二，人名翻译。由于条件所限，目前国内对部分韩国文学家、思想家、作家、文学作品中的人名等内容的汉字标识还没有完全统一，易造成混乱。在翻译过程中，尽量查找权威资料，给读者们提供准确的汉字标识，希望这本《韩国文学史》的问世，在一定程度上可以做到"正本清源"。个别在韩国国内也未统一的姓名标识及原文中疑似错误的标记方法，进行了加注处理。

　　第三，作品翻译。首先需要感谢迄今为止对韩国文学、韩国文学史不断进行研究、译介的学者和译者，他们对众多韩国文学作品进行了开创式的翻译和介绍，得益于此，许多韩国文学作品的标题和内容是有迹可循的。对于作品名存在多种译法的情况，进行了加注处理或者是作出了有倾向性的选择。对于书中涉及的尚未翻译为中文的作品，从标题到

译者序

内容，进行了翻译处理。但是受时间和水平所限，对很多作品内容的理解和翻译都难免存在偏差，也希望广大读者能够理解和予以指正。

第四，作者个性化表达手法的翻译。如前所述，金允植、金炫两位教授是韩国的著名学者和文学评论家，书中尤其涉及类比性内容的部分和具有批判色彩的语言风格均充满了其个人特有的印记。对此，在翻译过程中，力求尽量将内容原汁原味地传递给读者，但极个别地方存在令读者不知所云的"风险"，则采用了折中的释译、添译等翻译方法。

第五，历史局限性问题的解决。本书写就、出版于冷战时代，原文中的一些内容存在着较为明显的历史局限性，经版权方同意，对已经翻译完的内容进行了删除处理。相关内容并不多，对于了解原书的全貌并不会产生实质性的影响，希望广大读者可以理解。

需要指出的是，《韩国文学史》一书除具备上述优点之外，其出版问世之后在韩国也引起了旷日持久的热议，对书中所论时代分期、方法论、作品分析存在质疑的韩国知名学者亦不在少数。当然，这也足以从另外一个侧面反映出该书的巨大影响力。如果有读者感兴趣，也可以查找相关的背景资料进行辅助阅读，那样或许能够对韩国的文学批评、文学史研究有一个更为全面、透彻的认识。但无论怎样，这部《韩国文学史》的里程碑意义是毋庸置疑的。

最后，需要说明的是，本书系中韩经典著作互译项目成果。仅凭译者一己之力，是无法在短时间内完成如此重要的任务的。感谢我的博士导师北京大学张敏教授对我承担此次翻译工作的莫大鼓励，这也让我始终战战兢兢，如履薄冰地面对原书和译文。感谢我的硕士导师首尔大学全炯俊教授，每当我遇到"拦路虎"，便会求助于老师，每一次都能获得老师详细而耐心的解答，满载而归。感谢北京外国语大学朝鲜语系李丽秋教授，对本书翻译出版提供了非常多的指导和帮助，并欣然赠予多年前翻译出版的杰作《金洙暎诗集》，让我受益匪浅。北京第二外国语学院外教李宥承老师、韩国高丽大学杨沅锡老师、西原大学的文大一老师和济州大学崔晢元老师等韩国学者，本着极为严谨的学术态度，帮助我查找文献原文。特别是原文中存在的个别错误一度使我百思不得其解，经几位老师勘误"扫雷"，翻译工作才得以顺利进行。中韩两国高校的多位教师、硕博士研究生也参与到了查找资料、协助翻译、校对译稿的工作之中。韩国仁荷大学的田明博士、天津外国语大学韩语系教师郑怡鹏博士、韩国汉阳大学韩庚辰博士、韩国首尔大学研究生沈东日同学、北京外国语大学李晓博士、北京第二外国语学院中韩口译硕士杨双豪同学等都提供了大力帮助。在此向他们的辛勤劳动和无私协助表示衷心的感谢。译稿完成后，北京第二外国语学院中文系李林荣教授、广州大学文学院邵薇老师、山东大学文化传播学院博士生刘絮、崔佳雯同学通读了全文，提供了许多中肯的意见。还有北京大学出版社的诸位编辑和各位审稿专家，也提出了非常宝贵的修改思路。这些都对书稿的最终完成起到了至关重要的作用。

　　能够成为本书的译者，对于我个人而言有着非同寻常的意义。金允植教授和金炫教授曾是首尔大学教授，我硕士阶段也曾就读于此，在著名学者全炯俊教授门下学习中韩比较文学，工作后也曾回母校担任过客座研究员，但遗憾的是彼时金炫教授斯人已逝，金允植教授年事已高，始终缘铿一面。2022年2月24日，首尔大学为全炯俊教授荣誉退休举行典礼，主持人询问全教授在求学、治学过程中受到哪位学者的影响最大时，全教授略加思索后回答："金允植老师和金炫老师，两位老师性格迥异，但从不同的侧面传授给了我如何进行文学批评和从事研究。"从师承

译者序

的角度上来看，我同本书作者——两位文坛巨擘存在着渊源，这让我欣慰不已。

此外，本书的翻译出版还解开了我的一个心结。这本书是经典著作，我在北京第二外国语学院韩语系硕士研究生课堂上曾经布置过这本书的阅读、翻译作业。大量文学作品并没有翻译为中文，权威词典、参考资料严重不足，同学们对书中内容理解存在较大偏差，对基本的人名、作品名、概念、词句的理解都存在较多误区。由于书的体量庞大，当时未能就其中的问题一一进行纠正和反馈。如今终于能向当时的学生和当下的读者提供一个用心打造的参考译文，以便大家更好地走进《韩国文学史》的世界。这也圆了我的一个梦。

2022年是中韩建交30周年，希望《韩国文学史》在中国的翻译、出版能够给中韩睦邻友好交流添砖加瓦。由于水平所限，书中存在着各种错误与不足，恳请广大专家、读者不吝指正。

杨 磊

2023.12.10

目　录

第一章　对现行方法论的批判…………………………………1
　　第一节　时代划分论……………………………………………1
　　第二节　韩国文学的认识与方法………………………………24
第二章　近代意识的壮大………………………………………34
　　第一节　家庭制度的混乱………………………………………35
　　第二节　理念与现实的较量……………………………………39
　　第三节　平民阶级的崛起………………………………………48
　　第四节　遭受背叛的理想国家和宗教民族主义………………51
　　第五节　《恨中录》与家庭制度的崩溃…………………………56
　　第六节　《热河日记》和封闭社会的知识分子…………………60
　　第七节　诗的作用和形态破坏过程……………………………63
　　第八节　完结的形式和形成的形式……………………………69
　　第九节　固有艺术及其形式……………………………………78
第三章　启蒙主义与民族主义的时代…………………………85
　　第一节　矛盾的显露与风俗的改良……………………………86
　　第二节　纪实文学的两大著作…………………………………94
　　第三节　《西游见闻》的问题所在………………………………101

第四节　开化期文体的变革 …………………………… 106
　　第五节　开化期歌辞与开化期小说 …………………… 121
　　第六节　开化期戏剧的空间 …………………………… 139
　　第七节　崔南善的启蒙主义 …………………………… 142
　　第八节　李光洙与朱耀翰在文学史上的地位 ………… 154

第四章　个人和民族的发现 ……………………………………**179**
　　第一节　殖民统治下的韩国贫困化现象 ……………… 179
　　第二节　贫困化现象与逻辑上的应对 ………………… 183
　　第三节　现实与超越的意义 …………………………… 190
　　第四节　个人和社会的觉醒（一）…………………… 204
　　第五节　个人和社会的觉醒（二）…………………… 222
　　第六节　替罪羊意识的兴起 …………………………… 231
　　第七节　韩文运动及其意义 …………………………… 240
　　第八节　殖民地时代的再认识及其表现 ……………… 248
　　第九节　韩语训练及其意义 …………………………… 274
　　第十节　自我发现与反省 ……………………………… 302
　　第十一节　殖民地时期的戏剧和电影 ………………… 312

第五章　民族的重组与国家的发现 ……………………………**316**
　　第一节　民族迁徙与民族重组的意义 ………………… 317
　　第二节　生存的痛苦和对生存理由的探索 …………… 322
　　第三节　真实与探究真实的语言 ……………………… 351
　　第四节　展望与期待 …………………………………… 384
　　第五节　遗留问题 ……………………………………… 386

索　引 ……………………………………………………………**388**

第一章　对现行方法论的批判

第一节　时代划分论

一、文学史并非实体，而是一种形态①

文学史的记述面临着双重难题。正如"文学史"这一单词本身所暗示的那样，这一双重难题源于文学史需要同时涵盖文学与历史两大范畴。也就是说，文学史的叙述要将文学与历史两大因素同时作为叙述的对象：富有创意性与特例性的作家思想上的创造力，以及作品这一历史积淀的产物。从该角度来看，文学史既不是文学批评，也不是历史。文学史的记述很难确切地表达出伟大作家们所具有的特例性，而这一特例性又恰恰是文学批评所要求的。与此同时，文学史又不能够仅仅按照编年式的体例进行陈述。

因此，相当一部分文学史学家们运用诸如"literary history of France"或"history of French literature"等用语，将"文学史"一词的重

---

① 虽然这一命题已经被荣格和汤因比等学者反复强调过，但将其明确表述出来的学者则是列维–斯特劳斯。

心放在"文学"或"历史"其中之一上,以此来摆脱这一双重难题带来的局限性。然而,上述两种对于文学史不同的命名方式在韩语当中并不存在。①这恰恰证明了用韩语书写而成的文学史为数极少,正因如此,文学史的叙述在韩国才会变得更加艰巨。

文学史究竟是什么?②为了对其有一个更好的理解,我们必须从最根本的层面出发进行探讨。一般来讲,文学史就是对于过去积淀物的历史记录。当然,这里的积淀物特指文学方面。不过当我们将文学史定义为对过去文学积淀物的历史性记录时,有必要对以下几个问题进行分析,作为后面展开论述的前提。

首先我们要注意的是,文学史与历史有显著的不同,我们应当将其摆在情感的层面上加以记述。历史并非用来叙述一个由感动构筑的世界,而是成体系地记录在过去发生的事情;文学的积淀物则不同,它要求我们从情感层面出发,去感动、享受。若排除情感方面的因素,文学史也就降格到了文字记录及考证的层面。这样的文学史虽然能够满足那些文学博士们对知识的好奇心,但却不会勾起文学史学家们的兴趣。文学的积淀物从其诞生的瞬间开始,便呈现出一种面向他人进行叙述的话语形态,而这又必然会要求对方在精神情感层面有所反应。当然,从符

---

① 两本最具代表性的韩国文学史著作名称为赵演铉的《韩国现代文学史》以及白铁的《新文学思潮史》。参考조연현,『한국현대문학사』(현대문학사,1956);백철,『신문학사조사』(수선사,1948;백양당,1949)。

② 文学史的方法论这一主题已被泰纳及朗松之后众多的文学史学家们频繁讨论至今。自从亚里士多德对文学与历史作出原则性的区分后,位于文学与历史交界线上的文学史便作为争论的焦点被众多学者提出来,而针对其的讨论也可谓是异彩纷呈。不过,这些关于文学史的观点大体可以被一分为二:用文学诠释历史,抑或是用历史来诠释文学。但不管是前者或是后者,他们均是以文学与历史间紧密的关联性为前提的。这一关联性源于二者均以过去的积淀物作为探讨对象。但由于对待这些过去积淀物的态度不同,二者之间自然产生了方法论上的差别。

第一章　对现行方法论的批判

号学角度来看的话，历史事实也可以被理解为要求精神情感层面反应的符号，但以话语叙述形态存在的历史事实则是群体行为的产物。而同样作为一种群体行为，法国大革命则促成了黑格尔对绝对精神作出具体的表述，这便是黑格尔在精神层面上对法国大革命的反应。

文学的积淀物要求我们从精神与感情层面对其作出回应，而这一表述的前提是"文学的积淀物乃个人创造"。以文学作品当中开始出现个人署名为界，之前的文学与之后的文学有一个最显著的差异——"个体性"。但是，这里的"个体"并非仅仅意味着某个人，而是指能够呈现出一个时代所拥有意义（无论是以何种方式）的代表（un individu comme le représentant d'un époque）。

正是由于上述原因，文学史的叙述才会将注意力更多地倾注在拥有特例性的个体（l'individu exceptionnel）身上，这点与历史叙述有着很大的不同[①]。为什么这一独特的个体（即作家）与处于同一环境当中的其余众人如此不同？为什么只有他能将当时环境与背景所包含的意义展现出来？这一问题之所以对文学史的叙述很重要，原因就在于它和历史叙述存在区别。这一观点有可能会招来一些反驳。有人会以"高丽歌谣""景几体歌""闺房歌辞（内房歌辞）"等为例，指出其均为群体所创作，并提出诸如"就因其为群体所创作，我们便要把它们从文学史的叙述当中剔除出去吗"之类的问题。当然，上述文学形式与神话、传说相同，均有着群体创作的意义，很难从具有特例性的个人角度进行观察。但是，这并不能成为将其移出文学史叙述的理由。

文学史与政治文书及经济行为类似，在阐明文学与文体的变迁、本

---

① 这一问题尤其得到了吕西安·戈德曼（Lucien Goldman）的深刻阐释，详见《小说的一种社会学》（*Pour une sociologie du roman*）。

国文化与他文化之间的关系等问题时,为我们提供了可靠的典据。在我们探讨上述问题时,如果不将其理解为推动当时某一特定阶级形成的精神氛围或促使特例性个人出现的集体无意识,则很有可能会错过文学史叙述的很多方面。从这一层面来讲,文学史又同时为民俗学、文化人类学及分析心理学提供了可靠的典据。换句话说,文学史作为想象与风俗的典据,向我们展现出了当时某一特定阶级无意识的根基。

若想将某个事物称为文学的积淀物,我们还必须使之满足另外一个先决条件:它必须是想象力的产物。当然,不只是文学,别的学科门类——例如几何、代数、物理、生物等也均是想象力的产物。但这里所说的"文学是想象力的产物"是指文学与音乐、美术等其他艺术形式相同,都有着自身独特的意义。文学的积淀物具有艺术所固有的极其重要的一个特征,那就是不可修改性。在别的学科门类当中,想象力是可以被修改或取代的。牛顿的物理学观点可以被爱因斯坦的物理学观点修改和完善,欧几里得几何学又可以被非欧几里得几何学补充和完善。但文学与之不同。荷马的作品不可能被莎士比亚的作品修改或替代,歌德的作品也不可能被托马斯·曼的作品补充完善。虽说左拉试图模仿巴尔扎克的《人间喜剧》进行创作,但我们并不能说他这是在补充完善前人取得的成就。而舒伯特交响曲《未完成》的最后一个乐章始终无法被续写也同样是因为这种艺术的不可修改性。可以说,文学作品的不可修改性恰恰很好地反映了艺术的最大特征。虽然文学评论界里常常会说"应当完善前人所取得的成就",但这并不是说后人可以修改前人的成就,而是敦促后人要站在与前人不同的角度上看待事物,除此之外没有别的含义。而说到这里,我们又不得不谈到文学积淀物的有效性问题。

为什么有些作品会给人感觉写得很好,而有些作品又会给人感觉写

第一章 对现行方法论的批判

得很糟糕呢？这个问题就需要我们往文学作品的有效性*问题方向思考了。首先，我们可以判定这部作品好或者是不好；其次，如果这是一部好的作品，并能带给人感动的话，我们还可以进一步追究其是否是一部有效的作品。而我们对这部作品能够做的也就仅此而已。当萨特抱怨季洛杜（Jean Giraudoux）的作品"充溢着令人无法理解的和谐感"时，他并不是在谩骂季洛杜本人，而是对季洛杜的作品在那样一个毫无和谐可言的混乱年代里是否有效这一问题展开探究。探讨一部作品是否有效与探讨其是否具有历史性类似。通常来讲，如果一部作品创作于稳定的社会环境中，并能够很好地与当时社会的风俗及观念相符合的话，可以说这部作品就获得了最恰当的有效性。奥斯丁的《傲慢与偏见》便是一部这样的作品。在那个年代里，作家单单通过真实描写自身所属时代的风俗，便可自然而然地使作品获得那个时代的有效性。与之相比，那些处于剧变期的作家作品就稍显不幸了。此时，如果作家在真实再现自己所属时代观念的同时，能够率先对即将到来的新社会作出理念上的揭示，那么这部作品便获得了那个时代最大的有效性。许筠的《洪吉童传》正是如此。这部作品一面尖锐地批判了当时最突出的矛盾——嫡庶问题，一面还坚持倡导儒家理想国的主张。而一部作品要同时做到这两点是非常困难的。

那么，我们应当如何来记述文学史呢？在这一过程中，最重要的是要将文学的积淀物按照各部分之间互相关联构成的整体来看待。这种看待问题的方式可以将文学史学家们从历史主义的谬误当中解放出来。所谓的历史主义就是指将历史事实放在原来的历史背景当中进行解析的

---

* 原文为"类似性"，但结合上下文判断，此处应属于明显的笔误，故译为"有效性"。——译者注

实证主义态度。这种历史主义存在陷入一种知识论寂静主义（quiétisme intellectuel）内的风险。

认为所有历史事实均在某种程度上有着自己分量的观点虽然在知识层面上讲是可以成立的，但在现实当中，这几乎是不可能的。这种观点将所有的事实都等值化，并使我们陷入一种认知的"放任（dilettantisme）"状态当中。此时，所有历史事件均获得了个体的价值却丧失了与整体的关联性，而此时的我们也会应了常说的那句话，在故纸堆里皓首穷经，无暇他顾。

若想避免掉入这样的陷阱当中，我们必须将过去的积淀物看作一个整体，并将形成这一整体的每个独立部分相互关联起来理解。"部分"自身（en soi）并不具有价值，只有在和其余"部分"的关联当中才能获得价值。进而言之，仅凭自身便拥有价值的完美事物是不存在的。世间万物皆通过自身和别的事物之间形成的关联获得属于自己的真正价值。完整的"部分"，或是完美的、不会改变的、本身既充实又圆满的"部分"是不可能存在的。一个"部分"就像是一颗围棋棋子。单单就其自身而言，这颗棋子是没有任何意义的，它只有在与别的棋子形成关联的过程中才能获得应有的价值。而部分与部分之间的关联形成了一种意义的网络。这一意义的网络便自然发挥了为部分与部分之间赋予关联价值的作用。通过这一网络，文学史学家、文学史及文学的积淀物便形成了三位一体的关系。此时，过去的文学积淀物承担了形成这一意义网络所需的符号功能；试图理解这些符号的文学史学家们则成了赋予其关联价值的意义因子；而这一意义网络最终便形成了文学史。从这一层面讲，过去的文学积淀物并非文学的实体（substance littéraire），而仅仅是构成一种关联的符号。至于如何理解这些符号的意义，这就是意义因子需要思考的问题和承担的任务了。通过意义因子，这些符号的有效性得以实现，彼此间的界限也变得明晰、其单位大小也被确定。而作品价值的判断则取决于这些意义网络的众多网眼了。

那么，在文学史当中，"历史性"又是指什么呢？在讨论上一段落所述问题时，我们马上会产生这样一个疑问：由意义因子所决定的文学史会不会由于过分依赖文学史学家个人的资质而导致其忽视历史的进步属性？借用时下流行的表述方式就是：意义网络的构建是否过于随意和主观？这个问题引导我们探究在历史当中"进步（évolutio）"这一概念究竟意味着什么。依据罗伯特法语字典的表述，"进步"一词源于拉丁语"evolutio（展开）"，大约16世纪前后开始被使用。不过，直到1859年被莱尔和达尔文使用，这个词语才具有了现在我们常用的含义。

上述事实意味着"进步"这一概念与达尔文的进化论有着密切的联系。这个词主要受到19世纪实证主义的影响，并非常清晰地带有19世纪决定论的印记。随着进化论的传播，该词也逐渐进入了各个领域。在文学领域当中，"进步"一词的意义在布吕纳介的"文体进步（évolution de genre）"概念里得以扩展；而在社会主义者的观念中，这一概念则被延伸为社会属性的进步。"进步"这一概念披着人文主义的外衣，几乎渗透到了西欧文明影响下的所有地区，成了炫耀西欧精神、物质层面优越性的词汇。"按照西欧进步的方式进步"几乎成了支配作为西欧殖民地政策牺牲品的所有欠发达国家共同的思维方式。直到1914年西欧人亲手将西欧优越主义的幻象打破，这一概念才停止其持续扩张的脚步。一位出类拔萃的历史学者曾用下面这一段富有诗意的语言描绘出1914年以前欧洲人的精神状态：

这位作家的思绪回溯到了50年前,那是1897年某个午后的伦敦。当时的他正陪着父亲坐在一扇朝向弗利特街的窗边,眺望着窗外骑兵部队行进的队列。部队分别来自加拿大和澳洲,此次前来是为参加庆祝维多利亚女王登基60周年仪式。他至今还清楚地记得,当看到这支头戴流苏礼帽而非铜制头盔,身披灰色外套而非鲜红上衣的殖民地部队时,那陌生而又美好的军装制服曾带给他多么强烈的兴奋。……望着这支在1897年的伦敦大街上行进的外国部队,当时的英国群众恐怕没有谁会生出吉卜林《退场诗》那般的感触。当看到那中天的红日,他们甚至任性地认为,这轮红日就是为停留在天空的最高处而诞生的。①

那时,所有的一切都必须依照欧洲式的历史发展标准来衡量。"古代、中世、近世"的历史三分法、现代主义等所有学术依据均是立足于"进步"这一概念之上的。站在欧洲的立场上看,尽管这一思考问题的前提在第一次世界大战之后被深深动摇,但它仍然是可以成立的。但如果从欠发达国家的立场上考虑的话,"进步"则变成了一个仅仅意味着"西欧化"的概念。不管怎样,站在欠发达国家的角度上来看,"进步"这一概念是无法被原封不动地接受的。当我们将"进化"的含义仅仅限定为是"西欧化"时,我们的认知便无法从西欧文明的影响范围内脱身了。这也正是我们在叙述文学史时要重视意义网络的原因。而怎样对这一意义网络的整体进行表述又是另外一个问题。在这里,最重要的任务是在不依靠欧洲式"进步"概念的前提下,运用这些过去的文学积淀物来构建一个全新的意义网络。

---

① 아널드 토인비, 『현대문명비판』, 지명관 옮김(을유문화사, 1973), 315쪽.

第一章　对现行方法论的批判

二、韩国文学应当摆脱"边缘文学"的定位

林和曾在他的《新文学史的方法》一文中对新文学史讨论的对象做出如下界定：

> 新文学史讨论的对象当然是朝鲜*的近代文学**。那么，什么是朝鲜的近代文学呢？朝鲜的近代文学当然是指以近代精神为内涵，以西欧文学体裁为载体的朝鲜文学了。①

林和在定义朝鲜近现代文学的讨论对象时，毫不犹豫地连用两个"当然"。在以上表述当中，有两点值得引起我们的注意：首先，林和将朝鲜的近代精神默认为是西欧文化被引入朝鲜半岛之后的产物。这一态度并非林和独有，在观察那些对朝鲜近代文学与近代精神表现出兴趣的文学史学家及评论家后，我们会发现，这种认识几乎已经成为所有文学史学家及评论家的基本立场。不仅如此，1955年前后，这种认识甚至引出了"传统的断裂"这一重要且宏大的议题。如果我们将近代精神理解为开化期以后产物的话，从客观上讲，近代文学与古代文学的联结点便断裂开了。与此同时，另一简单明了的命题便会得以成立，那就是：开化期以前的文学是没有近代精神的古代文学，而开化期以后的文学则

---

*　这里的"朝鲜"泛指朝鲜民主主义人民共和国建立前的朝鲜半岛。如无特殊标注，本书当中出现的"朝鲜"一词均为此类用法。——译者注

**　在韩国文学史时代划分的问题上，作为"modern"的对应语，"近代"和"现代"并没有被严格地区分。因此，原文当中出现的"近代"一词，应该包含了我们所理解的"近代"和"现代"两层含义。为避免引起读者理解上的混乱，本译文不对相应的例文进行改动，特此注明。下文出现的同类型词汇，如无特殊标注，均可参考本注解。——译者注

① 임화,『문학의 이론』(학예사, 1940), 819쪽.

是具有近代精神的近代文学。其次，林和在上述引用当中，试图将内容与形式区别对待，这是第二个值得引起我们注意的问题。在林和看来，近代朝鲜文学是一种近代精神与西欧文体的结合。这种态度将欧洲语言与韩国语、欧洲人与韩国人混为一谈，将我们引入普遍性这一迷途当中。

从开化期起到日本殖民统治末期为止，除去注意到朝鲜半岛本土语言存在潜力的零星几人，几乎把其他所有知识分子都驱赶至"普遍性""普遍人"迷途的，正是缺乏语言意识而又对西欧文体的一味膜拜与信奉。开化期以后的知识分子为什么会毫无抗拒地接受西欧文化与制度呢？这一问题回答起来并不容易。原因在于它会引出知识分子自身与民族主义之间的关系这一难题。简单来讲，朝鲜半岛知识分子之所以对西欧近代精神青睐有加，很有可能是因为这种近代精神并没有直接与朝鲜半岛的民族主义产生正面冲突，而是通过日本间接进入朝鲜半岛。由于日本及时地接受了西欧的文化，才会迅速实现国家的近代化。因此，如果朝鲜王朝想要战胜日本，那就不得不尽快引进欧洲的文化与制度。于是，留学热潮席卷全国，西欧的一切都被盲目地追逐模仿。由此，"近代精神""近代化"等新潮的用语被引入朝鲜王朝，西欧的文学体裁也被原封不动地移植到了朝鲜王朝。虽然申采浩等几位史学家曾经嘲弄过这些文体在表述上的局限，可这一问题始终没有得到人们清醒的认识。因此，我们在分析林和对近代朝鲜文学的定义时，有必要意识到他的这一立场。

如果在一个更广的层面上观察以林和为代表的西欧指向型的文学态度，我们会发现，韩国文学的殖民地属性，或者用一个更温和婉转的词汇表述，即韩国文学的边缘文化性，便很明显地暴露出来了。林和的这

第一章　对现行方法论的批判

种表述，甚至让人联想到了高丽末期、朝鲜王朝初期的士大夫们对中国文化的青睐。这时，我们又会提出这样的疑问：那么，韩国文化及韩国社会的殖民地属性是从何时开始被突显出来的呢？关于这一问题，丹斋申采浩曾经对"妙清之乱"的失败提出过一个精辟的假设。[①]不管怎样，在韩国的精神史上，自新罗的乡歌之后，韩国社会的确便再也没有表现出一种宏大文化的面貌了。汤因比曾将世界文明划分为19种之多，尽管如此，他仍然对将韩国文化放在某个文明当中讨论采取了保守谨慎的态度。虽然有许多对韩国充满热爱与执着的人们都在不断地祭出元晓、李滉、李珥等人，并用其来论证韩国文化的优越性，但我们不得不承认，在这种将上述思想家拿出来撑台面的想法深处，恰恰潜藏着一种体现韩国文化边缘属性的心理情结。

有一种观点认为：朝鲜王朝是一个对儒家理念的贯彻比当时的中国社会还要更加彻底的理想国。这种观点同样反映了上述问题。韩国文学与韩国文化不曾创造出能和世界众多文明相比肩、相媲美的成就，这种状况直到现在依然没有得到改观。可以说，韩国文化一直都游离在那些世界重要文明的边缘。这并非是对一些殖民地时期官方学者观点的复制。后者曾主张道：韩国文化的边缘属性源于其半岛国家的特性。因为不仅希腊文明在半岛的环境当中走向了成熟，将视野放宽后我们会发现，就连欧洲文明和印度文明也都是在半岛上孕育而出的"半岛文明"。笔者相信下面的这段文字也能很好地说明地理上的宿命论与文明的产生没有任何关系。

---

① 신채호，『일천년래제일대사건(一千年來第一大事件)』。这篇论文主要探讨了高丽后期以妙清为代表的"自主派"及以金富轼为代表的"事大派"之间的斗争。而作者本人则认为金富轼一派的胜利是韩国精神史上最大的悲剧。

韩国文学史

就环境问题来讲，当然，在很多自然条件方面，尼罗河下游流域与底格里斯河、幼发拉底河下游流域都明显地存在一些相似之处。而且这两个水系的流域也分别是孕育埃及文明与苏美尔文明的摇篮。不过，若这样的自然条件是上述文明出现的真正原因的话，那为什么自然条件与之相仿的约旦河流域或是里奥格兰德河流域没有出现与其并行的文明呢？另外，既然赤道以南的安第斯高原出现了古文明，那么为什么在肯尼亚高原上没有产生与前者相对应的非洲古文明呢？[①]

那么，为何在韩国没有诞生可与其他世界重要文明比肩的文明呢？为何韩国文化始终都只能作为一种殖民地文化而存在呢？上述问题虽然非常明确，但若想找到一个令人信服的答案却并不简单。这正如询问语言的起源或为何只有黑色人种没能为世界文化作出贡献这些问题一样，是很难获得一个答案的。如果抛开"先有鸡还是先有蛋"式的循环论证法或是"世间万物皆循天道"式的毫无逻辑的天命论，这一问题本身便会使人无法得出一个有逻辑的归结点。除此之外，我们可以做到的就只有理想化的推测而已了。但并不能因为这样，我们就可以采取一种超然又居高临下的态度，以"比起世界历史而言，六千年的文明并不算什么"来对其作答。因为这种超然只有在那些早早便孕育出世界重要文明的地域才能存在，像韩国这样欠发达国家的辩论家们是没有资格作出上述表述的。

这样一来，我们还剩最后一个问题，那就是，如何克服韩国文化的边缘属性。这首先要求我们摆正心态。全海宗曾精辟地指出，我们不应

---

① 아널드 토인비, 『현대문명비판』, 지명관 옮김(을유문화사, 1973), 310쪽.

第一章　对现行方法论的批判

感情用事地贬低并试图摆脱韩国史当中那些不美好的方面，也不应故意夸大一些原本平凡的物事①。我们首先应当原原本本地承认那些事实，然后将这些事实所包含的意义探究到底。换句话说，我们应当坦率地承认韩国文化的殖民地属性，或者说是边缘属性，并将其引入全新的意义网络当中进行理解。只有摒弃诸如"民族性""半岛根性"等充满自卑的词汇以及那些类似"拥有五千年历史的'倍达民族'"式的表述，用全新的观点来理解韩国民众的精神轨迹，我们才能获得改变韩国文化边缘属性的契机。为了达到这一目的，我们应当怎么做呢？笔者将探讨的范围限定在文学领域，提出以下几点意见：

1. 不能将欧洲文化当作已经发展成熟的模板。文化与水流一样，均是由高处向着低处流淌，周边国家对大国的钦慕也与这种现象有着密切的关联。欧洲文化中心主义抱有欧洲文化的普遍性情结。而对此，周边国家则往往对其抱有一种"向普情结"*（或者称之为"求新情结"），而这正是被强势的文化高地倾泻下来的文化之流折服后诞生的情结②。在这种所谓普遍性的美名之下，中心大国的一切事物一股脑地涌入周边国家。虽然朝鲜王朝社会内部在"壬辰倭乱"之后出现过试图克服这种情结的力量，但朝鲜王朝社会还是上述情结最直接的例子。同理，20世纪几乎所有的欠发达国家均是处在西欧文明边缘的国家。自工业革命之后，西欧所有的文化及制度都成了全世界欠发达国家的典范。因此，这些文化及制度根基存在的决定论也被原封不动地引进到这些欠发达国

---

① 전해종，「한국사를 어떻게 보는가」，역사학회 엮음，『한국사의 반성』(신구문화사，1973).

* 本书提及的"向普情结"指的是对欧洲文化的憧憬、向往，视其为准绳的情结。——译者注

② 可参考：김현，「한국 개화기 문학인」，(『아세아』，1968.3)。

家，就连一些本身在另一种原则下生活的地区也深受其影响。从此，西欧的文化及制度成了衡量世界所有国家地区发展程度的标尺，西欧的决定论也成为支配一切理论的至理。朝鲜半岛同样也不例外。开化期*以来，朝鲜半岛一直在拼死追赶着欧洲。在近代化的美名之下，朝鲜半岛的一切都被西化。可以说，朝鲜半岛亲手将自己置于欧洲文化的边缘。但是，将西欧当作文化的典范一味地追随是绝不可能摆脱边缘文化的命运的。也许若干年之后，正如我们现在猛烈批判13世纪左右的"事大主义"那样，"近代化"这个单词本身便会成为后人们批判的对象。

不过，以上论述的目的并非让我们完全无视西欧，而是让我们认识到：韩国这些年来一直追随着的西欧有其自身的局限性，需要将其看作众多文化体当中的一员。我们要认识到：世界上的所有文化均与韩国社会及文化一样，若想了解其全貌，我们都必须理清其历史结构。这样一来，我们便能从"只要是西欧的，便是正确的、先验的"这样的认知缺陷当中摆脱出来。为了解决自身所处社会的矛盾而引进外国文化的做法，反而有可能会成为掩盖自身社会矛盾的制度陷阱。西欧的文化也不过是为了克服其社会的结构性矛盾而诞生的一种内部力量。

2. 要从理论层面上克服"文化移植论"和"传统断裂论"。林和曾非常坚定地不断重复着下面的论调："韩国的新文学随着西欧的文体被采纳而形成。可以毫不夸张地说，文学史的所有阶段始终贯穿着外国文学带来的刺激与影响以及对外国文学的模仿。韩国的新文学史就是文化移

---

* 指的是1876年朝鲜王朝与日本签署《江华岛条约》（本名《日朝修好条规》，又称《丙子修好条约》），严重破坏了朝鲜的主权之后，外国势力开始入侵朝鲜的这段时期。对于"开化期"截止时间，学界持有不同的见解，不过以1910年韩日双方签署《日韩合并条约》，大韩帝国灭亡，日本在朝鲜半岛开始正式的殖民统治为终点。——译者注

第一章　对现行方法论的批判

植的历史。"①且不说这是因为外国文学在过于短暂的时间里蜂拥而入，导致他得出上述浅薄的结论，仅就其所使用的"采纳""移植文化"等词汇，也足以引起轩然大波，遭到人们的驳斥。正因为西欧的制度被设定为出类拔萃的高阶制度，所以对其采纳才不仅会不被任何理性或是感性的声音责难，反而获得了鼓励。更何况这种行为还打着"为了反抗日本帝国主义"的旗号，与民族主义捆绑在一起。正因如此，林和才会大胆地将自身所处社会的文化称作"移植文化"。这种观点与朝鲜王朝初期儒学家们亲口将自己的国家贬低为边缘国家的行为非常相似。而在此类视"文化移植"为理所当然的观点之下，"传统断裂"这一命题自然也就呼之欲出了。

开化期前后的韩国文学截然不同。开化期以前的文学是缺失近代精神的旧式文学，而开化期之后的文学则是市民精神得到彻底实现后采纳欧洲文学样式形成的全新文学。上述二者之间的关系是彻底断裂的。上述命题在逻辑上看似没有任何矛盾，可如果我们没有认识到这一命题是在20世纪50年代趋于成熟这一事实的话，有可能会忽略这一命题的很多方面。如果说"文化移植论"是试图从理论上克服20世纪初到20世纪20年代这一时期朝鲜半岛社会矛盾的努力结果，那么"传统断裂论"则是20世纪50年代学者们试图从逻辑上克服这一时期韩国社会结构性矛盾所作出的努力。开化期初期的朝鲜半岛文化难掩其一派寒酸的光景，而西欧文化也正是在这样的背景下，作为克服这一难题的手段而被引入朝鲜半岛文化当中，这不得不说是一个时代的悲剧。但这一悲剧却在20世纪30年代的学者们的手中，通过"文化移植论"被合理化。到了20世纪50年代，学者们则是用"传统断裂"这样一个充满悲情的命题来描述上述

---

① 임화，『문학의 이론』(학예사，1940)，827쪽.

问题。事实上，20世纪30年代，"移植文化"这一用语得到了当时人们肯定的评价；可到了20世纪50年代，"传统断裂"这一用语却又被当时的人们否定。这前后不同的评价很好地佐证了这样一个事实：韩国社会内部正尝试用自生的力量来理解该问题。那么，20世纪70年代的学者们又当如何看待上文提到的现象呢？这不得不引起我们的重视。上述问题存在的本身不仅不是一个悲剧，它的提出反而证明了韩国社会存在着能够应对自身结构矛盾的能力。英祖、正祖时代的"实事求是派"学者们曾试图再建被破坏的儒家理念，而到了20世纪30年代，"实事求是派"的思想则被重新整编为"实学"（即"朝鲜学"）这一概念。进入60年代以来，这一思想又被视为近代精神的具体体现。借由回顾"实事求是派"思想的变迁过程，我们自然也就能够理解"文化移植–传统断裂论"这一论调在历史意义层面会经历的变迁了。林和的"文化移植论"与经济学界所说的"亚细亚生产方式"，即"停滞性"概念相辅相成。这一论调既是其"向普情结"的直接而迫切的表露，同时又是对韩国文学可能性的一种肯定。原因在于，林和希望通过提出"文化移植论"，使韩国文学非常明确、透彻地接受近代精神。20世纪50年代的"传统断裂论"则是那些意识到林和的希望不过是妄想的人们发出的悲观怒吼。新文化的移植没能创造出优秀的文学，而如今连回归到旧时朝鲜文化遗留下的残影当中也变得不再可能。因此，传统已经断裂的悲情认知才流行开来。对这一状况的认知在20世纪50年代末登上文坛的作家们笔下甚至被固定表述为"灰色椅子"*。在这里，笔者所说的从理论上克服"文化移植论"和"传统断裂论"，并非要无视开化期初期韩国的文学现实，而是要赋予其新的意义。赋予与移植文化、断裂的传统不同的意义，那才是20世纪

---

* 也是作家崔仁勋的小说名，小说后改名为《灰色人》。——译者注

第一章　对现行方法论的批判

70年代文学史学家们所追求和憧憬的,也是他们不同于此前20世纪30年代、50年代的研究者们的鲜活表征。

3. 在理解文化之间的影响关系时,我们应当将其看作一种折射现象,而非文化领域的主从关系。相当一部分文学史学家及文学研究学者将国外的理论原型与其在韩国的实际作用形态之间的关系当作是一种主从的关系,并常常主张后者是错误的。上述观点与"文化移植论"及"传统断裂论"也有着密切的关联。于是乎,那些"机灵"的评论家和文学研究者们为了找出这些所谓的"错误"而几近狂热。但是,若考虑到文学领域当中并不存在错的文学或是对的文学这一事实,以及文学领域里"影响"一词的真正含义,我们便会很容易发现,像这样找错误的行为本身就是一个错误。虽然文学领域里广泛使用的"输入""移植""采用"等商业及医学用语造成了我们思维上的混乱,但在文学领域当中,"影响"并非是一种直接的现象。这就像是光的传播,根据传播的介质不同,光线也会发生折射。

文化领域的折射取决于接受这一文化的土壤性质。例如,一些文学史学家批评20世纪20年代韩国的自然主义与爱弥尔·左拉一派的自然主义不同,前者标榜了个性的解放这一浪漫主义的命题。另外,一些文学史学家还批评与自然主义诞生在同一年代的韩国象征主义并不似法国的象征主义。但就算是相同的主义,由于承载内容的语言不同,必然会导致其内容发生偏差。而前面提到的文学史学家们之所以会得出这样的主张,皆因其忽略了上述事实。对于文学的研究者而言,需要做的不是找出那些所谓的"错误",而是要探求造成这些"错误"产生的原因,追究这些原因究竟如何在韩国这片土壤上产生反应,并对此赋予新的意义。美国的"意象主义"(Imagism)就曾将法国象征主义的超越性剔除,并把其含义缩小到了描写对象层面上,用这个例子来说明前述问题非常恰当。依照这个思路,我们同样可以将廉想涉的自然主义理解为"个性的表露"和"对于社会的认知";金亿与黄锡禹的象征主义也可以被重新定义为表现女性情操的"情绪美学"和女性主义。只有这样,我们才能结束韩国文学和西欧文学那奇特的赛跑。韩国文学不应仅仅成为西欧文学单纯的模仿者,而是要与西方文学一道成为世界文学的一个组成部分。如果文学领域里的所有问题都按照主从关系来看待的话,那么我们所做的一切不过就是为那些所谓"复古主义者"们的主张添砖加瓦罢了。

4. 韩国文学应当寻找到某种神圣的依托。所有文化都有着能够对其起到支撑作用的神圣依托。正如陀思妥耶夫斯基所称,俄罗斯文化的依托是赎罪意识。而日本文化的依托是天皇意识。为了彰显并守护这些神圣的依托,与之关联的共同体内部成员会有意识或是无意识地参与到其中。让我们姑且拿韩国社会来举例说明,虽然过去的韩国文化是一个边缘的文化,但三国时代的佛教爱国主义、朝鲜王朝时代的儒家教养主义也都作为一种神圣的依托,将当时的民众聚集在此文化影响之下。可在当今韩国社会,我们能寻到的神圣依托究竟是什么呢?我们如果找不到这一依托,那么,对于历史的所有回应都将化作一派赘词;如果无法用新的理念涵盖当下的一切,我们又如何对前代作出批判?只有前文所列举的若干方案得到长时间施行之后,我们才能够克服韩国文学的边缘属性。这个问题并不能仅仅靠几句简单的空话便轻易得到解决。

三、韩国文学史的时代划分应该在这种认识下进行

韩国史的时代划分对于文学史研究而言可谓非常紧迫,因其关涉

第一章　对现行方法论的批判

到一些理解韩国史时必须面对的核心问题——"应该怎样理解殖民地时代"以及"应该怎样克服以他律性和停滞论为代表的殖民地史观"。韩国经济史学会分别于1967年12月和1968年3月主办过两次韩国史时代划分研讨会，这两场研讨会便是韩国史学研究者们为了解决上述问题而作出的努力[①]。参加经济史学会的几位历史学家已经指出：韩国时代划分上最困难的问题便是西欧的"三分法（古代、中世、近世）"其实并不适用于韩国。

虽然关于古代和中世界线划分问题的争议也不小，但有关近代的划分却最成问题。由于"近代化等于西欧化"这一前提的存在，在韩国史上，近代的起点问题一直存在着极大的混乱。根据与西欧相仿的近代资本主义何时开始在韩国得以成长来判断近代起点，这一观点使得学界对近代的"起点"问题议论纷纷。其中，最极端的看法有两种：一是将身份阶层的更迭和商人的出现视作韩国社会的重要变化，从而将"壬辰倭乱"之后当作近代的开端；二是从近代资本主义的角度出发，将朝鲜半岛解放以后看作近代开端。除了这两种极端主张外，《江华条约》签订后的口岸开放（1876年）被普遍认为是韩国近代的起点。不过，还有一种观点认为，以上观点均过分依赖西欧的"历史三分法"，是企图将韩国史的特殊性强行拖入世界普遍性里的错误做法，应将高丽以后一直到门户开放以前这段时期视为韩国式的近世，并将其看作一个过渡性阶段。一些史学界的观点往往从西方理论标准出发，认为韩国历史发展曾陷入停顿，而上述主张则展现出了一种试图摆脱这类立场的历史意识。

那么，在韩国文学领域，近代文学的萌芽是何时出现的呢？尽管是

---

① 有关此次研讨会的内容发表在《韩国史时代划分论》上，见：『한국사시대구분론』，(을유문화사，1970)。崔昌圭曾撰文《时代划分的问题》试图对此进行批判。见：「시대구분의 문제점」(《문학과지성》제1호)。

无意识的行为,但林和的确将"近代化等于西欧化"作为前提,将开化期以后的、西欧体裁被引入后的文学看作近代文学。林和的这种见解后来被白铁推向更极端化。1966年在《韩国文学》特辑上,白铁在卷首论文《韩国文学和近代人》中,将"近代化即西欧化"的说法盖棺论定,并将近代文学的起点定为1920年前后。作为这一主张的依据,他列举了以下几个事实——以近代精神为立足点的近代文学理论的导入(以1918年的《泰西文艺新报》为开端,大量文学思潮被引入),供近代新闻报刊行业展开活动的舞台得以形成(1920年《朝鲜日报》《东亚日报》创刊),以及作家近代意识的高涨(表明写实主义文学态度)。当然,这并不意味着近代文学就此大功告成了。针对这一问题,白铁列出了以下三个原因:第一,韩国文学接受"近代"的环境条件还不够成熟;第二,韩国文学没能准确地学习、吸收近代文学的众多文本;第三,韩国文学在开门迎接西欧文明时,没能摆正自身主人的身份。不得不说,白铁对于"近代化等于西欧化"这一立场过分执着,因而没能领悟到韩国文学所具有的特殊性,在看待韩国文学时又过分地公式化,最终导致其得出上述结论。正是由于白铁没能认识到民族主义作为近代精神根基的正当性,同时又将西欧这个变数误认为是固定不变的常数,才会导致其产生这一公式化的观点。而这一观点是我们必须要克服的。我们作为韩国文学研究者,应当将西欧这一变数看作对韩国文学造成巨大影响的一个因素,而非将其当作韩国文学的实质。如果我们不能从把西欧化视为现代化的歧途中走出来,认识到理解并克服自身内部结构矛盾的精神才是近代意识,恐怕韩国文学研究将会一直原地踏步。虽然林和与白铁的这种观点被赵演铉完全继承,但在这期间,一些古典文学研究者们却始终不懈地致力于弥合古代文学和现代文学的间隙,不得不说这对于韩国

第一章　对现行方法论的批判

文学来说实在是万幸。

如果将问题仅仅局限在文学领域内来讨论，我们只有立足于语言意识的形成过程，才能寻找到近代文学的起点。这种语言意识是一种期冀将韩国内部的矛盾用语言表述出来的意识。这一语言意识能使我们从认为只有欧洲的文体才可以被称作文学的狭隘观点当中脱离出来，并能激发出文体的开放性。并不是只有现代诗、现代小说、戏剧、评论等现代文体才能被称为文学。只要一名作家在韩国国内生活并思考，与此同时能将自己所处地方的矛盾用语言表述出来，那么，能够完成该表述的所有类型的文章都一同构成了韩国文学的实质内容。如果我们不把日记、书函、评论、游记等文体吸收到韩国文学内部的话，韩国文学的来龙去脉便会无从查找。而若想做到这一点，这就要求我们进行大范围的资料挖掘。不过，通过这种挖掘，韩国文学将会得到其动态的一面。只这一点便可以让我们克服"文化移植论"和静态历史主义。从这一角度出发，笔者认为，其实早在英祖、正祖时代，朝鲜王朝社会就曾出现过人们用文字将结构性矛盾表述出来，并试图克服这一矛盾的系统性努力。这一努力"萌芽"的出现，正是笔者打算将英祖、正祖时代定为近代文学开端的原因[①]。

理由如下：第一，到了英祖、正祖时代，构成朝鲜王朝社会根基的身份制度开始出现紊乱。在这一时期，朝鲜王朝社会里出现了所谓的"经营型富农"，也出现了两班贵族沦落为佃农的例子。这种变化是韩国社会解决自身矛盾的一种动态的能力，而这种能力在朝鲜王朝后期的

---

① 关于韩国文学史上的时代划分问题，在由金容稷、廉武雄执笔，郑炳昱、郑汉模、金柱演、金允植、金炫等共同参与编辑的《大学新闻》（第815号）特辑当中有较为简略的介绍。此外，金柱演的《文学史与文学批评》（「문학사와 문학비평」）（载于《文学与知性》〈第6号〉）也是探讨这一问题的出色论文。

短篇小说当中也都得到了非常明显的呈现。第二，在这一时期，商人阶层开始出现，货币得以在全国范围内流通。同时，职业意识逐渐形成，并动摇了人们对传统身份制度的信心。特别是在朴趾源的很多小说当中，这一主题发挥了支配性的作用。第三，这一时期，所谓的"实事求是派"得以在朝鲜王朝上流阶层中成立。这一流派以没落的"南人系"两班为主，开始对朝鲜王朝社会的各种文化制度产生根本性的怀疑。虽然这一流派的目的是希望通过努力，将朝鲜王朝社会复原到其本来所指向的理想国，但这同时也表现出了他们对当时各种社会制度的怀疑。第四，在英祖、正祖时期，官营手工业逐渐衰退，个体手工业逐渐兴起，这使得市场经济的形成变为可能。第五，这一时期，时调、歌辞等传统文体达到了各自文体的最高水平，并逐渐向盘索里、假面剧、小说等发展。这是金万重发表引起重大反响的本国语宣言几十年后发生的事情。第六，此时，随着平民阶层逐渐趋于活跃，倾向于将平民和两班看作是同等人格拥有者的观点开始盛行。对于众生平等思想的逐渐觉醒以及欲望的展露（不仅指男女之间的爱情、家庭生活、性关系，还包含对金钱的欲望）则集中体现在东学的"人乃天"思想上。韩国的神圣依托通过东学而得以现身。

如果将近代文学的起点定为英祖、正祖时代的话，大体上能将近代文学的框架罗列如下：

1. 近代意识的成长（1780—1880，英祖、正祖时代）

近代语言意识和新体裁的开拓使韩国的神圣依托得以发现，像朴趾源这样的文学大家也登上了历史舞台。这一时期要求我们从当时社会结构矛盾的表现层面出发对其进行观察。

2. 启蒙主义和民族主义的时代（1880—1919，从开港通商到"三一

第一章　对现行方法论的批判

运动")

这一时期日本和西欧作为两个全新的变量,对朝鲜王朝产生了强烈影响,也是"开化派"的启蒙主义和"斥邪派"的民族主义同时现身的时代。我们应该将这两派看作是近代意识这枚硬币的两个面,而不是单纯的两个对立面。"三一运动"是启蒙主义最后的火花。金玉均、黄玹的日记和随感、安国善的政治小说、李光洙的启蒙小说是这一时期具有代表性的文学成就。这一时期,有一点非常重要,那就是西欧的基督教已经和朝鲜民族主义紧密结合,东学(天道教)和基督教暂时联合了起来。

3. 个人和民族的发现（1919—1945,从"三一运动"后到朝鲜半岛解放）

在这一时期,民族主义在体系上逐渐理论化,民众对韩国语形成了非常明显的自觉意识,并产生了"自己是韩民族(朝鲜民族)人,是被压迫民族一员"这一透彻的认识,这种认识也推动了相应文体的形成。这一时期,还出现了韩龙云的散文诗,廉想涉、蔡万植等作家和郑芝溶、尹东柱等诗人,林和、李轩求、金焕泰等评论家,以及为了"朝鲜学"这一概念的形成而誓死斗争的民族主义者们（特别是申采浩和崔炫培）,他们都非常活跃。与此同时,基督教的赎罪意识通过无教会主义者而形成,这也使得咸锡宪《通过思想看韩国历史》的出现成为可能。

4. 民族的重组和国家的发现（1945—1960,朝鲜半岛解放以后到"四一九革命"）

朝鲜半岛的独立和分裂都不是由民族主义力量造成的,而惨烈的同族相争也并非由民族主义力量挑起,因此,这一时期的韩国文学充满了危机意识和挫败感。但是,通过"四一九革命",韩国知识分子更加坚定了对理想主义的信念。

　　上述时代划分有几个前提条件。其中,最为重要的是:我们必须综合整理过去曾被使用过的繁杂的文学用语,为文学史添加、赋予新的词汇和内容,并在各条目间构筑起灵活的意义网络。也就是说,在对文学史展开叙述时,我们必须避免以思潮或是杂志为中心的倾向,而是站在意义的关联性这一层面上,从总体上去理解韩国文学史。

第二节　韩国文学的认识与方法

一、韩国文学是国别文学

　　当说到"一切历史都是当代史"(贝奈戴托·克罗齐)时,这种提法的底色在于未来前景具有的创造性与生产性,但其直接的意义在于实践层面的要求——想要阐明、克服当下的难题,就需要重新书写历史。现在提及历史的总体性对于个别民族形成了哪种冲击,如何朝着创造性发展时,这个命题同时包含了行动与思想的方法自身。因而,从更为严谨的角度而言,所谓的方法论,即包含在工作对象的选择和技术层面自身当中。"艄公多了打烂船""闭门造车"一类的表述凸显了方法论面临的陷阱。即便如此,我们仍要将方法论批判作为本书重要一环,其原因在于面对整个韩国历史,我们并不具备坚定不移的信念。也正是这个怀疑的过程是面对我们历史"存在的理由"(raison d'être),这种意识的迷宫,在我们记述文学史的每个瞬间都将发出挑战。若非如此,我们也就没有必要一定将文学史记述下来。所以,我们最终也许还会落得个失败的下场,只要是失败得足够彻底,我们就会完成当代的任务。这也意

第一章　对现行方法论的批判

味着后来者们会拥有一部他们那个时代所需的文学史。

当说到"一切历史都是当代史"时，首先，这指明了我们当下所处的坐标为20世纪70年代的韩国，同时也明确了需要优先考虑当下韩国的民族力量和国家力量，它们是推动历史前行的巨大动力。如今的韩国文学已经不再单一，而是需要大量相关学科和庞大的信息量作为支撑。C.P.斯诺提出的"两种文化"（人文文化与科学文化）的分裂命题也不能说与韩国当下的现实毫无关系。另外一方面，深入骨髓的韩国古代元素：如三国时期的民间厨房歌谣、《沈清传》与《兴夫传》等都还鲜活地流传至今；李光洙在其小说《无情》中尝试刻画了一个开化期的人物形象金长老，在传统韩屋上安装了玻璃窗，这种闹剧也时常发生在我们的周围。诚然，《洪吉童传》《许生传》《两班传》之类的作品经历了改编创作，但仍然是今天韩国政治的一个投影。南北尚处于分裂状态，在经历了种种磨难，就连一本思想史、心态史都未能写就的当下，作家们不仅无法获得创作的现实感，而且还处于思想遗产缺席的莫大空虚感中。由此产生的后果之一是作家们尽管会阅读西欧的作品，但是除了写作技法之外，他们并不能获得任何其他成果。毕竟杰出的作品不可能横空出世，而文学作品的水平始终是与文化的水平如影随形的，如此看来，心怀正义的人们将会产生绝望的情绪。而面对现实，则需要从几个层面去考虑破局的方法。无论哪一条路，对于未来而言都应该是一种足够成熟的途径。我们应该运用这种方法将韩国文学史纳入鲜明的国别文学范畴并将其体系化。

在这种情况下，我们会遭遇英国文学史、法国文学史、德国文学史等其他的国别文学。然而，但凡将这些国别文学史进行过些许比较的人就会发现，这些文学史绝非独立存在，也并非孤立存在的国别文学积淀物，而是在共同文化圈内部不停歇地进行文化交融（acculturation）的历史。莎士比亚与歌德、伏尔泰与英国文学、克尔凯郭尔与谢林、柏格森和T.E.休姆、爱伦坡和波德莱尔、但丁和艾略特都是密不可分的，说他们全部脱胎于希腊文明和希伯来文明也丝毫不为过。文学理论亦是如此。如果脱离了希腊文化的土壤，卢卡契几乎所有的文学著作都是让人无法理解的；如果离开了笛卡尔、康德、黑格尔的哲学思想，雷纳·韦勒克所著的《批评史》也会让人不知所云；诺思洛普·弗莱的《批评的解剖》也是搭建在失乐园与重构乐园意识的框架之上。这种情况下形成的意识是：西欧各国的国别文学史只有达到西欧文化圈整体水平，才能够被认为是形成了自己国家文化的色彩与个性。举个实例来看，在西欧文化圈中属于较为边缘、落后的德国文学史中，诸如莱辛、歌德、托马斯·曼等人充分吸收了欧式文化因素并且被同化，他们由此受到了承认，并被认为是克服了其狭隘的区域性和失衡性。卡雷或M.F.基亚将比较文学限定于有无影响关系，且将其看作文学史的一部分，也正是源于此。①

将韩国文学史的性质确定为国别文学，是基于将韩国文学史归为韩国历史之内的朴素认识。表面上来看，这种表述或许容易让人误以为是狭隘的区域性、失衡性，甚至会以为是排他性、自命不凡的沙文主义、一种扼杀文化普遍性的思考方式。然而，如果某种文化在感性层面无法促进民族产生幸福感，那么它便不可能具备历史的推动力。

作出这种表述基于两个原因。其一是以朴殷植、申采浩为中心的民族历史学研究表明，韩国历史可以接受、吸纳西欧近代历史学；其二是在与所谓"向普情结"背道而驰的作品中，比如廉想涉的《三代》、

---

① M.F. Guyard, 『비교문학 La littérature Comparée』（Que sais je? No.499），서문 참조.

第一章　对现行方法论的批判

金南天的《大河》、李箕永的《故乡》等，其提出的问题就是与众不同的。一言以蔽之，到目前为止一直说的是克服边缘文化属性。如果否认韩国文学属于国别文学的这个前提，那么就无法克服边缘文化的属性。从人类学的角度来看，边缘文化（peripheral culture）与对文化类型（culture pattern）的理解密接相关。此时所说的文化，指的是知识、信仰、艺术、道德、法律、习惯，以及人类作为社会成员获得的能力、习性的复合性整体。它是由两个我们都承认的事实构成：（1）所谓的文化是一个复合性的整体，说它包含了科学、知识、宗教、艺术，这不过是一种便于理解的、概念性的抽象提法，拿出任何一种文化要素，它都是文化整体框架中的有机组成部分。（2）所谓文化，是舍弃了价值概念的，即去除了价值大小关系的结构主义概念暗示。这样说来，所谓的文化不会被论及价值的高低，只会被注重其形态结构的差异。某种形态的文化，会制度化为特殊的自然环境，以及人类物质的、生理的、精神的需求。这种制度化的文化形态依靠其自身内在法则，走的是一条高度固化的道路。这种高度固化的文化冲动体现出来的是强大的不可撼动性。如此一来，应该如何才能对高度固化的、整体性的文化形态进行改造呢？第一种可能性是吸纳马克思主义学说中的基础（Unterbau）因素，即"底层"（Substratum）。可以看出，林和尤其强调这一点。其次是借鉴赋予无意识重要意义的弗洛伊德学派的冲动。第三种可能性则是接受主体性文化。

虽然有可能存在着一种争论——韩国文化到底是属于中华文化圈末端的边缘区，还是属于某种中间文化圈——但是需要指出的是，边缘文化具备如下几个特征。组成中心文化区域的因素紧密地结合在一起，与之相反，文化圈边缘区的组成因素则松垮并无法发挥出富有建设性的力量。①越是处于边缘地位的末端文化，越是原封不动地保留着古代文化的原型。处于中间文化圈的国家则是在一定程度上发挥出了消化吸收能力，将外来文化渗透进本国文化。接下来，是在文化接受方面精英阶层和普罗大众之间体现出的差距。在朝鲜王朝，被统称为士大夫读书人的所谓精英阶层倾向于独尊中国儒家文化，底层民众则通过自身的语言形成了和上层阶级不同的文化。从政治角度来看，构成文化中心部分的是以效率至上、技术主义为动力的官僚机构，然而由于民众将外来的意识形态融入其生活风俗中并加以接受，外来文化中的意识形态因素反倒成了不安定的边缘部分。这种现象时至今日还潜伏在韩国文学史中，自称是19世纪精神标本的李箱便将其体现得淋漓尽致。②这一事实是边缘性自身具备的普遍结构性矛盾。为了从理念上或方法论上克服这种结构性矛盾，韩国文化及文学必须是国别文化和文学。如果要更为细致入微地思考这个最为常识性的命题，需要对所谓东亚文化圈进行考察。进入20世纪20年代以来，德国历史学派的特勒尔奇打破了西方历史即世界历史的固有观念。作为世界历史重要组成部分的中国文化圈、印度文化圈理所当然应该位列其中，但是由于所谓的东方概念是源自西欧帝国主义的理论体系，彼时的中国和印度亦被边缘化。

担任着西欧文化中间阶段角色的国家是那个时期的日本。日本处心积虑的脱亚论思想从反方向提供了东方历史议题，提供了"大东亚共荣圈"的思想背景。20世纪30年代日本历史哲学的这种推动力给了殖民地韩国的知识分子非常大的影响，朝着歌颂法西斯主义的方向一路飞驰。所以，近代史意识中最需要阐明的是东方文化圈解体现象。它意味着受到

---

① 丸山眞男，『일본의 사상(日本の思想)』(岩波新書)，제1장 참조.
② 정명환，「부정과 생성」，『한국인과 문학사상』(일조각, 1973) 참조.

了来自西欧冲击的变数影响,中国文化圈、印度文化圈、日本文化圈均被割裂成了各自独立的现象。进而言之,这在边缘的顽固性层面,特别是对于植根于民族深层次情感的文学问题而言具有更为重要的意义。且不说韩国语自身具有的独立性特征,就是不断发生变化的近代意识也脱离了当时的中国文化准绳。与此同时还伴随着文化吸收的混乱——日本的文化标准在1910年之后进入韩国,成为韩国文化自我认知的标准。为了使韩国文学应被视为国别文学这一观点更为鲜明,有必要厘清中国近代文学史和日本近代文学史的演进过程,进而考察三者之间本质的区别。

二、韩国文学既是文学,同时也是哲学

文学同音乐或造型艺术一样都属于艺术的一个分支,估计所有人对此都会表示赞同。然而我们关注的是文学是艺术中最为独特的一个类别,而其特殊性正是源于文学的媒介是语言这一事实。想象力不仅影响到语言塑造,其影响还延伸到了哲学领域。文学与包括人类想象力的所有问题均与历史联系在一起。文学常常直接刺激人的感觉使其产生快感,但更为重要的是,文学具有丰富的抽象化的思想性。在这一点上,文学几乎是艺术中最为特立独行的一个门类,这一针见血地体现出了文学具备的教育功能。近代文学特别是最具代表性的小说作品,在人类社会中几乎具备和传统哲学不相上下的地位和分量。如果说,哲学是在探究何为世界,何为人类,何为善,人类应该如何生活,规定人类生活的目的,今天的文学对这些问题则进行着更为具体的探究,履行着同样的任务。如此广范围地界定文学的概念,绝非受往自己农田汲水的狭隘思维方式的影响。文学以充满想象的语言作为媒介,在探索人类自身方面兼具艺术和哲学的功能。仅就语言而论,文学也同语言的功能及其发展演变而成的诸多学科存在

着千丝万缕的联系；从人类自身的角度来看，文学同数学、物理等众学科也存在着密不可分的关系。笔者尝试结合韩国文学史对这两个方面稍作具体的分析，以期探索韩国文学史独特的驱动力。

　　首先对哲学层面的相关问题进行考察。通过把握事物和现实，获得系统、逻辑的统一性是哲学的重要课题，然而要想实现这一点又谈何容易。要获得逻辑的统一性，就像去了解人性，但常常了解到的却仅限于世界的一个角落而已。社会经济学将法律、政治、艺术等称为上层建筑，而把生产关系的总和称为经济基础。经济基础决定上层建筑。然而，以这种观点为依据，如果体现生产方式的经济基础发生了变化，艺术就会同法律等要素一样，自然也会失去效力。那么该如何解释古希腊艺术至今都能给人们带来艺术的享受，并且在某一方面仍旧作为一种业内规范存在于世呢？马克思在《经济学手稿》中提出的问题，20世纪的理论家卢卡契仍然无法作答。托洛茨基在主张继承资产阶级文学遗产的时候也遇到了这个问题。那么是否应该将艺术从上层建筑中排除，使之成为一种非上层建筑？为了解决这个问题，有人试图从看起来克服了黑格尔哲学某些问题的萨特的观点——"意识的三种类型为自身意识、对象意识和反思意识"——找到突破口，力图将人类视作实践主体、思维意识的主体和想象意识的主体来解决这个问题。所以，后者便以无需中间过渡阶段的方式进行说明，如果宣称实践主体和想象意识主体相对独立，那么艺术的政治价值和艺术价值便可以脱离开来。然而，对此存在着一种批评的声音：是否真正能够做到准确区分意识的三种类型？这一点，从卢卡契和西格斯之间围绕着现实主义（Realism）*的总体性和碎

---

　　* 原著使用外来语Realism，均译为"现实主义"，后面标注英语。原著中的"사실주의"均译为"写实主义"，"현실주의"根据语境译为"现实主义"。——译者注

第一章　对现行方法论的批判

片化展开的论战也可见一斑。

　　一直以来都存在几个误解，它们似乎在支配着韩国文学，实则不值一提。其中之一是一些糊涂之人对于描写的误解。福楼拜对莫泊桑说过的"世界上没有两个相同的沙粒"的警句便是如此。然而，使用语言进行描写的准确性是有限的。仅仅是想要精准地描写、刻画出一张桌子，难度该有多大？正因为如此，恩格斯才将现实主义（Realism）定义为"除了细节真实，还要真实地再现典型环境中的典型人物"。提到是否典型，几乎跟语言的凝练度没有任何关系，只要是写过文章的人都知晓。第二点想要指出的是李泰俊《强化写作》之类作品中提出的陈旧腐朽的写作课授课方法。该书中所谓的诗歌精神等内容可谓谬种流传。坦率地说，书中妄图通过攻击《蔷花红莲传》的文体去开创新的散文形式便是一例。这种行径不过只是弱化甚至丑化了韩国文学而已，并且一直在扼杀申采浩、崔南善常用的基本句式以及崔曙海之后兴起的朴素、健康、富有野性的写作手法。李泰俊、金东里之后在凝练句式的基础上展开情节和创作小说，由此产生的乡土气息倾向具备一些美学色彩。即便如此，也对作家们理解韩国近代史造成了严重障碍。也就是说，李泰俊、金东里的创作使人们远离了健康、健全的文学。这句话也同样说给已经写成了韩国新文学史的四位文学史学家[①]。

　　最早建立韩国新文学史论述并将之系统化的是林和。20世纪30年代，他便在《中央日报》《朝鲜日报》《人文评论》上撰文发表新文学早

[①]　除此之外，还有金台俊编著的《朝鲜小说史》（『조선소설사』청진서관，1935），该著作中提到了从古代小说到1962年初期的文学作品。该著作中将古典文学与新文学有机结合，从方法论的角度来讲优于后期李秉岐和白铁共同编著的《韩国文学全史》（『국문학 전사』）。具体可参考：김윤식，〈국문학사의 방법론, 문제점 및 업적 비판 연구〉，（《국어교육》제4집，1962）。김현，〈한국시의 이해 1, 방법론에 대한 고찰〉，（《문화비평》창간호，1969）。

期的文学史。其主要观点已经在前文有所论述。之后就是白铁的《朝鲜新文学史思潮史》，其内容主要是和思潮这一"幻象"间所做的纠缠，错失了对最重要的作家、作品的单独评价，而仅仅是将其削足适履地放置于各个思潮当中。之后便是朴英熙的《韩国现代文学史》，这部著作是结合个人经历写就的文学史，兼具自传体的谬误和优点，然而无法将其纳入思想史乃至知性史。最后是赵演铉的《韩国现代文学史》，此著作是以出版作品机构的优劣作为评判标准书写的一部文学史。白铁只重视文艺思潮这一个侧面，赵演铉强调的是对文献采取的态度，两者殊途同归，都像是把文学横切了一刀。由于轻视社会条件和精神层面的背景，因此，赵演铉的文学史不可避免地对杂志、报纸等发行机构予以过多的强调，而疏于对作品的评价。在他的文学史中，他主张文学主要是受文坛环境、杂志编辑的支配并由其左右方向。他对20世纪20年代《创造》《白潮》的推崇就与史实大相径庭，根据当时《东亚日报》文艺栏目就可以知道；如果查找一下开化期资料会发现，他将《少年》奉为神话实则言过其实。每当提及开化期小说时，除林和与金河明*之外，就一味地强调李人稙，其实这也是一种对历史的歪曲理解。我们能读得到安国善的《禽兽会议录》，甚至会关注到连申采浩都写小说这件事。我们有一种预感，等到把开化期小说置于比较文学的视角来看待，并进而揭示和阐述与日本、中国新小说之间关系的那一天，李人稙等人的作品有可能成为一堆废纸。除此以外，《大海寄语少年》同拜伦的作品高度相似这一点目前也已经被披露。哪些传统时至今日仍然在发挥影响？哪些作品却已经成为明日黄花，仅仅留存在文献当中？能否最大限度地甄别它们，与眼界高低密切相关。这也就意味着需要从哲学的层面去探究韩

---

* 原书标注为"金河明"，也有著作标注为"金夏明"。——译者注

国近代史的驱动力到底是什么。说得更直白一些,如果说在20世纪20年代,卢春城的作品被人们广泛传阅,从实证角度来看,这一现象非常重要,然而从价值层面来看,则是不值一提的。

第二章　近代意识的壮大

众所周知,朝鲜王朝直至"壬辰倭乱"之后才显露出自己内部的矛盾并开始努力解决这些矛盾。但其速度是缓慢的,态度是谨慎的。在英祖和正祖时期,这种变化展现出了独特的理论背景,并催生了与之相符的运动。这一时期,身份阶层的变动、家庭制度的混乱、商人阶级的崛起等各种特征在彼时的日记、辞说时调、实景山水画、风俗画、盘索里、短篇小说等艺术虚构作品中得到了丰富体现。这意味着,这一时期的朝鲜王朝社会已经能够用想象来呈现自身的结构性矛盾。

这种想象的产物,毫无疑问是那个时代的产物,但同时也超越了那个时代并获得了一种普遍性。这种普遍性也表现在力图克服当时社会矛盾的两种系统性努力和运动中。朝鲜王朝后期的知识分子通过艺术的方式,利用想象的语言表现当时的分歧和矛盾。在这一时期,知识分子阶层致力于用理性的语言将矛盾系统化,并努力克服矛盾。而平民阶层在无意识状态下表达不满的方式则多通过宗教。这两种方式的代表分别为丁若镛和东学。丁若镛加快了朝鲜王朝基本理念的再认识过程,而东学则加快了将平民阶层的集体无意识理论化的过程。艺术领域表现潜力的增长,特别是文学领域语言意识的兴起,使这两个方向的努力不但对原

第二章 近代意识的壮大

生知识分子们产生了深远影响，也为从制度上改变朝鲜王朝社会提供了充足动力。

第一节 家庭制度的混乱

当一个社会稳定下来后，各种禁忌会在世风民俗方面得以体现，以彰显其奉行的思想、伦理意识。未与现实风俗紧密结合的思想或伦理，或许可以满足社会成员在知识领域的好奇，却无法在思想、艺术等领域创造出解决社会矛盾、引领社会进步的成果。风俗与思想最先相遇的地点是家庭。通过家庭，社会成员们与社会需求和盛行的各种禁忌进行碰撞，从而形成自我潜意识。① 家庭和家族是一个社会得以存续的最小单位。家庭的破坏和混乱将立即引起整个社会的混乱，并波及一切形而上学的东西。从这一意义来说，壬辰倭乱之后家庭制度的崩溃很难不成为关注的焦点。

朝鲜王朝家庭制度的基础是儒家思想。新罗时期的家庭制度以佛教因果论为依据，佛教人生观的特征之一是生而不平等。进入高丽王朝时期，家庭制度却表现出了试图为克服不平等而作出努力的一面。这种重新调整的结果便是对个人觉醒的"禅"的重视以及科举制度的广泛扩散与传播，在现实中则具体表现为武臣政变。此后，朝鲜半岛出现了被称为"士大夫"的职能集团。

虽然这一职能集团是钻研统治之术的文官阶层，但是他们所提倡的

---

① 关于自我潜意识（ego-complex）和性格问题的相关内容可参考荣格的著作。特别是他撰写的《分析心理学的理论与实践》（*Analytical Psychology: Its Theory & Practice*）一书极具参考价值。此外，家庭与性格的关系可参考艾瑞克·弗洛姆（에리히 프롬）的《逃避自由》（『자유로부터의 도피』）。

家庭准则却是一种以儒家的"孝"为中心的制度。这一制度从大的方面来看具有两个特征。①特征之一是儒家家庭制度并不认为夫妻关系是家庭关系的中心,而是将父子关系看作中心。这一事实使我们重新思考家庭内部的秩序等级。当家庭的中心为父子时,服从权威是家中的规范准则。而当夫妻成为家庭的中心时,爱便成为家庭制度的基本准则。但是当父子成为家庭制度的中心时,产生的只有家长的权威和其他家庭成员对这一权威的服从。从这一点来看,以儒家思想为基础的家庭制度,其根本准则为"孝"。"孝"指的是对父母的无条件服从,也指对于家长权威的屈服。这表示家庭中的人际关系并不是对等关系,而是从属关系。

儒家家庭制度的另一个特征是将社会组织和家庭等同起来。"忠孝合一""修身齐家治国平天下"都是这一特征的体现。"所谓治国首先要从齐家出发,在这一思想中包括家是国家的唯一构成单位,治国准则是齐家准则的延续。另外,家是国家之根本,治家本身就是治国的思想也就随之产生了。"②所以科举制度作为士大夫进入朝堂的捷径,其考试内容选择了以孝为基本主题的四书三经*。以上述两种特征为基础的儒家家庭制度经过同朝鲜半岛风俗习惯长时间的融合,最终演变成了对社会成员行为的约束和禁忌。

但儒家家庭制度的矛盾在于它极大地助长了家长的权威,却几乎不考虑其他家庭成员。这一矛盾的最大受害者便是女人和庶子。儒家家庭

---

① 针对韩国家庭制度,崔在锡曾在其著作《韩国家庭研究》(『한국가족연구』,민중서관,1970)中进行了详细的分析。特别是在第五章"家庭的传统价值观",崔在锡通过朝鲜王朝时期的教科书对同时期的家庭关系进行了分析,并受到了广泛关注。这段文字正是从他详尽的研究中总结而来。

② 최재석,같은 책,256쪽.

* 不同于中国的五经,朝鲜科举考试选取了"三经",即《诗经》《书经》和《易经》。——译者注

第二章　近代意识的壮大

制度禁止嫉妒，因此妻子不能将自己对丈夫的爱自由地表达出来；而庶子也仅仅因为庶出的身份，便不能称呼生父为父亲。这便是儒家家庭制度僵化所导致的最尖锐的矛盾。

英祖和正祖时期，在一系列描写商人阶层兴起的小说出现之前，几乎所有的小说都呈现出这种家庭制度的矛盾。这一现象的出现并非偶然。许筠在《洪吉童传》中尖锐批判的庶孽禁锢和金万重所作《谢氏南征记》中的妻妾矛盾等均是极具代表性的例子。壬辰倭乱之后，巾帼英雄们的英雄故事逐渐流行，这也是女性长期遭受非人折磨后对自我的一种扭曲表达。但是世人很难察觉、意识到这种家庭制度的矛盾和儒家理念的僵化，只是几位生性敏感的人士对此有短暂的认识。

这种家庭制度矛盾直到昭显世子[①]和庄献世子死亡[②]时才浮出水面。这类事件逐渐暴露出依靠权威维持家庭关系的困难之处。两位世子之死说明依靠个人权威维系的家庭关系不过是伪善与势力之争罢了。昭显世子是仁祖的长子。"丙子战乱"（又称"丙子之役"）后，昭显世子被当作人质押到清朝，回国后离奇骤亡。一位史学家的研究表明，世子的死亡是仁祖蓄意所为。而仁祖此举的动机则是昭显世子更受清朝的信任，仁祖感受到世子对自己权威的挑战，正是这种不安感驱使他杀死了自己的孩子。最能体现儒家家庭制度矛盾的例子便是英祖即位和思悼世子之死。英祖的生母出身低贱。英祖即位后也像仁祖一样，杀害了自己的儿子。虽然这两件事对士大夫阶层的冲击或许是非同寻常的，但是为了自身阶层的稳定，士大夫们有意对该制度造成的矛盾视而不见。他们将昭

[①] 关于昭显世子的内容参考：김용덕,「소현세자 연구」,『박제가 연구』,(중앙대출판부, 1970)。

[②] 关于庄献世子的死亡参考：혜경궁 홍씨,『한듕록』。

显世子和庄献世子的死因归结于世子自身。尽管其中疑点重重，但也只能接受。然而朝鲜王朝社会对于这一矛盾的抵抗意识却愈加强烈。① 特别是庶出之人的抗议尤其激烈。最终正祖设立了名为奎章阁的机构，并启用庶出之人。

英祖、正祖时期，朝鲜王朝家庭制度的矛盾突显。这一时期之后的所有文学佳作都以此为批判对象。从朴趾源在《烈女咸阳朴氏传》中对寡妇守节的描写，到《恨中录》中奇怪扭曲的父子关系，到开化期后发展演变为自由恋爱和《子女中心论》，通过英祖、正祖时期的几部小说，完成了一大转变，即从批判"全盘否定下级的权利主张"的家庭制度矛盾转变为歌颂天性的自由解放及爱情的李光洙式自由恋爱论。李光洙文学得以盛行，正是因为他比任何人都准确地揭示了当时社会家庭制度的矛盾并试图努力解决这一矛盾。② 同时，在儒家家庭制度下还产生了其他成员对家长屈从的状态，这使其他成员成功地被呼吁"人乃天"思想的"东学"团结起来。东学的民主平等思想与封建家庭制度二者之间形成了对立而又无法分离的关系。从风俗的改良方面看，儒家家庭制度的矛盾最终与李光洙的自由恋爱论相碰撞；从思想方面看，为东学的天人合一思想做了准备。

---

① 针对庶孽，赵光祖和李珥等人提出了改善方案，但未能实施。正祖二年八月，庆尚、忠清、全罗三道的3272名儒生上书，主张实行庶类疏通政策。这一史实在李瀷的《星湖僿说》(『성호사설』) 中有如下记载："今之世郁可数其俗贱才贤能必退 其风尚阀有庶孽中路之别 百世而不通名官 又西北三道枳塞 已四百余年 奴婢法严 子孙不齿平人 域中怨郁十分居九。"

② 据崔在锡介绍，家庭制度的变化主要分为两种，一种是来自经济结构的变化，另一种是受西方近代思想（特别是通过文学传播的思想）带来的变化。崔在锡通过分析韩国解放后的教科书和实际调查结果得出结论，韩国的家庭制度仍然建立在与日韩合并前相似的价值观之上，这一研究结果值得关注。

第二章　近代意识的壮大

第二节　理念与现实的较量

朝鲜王朝后期，有一种思想流派被称为"实学"，这一流派旨在克服社会本身所具有的矛盾，并对此进行了多次详细研究。实学派力图揭露并克服这一矛盾，自然招来了保守派的极力遮掩与猛烈攻击。从思想史角度来看，他们之间的较量突出体现在北伐问题、文体问题和西学问题上。

一、北伐问题

面对后金与明朝的矛盾，光海君运用巧妙的外交手段在其中斡旋。光海君因贵族革命（"仁祖反正"）下台后，朝鲜王朝士大夫阶层就放弃了光海君力图中立的现实主义外交策略，转而采用以崇明为主的外交策略，导致朝鲜王朝遭受了两次战乱。①经历战乱之后，世子等三名大君被清朝当作人质扣押，当时的知识分子从此产生了反清情绪。这种反清情绪的体现之一便是仁祖给昭显世子的建议，即为了天理中的对命义理，应像苏武一样守节不屈。当时朝廷中西人、老论两派当权，反清情绪在朝堂中持续了很长时间。如果不表现出反清的态度，就不能被当成知识分子。

北学派正视现实，举起了反抗的旗帜。其兴起主要得益于英祖和正祖时期提出的"荡平策"，但是在社会思想层面来看，其兴起也源自彼时对南人和庶子出身造成的社会结构矛盾的强烈认知，而战乱的时间已相

---

① 相关内容可参考：〈비록 나라를 들어 쓰러진다 해도 향명（向明）의 대의는 저 버릴 수 없다〉（인조 4년），〈강약의 세（勢）를 돌보지 않고 오직 정의로 결단하여 후금과 절화（絕和）한다〉（인조 14년）。김용덕，앞의 책 참조。

隔较远也是该学派兴起的原因。对于士大夫阶层只注重理念，始终不愿与"蛮夷"和解的态度，朴齐家的《北学议》和朴趾源的《热河日记》曾对此进行了最为强烈的批评。特别是《热河日记》中的《许生传》，是对当时士大夫阶层空谈的尖锐批判。在朴齐家的《北学辨1、2》和朴趾源的《审势编》中分别详细阐述了二者热衷于北学的理由。朴齐家说："今人只是一部胶漆俗模子，透开不得。"之后，他感叹道：

> 虽与我亲信者，于此则不信，吾而信彼，政*如自以为知我者，常常推尊我，风闻一浮，言不近似之说，则遂大疑，其平生，忽信其谤我者之言也。①

人们对于"蛮夷"的蔑视程度极深，以至于无法相信自己所目睹之事。对于这样的情况，朴趾源进行了更加强烈的批评乃至攻击。朴趾源将这些情况分为五种：（1）以外藩土姓，反陵中州之旧族；（2）独以一撮之髻自贤于天下；（3）耻其公庭拜揖；（4）乃以功令之余习，强作无致之诗文，忽谓中土不见文章；（5）每叹燕赵之市未见悲歌之士。②

根据朴齐家和朴趾源的看法，一边学习使用中国的东西，一边蔑视中国，这是人们无法正视现实的体现。一个社会要想发展，就必须面对现实并迅速地以理论指导实践。但是，朝鲜王朝社会被迂腐的道义所束缚，无法正视现实。朴趾源借许生之口将自己对这一情况的不满讽刺地表达出来：

---

* "政"通"正"。——译者注
① 박제가，『북학의』，이익성 옮김(을유문화사，1978)，198쪽.
② 박지원，『열하일기1』，이가원 옮김(민문고，1966)，438-439쪽.

第二章　近代意识的壮大

  所谓士大夫，是何等也？产于彝貊之地，自称曰士大夫，岂非呆乎？衣裤纯素，是有丧之服；会撮如锥，是南蛮之椎结也。何谓礼法？樊於期欲报私怨，而不惜其头；武灵王欲强其国，而不耻胡服。乃今欲为大明复仇，而犹惜其一发；乃今将驰马，击刀刺枪，弨弓飞石，而不变其广袖，自以为礼法乎？①

  北学派正视现实矛盾并努力解决现实矛盾，认为这是改变社会的捷径。在这一主张下，北学派现实主义出现了。其主张始终没有发展为暴力、革命等理论，而是停留在了利用厚生理论上，但它对开化派产生了极大的影响，并成为举起革命旗帜的动力。那么到底应如何充分利用物力，使百姓生活富裕呢？

  朴齐家在《应旨进北学议疏》中建议，应淘汰儒生，使用车和钱币。儒生是一种有闲阶级，是"皆能役使农民者"。"等民也，而至于役使，则强弱之势已成"，"则农日益轻，而科日益重"。儒生是"害农者"②。这种"淘汰儒生论"在当时是极其大胆的，但朴齐家却只字不提具体实施方法。尽管如此，"淘汰儒生论"最终还是使大院君废除了书院。此处车和钱币就像墙砖一样，都是让朴齐家和朴趾源大受触动的清朝物品。但是当时朝鲜王朝并无车，因此货物流通不畅，商业不发达。这些情况在朴齐家的《车》中有详细讨论：

  沈楂梨取酸，以代盬豉者，见虾蛤醢，而为异物焉，其窭如此者何哉，断之曰，无车之故也。③

---

① 『열하일기2』，309-310쪽.
② 『북학의』，240쪽. 书中有关科举制的详细内容可参考「과거론1,2」.
③ 同上书，第46页.

对于钱币和砖头,他表现出非同一般的兴趣,他为改变当时社会的各种制度而尽心尽力,却未能如愿。但是,这种北学派的现实主义,激发了当时人们对社会现状的研究热情,促使人们写出诸多著作。其中,地理学的发展和国语学的起源尤其值得关注。①

朝鲜王朝后期,保守主义者为了掩饰社会矛盾,只提出冠冕堂皇的理念,进步主义者则对其造成了巨大的精神冲击。同时北学、实学派的登场,也为进步主义者带来了理论启蒙。通过本土知识分子,进步主义者从理论上深入认识自己所处社会的各种矛盾和分歧,并用想象的文字对其进行描写。这对于理解英祖、正祖时期的精神思潮具有极大帮助。

二、文体问题

从正祖即位开始,"文体反正"的浪潮逐渐成熟。"文体反正"是指重新整顿紊乱的朱子学说,振兴古文,禁止士大夫沉迷"稗官杂书"。"稗官杂书"是指与北学、西学有关的书籍和小说,这表明正祖逐渐受

---

① 이기백,『한국사신론 (韓國史新論)』(일조각, 1970), 271쪽. 书中写到:历史方面的记载有安鼎福的『동사강목 (東史綱目)』、韩致奫的『해동역사 (海東繹史)』、李肯翊的『연려실기술 (燃藜室記述)』、柳得恭的『사군지 (四郡志)』『발해고 (渤海考)』;地理方面的记载有李重焕的『택리지 (擇里志)』、申景濬的『강계고 (彊界考)』『도로고 (道路考)』『산수고 (山水考)』、成海应的『동국명산기 (東國名山記)』、丁若鏞的『강역고 (彊域考)』『대동수경 (大東手經)』等;地图方面的记载有郑尚驥的『팔도분도 (八道分圖)』、金正浩的『대동여지도 (大東輿地圖)』。朝鲜语语言学较为具有代表性的是申景濬的『훈민정음운해 (訓民正音韻解)』和柳僖的『언문지 (諺文志)』;金石学方面最有代表性的是金正喜的『금석과안록 (金石過眼錄)』;农学方面较有代表性的是徐有榘的『임원경제십육지 (林園經濟十六志)』;动物学方面有丁若銓的『자산어보 (玆山魚譜)』;医学方面有丁若鏞的『마과회통 (麻科會通)』。与地理学相关的内容,参考李佑成的《朝鲜后期的地理书——地图》(「조선 후기의 지리서——지도」),该文收录于历史学会编纂的著作《韩国史的反醒》(『한국사의 반성』,신구문화사, 1973)当中。

第二章 近代意识的壮大

到了保守主义知识分子的影响。当时的知识分子对这类小说持有两种截然不同的态度,保守主义知识分子认为应该将这些书籍与异端杂学一起抵制,而进步的知识分子则认为应该接受它们。特别是朴趾源更是大胆地提出《水浒传》应当被当作正史看待。

我们很难阐述文体混乱这一问题到底是如何产生的。据推测,最早可能是没落贵族出于维持生计或者揭露当时社会的结构性矛盾的目的,所以才摆脱了传统的文章(古文);也可能是妇女和商人们为了从这里看到并了解自己阶层的面貌而引发了这一问题。无论如何,文体的混乱都源于以下这一点,即:当时以"孝"为中心的经典文章已经无法表现出社会的全貌,然而彼时社会的矛盾和对立已经显露无疑。因此产生了文体上的混乱。这一点在朴趾源和他的门生之间的一段轶事中有着清楚的体现。

> 余尝从燕岩朴美仲。会山如碧梧桐亭馆。青庄李懋官,贞蕤朴次修皆在。时夜月明。燕岩曼声读其所自着热河记。懋官,次修环坐听之。山如谓燕岩曰。先生文章虽工好。稗官奇书。恐自此古文不兴。燕岩醉曰。汝何知。复读如故。山如时亦醉。欲执座傍烛焚其藁。余急挽而止。燕岩怒。遂回身卧不起。……天且曙。燕岩既醒。忽整衣跪坐曰。山如来前。吾穷于世久矣。欲借文章。一泻出傀儡不平之气。恣其游戏尔。岂乐为哉。①

文体混乱体现了当时社会结构中文化层面的矛盾。②文体混乱在《热河日记》(1780)以后波及全社会,并成了保守主义者攻击的对

---

① 남공철(南公辙),「박산여묘지명(朴山如墓志铭)」,『열하일기』, 7쪽.
② 이가원,『한문학연구』(탐구당, 1969), 347-348쪽.

象。正祖也对这一风气表示担忧，为了重新确立朱子学说，其于1781年禁止一切购买明清稗官小说的行为，于1782年禁止经史子集及唐版的引进。"文体反正"因此被公开化。①从那以后，朴齐家、南公辙、尹行恁等编撰《自讼文》，表明他们将合作致力于文体纯化的态度。②从南公辙的信中可以看出造成当时文体混乱的"罪魁祸首"就是朴趾源。南公辙为此劝说朴趾源解铃还须系铃人，朴趾源对此虽然表示认同，但声称这是自己无法左右的行为。"文体反正"的结果即文体的混乱，是由于利用厚生学（朴齐家）和社会结构的矛盾（朴趾源）引起的。关于文体反正，一个有趣的现象是，丁若镛虽然尖锐地批判当时的社会矛盾，但却为了对解决矛盾毫无裨益的文体纯化、古文振兴而奔走疾呼。一位思想史学家对这种疾呼的批判如下：

> 他拥护正祖大王的文体反正。然而他记录在荒野、农村目睹的惨状时用到的写实手法，难道不正是来自他青年时期响应正祖大王而极力抵制的稗官文体的风格吗？③

从思想史的角度来看，统治阶级是为了掩盖当时的结构性矛盾和分歧，而采取了"文体反正"这一自我保护措施。朴齐家和朴趾源明确

---

① "文体反正"的相关内容可参考文献：이가원, 같은 책, 341-349쪽; 『연암소설연구』(을유문화사, 1965), 446-481쪽; 김용덕, 『박제가연구』, 26-36쪽; 홍이섭, 『정약용의 정치경제사상연구』(한국연구도서관, 1959), 223-225쪽。其中, 李家源《燕岩小说研究》(『연암소설연구』) 244页中指出，"文体反正"与政权的变化有着密不可分的关系。

② 朴齐家在《自讼文》(「자송문」)（1783）中写道："夫词人之文，有时大，志士之文，无时大，臣因不敢以词人自命，而乃若其志别有之，总之为十三，纬之为十三，错综拟议，元元本本，务妇实用者，臣之所愿学也。"

③ 홍이섭, 『정약용의 정치경제사상연구』(한국연구도서관, 1959), 224쪽.

第二章　近代意识的壮大

指出，越是深刻地认识到韩国社会的结构，越想努力克服其中的矛盾，就越得写不同于古文形式的文章。这是因为语言决定思考方式。当然，这并不是说朴齐家和朴趾源的语言观完全切合时宜，这是因为他们把汉语作为文字语言的根本。他们不在生活中寻找语言的根本，而在理念中寻找，因此他们将汉语作为模范。但是正如金万重在著名的《本国语宣言》一文中所言，他们的认识只停留在标记物和内容物之间的差距上。

盖中国，因话而生字，不求字而释话也，故外国，虽崇文学，喜读书，几于中国，而终不能无间然者。①

根据朴齐家的上述论断可以看出，语言是由口语和文字组成的，以此作为前提，朝鲜王朝的文字和口语则明显是不同的。他的这一想法不禁让人联想到其另一主张，即中国式理念和朝鲜王朝风俗之间存在隔阂，而这也正是是朝鲜王朝初期语言观的一大进步。朴齐家的这一想法也反复出现在朴趾源的《热河日记》中：

然后始知我东作者之异于中国也，中国直以文字为言，故经史子集皆其口中成语，非其记性别于人也。……故我东作文者，以龃龉易讹之古字，更译一重难解之方言，其文皆昧，词语糊涂，职由是欤。②

---

① 박제가,『북학의』, 134쪽.
② 박지원,『열하일기2』, 81쪽. 对朴趾源的文体特点的研究可参考이가원,『연암연구』, 660-670쪽. 值得注意的是，朴趾源曾表示自己并不会韩字。"吾之平生，不识一个谚字……"

口语和文章、风俗和理念的差异使朴趾源独特的韩国式汉文文体得以形成，这在金炳渊（金笠）的诗中再次得到了体现。随着古文渐渐失势，直到在李光洙作品中才出现了完整的韩文*文体，其间耗时120多年。在这一过程中，贵族文化中辞说时调自上而下的传播和平民文化中盘索里自下而上的传播对完整韩文文体的形成起到了极大的作用。

三、西学问题

朝鲜王朝后期为了了解并解决朝鲜社会的结构性矛盾，大部分人将西学视为突破口之一。西学研究范围极广，光海君之后逐步进入朝鲜王朝的西方学术和西洋文物（特别是几何）都是其主要研究对象。

在当时朱子学说占据压倒性优势，对于一个不想从理念上掩盖现实矛盾的人来说，西学是其自我觉悟和自我认识的基础。根据洪以燮的研究，李晬光、李瀷将西学视为给予朱子学说变化的因素，而西学也延续了李蘗、朴齐家和朴趾源等北学派思想以及丁若镛的保民思想。[①]从地理位置来看，西学热主要倡导者为随星湖李瀷受戒的畿湖南人，特别是汉江流域的一批读书人[②]。西学主要是由政治上不得志的人提出并完善的，这意味着西学并不是作为宗教而被引进的，而是作为一种解决自身矛盾

---

* 韩文：也称"韩字"。1443年由朝鲜王朝第4代王——世宗和学者们一起创制出来，名为"训民正音"。在那之前相当长的历史时期，朝鲜半岛使用汉字进行标记，百姓的语言和文字并不统一。韩文在不同的历史时期还有过"谚文""国文"等叫法，本书中不涉及其名称变迁过程及原因的内容，为方便读者阅读，统一处理为"韩文"。——译者注

① 有关西学的相关内容可参考：홍이섭,「서학사상사상（西学思想史上）의 이벽」,「근세 사상의 반가톨릭주의」,『한국사의 방법』（탐구당, 1964）。天主教问题相关的内容可参考：이원순,「조선 후기 사회와 천주교」,『한국사의 반성』（신구문화사, 1973）。

② 홍이섭, 앞의 책, 237쪽.

第二章　近代意识的壮大

的方法被自主接纳的。也许正因为如此，大多数学者都没有把朱子学说和西学（特别是圣托马斯的天主教）看作是相反的理论。朴齐家和朴趾源对几何和西洋事物有着强烈的好奇心，这与二人对清朝的关注与探究类似，因此西学是建立在精神主体性之上的。当时保守主义者一直试图用理念掩盖现实矛盾，而西学就是在这样的背景下，被捏造成了与朱子学说完全对立的东西，最后变成了政权斗争的借口之一。

但是南人派中的学者们自觉接受了西学，西学为当时人们解决朝鲜王朝社会矛盾提供了进路。西学带来的平等思想、保民思想等对当时深受压迫的民众产生了极大影响，特别是在妇女、没落贵族、中人、普通百姓中引起了高度共鸣。这引发了保守主义者的愤怒，他们坚信儒家思想是封建社会的基础，只有固守统一儒家的意识形态，才能保障统治体制的安全。[①]他们的愤怒发展为"斥邪卫正"运动，开始对天主教进行迫害。当时朝鲜王朝社会正值思想革新时期，对天主教的迫害成为革新思想的阻碍，从实质上阻碍了社会进步。[②]对西学，即对天主教的迫害赤裸裸地表现出统治阶层对被统治阶层的警戒与防御本能，从这一意义上说，西学问题远比北伐问题、文体问题更严峻。但是引进西学，即引进天主教，这在韩国史上产生了重要影响，因为知识分子通过西学熟悉了保民平等思想，可以批判地认识儒家思想中区别对待不同阶级，区别对待庶出嫡出及重视门第的制度。为了教化信奉西学的中人及下人，韩文逐渐兴起，并成为重要的教育手段。更重要的是，随着西学与传统儒家思想的结合，接受了西学即天主教平等思想的东学得以萌芽。东学的形成也证明了西学被进步知识分子自主接纳，且与他们的民族意识相辅相

[①] 이원순, 『한국사의 반성』(신구문화사, 1973), 200쪽.
[②] 홍이섭, 『한국사의 방법고』(탐구당, 1964), 237쪽.

成。朝鲜王朝后期社会的矛盾与分歧受到西学的冲击，形成了新的应对形态，那便是东学。在殖民地时代，基督教与东学（天道教）之所以能够密切联系，也正是源自于此。

朝鲜王朝社会后期，保守主义者们的自有体制以及自我防御本能与进步主义者们的改革意识激烈碰撞。立足于儒家理念的各种制度已经不再适合当时的发展，这些制度及其引发的矛盾引发了这场碰撞与对决。这在北伐、文体、西学等诸多问题上均有所体现。

第三节 平民阶级的崛起

进入朝鲜王朝后期，前期严格的身份制度开始出现混乱。因此，不但有贵族沦为普通百姓，也有普通百姓升为贵族。在这种身份等级和阶层的变动中，最值得注意的是译官阶层的壮大和经营型富农的出现。两次战乱之后，士大夫们形成了蔑视清朝的风气，导致译官在正式典礼上的作用愈加重要，进而使译官阶层壮大了起来。当属于统治阶级的士大夫们执着于崇明这一虚幻理念而不能清楚地认识现实之时，译官们率先接触到了清朝及欧洲文明的精髓。这不但使他们认清了朝鲜王朝的现实，还引发了他们对朝鲜王朝社会矛盾与分歧的思考。同时，士大夫阶层对清朝的蔑视，使译官们得以暗箱操作，趁机积蓄家财。朴齐家和朴趾源等北学派人士实际到北京参观后，深切感受到了士大夫们的迷惘和译官们的伎俩。

译官们接触清朝及欧洲文明不仅使他们能够积累财富，也对他们的现实认知产生了很大的影响。此外，在西学派遭到迫害之后，朝鲜王朝社会与西欧文明的接触途径均被切断，译官便成了朝鲜王朝社会与西方各国沟通的唯一途径。其证据之一便是很多开化派人士都受到了译官们

第二章　近代意识的壮大

的深远影响。西学作为一种现实改革意志的工具被没落贵族所接纳，直到最后对于西学的接受和使用都是以译官为首的中人阶层进行的。以译官为核心的中人阶层对于西学的接纳，正如新罗末期六头品的兴起。当统治阶层为保护自己的地位，刻意逢迎外国势力的时候，以译官、书吏为中心的中人阶层吸收了西方的民族主义，最终成为殖民统治下的精神支柱，其重要意义无论如何强调都不为过。

中人阶层的崛起受清朝和西方文明影响，与此不同，农村知识分子基于对现实的了解和所在阶层发生的变动成为被关注的对象。在对农民阶层的身份变动仔细研究后，金容燮判断说，农民阶层的身份变动是中世纪封建社会危机的表现，并指出了阶层变化的具体内容。[①]（1）英祖和正祖时期，身份制度才出现了急剧变化。平民阶层的急剧变化始于正祖时期，奴隶阶级的变化始于英祖时期。（2）身份制度动摇的契机是壬辰倭乱，当时朝鲜王朝为了重建国家机构并维持其运转，公开认可卖官鬻爵。（3）其方法分别是：纳粟授职、免贱、冒属（隐瞒自己的身份）等。（4）身份的变更者通常为中农以上，他们可以积累剩余的生产品，其财富的积累主要是通过借地经营或农业商业化的方法[②]来实现的。他们被金容燮称为"经营型富农"。（5）经营型富农的合理经营方式是朝鲜王朝社会身份重组的基础。农民的身份变动可以说是朝鲜王朝试图用自己的力量克服后

[①] 参考：김용섭,「18세기 농촌 지식인의 농업관」,「조선후기에 있어서의 신분제의 동요와 농지 소유」,『조선후기 농업사 연구』(일조각, 1974)。金容燮（김용섭）在书中提到，想要更为详尽地了解相关内容可以参考：정석종,「조선후기에 있어서의 신분제 붕괴에 대한 일소고（一小考）」；시카타 히로시(四方博)撰写的相关论文；김정석,「조선 봉건시대 농민계급 구성」；차문섭,「임진 이후의 양역（良役）과 균역법（균역법）의 성립」。

[②] 김용섭, 같은 책, 438쪽。

期社会的结构性矛盾和分歧所进行的尝试。① 而朝鲜王朝后期社会的致命弱点在于这种身份变动并没有得到正当的理论诠释。

以译官为核心的中人阶层的觉醒和身份的急剧变化对朝鲜王朝后期的社会成员产生了极大影响。其中重要的是,理论上人们逐渐开始淡化对职业的蔑视。丁若镛借管子"贵人多则国穷"之语来警告士大夫阶层现在过于臃肿,朴齐家竭力要求淘汰儒生,二者的行为都属于这一范畴。

但这种意识主要表现在以文学为中心的艺术领域。脱离了秋史*的士大夫艺术论,风俗画和实景山水画的开化也在朝鲜王朝后期的绘画中有所体现,而在文学上个人感情的自由抒发和由此而来的行动及为人处世也表现出极大的开化。《许生传》中对士大夫的批评,《两班传》中对游手好闲行为的批判,《春香传》中对贵族阶级和平民阶级的一视同仁以及对感情的自由抒发,不愿被辞说时调格式所束缚的态度,盘索里中露骨的性欲表现等都是如此。该意识首先令人忽略职业的优劣。朴趾源的许多作品中,都有乞丐、农民、商人登场,他们都是其中的代表性人物。朴趾源利用这些人物讽刺贵族的游手好闲和夸夸其谈,称赞劳动的神圣。除了朴趾源之外,刊登在《溪西野谈》和《东野汇集》上的几篇短文也表现了职业的神圣和经营型富农的形成过程。②同时,在朝鲜王朝后期的文学中值得关注的是,小说的内容与以往大不相同,主要记录了作者在朝鲜半岛亲眼看见的社会现象并以此作为创作素材。这体现了进入朝鲜王朝后期,知识分子对社会结构矛盾的深入认识和文化民族主义

---

① 有关对农村知识分子的认识集中体现在「토지 제도나 행정 기구와 같은 제도상의 개혁에 치중하는 경세치용」一文中,而在首尔城市中成长的知识分子则将目光集中于商业相关的内容。由此可知,农村知识分子已经形成了较为保守的观点。

* 金正喜的号。——译者注

② 具体内容可参考:임형택,「이조 말기의 단편소설 3편」(《형성》 제9호)。

第二章 近代意识的壮大

觉醒。

第四节 遭受背叛的理想国家和宗教民族主义

进入朝鲜王朝末期,由于自身社会结构存在的冲突,尖锐的矛盾随之暴露出来。进步主义者想解决这一矛盾,保守主义者想掩盖这一矛盾,因此二者之间的对立也愈加突出。为了在矛盾冲突中能够苟延残喘,当时的士大夫阶层做了各种尝试。其中,丁若镛[①]引用了朱子学说中的各种典范,试图依古法打造一个理想国家。崔济愚[②]则将底层民众的力量与民族主义相结合,并将其视为拯救朝鲜王朝社会的原动力。总的来说,二者的努力分别代表了朝鲜王朝末期应对社会混乱的两种态度。

尽管丁若镛是在西学熏陶中长大的,但他此后仍然背离了西学。作

[①] 丁若镛(1762—1836),号茶山,祖籍全罗道罗州,出生于苕川马岘。丁若镛自幼成长在西学的氛围中。1794年任京畿道暗行御史。任职期间他亲眼目睹了农民的贫困和地方行政的混乱。1796年进入奎章阁后,因为他的西学背景,弹劾他的奏章屡见不鲜。于是他撰写了《自明疏》,直接表明自己背叛天主教。在"辛酉迫害事件"中他惨遭流配,从1801年起,开始了长达17年的流配生活,直至1818年才被释放。在这长达17年的流放中,他建立了属于自己的文学体系。他的代表作有完成于1817年的《经世遗表》《牧民心书》,以及完成于1819年的《钦钦新书》。诗词方面,他的代表作有《奉旨廉察到积城村舍作》和《饥民诗》,这两首诗都如实地反映了农民穷困潦倒的现象。有关丁若镛著作的具体内容可参考:홍이섭,『정약용의 정치경제사상연구』(1959)。

[②] 崔济愚(1824—1864),号水云,朝鲜庆尚南道庆州人,本名济宣,开始宣传东学后改名济愚。崔济愚的父亲是一位声名显赫的汉学家,但却未能入仕。崔济愚虽是父亲的老来子,但却为庶子出身。直至36岁崔济愚也无法入仕做官,家中穷困潦倒,他本人也极为焦虑。1859年,他与妻儿怀着"回到故乡,救济愚民"的信念开始修道。1860年,他创立东学,宣传东学思想。1863年,他决定将教主之位传给崔时亨。1864年,崔济愚被捕并被处以死刑。有关东学的详细内容可参考:최동희,「한국동학 및 천도교사」(『한국문화사대계6』);김한식,「동학사상의 혁명성」(《아세아》 1869.4)。

为朝鲜统治阶级的贵族之一，他在最后仍寄希望于用朱子学说去解决朝鲜王朝末期的社会矛盾。崔济愚集合了被统治阶级压抑已久的能量，宣传民族主义下人人平等的思想，这便是在西学的影响下，期望通过自身的力量解决社会矛盾的另一种努力。此外还有另一点值得注意，即这两位思想家都来自没落的或趋于没落的家庭。这是因为只有权力结构的局外人才能清晰地看出其结构的矛盾。

丁若镛繁多的著作中，最能表现其对尖锐现实的清晰认知并加以呈现，同时也是最引人注目的著作便是《牧民心书》。在写就《牧民心书》之前，他主要由诗篇表达思考。诗篇中流露出他对百姓穷困生活的愤慨，这促使他写出了有关建立理想国的想象类作品。《牧民心书》是一部依托于想象的杰作。丁若镛将主人公设定为一位理想化的官员，从他将要赴任，到其上任，再到处理事务，而后离任为止的整个过程中，丁若镛用想象的手法进行撰写，给出了很多典例。从丁若镛称这本书为"心书"可知，《牧民心书》是其想象的产物。在他自己写的序中有这样一句话："其谓之心书者，何有牧民之心而不可以行于躬也，是以名之。"①在这部"心书"中，他巧妙地把自己决心要做的事情、古人所说的事情、实际做的事情等融合在一起，刻画出了一幅与朴趾源《热河日记》相呼应的宏伟画作。丁若镛在《牧民心书》中刻画的理想国并不完整，因为他所描写的"牧民"只局限于一个郡。从这个意义上说，他的理想国家和许筠的栗岛国在本质上是不同的。丁若镛全盘接受儒家制度(特别是朱子学说)，并梦想在其范围内再进行调整。这是他作为理想主义者的底线，同时这也是《牧民心书》中理想国家的弱点。书中仍然强调百姓与统治者之间的差距，并以忠孝来解释一切。传统的严肃主义

---

① 『국역 목민심서1』(민족문화추진회, 1969), 11쪽.

第二章　近代意识的壮大

仍然统治着书中的理想国家。但是他的《牧民心书》却有足够的亮点来抵消这一不足之处。此亮点便是书中清楚地揭示了朱子学说的治民方法与当时方法的巨大差异。他所描绘的理想国牧民官是一位完完全全的君子。

> 未明而起，明烛盥洗，整衣束带，默然危坐，涵养神气。少顷，乃绎思虑，取今日当行之务，先定先后次第。首治某牒，次发某令，皆历然在心。乃取第一件，思其善处，次取第二件，思其善处，务绝私欲，一循天理。昧爽灭烛，一直危坐，天既明，侍奴告时至，乃启窗受参谒。①

然而，牧民官真正将要面对的则是惨淡的现实。由于官场变动频繁，衙役借机上位，而户口簿乱七八糟，以户籍簿为依据的各项事务，特别是税收更是一塌糊涂。他必须按照朱子学说的原则纠正这一切 。因此，《牧民心书》中的牧民官要按照古人的法度，依照《经国大典》和《续大典》中记载的法度行动。因为只有这样做，他才能光荣地告老还乡。但现实却并非如此。因此，虽然《牧民心书》的作者奋力高喊如果官员不这样做，百姓面临的只有死路一条，但东学革命以后的一切更详细地揭示了现实。《牧民心书》虽然表现出了丁若镛所倡导的严苛的朱子学说，但其中真正让读者感到愤怒，且产生共鸣的却是小吏的偷奸耍滑和牧民官们借此进行勒索的行径。读者的愤怒和哀叹反而是从阅读《牧民心书》的过程中产生的。

---

① 『국역 목민심서1』(민족문화추진회, 1969), 56쪽.

> 杀狱回题，题于书目，吏若受贿，把要紧字句，擦改翻弄，牧无由觉之矣。方其封发之日，召刑吏谕之曰："日后吾到营门，宜索原状，详细再阅，若有只字片言，讹误脱失，汝其有罪。"①

在《牧民心书》中，很多小吏和县官之间的关系都如上所述。小吏想要达到自己的目的，会在文书上大做文章，让县官做出符合其目的的判决。《牧民心书》的力量在于让人能够解读出其潜台词，识破其阴谋，特别是有关户籍和税收的条目中充斥了这样的内容。《牧民心书》比其他作品更为准确真实地再现了朝鲜王朝末期社会的结构性混乱。丁若镛的理想主义即作品中主张的朱子学说代表了统治阶层看到现实混乱至极后想象的产物。这是现实的挫折和注定要遭受挫折的人所发出的危险感叹。这就是为什么必须在他的理想主义中加入"背叛"两字的原因所在。虽然他遭到了背叛，但是他的理想主义与其他儒学家的古文至上主义截然不同。当时，古文至上主义没能意识到口语与文章之间的背离，还在一直追随并模仿中国古代文人的文风。而丁若镛在清楚地了解并描述出种种现实的基础上，并没有追求中国古代文人的写作形式，而是试图忠实于古代儒家至上理念本身。从这一角度来看，他在《牧民心书》中从韩国历史借鉴的东西比从中国借鉴的还多。以丁若镛为代表的实学派和其他知识分子不同的地方，就在于当其他知识分子模仿写作文章的时候，实学派劝他们模仿实际行动。

如果说从丁若镛身上可以看出他为重建古人所设想的理想国家所做出的学术努力，那么东学则代表了下层阶级的集体无意识，即清楚地看到了朝鲜王朝后期的社会矛盾，并为解决矛盾而提出了新理念，这就是

---

① 『국역 목민심서1』(민족문화추진회, 1969), 196쪽.

第二章 近代意识的壮大

东学民主主义方面的"人乃天思想"。该思想建立在人的尊严性和平等性之上,从这个意义上说,"人乃天思想"是在西学的影响下形成的。西学与它的关系为"而运同道亦同,理不同",在《论学文》中可以清楚地看出来这一点:

> 水云*笃信自己信奉的道与西学一样,都是来源自上帝;在造化天定方面也相同;在现实中都能够显示出惊人的威力亦同。因此,在他看来,西学和儒学、佛教千差万别、大相径庭。①

从诚实待人的态度上,可以看出西学和道学的相似之处。基督教的爱人平等思想和东学的"人乃天思想"在信奉上帝这一点上非常相似。东学的教理是人即天,将人的尊严也视作如此。这是一种划时代的努力,旨在从理论上解决当时社会阶级制度矛盾。

那么崔济愚为什么执意将西学和东学区别开来呢?崔东熙认为,这是为了摆脱家庭、门阀、国家的猜忌与威胁。同时他还指出,东学这个名称是"在这片土地上得到的,是在这片土地上传播的",是与西学相对立的概念。这种对立意识被一位研究者命名为民族自主意识。②他认为,民族自主意识是以知识分子阶层作为对象创造的理论。向农民等底层民众宣传"人乃天思想"和"宗教感情"(小道思想),向知识分子宣传"民族自主意识",他由此找出了扩大的东学势力原因。"东学"是朝鲜王朝后期提出的原生理论,是为了平息持续不断的社会动荡,抵御外国势力的侵略,解决社会顽疾和思想空白而提出的理论。从这一意义

---

*　崔济愚的号。——译者注
①　최동희,『한국문화사대계6』, 717쪽.
②　김한식,「동학사상의 혁명성」.

上来说，这与丁若镛的体制指向型"理想国家论"性质不同。东学通过向农民阶层提倡人的尊严，向知识阶层提倡民族意识来解决儒家社会的矛盾，这种态度也许与崔济愚自己的出身有着密切的关系。经过东学革命，东学的宗教民族主义举起了殖民统治下右派民族主义的大旗，给殖民地社会歧途中的反民族运动以沉重的打击。

第五节　《恨中录》与家庭制度的崩溃

《恨中录》是一部内简体*记录散文，也被称为《闲中漫录》《泣血录》等，其作者是思悼世子的嫔惠庆宫洪氏。思悼世子激怒英祖，被关在米柜中饿死。虽然这本书直到思悼世子去世很久之后才编撰出来，但是这本书使用宫中贵妇的文体写成，深刻地揭示了朝鲜王朝后期家庭制度的矛盾，所以还是一本值得关注的书。关于《恨中录》的内容究竟是虚构还是根据事实改编，一位专家提出了下面的观点，可以作为我们了解这本书的一个参考：

> 我很难将其视为一部宫中小说，因为《闲中漫录》并不是一部虚构的小说，而是真实的事件，是作者分4次写成的自传体回忆录。我认为它属于文学史上的记事类文体。这一文学体裁正如题名所示的那样，是漫谈式的记录形式，也可以称之为随笔。然而《闲中漫录》虽然号称"漫录"，其内容却是一篇充满了主观性、目的性的报告书。而且，本书由4部作品汇总而成，4部作品的编写目的各不相同，因此《闲中漫录》的作者并非惠庆宫而是另有他人。①

---

*　内简体是指朝鲜王朝时期流行的女性书信文体。——译者注
①　이병기, 김동욱 교주, 『한듕록』(민중서관, 1961), 서문.

第二章　近代意识的壮大

从上述内容可以推测出，这部作品是以事实为依据的。任何自传性回忆录在语言上都会有所妥协，而且是以记忆为基础写成的，因此并不能排除其虚构性，但该作品记录了事实，反映了朝鲜王朝后期社会的结构性矛盾。这一点便是《恨中录》超越前人独有的优点。上面的论述表明，《恨中录》的重要性在于其问题核心聚焦于社会构造和历史。至少就这部作品来说，讨论作品本身的结构和内容并没有什么特别意义。《恨中录》与单纯的纪实乃至随笔体裁不同，也与《东溟日记》等作品中绚烂的笔调不同，正因如此，它成为记录型著作的一座丰碑。

为了了解该作品的核心问题和该作品所具有的对应关系，首先要讨论该作品的写作目的和意图。撰写《恨中录》的作者到底有什么写作目的？作者从一开始就对此有所说明：

> 我自幼进宫，和本家朝夕都有书函往来，故手迹理应不少。但先父在我入宫后，曾嘱先母说："外间信函本不应流入宫中，若信上除问候之语，再添诸多杂事，乃为不敬，故朝夕回函只传达家中消息即可。"
>
> 先母按先父所言，朝夕回函，只在心中简略告知本家消息。
>
> 本家又按先父吩咐，把我的来信用水洗掉墨迹，因此本家几乎没有我的手迹。内任守荣常对我恳求说："本家没有姑母大人的手迹，如能赏赐一二，必作为传家宝代代相传。"
>
> 虽想满足守荣心愿，奈何终日忙碌没有空闲。今年乃我花甲之年，想起这件事，颇为后悔。又想到岁月流逝，我精神日渐衰退，还是趁早把我经历之事信笔记录下来吧。但这记录只怕挂一漏万也

未可知。①

我们不难看出，上述内容除了文笔流畅之外，还有对创作意图进行的深刻阐述。作者在娘家人的请求下才写出了《恨中录》，同时随着年龄的增加，作者的精神也愈加恍惚，这是自相矛盾的说法。相对于娘家的请求，更能体现作者写作动机的是对逝去丈夫的追慕之痛。虽然作者自称此书是信马由缰式的写作，却在写作过程中力求一字不漏，使得这种真切感非同寻常。在《恨中录》中可以清晰地看到：作品中到处都有无意识冲动和有意识克制之间的矛盾所导致的逻辑混乱。书中做了较多的解释："我暂且苟活，记录下这段血泪往事。有许多地方，我不忍下笔记录……"②思悼世子成了主人公，英祖和国丈洪凤汉则作为附属人物登场，后者在书中的作用在于将作者自我情感进行自圆其说，同时也是作者精神上的避风港。

那么，作者是以何种方式批判世子之死的呢？一般来说，世子的死因可大致概括为臣子们的谗言、世子自己的过失、英祖的错误，但是作者强调英祖和世子之间的矛盾，实则想要隐约表明这是世子自取其祸。作者屡次使用"病""病情""病情严重"等用语也正是源于此。

有人评价说，从作品中出现的"病"来看，这是一种精神错乱，并用弗洛伊德的心理学说对此加以解释。③诸如"你作为一个病人怎么能这么做呢""我觉得你不像一个病人"等相互对立的描写，显然是一种超我的

---

① 이병기, 김동욱 교주,『한듕록』(민중서관, 1961), 2쪽. 本段译文引自：张龙妹主编, 张彩虹、王艳丽译,《日韩宫廷女性日记文学系列丛书：恨中录》, 重庆出版社, 2021年, 第123页。
② 같은 책, 2쪽. 译文来源同上书, 第202页。
③ 김용숙,「사도세자의 비극과 그의 정신분석」,《국어국문학》제19호.

第二章　近代意识的壮大

检查结果，它们同时包含着对病强调与否定的层面。如果不是作者精神恍惚，那么这两种描述就不是病症的客观记录，而是有意为文的某种暗示。

通过判处精神病患者死刑，实现国家安宁。这在逻辑上是存在问题的。假如文中写那个精神病人最终策划了谋反，或者从监禁中脱身而出，试图杀害英祖和世孙，或许逻辑上才能成立。然而书中并没有做如是的记载，所以我们很难接受书中记载的内容。①

那么，我们会怀疑这种"病"是不是谋反的隐语。更让人疑惑的是，英祖和世子之间的矛盾在书中到处可见，且以憎恶的形式表现出来。"父子都各自不能从心所欲，以至互成仇敌，这不是天意是什么？真是冤哉痛哉……"②"英祖大王每天都叫世子过去，问他是用过膳与否，世子回答之后，立即洗耳……"③英祖这种稀奇古怪的性格和世子的怪癖是互补的，这也显示出了朝鲜王朝家庭制度的矛盾之处。

朝鲜王朝家庭制度依靠父子关系，最终在该作品中展现了其礼崩乐坏的过程。该作品所具有的意图不明、有意识和无意识、围绕疾病的两个无意识对立的陈述、未分化的名分（逻辑）与人物个性（非逻辑）是朝鲜王朝社会家庭制度结构性矛盾的文学表现。而当19世纪末朝鲜王朝受到西方文化的冲击而面临国家危机时，以父子为中心的家庭制度反而起到了意想不到的积极作用。那时，父(国家)与子的对立意识重新发挥光复国家的作用。因此，从李光洙等人的自由恋爱论到李箱的家人情

---

① 이능우,「한중록의 심리분석」,《문학춘추》제2권 제3호, 241쪽.
② 译文引自：张龙妹主编, 张彩虹、王艳丽译,《日韩宫廷女性日记文学系列丛书：恨中录》, 重庆出版社, 2021年, 第228页.
③ 同上书, 第214页.

结，再到后来的无产阶级恋爱论，都受到了朝鲜王朝家庭制度的影响。

第六节 《热河日记》和封闭社会的知识分子

由于《热河日记》这部作品表明了朝鲜王朝后期社会结构的矛盾可以通过自身的努力得以解决，因此没有一本书比它更具有冲击力，没有一本书可以像它一样引发热议。

《热河日记》的实际内容与其题目并不相同，它其实是一本日记体游记。《热河日记》共26卷，主要记叙了1780年，朴趾源①作为远房族兄*朴明源的随从进入中国，游览盛京、北京、热河等地的内容。书中寄寓了作者对清朝文物制度、风俗、社会、宗教、艺术的整体思考。《热河日记》的序言强调，书中的所有文章都具备以下特点：第一，把距离作为第一原理进行隐喻；第二，对真实与虚假进行了虚构性批判；第三，竭尽全力地去写作且保持有好奇心；第四，侧重于通过描写世态人情警醒世人。在这篇序言中，作者已详细说明作品的全书基调，所以没有必要再对其进行补充。因此，《热河日记》中记录的事件，描写的风俗、对话、笔谈、距离、时间等内容的真实性和准确性只具有次要意义。正是因为作者已经通过书籍详细地了解了中国燕京当时的风景、制度、历史、各种职业，所以即使他并没有真正去燕京旅行过，也能通过想象写出这本书。此外，他分外注重细节的准确性，这一点在著述中随处可见。通过对作者的精神结构进行分析，我们可以看出其亲身体验之后产

---

① 朴趾源（1737—1805），号燕岩。朴趾源是潘南朴氏人，是朝鲜时期的大文豪，但其一生却怀才不遇。作为北学派的代表人物，他的著作有共计26卷的《热河日记》。关于他的研究可以参考：이가원，『연암소설연구』。

* 二人高祖相同而曾祖不同，唐朝之后称为"三从兄弟"。——译者注

第二章　近代意识的壮大

生的优越感，这种优越感使他有意识地在书中采用了诸多细节描写。另一个是他对于传记，即所谓稗官杂记笔法的偏爱。

他凭借对现实的准确判断，巧妙地批判了当时知识分子的知识禁忌，也借由事实报告暗示了他的批判意识。①而这一点在《关内程史》中的《虎叱》和《玉匣夜话》中的《许生传》都得到了突出的体现。《关内程史》记录了从山海关至燕京共计11天的旅途，《射虎石记》包括旅程中两天的日记。据记载，他在玉田县时，在沈由明的店铺中与主人进行笔谈，店里的墙上挂了一篇写在白纸上的佳作。

> 余因还座，问："壁上所揭谁人所作？"主人曰："不知谁人所作也。"……余曰："然则何从得此。"沈曰："曩于蓟州市日收买。"余曰："可许誊去否。"沈首肯曰："不妨。"约持纸更来。饭后与郑君更往。……余复问："此先生所作否？"沈掉头曰："有如明烛。俺长斋奉佛。忏诚谵妄。"余嘱郑君自中间起笔，余从头写

---

① 《热河日记》是一部极具批判性的文学作品。以下两段节选可充分体现这一特征：a. 글자는 즉 군사요, 사상 감정은 장수요 제목은 적국이요, 옛일이나 옛이야기는 전장(戰場)의 보루다. 글자를 묶어 구를 만들고, 이를 합해 장을 이루는 것은 대열을 지어 행진하는 것과 같으며, 성운(聲韻)으로 소리를 내고 문채(文彩)로써 빛을 냄은 북·종·깃발과 같다. 조응(照應)이라는 것은 봉화에, 비유는 게릴라 전에, 억양반복은 백병전(白兵戰)과 육박전에 해당하고 제목을 끌어내 결속을 짓는 것은 적진에 돌입, 적을 생포함에 해당하고 함축을 중시함은 적의 노폐병을 사로잡지 않음에 해당하며 여운을 둠은 기세를 떨쳐 개선함에 해당된다（字譬 则士也意譬 则将也　题目者敌团也 掌故者 战场墟垒也 束字为句 团句成章 犹队伍行阵也 韵以声之 词以耀之 犹金鼓旌旗也 照应者 烽埃也 譬喻者 游骑也 抑扬反复者 鏖战撕杀也 破题而结束者 先登而擒敌也 贵含蓄者 不禽二毛也 有余音者 振旅而凯旋也）（《骚坛赤鏖引》）. b. 문장에는 묘리가 있으니 그것은 마치 소송하는 사람이 증거물 없이 어떻게 소송할 것인가. 그렇기 때문에 여기저기 고전 문헌을 인용해서 내 의사를 밝힌다（文章有道 如讼者之有证 如贩夫之唱货 虽辞理明直 若无他证 何以取胜 故为文者 杂引经传 以明己意）（《答苍崖》）.

下。……及还寓点灯阅视，郑之所誊无数误书，漏落字句，全不成文理，故略以己意点缀为篇焉。①

这里所说的佳作就是《虎叱》。这种事同样出现在《许生传》中。在这样的事实前提下，当我们忽略朴趾源的创作目的和方法时，上述作品便会被认为是由作者转载而来，而非朴趾源的原作。②毫无疑问，这种伪装方法本身就是高超的批判能力。通过这种伪装，他能够更加尖锐地表现出当时社会的矛盾与分歧，进而对当时沉溺于飘渺的崇明思想和顽固的保守主义思想的士大夫阶层进行了猛烈的抨击。由于当时小说被士大夫们有意排斥，所以他以游记的形式表达了批判。

要理解《热河日记》的另一面，就要提前了解朴齐家、丁若镛、朴趾源等人对西学的钻研。当时他们对西学即天主教的宗教思想及精神结构仍未理解透彻。至少在18世纪，即便是对非常不满于现状的实学派而言，中国的明清思想，都是最具普遍性的思想准则。然而，在北京目睹过天主堂的朴趾源说过"天主者，犹言天皇氏、盘古氏之称也。……自谓穷原溯本之学。然立志过高。为说偏巧。不知返归于矫天诬人之科。"③

朴趾源对天主堂感兴趣的理由之一就是那里的风琴。望远镜、地图、指南针、日历、数学、物理等实用学问构成了西学的基础。康熙帝当时为了掌握几何学、日历、地图以及解剖学，曾将神父们请进宫中讲解。朴趾源亦有此方面的考量。除《热河日记》外，他还在《放璃阁外

---

① 『국역 열하일기1』.
② 이우성(李佑成),「호질의 작자와 주제」,《창작과 비평》제3권 제3호. 对这一论点仍存在争议。
③ 『국역 열하일기2』.

传》中写下了九传,包括《马驵传》《秽德先生传》《闵翁传》《广文者传》《两班传》《虞裳传》《易学大盗传》《凤山学者传》等。在这些作品中,他强烈地批判了贵族的生活态度(如《两班传》),并突出强调了劳动的神圣。①他处于庙堂之外,因此能够进行深刻的自我反思,从而催生出批判意识。但是朴趾源也有其局限性,那就是并没能将这种批判意识发展成革命理论。

第七节 诗的作用和形态破坏过程

前面我们将朴趾源的作品置于18世纪后期社会结构性矛盾的改革以及作品和改革的对应关系中进行了探讨。特别是对于正祖和朴趾源来说,"文体反正"所反映的思想史问题是尤其重要的,这可以从散文作用的层面来阐释与朴趾源一同被提出的这类问题。朴趾源的文体改革不但被归入了稗官杂记一类,还因威胁到了执政者而一直遭受打压。这是由于朴趾源将分析精神乃至批判精神视为散文作用的根本所在,那是一个知识性问题,所谓讽刺手法的运用也源于此。但是我们发现,朴趾源在权力的压迫下,主动放弃了他具有冲击力的散文写作。这就是批判性的现实主义者朴趾源的局限性之所在。进而言之,朴趾源当时身处体制内,

---

① 将《热河日记》和其他实学派的小说进行比较是一个艰苦卓绝的过程。李家源编纂的《朝鲜汉文小说选》(『조선한문소설선』)中广泛收录了实学派思想家们的作品,但在编纂该书时,李家源掺杂了他个人主观的好恶,因此该书中很难看到超越高丽末期假传系学者的作品,特别是丁若镛的各种小说。《热河日记》的重要性体现在随着时间的推移,其影响力逐渐扩大。他的作品虽然受当时社会历史条件的束缚,但与此同时也展现出超越这种束缚的力量,这是他的作品广泛传播的重要原因。需要再次指出:朴趾源完全不懂韩文,作品全部用汉字写就,这与他作品之间存在的关系之后会成为留在语言与文字之间的重要障碍。

韩国文学史

是士大夫的一员，也是"文体反正"时期的县官，这些事实造成了他的局限性。

　　与此相对应的则是诗的破坏过程。现在让我们来回顾一下这一过程在朝鲜王朝后期的社会中是如何展开的。在谈论韩国古代文化时，不得不讨论的问题之一便是东方即中国文化圈中的诗是什么。在韩国古典文学中，《龙飞御天歌》和《杜诗谚解》这两部佳作独占鳌头。前者是一项全国性工程的成果，旨在确立朝鲜王朝建国文化。《龙飞御天歌》的创作动员了当时最优秀的知识分子，被列为国家的重大项目，对其重视程度堪比社会和经济体制的改革。《龙飞御天歌》起到的并不是单纯的宣传或展示作用，而是作为文化准绳，更注重其政治意义。可见，这已经超越了"文即教养"的层面，将"文"与礼乐主义相结合，并融入政治中，进而将文治朝鲜的社会核心置于东方思想之中，保持精神的均衡。当然这种现象离不开中国的尚文主义的影响。中国古代政治家的文学创作和做学问一样，兼具文化意义和政治属性。历史证明，大部分的政治家就是文人。例如枭雄曹操是当时优秀的诗人，曹丕更是写出了中国最早的文艺理论专著《典论》，并一语点出"盖文章，经国之大业"。实际上，从以文章作为录用官吏标准的科举制度中就可以明显看出这一点。

　　众所周知，汉语是孤立语，每一个汉字都是具有哲学意义的独立宇宙，是哲学的组成单位。汉诗的创作需要遵照严格的字数律，将一个个小宇宙即独立的单位组合起来。同时，汉诗必须具有四声押韵的声音结构。一首诗只有满足上述几个难以达成的条件时，才能被称为汉诗。①因此，只有经过长时间的习作训练且具有高度的概括能力，才能成为诗

---

① 제임스 류James J. Y. Liu，『중국시학 *The Art of Chinese Poetry*』제1부.

第二章　近代意识的壮大

人。从这一点来看，写诗本身就是一种哲学，也是一种平衡，只有具备这种能力的人才能更好地从政。韩国，特别是在朝鲜王朝社会时期，处于中国文化圈中，与其说朝鲜王朝采取这一方式是明智的选择，不如说是不可避免地受到了中国的影响。因为上述原理本身就具有普遍性。①在这里，需要指出一点，对于韩国人来说，汉文不是本国语，因此很容易先入为主地认为韩国人创作汉诗比中国人更困难，但事实却并非如此。因为即使在当时，口语和书面语也是不同的。虽然对于韩国人来说会有一些不利影响，但这并不是什么大问题。这与韩国汉文学的水平也有一定关系，但其根本原因在于汉文书面语曾经发挥作用。在朝鲜王朝中期，李珥就在《击蒙要诀》中规定了士大夫们学习学问的顺序，我们据此便多少能够理解书中规定的方法论了。②

在18世纪后期的社会阶层变迁过程中，朴趾源的散文文体变革在思想界掀起了轩然大波，但诗却没有受到任何冲击，而这正是基于诗所具有的正统性。因此，丁若镛在描写农民惨状的《饥民诗》《长鬐农歌十章》中，只是内容有所变化，而形式或文体却几乎没有变化。由此可见，诗具有极其牢固的正统性。也正因如此，直到19世纪，诗的功能及形态在朝鲜王朝社会才逐渐毁灭。这一点可以通过金炳渊得到验证。

在这里，我们称其为"金笠"时，并不是单纯地指"金炳渊"（1807—1863），而是另有深义。理由如下：第一，我们很难通过文献

---

① 在用汉文写诗这方面，朝鲜人与中国人相比确实缺少一些先天优势。但这种差异并没有想象中的那么大，因为对于中国人来讲，写诗也是一件非常困难的事情。在对韩国的汉文进行研究时必须要对这点有足够深刻的认识。

② 李珥在《击蒙要诀》（『격몽요결』）的《读书》中讲述了读书的顺序，说先学《小学》，然后按《大学》《论语》《孟子》《中庸》《诗经》《礼记》《书经》《易经》《春秋》顺序学，即先四书后五经。其中阅读《诗经》的理由是"于性情之邪正，善恶之褒戒"。

了解他。现在关于他和他诗作的内容只能从《大东奇闻》《大东诗集》《绿此集》（黄五著）中找到。而且在《大东奇闻》中，关于他的内容也只是"其家因为废族，炳渊自以谓天地间罪人，尝戴冠不敢仰天，故世以金笠称号"。

第二，目前还没有证据表明所谓的"金炳渊之作品"是真实的。1939年出版的《金笠诗集》的编者就曾写下了这样的内容：

> 笔者在收集金笠诗歌的过程中，从三处收集的韵律相同的诗分别有着二三字的差别，由此可以联想到真相。……对于金笠诗真假之分，咸镜道的韩三宅是假金笠，南道人中也有一部分乡野诗人想将自己的作品以金笠的名义出版，因此不得不忍受诗中的微小纰漏。①

第三，韩国各地的人都知道金炳渊。当时收集资料的人曾记录："因为他留在京城的作品主要是功令诗，所以他到地方乞讨时作出的诗反而令京城人感到陌生。如果因此就断定这不是金笠的诗，那就大错特错了。反倒需要先在全国各地仔细寻找其存在的痕迹。作者在咸镜道和京畿道广泛拜访了私塾先生和汉学者等，但无论是在何地，他都是尽人皆知。"可见当时金笠已经声名远播，非比寻常。②由此可以看出金笠诗作的多元意蕴。

金炳渊的多元性与18世纪朝鲜王朝社会的经济结构和随之而来的社会矛盾，以及因身份变动无法挽回颓势的没落贵族阶层有很深的关系。

---

① 이응수(李应洙) 편주, 『김립 시집』 (학예사, 1939), 자서（自序）.
② 同上书，第4—5页。

第二章　近代意识的壮大

金笠身上的这一鲜明烙印众所周知。在朝鲜王朝时期"西北人物*为重用"的政策下，爆发了"洪景来之乱"。金笠的祖父金益淳向起义军投降，因此金家被贬为废族。金笠作为士大夫阶层，头戴斗笠，自称罪人。这些事件形塑了金笠的性格。除此之外，士大夫的身份与现实的挫折感之间的矛盾也使他陷入了现实的危机之中。"诗歌课"（政治课）是士大夫出人头地的途径，当其失去这一目的时，金笠所掌握的才学和能力便不得不以非常规和诙谐性的形式表现出来。虽然这很重要，但这毕竟只是金笠的个人问题。实际上，这一问题在社会学和文化史上也具有重要意义，因为在当时的社会条件下，众多没落贵族阶级将自己与金笠联系在了一起。众所周知，在经营型富农、城市人口增加、官僚阶层的腐败(肃宗、哲宗在位期间)、商业资本的投资、科举制度的混乱等现象下，没落贵族明显增多。特别是科举制度的混乱，强烈动摇了儒生一心学诗的追求。从这一点来看，作诗的技巧已经变成了无用之物，因此他们只能将其用于其他地方。在这种处境中，最终便出现了金笠这样的人。因此我们也就能理解为何金笠在其著作中对社会各阶层都一视同仁了。在朝鲜王朝灭亡之后的日本殖民统治时期，科举制度完全消亡，它变成了民族的抵抗力量。

金笠之诗可分为：《乞食篇》《人物篇》《咏物篇》《动物篇》《江山楼台篇》《科试篇》，其中除《科试篇》外，大多充满嘲弄、揶揄和智慧。下面是其诗中的几项特别的内容：

（1）二十树下三十客，四十村中五十食，人间岂有七十事，不如归家三十食。（二十棵树下坐着一位悲伤的游子，该死的村子给了他一顿馊饭。人间怎么会有这样的事情，不如回自己家吃饭。）（2）天脱冠而得

---

*　此处"物"，其意为"勿"。——译者注

一点，乃失林而横一带。（天字去掉帽子加一点，就变成了犬字）（3）邑号开城何闭门，山名松岳岂无薪，黄昏逐客非人事，礼仪东方子独秦。（邑名是开城，为何紧闭着城门？山名是松山，怎么会没有树木？到了黄昏便驱逐客人并不是礼貌之事，在东方礼仪之国你难道是独裁的秦始皇吗？）很难说只有金笠才能写出上述诗作。金笠这个极端抽象名词代表着对诗神圣性或权威性的挑战，而没落的贵族阶层也都参与到这一对待的破坏过程之中。这种离经叛道的意义正在于此。此外非常重要的一点是，在内容上他引入了一些在汉诗中未曾有过的非诗歌因素，如虱子、跳蚤、尿壶等。

饥而吮血饱而挤，三百昆虫最下才，远客怀中愁千日，穷人腹上厅*晨雷，形虽似麦难为曲，磁不成末落梅，问尔能侵仙骨否，麻姑摇首天台。（饿了就吸血，饱了就退下，在昆虫中，跳蚤是最低贱的。这个东西在游子的怀中害怕太阳，在穷人肚子上听雷声。长得像大麦却不能做酒曲，虱字中有风却不能吹风，也不能吹飞花朵。若问你们这些家伙能吸神仙血吗？天台山麻姑听闻挠头。）

这首诗是为"虱子"而作，但其格调终究只是停留在幽默风趣的，并没有抒发愤怒的情绪。虽然金笠的诗也有其局限性，但是与百姓们的辞说时调中出现的"这人身上咬人的东西很多，真让人受不了。血皮般的小虱子，像麦粒一样大的虱子，睡着的虱子，饥饿的虱子，爬来爬去的家伙，像琵琶一样大的臭虫，像统帅一样……日日夜夜准时吮咬撕扯，比皮肤病更严重、更恶毒。其中，最令人无法忍受的是五六月酷暑

---

* 此处"厅"通"听"。——译者注

第二章　近代意识的壮大

下的苍蝇"（《青丘永言》）相比，便可以看出金笠的水平如何。虽然他在汉诗中采用了非常规或非诗性的东西，但是在以下两个方面他也有所局限。第一，汉诗本身所具有的文化史的厚重感对他影响极深。这在诗中具体表现为诗的保守性。第二，这与以金笠为代表的没落贵族们的自傲有着很深的关系。识字的流浪乞丐或没落贵族，哪怕仅凭写诗也可以依附在贵族门下。虽然朝鲜王朝的文化主义在逐步衰落，但是他们依然能够收获援助。因此即使是没落的贵族，也能够坚守某一信念并忍辱负重地生活下去。实际上，金笠的诗中也有《金刚山》《雪》等佳作，但是科考诗才是他最为擅长的领域。宪宗、哲宗时期的人将科考诗选为诗中极品。①《责索头》《论郑嘉山忠节死》等便是科诗中的代表作品，特别是在《论郑嘉山忠节死》后面附上了"叹金益淳罪通于*天"的副标题。

当他的祖父向洪景来投降时，金笠这样形容祖父之罪："忘君是日又忘亲，一死犹轻湾死宜。（你不但抛弃了王上，也抛弃了家人，真是万死犹轻。）"从这一点来看，我们可以确切地了解到金笠等没落贵族的自傲到底是在何处。从某种层面来看，囿于这种封建王道思想的没落贵族不但未能成为近代化民众的一员，甚至还阻碍了时代的进步。然而在朝鲜王朝受到日本等亚洲与西欧国家的冲击下，处于沦陷的黑暗之中时，金笠的诗反而成为光复国家运动的推动力量，这就是其诗能和民族共存的原因。

第八节　完结的形式和形成的形式

如果说《九云梦》和《春香传》在朝鲜王朝社会后期巍然耸立于文

---

① 이응수 편주, 『김립 시집』(학예사, 1939).
*　原书为"干"，有误。——译者注

学之林，那就要先考虑以下几个事实。其一是不能将这两部作品看作小说。此举是为了去除形式逻辑上的成见，从零开始。提出这样的条件是为了明确这两部作品的产生根据，从而掌握生的两种存在方式。这样的工作可能有助于扩大韩国古典作品的特殊性和普遍性，更重要的是它可以改变韩国古典作品所呈现的沉寂状态。

《九云梦》是一种典型的完结形式作品，这在其结构形式方面表现得尤为明显。众所周知，"九"被视为东方文化中的极数，在这种象征性安排下，《九云梦》以易学宇宙秩序的循环主义为前提，以杨少游这名男性为中心，让八仙女化身为八个女子，从而使九人形成情感上的互动关系，进而构成所谓的"戒指的中心"。在八中放入数字一，作为其中的核心，并不超过极限，从而使其达到完全的幻想性结构。它没有开头和结尾，却使开头和结尾首尾相连。从天界降临凡间母题的象征是珠子，重返天界母题的象征是笛声，这两大象征确保了作品的完整。①

《九云梦》的这种完结形式，与我们在《春香传》中看到的却正好相反。《春香传》是从形式出发，再形成逻辑。那么，《春香传》形成的逻辑具体指的是什么？

> 《春香传》的研究之所以是充分且必要的，是因为从这一作品中可以看到韩国平民文学产生、传承、发展的过程。对《春香传》完整诠释本身就可以阐明朝鲜王朝平民文学的源流和衰弱，是韩国文学必须认真研究的对象。但是到目前为止，研究《春香传》的论文不承认其传承的中世纪特点，一味认为其产生阶段就具备完整

---

① 中国的《红楼梦》（1750）以石头为母题进行切入，结尾又回归到了石头，展现了典型的完结结构。在这一点上，可以拿《九云梦》同其进行比较。

第二章　近代意识的壮大

的形式。这一倾向反而导致研究者们只忙于对《春香传》背景的争论，偏离了文艺形态研究的正轨。①

我们不能将《春香传》看作一个完结的形态，这一认识尤为重要。《春香传》处于一个形成的过程中，因此《春香传》并不是完结形态，而是起始形态，这是《春香传》的宿命，也是《春香传》的最大优点。《春香传》具有各种样式，比如民间故事、盘索里、小说、民谣、话剧、新型歌剧、电影等，从这一点便能明显看出其处于仍未完结的演变过程之中。因此，想要由这种持续发展的模式构建起一个完整的美学系统，会面临如下困难。一是艺术形式的内涵和外延与现实相悖或者重叠之处存在障碍。要想深度挖掘其中的关系绝非易事，不像人们在研究各种艺术形式和彼时社会形态关系的时候很容易会有意想不到的发现，那无非是一种比喻而已。然而，我们需要时刻提醒自己：这种研究模式往往容易陷入"模糊的谬误*"之中。二是像《春香传》一样以多种表现方式演绎的作品，有时需要探究各种表现形式出现的顺序，并对演变过程中出现的变化进行探究。如果每种表现形式都具有独特的存在方式和美学特征，那么很难用一种表现形式的评价标准评价其他表现形式。这两大问题似乎难以解决。但是，存在困难和努力克服困难与面对困难的态度和解决困难的方法有关。我们应尝试去探索，并把各种表现形式分离开来，从而研究其美学传统的固有意义。我们应该仔细研究《春香传》的民间故事版本和《春香传》的盘索里版本中分别蕴含的逻辑和美学内

---

①　김동욱，『춘향전 연구』(연세대출판부，1965).

＊　韩文原著此处标记为"애매성의 우상"即"模糊的偶像"，经确认有误，改为"模糊的谬误"。——译者注

涵等，最后从其整体考察。当《春香传》的内容以盘索里或小说形式表现出来时，这两种形式的美学元素都是构成《春香传》美学的不同部分，但不同形式的《春香传》作品也追求其自身的完整性。基于此，我们首先选择《春香传》的小说版本进行探讨。《春香传》从诞生到现在发生了很多变化。回到这部作品的原始形式，可以将《春香传》的京板本和完板本视为静态的版本。而小说通过文字固定下来，因此可以将小说版本视为固定版本。只有确定了这一点，才可以将《春香传》作为小说进行探讨。

  《春香传》的小说版本是什么？《春香传》的盘索里版本是什么？与后者相比，前者并没有更深刻的意义，而只有具备这种认识，才能使我们的探讨方向更加自由。当然，这不只是因为小说的前后左右都有盘索里。《春香传》的小说版本形成于18世纪后期的某一时间点，这一事实使读者必须接受在此之后诞生并存续的《春香传》其他形式，因为这种强迫本身就可以理解为小说所包含的结构性诟病。现在我们来研究《春香传》小说版本的非完整性。第一，我们想通过与现实的联系来把握《春香传》的非完整性。这意味着将李梦龙、成春香、房子、香丹、月梅、卞学道等虚构人物带入具体现实中，即与肃宗时期的南原即朝鲜王朝后期社会的具体现状息息相关。对于这一点，如果不研究《朝鲜王朝实录》《大典通编》等文献中的其他具体伦理纲常，就无法进行解释。对此，下面的引文很具启发性。

    春香虽然从李梦龙那里得到了永不相忘的承诺，却仍然入了妓籍，所以不得不应付卞学道的三日点考。卞学道强迫春香做官妓时，法令中明文规定，各邑县令不得强奸邑妓，因此春香可以拒

第二章　近代意识的壮大

绝。虽然有这样的规定，但是实际上没有几个妓女能够真正拒绝。而且妓女是可以有丈夫的。但是只有丈夫是贵族时，才可以代身定属*。因此在这一部分中，春香的身份并不一定是妓女。在这里春香有选择的自由。这是一种伦理上的选择，而不是法律上的。在做伦理性选择时，春香选择了李梦龙。这就是《春香传》在身份上的进步性。②

第二，这部小说所用语言具有的代入感。事实上，这个问题可以作为解释第一个问题的具体例证。其中更值得关注的是在《春香传》小说版本中，其语言结构具有二元性。小说《春香传》中，中国五千年古代史中的用词比比皆是。比如司马迁的《史记》，韩愈的《平淮西碑》*和其他唐诗，庄子、李白、《太平广记》等在《春香传》中随处可见。

> 肃宗初立圣德弘。圣子圣孙继且承。
> 金膏玉烛尧舜世。衣冠文物禹汤仍。
> 左右辅弼柱石臣，龙骧虎卫干城能。
> ⋯⋯⋯⋯⋯
> 美哉美哉当此世，雨顺风调岁丰登。
> 含**哺鼓腹百姓多，出处行闻击壤歌。③

---

* 代身定属这里指让别人代替自己当妓女。——译者注
* 原书为《平淮四碑》，有误。——译者注
** 김동욱,「춘향전—고전의 재평가·작가의 재발견」,《월간문학》제2권 제7호, 224쪽.
② 《春香传》完板本。
③ 李家源,《春香歌》, 韩国国民书馆, 1979年, 第5页。

另一方面，值得注意的是，以上几种语言表达方法构成了该作品的大框架，但是我们也应注意到，下面的日常用语也为该作品的语言框架构建作出了贡献。

> "嗟尔小女春香乎？"大喊一声惊春香。
> "汝之叫也是何声，令我精神太迷茫？"
> "汝勿言也大事生"，"奚谓大事莫披猖。"
> "使道子弟道令任，广寒楼上一翱翔。
> 忽然见汝游嬉样，招来之令下堂堂。"
> 春香一时性火急，"如汝子息真是狂。
> 道令何以知我名，如是招来也遑遑？
> 狂子息汝为我语，从地鸟啄麻子房。"①

《春香传》是由两种语言体系写成的，笔者认为这并不是因为读者分为贵族和平民两大阶级，而是存在其必然性。第一种语言体系引用了中国历史和古典名著，小说的大部分都可以视为是它的具体例子。这一点在盘索里版本中也是一样。因为盘索里的中心是"唱"，所以即使选择故事或汉诗，其含义也无法体现。但是小说面临的第一个问题就是它的意义功能应如何实现。那么在小说中，第一种语言体系的作用是什么呢？我们认为它起到了隐喻的作用。《春香传》借此有效地解决了气氛的把握和描写的难题（语言本身的局限性）。比如《春香传》中的"这个李公子，名叫梦龙，年方二八，儒雅风流，神采奕奕，仿佛当年的杜牧之；眼光远大，气量海涵，襟怀豁达，智慧敏锐，满腹文章；吟诗直追

---

① 李家源，《春香歌》，韩国国民书馆，1979年，第13页。

第二章　近代意识的壮大

李太白，书法直攀王羲之"，便引用了杜牧之、李白、王羲之等名词，但是它们在此并非固有名词，而是一种隐喻。（在想表现某人卓越出众时，可以借用广为人知的固有名词。现代作家是无比羡慕这一语言使用方法的。如果是现代作家想要表现李梦龙的出众，即使绞尽脑汁也难以在现代语言中找到一个合适的词。他们该是何等的绝望！）这种隐喻之所以能在《春香传》中发挥作用，是因为朝鲜王朝社会对神圣依托有所规范。但是需要指出的是，第一种语言系统是缺乏现实性的。现实性的语言用法是指日常生活中的用法。而《春香传》正是通过日常生活用语给人以现实感。

> 御史故为此胸臆。欲见月梅之举动，
> "饥肠日久死将逼，一匙之饭情愿之！"
> 求食之语既闻得。"一饭虽微今亦无！"
> 岂真无饭故为啬。此时香丹自狱归。
> 阿氏惹端逞风威。胸里乱搞精神散，
> 羌无定处入而睎。前日李书房来矣！
> 喜之斯情极依依。
> ⋯⋯⋯⋯⋯
> "温熨进旨制进前，饥肠于先疗饥耳。"
> 御史道见之大悦，"饭乎接汝日久矣！"
> 诸馔混作古董饭，不遑操匙徒手以。
> 一偏团饭甘而吃，麻风吹阖蟹眼似。
> 春香之母见之曰："乞饭手法世无比！"①

---

① 李家源，《春香歌》，韩国国民书馆，1979年，第78页。

在这段引文中，值得注意的是语言功能体现为在日常生活层面发挥的作用，而非描写得是否真实、准确抑或是生涩。这在与《九云梦》的语言体系的比较中表现得更为明晰。《九云梦》的语言体系是套话这一单一的体系。

> 杨生曰："以主人待客可乎？以客而待主人可乎？真所谓'非敢后也，马不前也'。"遂相与扶携而入。两人相对，其喜可掬。蟾月满酌玉杯，以《金缕衣》一曲侑之。芳姿嫩声，能割人之肠，迷人之魂。生情不自抑，相携就枕。虽巫山之梦，洛浦之遇，未足以逾其乐也。至夜半，蟾月于枕上谓生曰："妾之一身，自今日为始已托于郎君矣。妾请略暴情事，惟君俯察而怜闵焉。妾本韶州人也，父曾为此地驿丞矣……"①

《九云梦》的这种写作手法一直延续到作品的结尾。这种单一的措辞手法不可能展示出当时社会的语言使用状况。同时《九云梦》中也表现出了对于形式的执着。正是因为金万重对韩国语的态度才导致了这种现象的产生。

> 今我国诗文舍其言而学他国之言，设令十分相似，只是鹦鹉之人言。而闾巷间樵童汲妇唔哑而相和者，虽曰鄙俚，若论真赝，则固不可与学士大夫所谓诗赋者同日而论。②

---

① 《九云梦》一蓑本。汉文本参考：金万重，《九云梦》，上海古籍出版社，2014年，第24页。
② 김만중，『서포만필(西浦漫笔)』(문림사)，81-82쪽.

第二章　近代意识的壮大

金万重的这种言论与《九云梦》的语言体系正好相反。这与《九云梦》只是由正音即所谓的谚文写成几乎毫无关联。由此可以看出《春香传》中的确具有两种语言体系。虽然我们仍然需要探讨这两种语言体系在《春香传》中的使用是否均衡，但是如果《春香传》只用了一种语言体系写成，那么作品就会丧失其神韵，从而变成庸俗作品或者完全沦落为"汉土故事"类邪书。《春香传》的优点便是维持了这二者之间的平衡。这种语言二元性的基础正是贵族和平民的二元性，即所谓风俗的二元性，而这种二元性的空间才是该作品的结构优势。在《九云梦》中，创作方法和风俗融为一体，如果说其局限性就是对荣华富贵的追求，那么《春香传》则试图将创作方法和风俗分化开来，从这一点上便可看出它的进步性或现代性。但是这很容易破坏风格。《春香传》并不是某一位作家出于写作的责任感所作，而是一种积淀而成的文学作品。即使我们不考虑这一事实，这部作品也具有很强的同质化作用。这种将年龄、阶级、男女差异同质化的大众娱乐化作用，致使成年人心理倒退，与《九云梦》的均衡性形成了对比。换言之，《春香传》既指出了创作方法和风俗之间的岔路，又指出了创作方法极不稳定的状态。在风俗压倒性力量的作用下，当创作方法处于危险之时，只要给予一点冲击，就会使其转变成其他体裁。作品需要将现实融入历史（将观念文学化），扎根于母体结构（现实）之中，进而依靠读者的力量生存下去。语言中具有指示和形象，融合了方法与风俗，而这种方法便是语言的宿命。那么当创作方法具有绝对优势之时，《九云梦》便会使风俗窒息。如果有一种东西可以调节两者的平衡，那就是"艺"的精神。

因为它关系到生命，所以它和生命本身一样渺小而又伟大。如果是近代意义的古典作品迫使我们承认这样的事实，那么《春香传》的小说版本比《春香传》的盘索里版本更迟钝。

《春香传》通过使用中国故事,反映了当时社会的封建权威秩序。在《春香传》的对话中使用日常用语,则反映了当时社会萌芽待发的新趋势。

第九节　固有艺术及其形式

一、时调的崩溃

时调不同于中国传来的诗、赋、颂等外来体裁,而是朝鲜半岛的固有体裁。其以律文的形式由士大夫阶层传承而来,18世纪以后仍活跃在朝鲜各地。有关时调产生的学说有很多,但我们更关注的是,时调贯穿整个朝鲜王朝得以流传下来的持续性,甚至从19世纪以后一直延续到今日。这无疑与以《处容歌》为代表的蕴含在民族情绪底层中的韩国美学发现一同成为引人注目的现象。李秉岐早已定义了时调的名称和概念。[1]这个名称由英祖时期的李世春提出,所指并不是文学体裁,而是曲调,即"时调唱"。[2]例如,在英祖时期编纂的《青丘永言》《海东歌谣》等庞大的歌集。这两本书中的青丘、海东指的当然是韩国,正如"诗言志,歌永言"所说,歌指的是歌曲而不是时调集。《青丘永言》的序言中说道:"一般来说,文章诗律(汉诗类)一旦出版之后,就会永远地流传下去,即使历经千年,也不会泯灭。而永言(歌)像花草之香被风吹散,像鸟兽之鸣掠过耳边,一时间在口头上传唱最后自然消亡,这是多么令人感慨啊。因此,我将高丽末期直到现在历

---

[1] 이병기,「시조의 발생과 가곡과의 구분」,《진단학보》창간호.
[2] 在这里将时调作为文学来研究有一定的难度。

第二章　近代意识的壮大

代雅士闺秀及无名氏的诗歌逐一收集起来加以修订，编纂成一本《青丘永言》，方便人们阅读思考，让这本书在大众中广泛传播。"因此编者将这本书按曲调的不同分门别类，即士大夫阶级的时调歌辞、辞说时调、杂歌。其中后两者几乎都是中人阶层和庶民阶层所作或者以这类阶层为描写对象。一本书中集结了社会各阶层很难不引起人们的关注。尤其是作为中人阶级的金天泽能够在一本书中集结社会各阶层，他首先在书中设置分界线，接下来将士大夫阶层的律文形式传播到下层阶级，成为民众的能量之源，这一点极其重要，这在辞说时调即长时调的发展和崩溃过程中亦得到了体现。这与朝鲜社会的结构性矛盾、身份变动具有很大关系。即使把辞说时调的一部分仅限制在《青丘永言》中进行考察，也可以得出充分的逻辑关系。该书在形式上表现出了小说式的长篇幅，歌词腔的渗透，民歌风格的引入；在内容上则大胆运用比喻，充斥着爱情的流露与才谈、粗口等情节，以及自我剖析和对于非诗性事物进行浅尝辄止的诗化描写等。中人阶层得势有关的典型在很多韵文中就可以找到，其均，以"大家"二字开头。①

　　（商贩）大家快来买啊，晚了就卖没了！
　　（顾客）你叫卖的是什么东西啊？
　　（商贩）它外骨内肉，两眼朝天，一对鳌足能捉能放，八条腿爬来爬去，买点青酱黑酱一腌，嚼得嘎嘎脆，快来买蟹酱啊。
　　（顾客）老板，别喊得那么云山雾罩，就说卖蟹酱呗。
　　（《青丘永言》）

---

　　①　这种类型的诗在『청구영언(青丘永言)』和『가곡원류(歌曲源流)』中各有5首。

韩国文学史

除此之外，还有《大家来买席子吧》《大家来买胭脂粉吧》《大家来买树吧》等均保持了诗歌这一形式。这种辞说时调的诙谐化乃至散文化已经不能由时调体裁承载了，因此对于辞说时调的下列批判，多少是有些道理的：

> 因为他们并不具备判断某种事物能否被当作诗歌素材的文学素养，所以吟唱老年斑和碎骨岩，常平通宝等物，甚至吟唱虱子、稻穗、蚊子。这是因平民文学缺少素养而经常容易陷入的陷阱。当然，钱不是不能成为诗歌的内容……可问题在于它受限于诗歌的创作水平及看待事物的角度……从一开始选择难以吟唱的事物，这本身就是错误的。[1]

以贵族时调为标准时，上述批判，其观点和论述无疑是正确的。当脱离严格的形式限制后，虽然辞说时调可以作为过渡期的现象得以喘息延续，但其中生命意识的触感会被破坏直到消失。为庶民、中人阶层需要在社会上构筑潜在势力，掌握自己的生命节奏时，就必须建立自己独有的形式以实现可持续发展。而辞说时调并不会突然产生这种能力，庶民们便将原本属于贵族的这种能力化为己用。因此这是一种诙谐的、具有过渡期特色的形式。

二、盘索里的形式

在盘索里体裁中，我们首先可以注意到它包含着一种对荣华富贵

---

[1] 고정옥(高晶玉)，『고장시조선주（古長時調選注）』(정음사, 1949), 서문.

第二章 近代意识的壮大

的追求。这不仅体现在羽调、界面调等一般唱法中，还体现在男唱、女唱、童唱等复杂细腻的节奏中。①何为盘索里？最初的"索里"可分为短歌和盘索里，二者被统称为唱乐。短歌即为短时间内演唱的"中速节拍"的歌辞唱。盘索里原则上是一人独唱，并佐以念白，音乐是其根本。

但由于盘索里具有独特的声乐、技巧和风韵，形成了"记号谱""文学谱"，但其在乐谱上的区分却并不清晰。"以《春香歌》为例，如果名唱甲在A处创作了名曲，那么名唱乙在B处可以创作出比甲更好的曲子，而在传承的过程中名唱丙在C处又做出比名唱甲乙二人更好的名曲。(中略)在声曲结构中除了基本的要素（高低、强弱、长短）之外，大小、厚薄、轻重、浅深、疏密、微渺、屈伸、连绝、中和、远近(中略)等也分布其中，呈现出传统的唱乐妙趣"②时，可以看出盘索里并不仅仅局限于单纯的民俗音乐。与远近、腾落、动荡、飞潜、走伏等最细腻的生命节奏感不同，盘索里是生活的刻度，也意味着学艺、传授的困难。因此，盘索里的传承需要高度专业化的师徒制以及天才的能力。那么为何要将如此高难度的音乐体裁纳入文学维度进行考察呢？其原因如下。

盘索里的内容主要为深深扎根于民族情感世界的古代小说和传说，正如《盘索里十二部》是人尽皆知的古典小说。一位叫申在孝的天才歌者在《本集六册》中，以前人的《童唱春香歌》《女唱春香歌》《男唱春香歌》《赤壁歌》《横货歌》《兔鳖歌》《瓢瓜打令》《话产歌》《鸟蟾歌》《虚头歌》《成造歌》《湖南歌》《葛处士十步歌》《秋风感别歌》《桃李花

---

① 《青丘永言》和《歌曲源流》等近乎完美的歌集都是根据曲调分类整理的，这点显而易见。

② 박헌봉,『창악대강(唱樂大綱)』(국악예술학교출판부, 1966), 58-59쪽.

歌》《渔父词》《广大*歌》《短杂歌》《水碓打令》《劝游歌》《明堂祝愿》等作品为基础，除《广大歌》等几篇，其余都是他根据已有内容改编的作品。因此，盘索里包含了广义的模仿，这个模仿过程中的感情空间才是民众参与的部分，而这种感情的创造性空间是生命节奏固有的存在方式。这就是民间故事乃至小说为盘索里内容所注入的力量，也是盘索里在文学层面的力量。

从盘索里的唱法来看，"第一是人物致礼，第二是辞说致礼，第三是得音，第四是身手动作"**（《广大歌》）。辞说内容的重要程度不亚于艺人的表演部分，与声音、表情一同具有综合的艺术特征。其次，考虑到改编中产生的模仿性质具有极其重要的意义，而其具体表现了哪种面貌，辞说内容与音乐结合的美学根据或秘诀是什么，这些便成为人们感兴趣的问题。对此有着清晰体现的是小说版本的《春香传》和三种盘索里版本的《春香歌》。①男唱、女唱、童唱的多样化意味着模仿的精细化，且具有区分度，因此可以理解为其在感性层面细化出了各自的形态。如果说《春香传》中最坎坷的一幕是《离别》，那么就可以证明以下事实：（1）男唱版本是李公子在芙蓉坛离别，春香是在大门外送别的，不幸的是女唱版本仍未在文献中找到。（2）在童唱版本中，首先在

---

* "광대"一词，意为（旧时）民间艺人、面具、戏子等。《韩国民族文化大百科》《韩国民俗文词典（盘索里篇）》《韩国民俗艺术词典（音乐篇）》均将其汉字标注为"广大"，本书在各种作品名中沿用这一用法，其余的则翻译为"民间艺人"。——译者注

** 四种要求的内容大致如下：人物致礼是指对表演者扮相的要求；辞说致礼是对内容文学性的要求；得音是对音色、发声等音乐表现能力的要求；身手动作是对形体和表演动作以及同观众互动方面的要求。参考《韩国民俗大百科辞典》（『한국민속대백과사전』）。——译者注

① 盘索里《春香歌》的制作年代从剧本台词"因圣上喜爱李翰林之风采、经术……"中可以推断出大致应该是1850年登上王位的哲宗时期。

大门外离别，然后在李公子进京途中再次离别。虽然这一顺序的差异很难说是因男女性别不同带来的感性认知差异造成的，但是这从多个角度展现了生命节奏的可能性。这些问题在表现了活人献祭思想这一原始冲动的《沈清歌》中也有所体现。回溯小说《沈清传》高潮《相遇》时，有必要将其与盘索里版本进行比较。在小说《沈清传》中，"所有盲人都入了宫，坐在宴席旁，有一位盲人坐在宴席的最末位……这分明是沈清的父亲。……爸爸，您睁开眼睛看看我吧。……沈瞎子听了这话，连忙睁开双眼……"后面便是沈瞎子无休止的牢骚，在沈皇后、国王、宫女们兴致勃勃的议论之后，小说迎来了大团圆的结局。与此相反，盘索里的处理方式则是让参加宴会的所有人都同时睁开了眼睛。（在皇极殿殿前聚集的盲人们一同睁眼……只听见众人睁眼时发出了近似打开油纸帽的声音……）。这才是从认识剧情内容出发的大众参与空间。

同时需要指出的是，盘索里的语言层面中最直白的修辞风格成了开化期小说的一个主流。

三、民间艺人和假面剧

关于民间艺人名称"广大"的起源问题，有很多学说，但似乎可以将"广大"视为倡优、优人、呈才人、俳优等的总称。[①]当然，盘索里界的宋兴禄、牟兴甲等大家属于中人阶层，但是从原则上说，民间艺人被公认为是流浪庶民。据传，在高丽时期便有流浪庶民存在，他们的职业是表演西域传来的剧目。他们既不是农民，也不是神巫，更没有固定的职业。[②]

[①] 송석하，『한국민속고』(일신사, 1960).
[②] 김재철，『조선연극사』(민속극회 남사당, 1970).

朝鲜王朝社会中正剧未能得到发展，只有假面剧和木偶剧等特殊表演形式得以延留。从社会经济结构方面来看，由于城市和市民阶层形成缓慢，戏剧只有在几次重大节日或特殊的国家性庆典时才能进行表演，因此这些戏剧行业不可能得到发展。由于这方面的研究成果不够充分，因此综合来看还是比较困难，但是我们只关注与民间艺人相关的以下两点：第一，即使是假面剧或者木偶戏，它们也具备表演的可能性，也可以体现出生命意识的节奏。第二，在朝鲜王朝社会后期的所有艺术形式中，辞说是最粗鄙的，在表演动作中也有所体现。[①]其实假面剧从一开始就剔除了宗教性的一面，几乎都是对贵族和僧人等社会成员的戏谑和丑化，表现的只是粗俗的美学。

---

① 这些元素与《卞钢索打令》和《春香传》（完板本）中的爱情元素有本质上的差别，表述上十分卑俗。

第三章　启蒙主义与民族主义的时代

朝鲜王朝如果能够凭借内部的力量认识到社会的矛盾和冲突并加以解决，且依靠国力、外交与其他国家缔结成具有近代意义的关系，那么，整个社会的局面将会变得非常幸福。然而，现实却并非一帆风顺。尽管有一些先驱努力进行了启蒙，民众们拥有了集体无意识的矫正观念，但朝鲜王朝在开港*后还是始终遭受着外国资本主义势力的压迫与欺凌，40年不到，便惨遭亡国。**

尽管那40年里丧失国权，但是朝鲜王朝各个阶层的抵抗力量却被极大地调动了起来。朝鲜王朝士大夫阶层此前始终恪守朱子学说，之后经历了"排斥洋倭论"，通过义兵活动将其理念转化为具体行动。有的人直接目睹了西方帝国主义的文明，有的人直接受到了西学的影响，这些人士在体验了"开化论"之后将其发展为"国权–民权论"。开化期所有虚构类型的作品都是在民族主义与启蒙主义两个极端之间占据了独特的位置。然而，这个时代最为突出的思想成果却是韩文文体的形成。韩文文体的形成可以追溯到19世纪后叶，在朱子学说严苛的思想框架下，民众

---

*　指的是1876年朝鲜被迫签署《江华岛条约》（又称《江华条约》），开放门户。——译者注

**　指的是1910年《日韩合并条约》签订，朝鲜正式沦为日本殖民地，直至1945年"第二次世界大战"结束。——译者注

寻求自身解放的力量爆发出来，构成了当时文化的全貌。最重要的是，韩文文体的形成也意味着朝鲜王朝找到了民族主义与启蒙主义的实际载体，其意义非同寻常。

第一节　矛盾的显露与风俗的改良

开化期承担着一个重要的时代使命——解决朝鲜王朝后期的社会矛盾，但是最终却沦为一个最具悲剧色彩的亡国时代。[①]在朝鲜王朝时期，有诸多旨在认清并揭露当时社会内部矛盾，并为之赋予力量的虚构类作品得以面世。同时，在开化期也展现了朝鲜王朝力图依靠新型国际关系，将社会内部矛盾外化于形并从制度上加以克服所作出的努力。开化期产生了一个必然的结果，就是两派之间的对立和斗争：一派为力图改造此前始终占主导地位的朱子学说的进步主义者；另外一派则为希冀继续保留朱子学说的统治地位，将社会变革最小化的保守主义者。前者主要是很早便接触了清朝和欧洲文明的北学派以及受译官阶级影响在思想上获得启蒙的少数朝廷精英们[②]，后者则为浸淫朱子学说理念的官员、儒

---

① 受日韩关系改善的影响，与开化期相关的研究日益活跃。具有代表性的著作和论文有：한우근,『한국개항기의 상업연구』(일조각, 1970。特别参考书中第四章「개항당시의 위기의식과 개화사상」); 김영호,「한말 서양기술의 수용」(《아세아연구》 제31호); 홍이섭,『한국사의 방법』(탐구당, 1961); 최창규,「개화개념의 재검토」(《문학과지성》제4호)。有关开化期斥邪卫正派和开化派对立的简要内容，可参考：김영호,「〈침략〉과〈저항〉의 두 가지 양태」(《문학과지성》제2호)。

② 开化期代表人物分为不同派系，其中茶山系的有李㼎、黄裳、丁学渊、草衣禅师、申耆永、朴趾源系的有朴珪寿、李德懋系的有崔璟焕、金正喜、徐有榘、崔汉绮系的有金玉均、朴泳孝、金允植、俞吉濬、鱼允中、李道宰、池锡永、姜玮、李沂、朴殷植等。相关内容可参考上文中金泳镐的相关论著。

第三章 启蒙主义与民族主义的时代

生和农村的知识分子们。① "稳健开化派""激进开化派"和"斥邪卫正派"之间的对立从门户开放（1876）时期开始逐渐浮出水面，后来在被称为贵族革命*的甲申政变（1884），以及东学革命（1894）中体现得淋漓尽致且异常尖锐。然而，这两股思潮最终演变成了民权思想与反对资本主义、反对帝国主义，成为"日韩合并"后最大一场抗争——"三一运动"的思想基石。

门户开放之前的思潮可以概括为"内修外攘论"，这一潮流的产生深受当时新型国际关系影响。朝鲜王朝的知识分子们在国际时局变幻中逐渐开眼看世界，接触到了清朝之外的外国势力，从而陷入了深深的危机意识与接受西方文明的思想矛盾之中。在这种形势之下，朝鲜王朝后期知识分子们找到了一条理论道路——"内修外攘论"。这是那个时期的知识分子们既不愿摒弃朱子学说，同时又要面对外部势力而找到的一个具有现实意义的解决方案。"内修外攘论"的着眼点首先在于改革国家内政，使得民众们不脱离政府；其次，便是彻底禁止西方的文明。"然臣愚过虑脱夷再来，而吾欲使之迎者，非民耶？今责其出财而备饷，又责其出命而杀敌者，非民耶？今不得其死心，而徒与之御敌，则殆矣。……今生民之困瘁，极矣。苟究困瘁之故，亦由制兵之不早耳。何也？制兵无法，故赋、役偏苦，赋、役苦，故百姓贫，百姓贫，故国用不足，国用不足，故征敛无艺，征敛无艺，故民多诈，民多诈，故刑罚重，刑罚重，故民无所逃命而思变。"（申观浩，1863）② "近日豪华轻薄，喜蓄洋物，贪服洋布，最为不祥，殆海寇东来之兆。命中外官，搜

---

① 斥邪派的代表人物有李恒老和他的门生崔益铉、金平点、柳重数、奇正镇、白乐宽等。
* 以下均称为"甲申政变"。——译者注
② 한우근,『한국개항기의 상업연구』(일조각, 1970), 313-314쪽。

括廛人所储洋物，焚之通衢。嗣后贸来者，施以交通外寇之律。"（奇正镇，1866）① "横扫洋气之本，全赖殿下一心，非外物所牵制。所谓外物，虽事目繁多不胜枚举，然洋物尤甚。"（李恒老，1866）② "内修外攘论"主张在朱子学说理念的指导下去抗衡、防御西欧资本主义势力的渗透，对于同朱子学说对立的天主教则采取了强烈的抵御态度。然而，国际时局并没有给予朝鲜王朝充分的时间和空间让其通过自身的力量解决内部矛盾。随着来自日本的压力逐渐增大，知识分子们开始分化成强烈反抗洋倭的"斥邪卫正派"和主张"东道西器"③的"稳健开化派"。李恒老、崔益铉等誓死捍卫的"洋倭排击论"，渐渐转变为只学习西方技术的主张。值得注意的是，这种主张主要是由去过大清的人提出来的。比如：1872年访问大清（入燕）的朴珪寿提交的报告；1873年闵泳穆提出的"资赖获利者即工事技巧（技术）"；1880年金弘集从日本带回来黄遵宪的《朝鲜策略》，里面记载着"亲中国，结日本，联美国"的外交策略；1881年朴淇钟、卞沃金、尹善学组建赴日考察团，1882年他们提出 "器是有利之物"，这个观点发展为了"东道西器论"。"东道西器论"从其思想根源来看，与北学派"利用厚生论"一脉相承，是时隔一百多年来首次在制度上提出的解决方案。④ 可见，朝鲜王朝从制度上逐渐开始接受西方文明。然而，也正如一位研究者所批判的那样，"这不仅仅是在旧的社会体系上嫁接而成，同时也是外国势力开始渗透的起

---

① 한우근,『한국개항기의 상업연구』(일조각, 1970), 315-316쪽.

② 同上书，第316页。

③ 金泳镐在其论文中指出，东道西器论不是斥邪派理论的发展，而是开化派理论的一部分。"为了解释说明斥邪卫正理论的发展历程，学者们有引用采西意识的倾向……19世纪80年代初期，斥邪卫正派正处于鼎盛时期，而这种观点最终却成了开化论学者们对抗斥邪卫正派的思想体系。"

④ 关于使用西器的相关内容可参考：한우근,『한국개항기의 상업연구』, 354쪽.

第三章　启蒙主义与民族主义的时代

源"。①在这样的背景之下，产生了试图否定在朱子学说上嫁接西方文明制度的做法，取而代之的是力求通过改革旧制度以实现真正意义上的自主开化。1884年的甲申政变固然是试图假手日本力量去消除内部的各种矛盾，同时也是一次运用社会的自身力量进行改革的尝试。参与其中的金玉均、朴泳孝、徐光范、洪英植、徐载弼（洪英植以外的四人后被世人称为"四凶"）等年轻的官员精英，他们瞄准的是制度上的全面改革。他们提出来的"废止门阀，规定人民平等之权，以人择官，勿以官择人事"等改革内容表明他们的改革要求并不单纯。然而，他们的改革却由于清政府的介入只持续了三天便告流产。根据一位主要发起者自述，1884年甲申政变失败的原因在于，这是一场只试图借助外国的力量却完全没有获得民众支持的革命。②这场失败激发了人们的自觉意识：区区几个出色的先驱者根本无法改变社会制度。这场失败也让很多对"开化"进行深思熟虑的人们纷纷把目光投向了民众的启蒙教育上。1895年俞吉濬所著《西游见闻》的面世，继1896年《独立新闻》创刊之后一系列报纸③的发行，以及1896年培材学堂开办后建立的多所学校，《少年》《青春》等杂志相继创办等等，这些都是开化期这种自觉意识的成果。

甲申政变失败后，构成"内修外攘论"基石的"内修"寸步难行，农民、没落的两班、胥吏们怨气冲天。当无法从内部找到解决自身矛盾的力量时，朝鲜王朝社会展示出来的是民众们的无意识力量。这激发了

---

① 关于使用西器的相关内容可参考：한우근，『한국개항기의 상업연구』（일조각，1970），354쪽。

② 《徐载弼回忆录》中有这样一段话："朝鲜王朝贵族失败的根本原因有两个，一个是普通民众的支持不足，另一个是过于依赖他者。"参考：민태원，『갑신정변과 김옥균』（국제문화협회，1947），81-82쪽。

③ 如《独立新闻》（1896）、《皇城新闻》（1898）、《大韩每日新报》（1905）、《万岁报》（1906）、《大韩民报》（1909）。

朝鲜王朝社会结构性矛盾的自动爆发，1894年掀起了东学革命。东学革命并非受某些卓越领导者的指挥，而是受没落的两班阶层指导，所以止步于"阻止开化，消灭倭敌"，未能从"民乃国之本"的思想再往前多走一步。进而言之，东学革命的局限性在于未能从制度上接受保民思想和万民平等思想，仅仅将民众们的力量用在了抵制开化和消灭日本势力上。东学军1894年11月贴出的告示便凸显了这层意味：

> 如今吾东学徒募集义兵，消灭倭寇、阻止开化，肃清朝廷腐败、各司其职，义兵所到之处，兵士军官不讲义气，出来交战，虽无胜败，却伤害彼此性命，岂不可怜。[①]

上述内容即为东学革命的指导理念，亦是丁若镛所著《牧民心书》中勾勒的具有朱子学说色彩的世外桃源的一个翻版。同时也体现了东学革命领导层在局限的保守主义中捕捉到了民众力量的方向。然而朝鲜王朝后期的社会暗流汹涌，身份阶层面临分崩离析。东学革命将这一问题彻底表面化，而且数次击溃了所谓的"京军"，让社会底层人民意识到了自己的力量，仅从这一点来看此次革命就具有重要的意义。虽然东学革命的领导阶层把甲申政变的领导层称为"凶"，但是却继承了甲申政变中提出的人民平等思想。除此以外，这次运动还向农民们昭示了如果外国资本渗透到朝鲜王朝，不仅仅会动摇国之根本，而且会严重威胁到个人自身的生活，因此，许多农民都积极地参加义兵活动。东学革命的主导者向底层人民表明自己也是百姓的一员，当统治出现问题时，是可以进行反抗的。这让人们明白了国家不仅是单纯的统治机构，也是由个人组

---

① 홍이섭 엮음,『대일(對日)민족선언』(일우문고, 1972), 6쪽.

第三章　启蒙主义与民族主义的时代

成的生活家园。①

不管朝鲜王朝依赖的是激进派理念还是朱子学派的理念，无论以何种形式所进行改革的努力都因外国势力，特别是日本的介入而遭受了惨痛的失败。而与此形成鲜明对比的是，甲午更张（1894）以后的社会改革却得以持续。由于政治和经济改革使日本军国主义有组织地进行渗透为方便，因此社会改革引起了大众的普遍反对，但在1894年实施的废除身份制度和革除社会恶习等改革举措却在制度上具有重要意义。之所以这么说，是因为这些改革与政治、军事的改革有所不同，其在日本帝国主义统治下仍得以延续，并且现在这些举措已被广泛接受，被认为是理所当然的。改革中的重要事宜包括：禁止买卖人口、废除拷问或连坐法、禁止男女早婚、寡妇再嫁将遵循个人意愿等。这些都表明了1894年开始已从制度上解决朝鲜王朝后期呈现的家庭制度矛盾。除了寡妇再嫁和禁止早婚外，具有象征意义表现出家庭制度崩溃举措还包括断发令（1895）。断发令的意义在于宣告以忠孝为基础的封建主义逐渐崩溃。而儒林对断发令的坚决抵制，比对日本帝国主义的抗拒更为强烈。他们将断发令理解为是对他们用来安身立命的理念，即朱子学说的致命打击。这强行要求人们作出选择，是继续恪守朱子学说，还是接受开化。《梅泉野录》中对"断发令"进行了最为痛心疾首的描写，开化期小说也把剪掉发髻作为开化的标志，其原因正在于此。金九不同于黄玹，他不是传统的儒林中人，所以可以相对中立地审视当时的社会思潮，但即便如此，他起初也认为断发令是违背大义的行为。

当时正值金弘集一派在日本的支持下掌握政权，颁布法令，

---

① 김구,『백범일지』. 特别是在第一部中，能看到这种认知的突出体现。

实施《新章程》。在他们对所有制度进行激进改革之时，作为其中一项的新法律——"断发令"应运而生。被称为大君主陛下的国王首先剃发，穿上西装，然后要求从官吏到平民都要剃发。虽然将断发令下达到了八道，但百姓没有服从命令。所以首尔等各个大城市里，监营、兵营等每个进出口都有士兵把守，拦住行人强行剪掉他们的发髻。这被称为勒削，被勒削的人如丧考妣，痛哭流涕。这道断发令激起了很大的民怨，有的儒贤扛着斧头上疏，声言"头可断，发不可断"，"宁为无头鬼，不做断发人"，这些话就像名言警句，口口相传，鼓舞民心。之所以对断发如此抗拒、厌恶，其原因不仅仅来自儒家"身体发肤受之父母，不敢毁伤，孝之始也"的理念，还有出于对日本政令的反感。[①]

然而，对断发令的抗拒与抵抗日本帝国主义，以及对朱子学派理念丧失的抗拒是紧密相关的。这充分表明，上述引文的作者后来认识到世界形势和开化的必要性，认识到对断发令的抗拒并不一定是正确的。[②] 并且屡次强调真正可以对日本帝国主义进行有效对抗的并非拒绝断发命令，而是推行教育。从这个意义上讲，断发令象征性地表现了旧制度在风俗上的分崩瓦解，并直接导致家庭制度的崩塌，这使得并非以忠孝为标准而是以塑造人格为目的的新家庭制度诞生成为可能。由此自由恋爱成为可能，这让人们认识到各抒己见的重要性，并暗示了西方个人主义的兴起。开化期小说便印证了这一点。小说中的大部分主人公都在呼

---

① 김구，『백범일지』(제8판)，70—71쪽.
② 同上书，第108—109页。

第三章　启蒙主义与民族主义的时代

吁自由恋爱,甚至还出现了以投票方式来决定家庭问题的极端案例。①1920年曾有报纸针对上述情况进行总结,并作出如下评论:

> 以性为基础的新道德内容又如何?传统道德注重的不是个人,而是人与人的关系。"父子有亲,君臣有义,夫妇有别,长幼有序,朋友有信"是传统道德的根本,即五伦并没有注重个人本身,道德的大部分内容是对人与人之间必然存在的依存关系进行的界定。但规定这种关系的缘由到底是什么呢?那就是发掘个体生命的潜力,塑造健全的人格。如果追根溯源,那就是这样做的目的不再是为了做忠臣,而是为了获得健全的人格。彼此的关系是以存在为前提的。因此,道德必以发展每个人最高尚、最深刻的生命为目的,所以称传统道德为社会性,称新道德为盖然性。②

但是开化时期的悲剧在于,其制度上的改善让日本帝国主义的侵略变得更加容易,在某种程度上反而诱导了日本帝国主义的侵略。依靠自主力量解决旧制度的矛盾,即便改革失败也要进行风俗改良以及由此造成的传统理念的崩塌,这些问题都是开化期所表现出的矛盾。开化期的制度改良与朝鲜王朝后期所酝酿的知识潜力并没能完美地结合在一起,"没能完美地……"这种表述指的是改革的主体力量与知识潜力不匹配,也指朝鲜王朝后期的社会矛盾。所以,开化期的制度改良本来意在

---

① 书中关于自由恋爱和通过投票解决家庭问题的表述如下:"他把家庭会议上需要处理的事情按照顺序依次进行投票,投票的结果少数服从多数……"(「구마검(驅魔劍)」,『한국 신소설 전집 2』,을유문화사,134쪽.)
② 《동아일보》1920. 7(제107호). 김두헌(金斗憲),『한국가족제도연구』(서울대학교출판부,1969),624쪽.

解决问题，实则暴露了矛盾。

这里所谓的开港既意味着对克服传统秩序的肯定，又意味着对新侵略开端的否定；这宣告朝鲜半岛开化期历史的起点，也意味着矛盾双面模式的出现。[1]

第二节 纪实文学的两大著作

黄玹[2]的《梅泉野录》和金玉均[3]的《甲申日录》是诞生于开化初期的两部杰出的纪实文学作品。这两部著作，一部立足于保守主义立场，一部立足于进步主义立场，是作者对自己所见的开化期全貌或局部进行的叙述。

黄玹在《梅泉野录》中记述了从1864年大院君执政到1910年日韩合并整整47年的史实。 该书是由作者依据亲身经历和可靠人士的信息编

---

[1] 최창규,「개화 개념의 재검토」(《문학과 지성》제4호, 273쪽). 崔昌奎认为，虽然政治制度存在问题，但却不应过度解读。然而，斥邪派对这一问题过度评价的逻辑却不得不让人产生一丝怀疑。具体内容可与金泳镐的论文对照阅读。

[2] 黄玹(1855—1910)，号梅泉，朝鲜王朝近代著名诗人。1885年参加生员会试并考中状元，但之后又返乡隐居。1910年8月，听到日韩合并消息的黄玹留下三首诗后，殉国自杀。其著作有『매천집(梅泉集)』『동비기략(東匪紀略)』『매천야록』等。与他相关的研究可参考：임영택,「황매천의 시인 의식과 시」(《창작과비평》제19호)。

[3] 金玉均（1851—1894），号古筠，安东金氏后裔。在科举中状元及第，担任正言和持平。他受朴珪寿、刘大致、李东仁等人的影响，多次前往东京学习，成为朝鲜王朝开化党的领袖，并于1884年领导了甲申政变。政变失败后逃亡日本。1886年日本政府将金玉均流放至小笠原群岛。1890年，金玉均为见李鸿章前往上海。1894年被朝鲜王朝守旧政权派出的刺客杀害。关于金玉均著作的详细内容可参考：이광린,「김옥균의 저작물」(《문학과 지성》제8호)。关于《甲申日录》的详细内容可参考：민태원,『갑신정변과 김옥균』。

第三章　启蒙主义与民族主义的时代

写的，所以在认识韩末史实方面，该书比任何史料都更具价值。该书由七册六卷组成，作者用一册半的篇幅对1894年以前的史实进行了简要概述，剩余的五册半则对1894年到1910年日韩合并期间的历史进行了翔实的叙述。后记始于1910年8月22日的合并，终于同年9月10日黄玹吞食鸦片自杀，其中收录了其门人高塘柱的补记以及作者所著《绝命诗》。这部作品使用"春秋笔法"，以编年体的方式对重要史实进行了记录；而且他记述的对象并不局限于政治、经济史实，还广涉风俗、文化等方面的内容。不过，他始终紧跟历史潮流，1894年前关注的主要是宫廷人员构成和权力结构，开化期关注的是诸多敕令和时局变换，而在日韩合并前关注的则是义兵的活动。文章基调一开始是讽刺的，而后是悲愤慷慨、扼腕叹息的，最后只剩下了对令人压抑窒息的历史脉络单纯的记述。但通篇给人留下强烈印象的是他彻底的儒家世界观。他的儒家思想世界观展现得淋漓尽致之处不在于大骂东学农民军并称其为"东匪"，或把与倭军作战的儒林、农民称为"义兵"这些惯用词汇表达方面，而在于对断发以及在缔结《乙巳保护条约》后对自杀者进行的描述。他对断发令的沉痛描写①，反而令人对他那些允许改嫁的法律②或废除天主教祭祀③的简洁描写变得摸不着头脑，对自杀者的执着④让他喋喋不休地强调着所谓殉节的大义是什么。即使是为了进行简洁、准确的描述而尽可能地抑制情感时，他对"一进会"描写以"一进会都剃了光头"⑤作为开头，并通

---

① 『매천야록』(국사편찬위원회, 1971), 191, 194쪽. 191页的内容描写了他们当时的沉痛心情。
② 同上书，第263页。
③ 同上书，第265页。
④ 同上书，第263页、第351页、第355页、第358页、第316页。
⑤ 同上书，第320页。

过与婢女和车夫的抗争和死亡进行对比以突出官员的软弱。[①]他的这种态度随着岁月的流逝而变得更加强硬,第六卷以后几乎都是义兵活动。[②]但他那种强烈的儒家世界观并非盲目。《言事疏》(1899)一文便足以证明他对开化期有着清晰的见解。对于开化,他表明了如下观点:

> 窃伏见甲午以来,时局日变,百度更张,赫然建中兴万世之基。观听非不美矣,而夷考其实,祸难之作、危亡之兆反有甚于更化之前。此何故也?徒慕乎开化之末而不究其本也。天下之事毋论巨细,莫不有本有末,奚独于开化而无之哉?夫开化云者非别件也,不过开物化民之谓。则开物化民,可以无其本而致之乎?若亲贤远奸,爱民节用,信赏必罚之类,即所谓本也;若炼军伍,利器械,通商贩之类,即所谓末也。[③]

他认为开化应该有原则性,不是说无条件开化,而是要弄清旧法,

[①] 婢女轶闻可参考第348页,车夫自缢可参考第359页。(李根泽的儿子娶韩圭卨的女儿为妻,新娘嫁过来时,带着一个女仆,时称"轿前婢"。这一日,李根泽退朝回府,汗如雨下,惊魂未定地跟夫人叙说他是如何赞成缔结《乙巳保护条约》,并为能保住性命感到庆幸。婢女在厨房里听到了这些话,手中持刀出来痛斥:"李根泽,你身为国中大臣,享受国恩,如今国难当前,不思以死报国,却暗中庆侥幸活命,简直猪狗不如。我虽为一奴仆,怎能委身于猪狗之人。我力弱,不能将你碎尸万段,深以为恨。不如返回旧时主人家。"言罢跑回韩府。该婢女姓名不详。)(住在桂洞的一个车夫上吊自尽了。他昔日是闵泳焕家中雇佣的车夫,后请辞住在桂洞,还是以做车夫谋生。听闻闵泳焕殉国的消息后痛哭返家。一整日放声痛哭,把人力车归还给主人金参领后便再也没有回家。其妻早起后四处寻找,在景福宫后发现车夫已自悬于松树枝上,找到时,尸体已冻僵。)

[②] 由于日本官学者对义兵活动资料的销毁,相关资料仅剩该书与宋相焘所著《骑驴随笔》(「기려수필」)可以参考。

[③] 《신동아》1967. 1. 부록『속·근대한국 명논설집』,41쪽.

第三章　启蒙主义与民族主义的时代

对儒家理念进行巩固后,再对细枝末节加以改变。基于这种想法,他所进言的九种施政策略,与丁若镛在《牧民心书》中所描绘的"理想乡牧民观"如出一辙。他屡次强调,只要理念稳固,即便对细枝末节进行变动也无伤大雅,但如果理念发生动摇,国家的根本就会动摇。

> 冠盖如云,鞍象如林,勤勤惟外务之急,而经国之本、安民之方,漠然置相忘之域。假使所谓开明者日进,技艺者日习,家诵罗马之字,人说雷汽之学,其如内乱未靖,外讧愈棘,栋焚宇毁,燕雀无可处之堂,则未审圣明将寄社稷于何地乎?①

因此,黄玹认为需要正本清源,像谴责西洋之物那样,他也对迷信之类的东西进行了谴责。②黄玹甚至开明地认为,如果具备一定基础,那么建立新学校学习新学问的方法也许比私塾式的教育方法更好。③但事情并没有朝着他所希望的方向发展,他不得不眼睁睁地看着国家走向灭亡。黄玹彼时的心情在他的《绝命诗》中表现得淋漓尽致。

> 鸟兽哀鸣海岳嚬
> 槿花世界已沉沦
> 秋灯掩卷怀千古
> 难作人间识字人④

---

① 《신동아》1967. 1. 부록『속・근대한국 명논설집』,41쪽.
② 书中对真灵君的描写如上。
③ 임영택,「황매천의 시인 의식과 시」(《창작과 비평》제19호),781쪽.
④ 同上文,第792页。

韩国文学史

《梅泉野录》是一部表现一位朝鲜王朝知识分子忠实于儒家世界观的典型报告文学。正因这是一部知识分子对新时代的到来持悲观态度的著作，所以给人留有一种保守的印象。① 但正因如此，它对开化期社会现状的侧面呈现却是最为真实可信的。

《甲申日录》是金玉均于1884年甲申政变后的第二年，在流亡地日本创作的报告文学，作品描述了甲申政变的始末。写作动机似乎是身为政变发起人的金玉均一方面认为有责任对政变始末进行记录，另一方面其力图对日本政府在政变前后的背叛行径加以谴责。② 对于《甲申日录》的内容，虽然有的学者认为不可尽信，但也有一种观点认为此书虽然存在一些错误，但在大体上是可信的。③ 无论是对其内容进行否定，还是对错误予以承认，都不能抹杀《甲申目录》作为报告文学所具有的非凡价值。首先，这部作品和作者金玉均的任何文章相比都更明确地彰显了他的思想倾向，而且还清晰展现了个人的热情和意志是如何在政治外交的冷酷现实面前受挫的事实，从这一点来看，该作品极具报告文学的价值。绪论部分对1881年12月至1884年9月三年间朝鲜王朝的政治局势和日本对朝政策进行了简要概述，而正文部分则记述了从1884年9月30日竹添公使休假回任到12月革命失败，总计38天的史实。该作品在形式上被归入报告文学的范畴，但作者所表现出的强烈情感却着实引人注目。虽然其中夹杂着"高兴了""起了疑心""……的神情""暗暗等待"等情感

---

① 关于黄玹，在李沂的「일부파론(一斧破論)」中有以下描述："我与黄玹的关系很好。去年我路过求礼郡时借住在他家，晚上休息时与他谈论起新学。当时他谦虚地说：'我都53岁了，改了有什么用。'现在想来，他应该是觉得以他的年纪再研究新学怕是会成为朋友中的笑话。"（『속·근대한국 명논설집』，57쪽）这段文字充分展现了黄玹的一部分个性。

② 이광린,「김옥균의 저작물」,《문학과 지성》제8호, 274쪽.

③ 同上。

第三章　启蒙主义与民族主义的时代

表达方式，但《甲申日录》给人留下的印象并不同于《梅泉野录》，前者描述的革命的前因后果似乎都是金玉均在思考后经过重新组装写就而成的。

若从结构上看《甲申日录》其讲述的是，全心全意投身于国家改革的金玉均为了国家的利益甚至扼杀了自己的感情，并在革命中不得不与自己始终都怀疑的竹添合作，进而讲述了和竹添合作过程中的心理纠葛。除此之外，书中还记述了他与闵妃间的矛盾，不过这和竹添相比也就不值一提了。可见《甲申日录》中竹添的形象更为重要。从作品内容构成上看，情节始于竹添，也终于竹添。在作品开头，竹添被刻画成狡诈的拥有双重人格的人。"当时竹添进一郎以日本公使的身份驻扎在京城，与我交情很深。……竹添似乎渐渐疏远并怀疑我。"[①]在革命前夕，竹添的形象与往日不同，在必要的地方被刻画成一个懂得虚张声势的政治家。"正如你我的判断，竹添的懦弱态度发生了急剧的变化，这倒也算是件好事……"[②]，但竹添在这种虚张声势的背后依然隐藏着昔日的懦弱，金玉均对此有着透彻的理解。"竹添自来到我国，其行径非常懦弱。出使国外的人应注重尊严，而竹添这般行为不仅招来外国的嘲笑，在本国内似乎也受到了批评。"[③]因此，金玉均始终对竹添心存怀疑，对他并不信任。这也就可以解释为什么金玉均每当在紧要关头都会让竹添对这次计划进行保证，而竹添都会说上一句"不要怀疑我"之类的话。[④]但金玉均的疑虑始终也没有得到消除，即便在革命失败后，也表露出"就

---

① 민태원，『갑신정변과 김옥균』(국제문화 협회, 1947), 109쪽.
② 同上书，第118页。
③ 同上书，第126页。
④ 有关竹添向金玉均承诺在革命后可以通过其所在公使馆进宫做官或给他大量的金钱等内容，可参考上书第142页、第150页。

算跟着竹添走,也不晓得我们是生是死"之意。除了金玉均与竹添的矛盾之外,《甲申日录》还揭示了金玉均性格中重要的部分。这便是金玉均对金钱的痴迷。贯穿《甲申日录》始末的除了对竹添的刻画之外,还描述了金玉均对金钱的追求。他在政变之前就已明白没有钱就做不成任何事,并努力让竹添也认同这件事。

> 我说过,一旦发生政变,最要紧的是筹款。这个要怎么做才好呢?……对于筹款,您能保证吗?竹添笑着说:"还不信我的话吗?"①

金玉均对金钱的执念证明了他的开化并非单纯的空想主义,而是建立在对现实进行周密构思的基础之上的。他清楚地认识到"国家的根本是财政",所以要把整顿财政放在第一位。从三天政变期间他最致力于改革财政这一点,就不难看出他所关注的焦点。

> 我再次重申,国家的根本是财政,但现在我国窘迫的状况您也是知道的,而且此前您对我也有承诺,希望首先商议一下贵国邮轮不久后到港的事宜。②

因此,对财政的关注促使他急于借款,这属于情理之中。但其致命的弱点是始终没有放弃对日本的信任,他相信几个日本人的承诺,最终却没能真正认识到一个简单的事实,那就是日本的所作所为只是为了自

---

① 민태원,『갑신정변과 김옥균』(국제문화협회, 1947), 130쪽.
② 同上书,第150页。

第三章　启蒙主义与民族主义的时代

己的国家利益。《甲申日录》清晰地展现了一个人物的错误，即妄图依靠不可信之人的承诺来决定一个国家命运。但正是他的这种失败，成为促使开化运动发展为民权运动的契机。

第三节　《西游见闻》的问题所在

《西游见闻》是俞吉濬[①]留美回国后，因开化派罪名被软禁在捕盗大将韩圭卨家中期间所完成的著作。该书写于1892年，1895年在东京出版发行。俞吉濬把自费出版的一千本书免费分发给了各个阶层的人士，该书在思想上对所有关心开化的知识阶层几乎都产生了深刻影响。

《西游见闻》是把源于北学派的"利用厚生"思想，后历经"东道西器论"而形成的开化思想阐释得最广泛、最深入、最系统的一部著作。在书中，作者摆脱了视"古法"为终极追求的儒家历史观的影响，强烈地倡导出"历史是进步的"这一朴素信念。他在把历史分为未开化、半开化、开化三个阶段后，主张所有历史都正朝着开化阶段前进。他认为衡量历史进步的标尺就是开化，而开化则意味着"让人间的万千事物达到尽善尽美的境地"。[②]与此同时，他也没有把开化等同于西化，而是认为一切都达到至善至美的境界才叫开化，由此把所有的国家都视

[①] 俞吉濬（1856—1914），号矩堂，出生于首尔。1881年作为绅士游览团的随行人员赴日。作为朝鲜王朝历史上最早的留学生，他在日本著名思想家福泽谕吉开办的庆应义塾学习一年，并于次年回国。1883年，随报聘使闵泳翊赴美国学习。甲申政变后途经欧洲返回朝鲜，因开化派身份被捕入狱，他开始了长达6年的被软禁的生活。在此期间他写下了开化思想的集大成之作《西游见闻》（『서유견문』）。1884年，他先后作被任命为韩国机务处委员、内阁总书，官至内部大臣。1914年于首尔去世。关于他的生平可参考：김영호，「서유견문 해제」，『한국의 명저』(현암사, 1969)。

[②] 『서유견문』(일조각, 1971), 375쪽.

为没有完全开化，认为每个国家都只是处于走向开化的进程中。他的开化论没有把开化模式设定在西方的某一国家，而是将其定位在一个近乎神圣的领域，从而发展成为各国开化应符合该国风俗和理念的主张。这一主张理所当然地重视传统，把传统和开化在理论层面进行融合并加以呈现，这应该是他开化思想的最大功绩。因为重视传统，他对开化进行了几个有趣的区分：首先，他把开化分为"实状开化"和"虚名开化"两类。"实状开化者，穷究事物理致和根本，考谅其国处地实势合当；虚名开化者，事物上知识不足，见他人景况欣羡恐惧，无前后推量，施行主张费力不少，实用分数不足。"[1]他主张一个国家要实现真正意义上的开化，就应该充分利用自身的条件和特点，从根本问题出发实现开化。其次，他饶有兴趣地提出了与开化相对应的不同类型之人。"主张并致力于开化的人是开化的主人，乐于赞扬开化的人是开化的宾客，恐惧、厌恶开化不得已而为之的人是开化的奴隶。"[2]此外，他还进一步提出，只要是外国的东西就一概说好的人是开化的罪人，因顽固保守一概把外国东西说成不好的人是开化的仇人，没有主见地陶醉于开化虚荣的人是开化的白痴等。对他来说，最可取的是要成为开化的主人，从而实现"实状开化"。"为此，不要购买外国机器或雇佣技术人员，而应该去学习技术"，这也正是"东道西器论"的延伸。

但他所认为的开化精神并非儒家式的，而是类似于近代资产阶级的理念。首先，这体现在"天赋人权说"上。[3] "凡人生于世间，权利不

---

[1] 『서유견문』(일조각, 1971), 382쪽.
[2] 同上书，第379页。
[3] 俞吉濬的天赋人权思想可参考：Kim, Young-Ho, *Youkil-Chun's Idea of Enlingtenment*, p.49。

第三章　启蒙主义与民族主义的时代

因贤愚贵贱、贫富强弱而有所区别"① "人民的权利指的是自由和知晓道义"② "自由和通晓世事的权利是不许被剥夺、不能被效仿、不可被屈服的"③等主张都是对他人生观的简单概括。从这个观点来看，他的社会观是建立在社会契约说之上的。这种资产阶级式的开化思想在政治上与民主主义有关，在经济上则与资本主义有关。俞吉濬民主主义论在尚未出版的《政治学》手稿中表现得更加明显，而资本主义论则被明确地呈现在"商贾大道"中，表现的是与新教徒伦理意识密切相关的职业道德的开化。

> 不能把商贾之业视为一己私物，应该视为公共关系来进行思考。如果没有信用的话，就不能坚守其职责；没有道义的话，就很难履行其职责；没有智慧的话，就很难规定其职责。具备这三点以后，才能说尽到了商人的职责。④

以上述内容为例对俞吉濬资本主义精神进行研究的学者是洪以燮和金泳镐。"俞吉濬的观点是，将这种儒家伦理体系中仍难以想象的职业精神作为爱国精神倍加推崇……"⑤ "但他所强调的伦理不是指单纯的朱子学式的封建社会旧伦理，而是指近代市民社会的职业道德乃至社会伦理。他尤其强调了职业道德。在他看来，职业不是单纯为了满足个人欲望，而是一种公共的关系，因此不能以营利为目的去行事，而是要恪

---

① 『서유견문』, 114쪽.
② 同上书，第109页。
③ 同上书，第113页。
④ 同上书，第367—369页。
⑤ 홍이섭,『한국사의 방법』, 289쪽.

守职业道德。他甚至劝告商人不要急于追求利润,要忠于职业道德。也就是说,只要遵守自己的职业道德,自然而然就会有收入和报酬。换句话说,利润不过是表明职业道德与诚信关系的函数。这被马克斯·韦伯视为资本主义精神的典型表现,与本杰明·富兰克林《给一个年轻商人的忠告》中提倡的精神类似。"①但俞吉濬并没有将职业道德思想和神的使命相结合,而是与爱国心联系在一起。"商人的责任,大致如下:商人追求经营人生便捷之道、谋求国家富饶之机会,在此过程中涉及各种关系、各种职责。使民间货物流通可以让民众摆脱劳苦,均衡国内的物价可以协助政府施行政务,使本国和外国进行交易可以促进两国间的交流。……如果不能履行商人的责任,就会给国家人民造成危害,诱发安全隐患。"②从诸如此类的引文中也可看出,将职业道德与爱国主义结合在一起,是他将西欧新教徒伦理作为开化理念的局限所在。所谓局限性当然不是知识的匮乏,而是对传统事物的尊重,毕竟他还没有达到承认西欧诸神的地步。

但从文学史的角度来看,《西游见闻》最重要的功绩莫过于首次将韩文和汉字进行了混用。这表明到了俞吉濬所处的时代,在大众施加的压力之下,韩文开始压倒汉文,这就让人联想到朴趾源、金炳渊破坏汉文文体的真正意义。俞吉濬不顾周围人的婉言劝阻,坚持混用韩文和汉文,对于其中缘由他在书的开头这般解释道:

> 让朋友阅览刚刚写完的书,希望能得到他的批评指正。朋友说我虽用心良苦,但是国文汉字混用写出来的东西,偏离了文体范

---

① 김영호,「한말 서양기술의 수용」(《아세아연구》 제31호), 1,130쪽.
② 『서유견문』, 367쪽.

第三章 启蒙主义与民族主义的时代

式,难免会遭到有识之士的讥讽嘲笑。我回答这是有原因的。一是为了让这本书通俗易懂,让稍微懂一点文字的人也能轻松阅读。二是因为我才疏学浅,对于写作之法并不熟悉,这样做方便叙述。三是为了仿效我国对七书的谚解之法,做到翔实清晰。而且环顾世界各国,语言不尽相同,文字也是如此。语言是以声音的方式表达人的思想,而文字则是以形象的方式显露人的思想。所以语言和文字虽然分则为二,实则合二为一,语言文字就是我们自己。虽然我国的字是先王(世宗)创造的,而汉字和中国是相通的,但我却不满足只写我们的文字。既然和外国建立了外交关系,那么无论男女老少、富贵贫贱都应该对他们的情况有所了解,所以用生疏晦涩的汉字写出佶屈聱牙的文章,同时用浅近、流利的韩文解释其意,以求再现真实之情境。①

俞吉濬的这一辩解清晰地表明了他开化期的语言观。他首先注意到语言和文字之间存在不可分割的关系,并委婉地对把语言和文字一分为二的观点进行谴责。此前朴趾源、朴齐家等虽然已经对语言和文字脱节所引发的感情混乱和思考缺乏深度等问题感到痛心疾首,但俞吉濬则根据语言和文字的关系混用韩文和汉文,这体现了他对语言的出色认识。他在原则上赞成使用韩文,但认为那是过分的理想主义,因其在现实中不可能实现,所以他混用了韩文和汉文。而《西游见闻》之所以能对开化期的知识阶层产生巨大影响,在一定程度上也有赖于俞吉濬出色的语感。如果这部著作只是用汉字撰写的,就不会受到如此多的关注了。将韩文、汉文混用是他作为政治家的职业思想和人民平等思想相结合的表

---

① 『서유견문』,16쪽.

现，其功绩可从它产生的影响来判断。而《西游见闻》对开化期小说的影响之大是众所周知的事实。①

第四节　开化期文体的变革

朝鲜王朝后期的语言构成从文字角度似乎很容易被归为汉文和谚文两类，但对其各自的功能，抑或两者相互关系是如何作用于意识这一点，我们至今尚未系统了解。汉文文章中有很多等级差异，语言文字的用法根据不同的阶层意识结构和等级差异，实际产生的作用也会有所不同。对于这一事实的理解，只能根据所写的文章对韩国人意识的作用来进行评价。

19世纪末势不可挡地出现的"国文"觉醒现象和自强独立的思想息息相关，这也反证了思想变革与文体变革息息相关。但是开化期思想的普及形式（开展语言活动）因其自身的局限性而面临着极大阻碍。《韩国通史》的作者在分析甲申政变失败的原因时，如果未能将革命思想渗透到反封建的群众中，也就无法将其转化为物质力量，并进而指出："即使实行的是暴力的，也应该顺天时，应人事。通过宗教、学说、宣传，普及基本知识和思想，振奋革命士气，同时在政治方面采取雷霆手段，如此一来则赞成者多，反对者少，革新之策定会顺利成功。"②一般来说，文章是对知识、开化思想进行普及的核心手段。实际上，当时的开

---

① 김영호，「한말 서양기술의 수용」（《아세아연구》제31호），1,136쪽. 其中有这样一段内容："正如李光洙所指出的那样，韩末的各种报纸或杂志中出现的开化理论大部分都出自俞吉濬的《西游见闻》。"不仅如此，韩末的新小说也深受《西游见闻》的影响。

② 박은식，『한국통사』，62-63쪽.

第三章　启蒙主义与民族主义的时代

化思想是通过开化派人士的著作、海外见闻报告、《汉城旬报》及外国书籍进行传播的，然而受众却主要局囿于两班内部的部分官员和中人阶层*等群体。这源于朝鲜王朝文字的双重结构所造成的壁垒，克服该壁垒的方式正是所谓的"韩汉混用体"，这就意味着文体的变革直接关系到思想改革中的意识变化。

开化期文体大致可分为以下三种：汉文体、韩文体、韩汉文混用体。汉文体和韩文体由来已久，前者是两班阶层的专用语，后者则是妇女和平民的专用语，两者呈现并行双重结构，而韩汉文混用体出现后，则呈现出三重结构。但是，这种三重结构形态持续的时间并不长，就被韩汉文混用体和韩文体这一新的双重结构所代替。

一、《西游见闻》的文体

在把韩汉文混用体塑造成新文体方面，俞吉濬起到了很大作用。在《西游见闻》（1895）之前，《汉城周报》（1886）就已经出现了汉文、韩汉文混用、韩文三种文体。同年5月，郑秉夏的《农政摄要》韩汉文混用版单行本发行。所有研究称，俞吉濬早在1883年就已经用韩汉混用文体为某报纸写下了创刊词。① 尽管如此，《西游见闻》因为规模宏大，语言观明确，且对当时的汉文体进行了抵抗，因此仍可以将其称作韩汉文混用体作品的滥觞。具体而言，可以从以下几个大方面展开论述。首先，他使用韩汉文混用体的理由有以下几点：第一，简单通俗，略懂文字的人也能理解。第二，作者对"写作方法"缺乏信心。第三，效仿"成邦七书谚解"之法。如果对作者意图进行分析，那么第一条说

---

*　中人是指介于两班贵族和平民之间的人。——译者注
① 　이광린,『한국개화사연구』(일조각, 1970), 51-53쪽.

的是文章简单，读者中兼顾了汉文阶层和对其相对不熟悉的阶层；第二条"对写作缺乏信心"，指的是对自己亲身体验的西方世界无法用传统汉文文体进行表达的委婉说法。第三条可以说是对遵循"训民正音"创制后"中国七书"*（经书谚解）翻译方法的历史性阐释。这一点也从侧面表明《西游见闻》这本著作并非单纯的见闻录，而是一部"对书籍考据"的理论书。因此，其写作方法是以翻译外国书籍为准，也就可与七书的谚解相提并论。俞吉濬所尝试的这种韩汉文混用体，与他留学日本多年，特别是他和福泽谕吉的密切交往有关①，而从这种文体本身的结构相似性来看，就能推测出它与日本的汉字假名混交文亦有很深的关联。

二、《独立新闻》的韩文体

中日甲午战争以后，韩国在日本和俄国的夹缝中艰难地维护着主权。在这一危机时代，开创了民间报纸先河的正是徐载弼刊发的《独立新闻》（1896）。为了探究《独立新闻》的文体特征，有必要对其发刊宗旨的几个部分进行解读。

> 《独立新闻》出版以来，向朝鲜境内的本国和外国民众宣扬了那些被扼杀的消息。我们首先不偏不倚，对富贵贫贱没有区别，只

---

* 朝鲜王朝谚解的"中国七书"指的是：《论语》《孟子》《大学》《中庸》《诗经》《书经》《周易》。——译者注

① 福泽谕吉给小泉信三的书信强调，李东仁首先访日，明治十四年一位朝鲜王朝囚犯来访，明治十五年金玉均来访，他为朝鲜王朝人捐献了个人财产。金玉均共计从福泽谕吉那里借走了15000韩元，用来支付留学费用以及其他机器费用，俞吉濬也借了数百韩元。后来，俞吉濬出人头地时，他曾催促其偿还这笔钱，但俞吉濬并未归还。（小泉信三，「청일전쟁과 후쿠자와 유키치（日清戰爭と福澤諭吉）」，《改造》제19권 제12호，206-208쪽.）

第三章　启蒙主义与民族主义的时代

以朝鲜人相待，公平地为朝鲜人民说话。……都是用谚文写的话，男女老少都能看得懂。而且为了便于阅读进行了断句。我们只会如实报道，即使是政府官员犯错了，我们也会如实进行报道。如果发现贪官污吏，就会公开他们的行径；如果是百姓做了违法的事情，我们也会进行登报说明。

我们的宗旨是为了朝鲜君主陛下、朝鲜政府、朝鲜人民，所以我们会公平报道，不会偏袒一方。另外，一面用英文刊载，是因为外国民众很难对朝鲜情况进行深入了解。……①

如果说可以从这篇创刊词中看出此后发行数年的《独立新闻》的基调，那么就能指出以下几点：（1）完全以外国人为主的意图。创刊词展开具体叙述之前，便开明宗义，抛出了"国内外民众"的概念，指明了刊物服务的对象和方向。那么是以本国人为主，外国人为辅，还是颠倒这二者的地位？从同时发行的英文版本来看，以外国人为主也是不争的事实，这一点与《汉城旬报》或之后的《汉城周报》是截然不同的。另外，这反证了国王在俄国公使馆避难时的情况，即在釜山、仁川、汉城（现称首尔）等地很多外国政客、奸商获得了治外法权。②从根本上看，这将《独立新闻》出版者偏向西方思想层面的问题彻底地表现了出来。（2）坚持以君主为中心的态度，这一点也似乎值得探讨。它将朝鲜王朝大君主陛下、朝鲜王朝政府、朝鲜王朝人民加以区别，并把君主视为神圣不可侵犯的存在。对此，可从以下两点对其进行理性的批判：第一，在《独立新闻》第4期至第5期的评论中开展了政治学讨论，主张君主制

---

① 《독립신문》1896.4.7.
② 据记载，当时在仁川和釜山，日本人已占大多数。参考：I.Bishop, *Korea and Her Neighbors*, 1898。

下的普选，但在君主部分却通过改变某些说法或者采取换行的方式，沿袭了朝鲜王朝的文体特征；第二，因为神圣化，暴露了他们攻击贪官污吏东莱观察使池锡永、学府大臣申箕善等人时的局限性。（3）报纸的自强独立思想几乎是直白的思想，而开化思想明显是基督教式的。他们认为独立自强取决于教育，清朝和韩国灭亡的原因在于新式教育（第9期评论）的滞后。另外，从对巫师、算命先生等迷信行为的批评中可以看出，报纸采取的纯粹是基督教的观点（第109期评论）。在"在朝鲜王朝的外国人中，只想为朝鲜王朝百姓好的，一定是各国信教之人"（第59期评论）这一表述中基督教观点得到了进一步体现。该报的这种西方取向与它错误地认识朝鲜王朝内部的民众力量不无关系。从以下这篇对义兵进行攻击的报道中就可以明显看出这一点。

真可恶，你们这群人的所作所为，起初称为义兵，现在看来，每个人……都令国家发愁，给民众制造麻烦……每路过一个地方，就要挖掘他人坟墓，恐吓凌辱妇女，抢夺财产，欺负老实人，连六畜的幼崽也不放过……这就是强盗的行径。见到日本人就像见到老虎一样……①

（4）该报主张的韩文体成了问题所在。选用韩文体一是为了让男女老少、富贵贫贱都能阅读，二是基于这一理论使用隔写法。该韩文体重视隔写法的作用，明显发挥了其先进的语言功能，这比韩汉文混用体更具冲击力。不过对于采用韩文体要面对的难题，从一开始就在预料之中。正如俞吉濬所认识到的，虽然韩汉文混用体不比通过"七书"这种

---

① 《독립신문》제69호 잡보란.

第三章 启蒙主义与民族主义的时代

中国经书的翻译对士大夫阶层传道授业的汉文更为抽象，但能够体现出缜密的思维和深入的逻辑。因此，在开化期也能作为过渡文体发挥其牵引力。相反，韩文体是指在创制《训民正音》后朝鲜王朝所使用的文体，被用于小说、佛经谚解或假借体之中，缺乏逻辑上的深化，完全依赖于情感感召力。韩文体无论是律文还是散文，大多都会随着文学的体裁、形态或类别体现为固定写法的套路*，这很难同当时民众日常使用的口语保持一致，因而不能说使用韩文体写就的内容就是达到了"言文一致"。当韩文体被《独立新闻》采用时，韩文体也就不可避免地发生了质的转变。这意味着就报道性和互动性的层面而言，只有日常用语才能胜任。而韩文体质的转变之所以能在《独立新闻》得以实现，也是因为受到欧美文化的影响。

《独立新闻》之所以能够同时发行英文版，不但因为发行人是美国人，而且因为报方把基督教视为开化的中心思想（评论第152号），还以基督教文化圈为标准对开化的概念及风俗改良、意识变革等问题进行讨论。这就意味着，韩文体在执行诸如像翻译英语文章的功能时受到的阻力最小。韩文体的这种功能适用于欧美文体的翻译，这与韩汉文混用体与日本的汉字假名混交文密切相关是同出一辙的。但是，在1910年以后这种有关文体的报道与讨论因局势的恶化而逐渐消失，在总督府单方面的强迫下，只能把韩汉混用文作为书写文字的单一形式。

三、韩汉文混用体和韩文体双重结构的确立及其依据

从1894年甲午更张开始，韩汉文混用体在公务、私人文件的运用当

---

* 此处主要指受中国的汉语语言习惯、写作手法影响。——译者注

中逐渐被普及。这一年《官报》开始以韩汉混用文的形式发行,而且从那以后学校教科书几乎全部以韩汉文混用体出版发行①,这时距离《西游见闻》的出版还不到五年的时间。不过这和俞吉濬身为政府要员几乎不存在任何关联,与其直接相关的是以日本作为第一模范国家所形成的朝鲜半岛开化的思想方向。这一事实直到甲午战争以后还多少有些模糊,但在日俄战争(1905)以后,日本则完全掌控了朝鲜半岛的局势,韩汉文混用体就此确立并不断得到强化,并在整个殖民地时期得到了巩固。日俄战争以后,朝鲜政府明确规定了"各级官府公文一律使用韩汉混用文,不得混用纯汉文、吏读以及外国文字"。②

为了了解文体的变革过程,有必要对开化期报纸文体的变化过程进行回顾。《汉城周报》(1886)虽然同时使用汉文、韩汉混用文、韩文,但使用韩文进行的报道却越来越少,《皇城新闻》则从韩文体改成韩汉文混用体,而《大韩每日申报》则采取了同时发行《国文报》的举措(1907年5月1日评论)。另外,由于早期的亲日团体"一进会"横行霸道,创刊于《乙巳条约》签订后第二年的《万岁报》(1906)、《大韩民报》(1909)等都以韩汉文混用体发刊。另外,为了便于阅读,《万岁报》还特意在汉字旁边加上助词,就像日本的文体一样。《万岁报》是由从日本归来的吴世昌在孙秉熙的支持下发行的,其主要负责人为李人稙。众所周知,李人稙(后任社长)以新刊连载小说的形式首次对《血之泪》进行了连载。对此需要说明的有以下两点:其一,彼时报纸小说的样式很大程度上倾向于日本报纸的样式。其二,

---

① 이기문,『개화기의 국문연구』(일조각, 1973), 19쪽.
② 《관보》1908. 2. 6.

第三章　启蒙主义与民族主义的时代

《血之泪》的文体几乎都是日本腔。①开化期文体最终被确立为韩汉文混用体，其重要原因则是受到了日本文体的影响。在《乙巳条约》签订以后，事态已经发展到就连斥邪派的强硬分子都不得不逐渐承认开化的地步，这就要求我们必须从另一个角度对彼时韩汉文混用体的功能进行重新审视。应该明确的是，无论韩汉文混用体是否与日本文体有关，从语言功能上来说，前者都是当时思想最有效的载体。而原本纯汉文体对于表述具有哲理性的经世思想和逻辑原理也许是最妥当的。它伴有厚重的格调，共同承担着古诗成语的文化意蕴，从而恰如其分地呈现了著述本身的思想性。②因此，当面临使用"韩汉文混用体"还是"韩文体"的选择时，为传达思想性，只能选择前者。具体来说，韩汉文混用体让史学和新闻业、经世之学和新闻业的结合有了可能，③而张志渊、申采浩等知识分子也正是借助学会和新闻评论才能够施展抱负。其典型实例，就是"嗚呼痛矣라！我二千万爲人奴隷之同胞여，生乎아死乎아檀箕以來四千年國民精神이，一夜之間에 猝然滅亡而止乎아"④中所体现出的文体权威和经世伟力。

新闻业与经世学乃至与史学的结合而形成的文体形态可以参考中国

---

①　从这里能看到韩字与汉字混用的现象。汉字中标记着韩字，使汉字与韩字同时出现的类型有三种。第一种是类似"秋风"和"추풍"，"西北"和"서북"这种方式；第二种是类似"一妇人"和"한 부인"，"昨日朝"和"어제아침"这种方式；最后一种是类似"家内"和"아내"，"御娘样"和"아가씨"这种方式。（조연현，『한국신문학고』，문화당，90쪽.)

②　박은식，『한국통사』. 其他韩末记录文学。

③　천관우，「장지연과 그의 사상」，《백산학보》제3집.

④　《황성신문》1905. 11. 20.

的情况，具体可以从梁启超①那里找到答案。例如，《大韩每日申报》的评论中关于斯宾塞的思想介绍，《万国事物纪原历史》中对泰勒斯、毕达哥拉斯、培根、费希特等人的标记方法，朴殷植的《天演论》(《西友》创刊号)等文体或来源介绍的依据，都源自《饮冰室文集》。那么梁启超的文体究竟是什么样的呢？

> 梁启超是传统式报人、辩论家、政治家、文学家。他的文章采用日语文体，是简洁易懂的"新闻体"。所谓的"新闻体"，在当时虽然还是汉文体，但有意添加了日本的字句和文风。

> 今日所急欲堤间于诸君者，则诸君天职何在之一问堤是也，人之天职本平等也，然被社会之推崇愈高者，则其天职亦愈高。

> 像这样宾语倒置、仅改变助词，就会变成日式文章，这就是"新闻体"。这种新鲜的文体在当时成为中国进步青年向往的对象，成了报纸、杂志文章的典范。②

如果认可上述事实，进而推断出开化期韩国知识分子的西方思想源泉是以《饮冰室文集》为中介，③那么韩汉文混用体就有了源于日本文

---

① 梁启超（1873—1928），清末维新派代表人物。1898年，戊戌变法失败后逃亡日本，《清议报》《新小说》主编。著有《饮冰室文集》。胡适曾在《五十年来中国之文学》中曾这样评价梁启超："二十年来的读书人差不多没有不受他的文章的影响的。"（마스다 와타루（增田涉），『중국문학연구（中國文學研究）』，岩波書店，66쪽.）

② 사네토 도오루(實藤遠),『중국근대문학사(中國近代文學史)』上(淡路書房), 78쪽.

③ 《饮冰室自由书》（全恒基译，1908）被译成韩语传入朝鲜半岛后，成为当时知识分子的理论源泉。斯宾塞的综合哲学、约翰·穆勒的自由论、托马斯·亨利·赫胥黎的进化论等思想给开化思想带来的冲击在各个论说中都有所体现。

第三章　启蒙主义与民族主义的时代

体的双重根据。与此相关的是,如果考虑到梁启超的西方思想源自日本书籍,而上海商务印书馆翻译的大部分图书转译自日本书籍,并且该书馆的顾问还是日本人①,那么就可以推测出开化期多达500多种的教学用书居于何等的地位。关于韩汉文混用体的接受,还需要考察开化期知识分子的阶层问题。日本是旧韩末*绝大多数人进行海外考察及留学的对象国。②中国的情况也是如此。热衷于赴日留学的洋务派官僚张之洞在《劝学篇》中以日本留学距离近,日文和中文相似,日本已经接受西方学问并取得成功为由③,认为凭这个优势足可以取得事半功倍的效果,所以他鼓励去日本留学。1905年赴日的中国留学生超过了万人,④他们分为流亡者、革命派(孙中山等)和维新派(康有为、梁启超等)。而截至1908年左右,在日本留学的韩国人仅官费生就达到了126人,⑤其中自然包括李人稙等人,可见韩汉文混用体确有其日本知识根源。

上文从三个角度对韩汉文混用体形成的依据进行了分析,总而言之,这种文体革命在很大程度上可以说是由政府权力或者自上而下强制进行的。⑥可以说,韩汉文混用体就是统治阶层的文体,关系着他们的思想依据,与底层民众遵循的言文一致相去甚远。另外,韩文体的诞生及雏形的形成与韩汉文混用体一样,都是自上而下的革命过程;从统治阶

---

① 나카무라 다타유키(中村忠行),「정치소설에 있어서의 비교와 교류(政治小説に於ける比較と交流)」,《文學》1953년 9월호.
* 旧韩末是指大韩帝国时期(1897—1910)。——译者注
② 金允植带领的38名清朝留学生最终均以失败告终。参考:전해종,「통리기무아문 설치경위에 대하여」,(《역사학보》제17-18합집)。
③ 사네토 도오루,『중국근대문학사』上, 75쪽.
④ 同上。
⑤ 김영모,「한말외래문화의 수용계층」,《문학과 지성》제7호.
⑥ 1895年高宗颁布的《教育立国诏书》(「교육입국조서」)即为韩汉双语写成。

层意识变革这点来看，二者极其相似。这可从欧美意识与欧美文体直接相关的观念得到印证。例如，《独立新闻》批判了学部大臣申箕善上疏中提及的"使用世宗大王创制的韩文会让人变为禽兽"[①]，并对师范学校学生因此向学部递交请愿书一事进行了大幅报道，而且在评论(第29期)中对学部大臣进行了批判，但韩文体终究还是逐渐没落，无法渗透到教科书中。其理由有许多方面，但最重要的是韩文体的出发点脱离了底层民众表达的需要。然而，韩文体还是通过以下两个方面努力，实现了与民众需求的结合，由此产生了广泛的影响。

  首先，具有独立自强思想的几位先驱开始对韩国语语法进行研究。通过李凤云的《国文正理》（1897）、周时经的《国语文典音学》（1908）等著作，以及在国家层面设立"国文研究所"（1907）等举措，可知在开化期出现的对本国语言的研究活动与具有开化属性的自我确认直接相关。但是，这种语法研究首先应从以下三个方面进行审视：第一，传教士试图以学习韩语为名、把自身传教作为目的，对韩国语语法进行研究[②]。第二，对日语、英语及当时外国语学校的学习方法进行改进。第三，研究学问本身的自觉性。在以上三个方面中，第三条才是根本性的，不过就连这点也是源于统治阶层的观点。"国文是培养国民本国精神的起点，是维持国家独立体面的标准，而国民教育的要务则赖于国文的发达。……只有研究国文，才能在两千万的头脑中注入朝鲜王朝之魂、忠君爱国之本……"[③] "想要消灭一个国家的人，那就先使这个国家的语言文字衰退，传播其他国家语言文字；而想要兴盛或保全自己国

---

 ① 《독립신문》제26호 잡보란.

 ② H.G.Underwood,『한영문법』(1899)；J.Scott,『영한사전』(1891)；J.S.Gale,『사과지남(辭課指南)』(1893).

 ③ 최재학,『실지응용작문법』(1909).이재선,『개화기의 수사론』.

第三章　启蒙主义与民族主义的时代

家的人,应该先学好本国语言文字,才能发展民智,巩固团结。即使本国语言文字不如其他国家的语言文字,也不可不完善、爱护,并加以使用。"①尽管有这样的主张,但其表达用的却是韩汉文混用体,更加极端的例子是国文研究所的报告用的全部都是韩汉文混用体。②换句话说,开化期的国文研究对韩文体的确立过程并不关注,而主要致力于掌握韩文的学术原理及其语法结构。这种态度与西方传教士用纯韩语推广其主张的方法有所不同。尽管如此,也应该承认,这股国文研究的风潮对韩文体的形成起到了很大的促进作用。这是因为:第一,国文研究中的成果作为知识被接受,这会刺激国人对本国语言的进一步发掘,同时,韩文制度化教育再次开启。第二,随着国文研究的深入,连语法术语也不得不用纯韩文标记意义。周时经采用名词派生动词(임본움)、动词(움본)、品词变化(기몸박굼〈조이법〉)、句法(짜듬갈)这些表达方式就是这方面的力证。③第三,具有宗教层面的意义。作为东学及其革命的附属物而留下的《龙潭歌词》《鸟呀鸟呀八王鸟呀》等民谣正是如此。

其次,也不能忽视在开化期强势登场的传教士活动及其在传播基督教方面的意义。由于基督教徒由新进的资产阶级、开化派人士组成,而他们带来的西方精神与新教育精神非常相似,所以译作《赞美诗》和《圣经》④使用的韩文体得到了广泛而迅速的普及。第四,要对韩文体最核心而又最切实可靠的基础进行审视,那就是作为传统韩文体的摇篮与根基的民众潜在的语言观。具体地说,其显著特征体现在日常用语

---

① 주시경,「필상(必尚)자국문언」,《황성신문》1907.4.1-6.
② 이기문,『개화기의 국문연구』.
③ 허웅,「학자로서의 주시경 선생」,《나라사랑》제4집.
④ 对《圣经》《赞美诗》的翻译可以追溯到1882年,成立圣经翻译委员会是在1887年。韩语翻译本《天路历程》(『천로 편력〈天路遍歷〉』)于1895年面世。

（口语体）中，也体现在与古代小说相关的语言观密不可分的开化期的小说之中。以小说或具有感召力的语言让韩文体得以存续生长，这绝非偶然。

开化时期的两种文体——韩汉文混用体和韩文体之间的矛盾，真实反映了开化这一近代进步主义与传统思考方式之间的矛盾。在这两个对应关系中，前者表面上带有开化层面的公共意义，并成为教育的标准语言，这是其具有绝对优势的力证。当然，这里也留下了开化期先驱们若干的思考痕迹。

> 虽然在开化期的公共文字生活中，韩汉文混用体占有主导地位，但把这一文体视为过渡性文体，这是当时的评论，至少是进步的评论文章持有的观点。早在《大韩每日申报》1901年刊载的《国文宜润色》（6月10日）这篇评论文中就曾说过："韩国语中，有一半方言，一半汉文"，"可偏用也，不可全用也，可以则完成全用耶"。意思是只有让韩文达到"尽善尽美"，才能实现韩文的完全使用。再如，同一报纸在1908年的一篇评论《国语国文独立论》中，以"故而今日报纸所使用的韩汉文混用体乃是过渡时代不得已的文法"结尾，就是其中的明证。①

然而，即便某些民族志士在一些进步的评论文章中认为韩汉文混用体是过渡性的，但早在1905年大韩帝国丧失主权，更确切地说是在1910年日韩合并后，韩汉文混用体就已经完全成为公共文体。这同时也意味着韩汉文混用体是通过被日本文体乃至日本文化接纳，才最终被确定下

---

① 이기문，『개화기의 국문연구』，23쪽.

第三章　启蒙主义与民族主义的时代

来的。早在1906年，就有人对此进行了抗议："所谓教科书要依据本国风俗和国情所编，并用于启蒙、教育儿童……韩国儿童幼年开始学习日文教科书，让他们耳濡目染被动地接受日本之魂。"①具体来说，这段引文指的是什么并不重要。重要的是，直接学习日文教科书和把它翻译成韩语来学习(当时的教科书几乎都是翻译日本的)几乎没什么区别。如上所述，作为开化期公共文体的韩汉文混用体，是由统治层的语言观决定的，不仅在殖民地时期使用，而且一直延续至今。②李光洙"因阻碍新知识的输入"③而不得不使用韩汉混用文的主张，是认为纯韩文体不能表达思想，这样的反思不无道理。因此，当他主张"除了专有名词或源自汉文中的名词、形容词、动词等不能用韩文标记的内容写成汉文外，其他全部要写成韩文"④时，就意味着汉文负责思想的表达，而韩文则用来表达琐碎的情绪。李光洙写的第一部小说《是爱情吗》⑤，用的是日本的汉字假名混交文；而其他早期小说《尹光浩》《年幼的牺牲》却使用了韩汉文混用体。在《青春》杂志首次以纯文学形式征集小说时，李光洙在"考选余言"中将"纯粹的时文体"作为第一要素，当然这里指的并非纯韩文体，而是着重于带有汉文的标点和形式⑥，从这点来看很容易对上述情况进行印证。如果把1916年崔南善编写的《时文读本》称作当时写作的标准，从中可见这部著作中除了几首诗歌之外，皆是被纯熟运用的

---

①　《대한매일신보》논설（1906.6.6）.
②　"是时京官报及外道文移，皆真谚相错，以缀字句，盖效日本文法也。"(황현,『매천야록』,168쪽.)
③　이광수,「금일아한국문(今日我韓國文)에 대하여」,《황성신문》1910.7,24-27면.
④　同上。
⑤　김윤식,「조대(早大) 시절의 이광수」,《독서신문》제55호.
⑥　『이광수전집 16』(삼중당,1962), 372쪽.

韩汉文混用体。行文至此，有必要展示一下书中所载的李光洙短篇小说《我的牛和狗》中的文体。

벌서數十年前일이라내가아주어리고父母께서생존하야계실때에내집이시골조그마한가람가에잇섯다.
어떤장마날나는내情들인 – 난지四五日된새세더린소-를가람가에（후략）.①

另一方面，从诸多角度可以发现，从根本上将开化视为好事并对其全面接受的开化期对韩文体的态度大多倾向于否定。第一，有关大韩自强会1906年发表的启蒙演说和对政府的建议，就包含《谚古谈杂书禁废建议》《坐击祈祷禁废建议》。与甲午更张时期出现的禁止早婚、断发令等风俗改良活动一脉相承的行为，实际上也是试图对纯韩文的基础斩草除根的表现。韩文体在朝鲜王朝社会唯一的立足之处是言古谈杂书及民歌信仰。第二，在开化期小说中韩文体逐渐得到普及。李光洙的早期小说中，也使用了韩文体，而且开化期小说作家和李光洙等人一致站在了指导和说教民众的教师立场上，这一点值得关注。第三，在意识层面存在对引进日本文体进行伪装的意图。李光洙的长篇小说《无情》（1917）具有压倒性的韩文体威力，如果不将其与日本小说文体结合起来进行考察，就很难解释这一事实。

被去除了批评功能的韩文体变得越来越精练，其功能演变成情感上、心理上的等价物，不仅使得思考得以深化，而且实现了文学的重要

---

① 최남선, 『시문독본』(신문관, 1916), 71쪽. 译文："已经是几十年前的事了，那时我的年纪尚小，父母也还健在，我的家就在乡间的小河边。某个梅雨天，我把刚生下来四五天有了感情的小牛犊……江边"。

功能——思想单纯化。① 最终,韩文体运动在遭受强烈批判的情况下以韩汉文混用体的形式残存了下来,而最纯粹的韩文体只在表达情感的文学作品中出现,特别是只保留在了小说中,这正是开化期韩文体运动的局限性所在。

第五节　开化期歌辞与开化期小说

从表面上来看,开化期的歌辞与小说都带有前沿的时代流行性,散发出强烈的能量,有着动态的一面;同时,民谣、古典小说、民间传统故事都以融合了传统语言的"谚古谈"的形式得以表现,呈现出静态的一面。

一、开化期歌辞的问题

如果说开化期歌辞这一概念指的是整个开化期时期出现的所有韵文体裁,那么,其中可以包括汉文词藻;宗教性歌辞,例如赞美诗;民兵创作的歌辞;赞美开化的歌辞;爱国歌类;校歌类;揭露社会的歌辞等。见诸报端的开化歌辞《独立新闻》有23首,《皇城新闻》有15首,《大韩每日申报》有34首,《帝国新闻》有7首②,在初期大部分都是爱国歌和独立歌的形式。

---

① 这一点在战后被作家张龙鹤屡次提出,20世纪60年代他曾就此与柳宗镐发生过激烈的争论。参考《文学春秋》《世代》杂志。

② 예원혜,「개화기의 창가고」(1964), 서울사대 국어과 졸업 논문(미간).

韩国文学史

例1 大朝鲜国，建阳元年，自主独立，幸之乐之。
　　天地之间，生而为人，尽忠保国，最是第一。

　　不二忠诚，献给君上，精诚守护，为保政府。
　　布衣人民，吾尽爱之，国之旗帜，亦高悬哉。

　　帮扶国家，以此为志，始终如一，同心同德。
　　尊重妇女，教育子女，置身事内，人人为之。

　　各兴其家，欲实现之，保全国家，是为先决。
　　我们国家，欲保全之，毋论寤寐，时时思之。

　　为国为民，献身捐躯，是为荣光，无怨无悔。
　　国家太平，共享安乐，士农工商，勠力一心。

　　兴我国家，兴我国家，铺胸纳地，祈求上苍。
　　文明开化，开放世界，言行一致，你我共行。①

例2 嗟嗟吾辈，学生学徒，你我共唱，开校之歌。
　　皇上阶下，无量圣德，我们学校，因此创设。
　　大韩帝国，光武十年，丙午三月，望日之时。
　　奋发长成，人材栋梁，划拨经费，殷切盼之。
　　嗟嗟吾辈，学生学徒，一心学习，得道之后，

---

① 《독립신문》제3호, 1896.4.11.

第三章　启蒙主义与民族主义的时代

作报答之，作报答之，浩荡圣恩，报答孜孜。①

例1是最早的韩文西式歌曲，分成了若干个联，例2是韩汉文体的西式歌曲。有人推测，这种四四拍对仗的形式大约从崔南善之后迎来了转折，即向分段式的七五拍日本歌辞的节拍过渡。但是，此前歌辞形式的时代讽刺文中也能零星找到一些七五拍的身影，所以，从四四拍到七五拍的过渡过程中还存在着散文的阶段。例1和例2所使用的四四拍是传统诗歌的节拍，开化期歌辞原封不动地采用了这一韵文体裁的节拍，这意味着韵文体不仅仅体现在例1中，便于记忆；更体现在例2中，表明在外部现存秩序中的开化意识仅局限于生活意识范畴内。

同时，开化歌辞中值得注意的是强烈的揭露精神。《大韩每日申报》的《社会灯》栏目就刊登了《韩人佩符》《谨告各学会》《喜感交集》《卖淫女儿》《花下总理》《宋秉畯》《一进会》等，这些均是具有强烈社会批判意识的四四拍鸿篇长诗。

例1 内部大臣 宋氏秉畯/趋炎附势 是小人也。
　　毫无见闻 也无教训/岂能知晓 事君之道。
　　不守本分 藐视纪律/竟觉此事 不足挂齿。
　　总理大臣 李氏完用/对其行为 有谈论曰。
　　豚犬不若可痛也。②

例2 大韩新闻 有位记者/自甘堕入 魔窟之中。

---

① 《황성신문》1906.4.24.
② 『대한매일신보 발췌록』(청구대학출판부, 1958), 353쪽.

韩国文学史

　　摇身进入 政府机关/一般共识 人人皆知。
　　近些时日 对于政界/发表一篇 冗长时评。
　　总内两相 对其功名/满口赞扬 滔滔不绝。
　　满纸累编 鬼怪之说/有眼无眼 实不忍见。①

　　例1和例2分别攻击的是特定的人和新闻同行。尽管这些长诗有着韵文的形式,但过于直接和草率。我们可以看到一些构思优秀的开化诗歌,在承载着这种精神的同时,也运用了具有艺术表现力的迂回手法。②

　　左右翻炒,脱衣露肉。
　　街上露体,日人来世。
　　人人尝之,阴火自消。
　　严冬雪寒,无妨此生。
　　咕噜咕噜炒栗子啊。

　　左右翻炒,全颗焦黑。
　　津液枯干,似吾同胞。
　　内外官员,调集人民。
　　加以翻炒,无妨此生。
　　咕噜咕噜炒栗子啊。

　　左右翻炒,不生不熟。

---

①　『대한매일신보 발췌록』(청구대학출판부, 1958), 368쪽.
②　该诗的开头如下:"长安各坊,突鬓儿童/黑炭黄票,凿地为炉/手执铁夹,左右翻炒/踞坐方席,和答栗歌/自由生涯唯有尔。"

第三章　启蒙主义与民族主义的时代

围破全黄，似厕中粪。
五部之粪，满载车上。
每送日人，无妨此生。
咕噜咕噜炒栗子啊。

左右翻炒，片片散裂。
有黄且白，仿佛银屑。
内外官吏，凡见金银。
翻眼夺之，无妨此生。
咕噜咕噜炒栗子啊。

左右翻炒，燥湿相迫。
其声不终，宛如炮声。
两兵相接，炮烟连绵。
惨杀无辜，无妨此生。
咕噜咕噜炒栗子啊。

左右翻炒，裂口吐气。
炸声如同，火灾蒸汽。
半岛江山，不论所有。
侵犯铁路，无妨此生。
咕噜咕噜炒栗子啊。

左右翻炒，板土满积。

卖钱堪比，中央金库。
度支公贷，任意管辖。
荡尽无余，无妨此生。
咕噜咕噜炒栗子啊。

羡之慕之，羡慕此生。
仕宦场中，大官可恨。
现身社会，恶见志士。
不遇志士，抛掉所有。
唯有炒栗。①

长篇引用并如此重视这首歌辞的原因在于其给处在窒息状态的诗歌打开了一个出口。传统民谣《栗子打令》与社会现实的热点互相交织，展现出当时的社会已经丧失了理性的控制力，而自暴自弃的副歌部分则发挥着正话反说的讽刺作用。然而，这种揭露和批判精神因受到当权者和统治阶级的打压而不得不被隐藏起来，后来被日本总督统治彻底切断了活路，而这种讽刺精神最终也仅残存于讽刺民谣之中。②

二、开化期小说

1. 韩、中、日三国开化期小说的特点

在韩国，"新小说"一词最早出现在李人稙的《血之泪》广告栏。③

---

① 《대한매일신보》1908.10.11.
② 학부대신 이재곤,「교가단속」(《대한민보》1903.7.2).
③ 『만세보』1907.4.3.

第三章　启蒙主义与民族主义的时代

在那之后，诸如金台俊、林和、金河明、白铁、赵演铉、全光镛等文学史学家均使用这一名称来指代处于古典小说和李光洙之后的小说之间过渡阶段的文学体裁。纵然日本在1889年创刊了题为《新小说》的杂志，梁启超在1902年发行了《新小说》，但是可以说在韩国新小说的概念是"仅韩国文学史才拥有的独特文学样式的名称"①。为了厘清这一概念的内涵及其本质，需要了解19世纪末由于东方文化圈受到了西欧的强烈影响，导致日本和中国的小说在思想和意识层面发生变化的过程。其中最关键的是在日本的政治小说。如果抛开日本的政治小说不谈，就难以把握韩国新小说的早期样貌，有如下原因。其一，在《瑞士建国志》（1907）等早期的改编作品中明确标注了"政治小说"这一名称。其二，《经国美谈》（1908，玄公廉译）、《雪中梅》（1908，具然学译）等就是日本政治小说的代表作。其三，李人稙的《血之泪》中有这样一段话："具氏的目标是努力学习，回国后像德国一样建立联邦，同时把日本和中国东北合而为一，建设强国，其心情犹如俾斯麦……"②

政治小说的基本概念是"带有政治性的文学，在文学史中仅指代'明治初期以自由民权运动为背景的小说（1877—1887）'"③。从这个简单的定义中可以看到这一窄化的小说概念带有历史的意味。像欧文·豪指出的"我们认为政治思想和政治环境占据了统治地位的小说，以及不会因此受到根本性的歪曲，在分析的层面带来某些好处的小说"④则与此有着显著的不同。明治时期的政治小说"早期被当作是人民的政

---

① 정관용,「살아 있는 고전」,『한국신소설전집』(을유문화사, 1969), 1쪽.
② 『만세보』1906.10.4.
③ 근대문학간담회(近代文學懇談會) 편,『근대문학연구휴(近代文學研究攜)』(學登社), 15-16쪽.
④ Irving Howe, *Politics and the Novel*, 김용권 옮김,『정치와 소설』(법문사, 1959), 10쪽.

韩国文学史

治性启蒙、政党的革命性宣传和斗争的辅助性武器，中期被用来积极谋求个人政见的发表以及改良社会的思想，后期则反映了宣扬新兴的日本国家权力的意识，同时被当作是揭露支持政府的人以及组成政府的各种势力的讽刺武器"。[①]也就是说，政治小说在明治时期早期作为民权主义政治斗争的武器登场，是此类"特殊文学体裁的总称"，因此虽具有倾向性，但也是以政治意识形态为核心的国事小说（Staatsroman）。从翻译和改编的年代到国会召开，这期间出现了许多小说，其中最具代表性的是矢野龙溪的《齐武名士经国美谈》（1883—1884）和柴田四郎[*]的《佳人之奇遇》（1885—1891）。前者和《雪中梅》（末广铁肠，1886）一起很早就被译成韩文出版。为了明确问题之所在，我们先来看一下在韩国作为新小说出版的玄公廉翻译的《经国美谈》的序文，来寻找韩日两国政治小说的不同。

  诸位看官您请说。啊，韩文因其便利比汉文更为需要，易于民智发达，以往在闾阎之间成型的小说皆为**虚无腐谈**，不过为妇女牧童谈笑之资，不仅对**知识经纶无一毫裨益**，还无不妨碍远大见识，使无业村翁甘心为野人，堂堂丈夫不免为愚民，岂不可叹也。故本人遍读各国书籍，感于齐武国（希腊底比斯）之复国与英雄俊杰的爱国赤诚，译此《经国美谈》**新小说**，不再容许虚伪轻浮的陈腐之说，望求阅之谦谦君子，观古人之事迹，发爱国之心志，思日后亲历之关头。[②]

[①] 야나기다 이즈미(柳田泉),『정치소설연구(政治小說硏究)』(春秋社), 33쪽.
[*] 原书为"柴田四郎"，现国内多注为"柴四郎"。——译者注
[②] 현공염 옮김, 서（序）（加粗字体由原书作者添加）.

第三章　启蒙主义与民族主义的时代

从这段内容当中我们可以看到在韩国《经国美谈》与知识和经纶有关，并被纳入"新小说"的范畴之内。该序文也从侧面反映出当时流行的小说都是以女性和牧童为读者群的虚无腐谈，同时也暗示了尽管新小说有许多类型，但《经国美谈》则是最贴近新小说的。

《经国美谈》是政治小说中最杰出的作品。[①]该小说以"Young Politicians of Thebes"为副标题，表面上讲述了一段古希腊的历史。然而，作者的政治性意图在于展现底比斯诸多名士的政治运动和政治运作，从而将两千年前的史实与明治时期当年的现象进行比较。小说中描述的政治意识形态可以概括为：王室的尊严与人民的幸福，通过改革内政扩大国家权力，基于地方自治的理念，充分利用选举权利。[②]当然和《佳人奇遇记》一样，诸如此类的理念是作者龙溪个人的政治抱负，也是作者所属的政党改进党的政治理想。对此，我们可以对以下三点进行探讨。其一，国会的召开开启了民权时代，以自由党和改进党为中心进行的政党政治成为当时的一大问题，这是小说的时代背景，而政治小说之所以能在新闻机构的中心成为形成舆论的强力武器的原因就在于此。其二，作者并不是单纯的文人或知识分子，而是政党的核心人物。即，与反对政党之间的对立和讨论的逻辑说服力会成为一个问题。1882年自由党总理板垣去欧洲见到维克多·雨果的时候，就宣传政治小说这一问题得到了他的鼓励。按照雨果的主张，板垣归国时带回了西欧自由斗争的政治小说，将其翻译并发表于《自由新闻》上。他带回的西欧政治小说中最具代表性的为大仲马的《攻占巴士底狱》（*Taking the Bastile*）（宫崎译）。而许多俄罗斯虚无党小说、与法国大革命相关的小说被改

[①] 야나기다 이즈미,『정치소설연구』(春秋社), 186쪽.
[②] 具体内容参考『일본현대문학전집（日本现代文學全集）』(講談社).

编和翻译也说明了这一点。①其三,相比空想或虚无的态度,政治小说更多的是为了记录历史。②

从这些探讨中我们可以发掘比较日本政治小说与韩国新小说的基础。知识分子只能是与外来势力作斗争并力图恢复国家权力的志士,而韩国的新小说就面临着这样一个决定性的约束条件。毕竟早期新小说面世的时候,外交权早在一年前就已丧失③,这也与中国的政治小说有所不同。

中国的政治小说与韩国既有相似点,也有不同点。先来简单回顾一下前者的发展过程。到光绪三十一年(1905),中国对日本政治小说的翻译与介绍以梁启超为中心,作品有梁启超翻译的《佳人之奇遇》(1898)、《经国美谈》(1899),忧亚子*翻译的《累卵东洋》(1901)、熊垓翻译的《雪中梅》(1904)等。其中《佳人之奇遇》是由梁启超亲自翻译的篇幅最长的小说,在第16卷中描述了韩国的政治状况。④梁启超将其改写成了"朝鲜者,原为中国之属土也云云"。

梁启超曾流亡日本,其翻译实践可谓是日本文化的集大成者,他提出的小说理论对中国和韩国产生了巨大的影响,这一点毋庸置疑。在《译印政治小说序》(《佳人之奇遇》译者序文)中,梁启超认为"政治小说之体,自泰西人始也……小说为国民之魂"⑤,在《新小说》的

---

① 야나기다 이즈미,『정치소설연구』(春秋社), 40쪽.
② 同上书,第182页。
③ "生活在平壤城的人们……在山里见到清朝官兵犹如见到老虎……"(《만세보》1906.7.24)
* 原文'憂豆子'疑似为'憂亞子'的误记。——译者注
④ 作者是三浦公事的顾问、日本代议士,参与弑杀闵妃,在其16卷集中展现了大韩帝国末期的政治局势,上有金玉均的跋文(依据早稻田大学图书馆资料)。
⑤ 『중국근대출판사료 초편』(上海), 104쪽.

第三章　启蒙主义与民族主义的时代

发刊词中,其主张"欲新一国之民,不可不先新一国之小说",由此可以看出他对小说的启蒙作用有着透彻的了解。为了革新道德、宗教、政治、风俗、学艺、人心,需革新小说,其原因在于"小说有不可思议之力支配人道故"。这种力是熏(熏染)、浸(浸透)、刺(刺激)、提(同化)。①这一态度与1917年陈独秀在《文学革命论》中提到的"今欲革新政治,势不得不革新盘踞于运用此政治者精神界之文学"②有直接的关联。

彼时的中国把小说问题与政治改革直接联系起来,由此可以看出中国的白话文运动并不是单纯的改变文体,而是思想的转变。与此同时,韩国的开化期小说家缺少这份表态,只沉浸于简单的启蒙之中。而持此论者的代表之一李海潮在《花之血》(1911)的序文和跋文中表示:

> 大凡小说,体裁多样,难以举一范例谈之,或有谈论政治者,或有批评社会者,或有告诫家庭者……爽快、龌龊、悲伤、欢乐、危险、流泪,均为优秀素材,随记录人的笔尖成为津津有味的小说,但其素材若每每为古人过去毫无瑕疵的足迹或片段,十中八九撰述的是近来之事……如今,又以当下之人的真实事迹全新著述《花之血》,无一部分记录的是虚言浪说,编辑一动一静果真无一点内疚……可为善恶之间一明镜也。(序言)
>
> 所谓小说每每捕风捉影,编辑符合人情,矫正风俗、启发社会是为第一目的,若有与小说相似的人与相似的事,列为爱读之女士

---

① 『중국근대출판사료 초편』(上海),184 쪽,191쪽."欲新一国之民,不可不先新一国之小说,故欲新道德,必新小说,欲新宗教,必新小说,欲新政治,必新小说,欲新风俗,必新小说……小说有不可思议之力支配人道故……认为小说为文学之最上乘。"

② 천 두슈,「문학혁명론」,《신청년》제2권 제6호,2-3쪽.

绅士更有一层津津之乐味,或有悔改此人、告诫此事之积极影响。因此,本记录人记录此小说,愿有其乐味与影响,切切盼之。(跋文)①

这样的主张不免过于单纯,使小说停留在趣味、女士绅士的教养、对善恶的判断等极其消极的层面。由于没有提出任何关于新小说的鲜明的主张,而是将其停留在消极的伦理判断层面,所以新小说与古典小说相比反而有了退步,并且聚焦于更加诡异且丑恶的有关纳妾等家庭关系方面的内容。换句话说,开化期的作家在创作小说的同时,始终认为小说是谚古谈杂书,这也证实了他们并没有把小说当作是精神改革的手段。而直到李光洙的登场,小说在韩国文学中才成为民族改革之要。

2. 开化期小说的结构

从1907年到1917年,开化期改编、翻译的小说作品一共有130多篇,②我们将从内容结构、文体与形式、作者与读者群、改编及翻译的问题等角度探讨具有代表性的作家的作品。

当我们规定新小说是"旧形式中注入新精神的文学"③的时候,并不能将全部的开化期小说囊括其中,而是只能局限于早期重要的几篇作品。因为大部分新小说,特别是越到后期(1912—1913)越显现出倒退的怪现象。诸如李人稙的《血之泪》、李海潮的《自由钟》(1910)等一些作品的主题中多少有一些对新学问、新教育思想的倡导。特别是《血之泪》④以中日甲午战争这一国际政治形势为背景,主人公玉莲通过

---

① 『한국신소설전집 2』,349,412쪽.
② 하동호,「신소설연구초」,《세대》1966.9.
③ 임화,「개설조선신문학사 4」,《인문평론》제3권 제3호,32쪽.
④ 日本也有几篇与《血之泪》同名的作品,但与李人稙的作品无关。

第三章　启蒙主义与民族主义的时代

井上军医官的帮助到日本成长并学习，遇到具完书后赴美留学等，这些叙事呈现出宏大的全球视角，由此可以看到小说的空间明显扩大。而小说中特别是对年幼的玉莲在军医官的家里看到的有关日本生活的描写极其细致。其续篇《牡丹峰》则是以日俄战争之后的社会现实为背景，前作与续篇都展现出相当大的政治抱负。尤其是《牡丹峰》的舞台设定与《佳人之奇遇》的第一个场景十分相似。后者从对费城自由钟的描写开始，前者则是从"圣弗朗西斯科，耶稣教堂的钟声"的情景开始描写。尽管所谓"国际万国公法问题""日本炮弹无毒""摸索以日本为中心的东洋联邦"等政治色彩随处可见，但是《血之泪》的前后篇都以父母与子女这一家庭关系为核心内容。父母和子女因战争的离别与重逢构成了作品的基本骨架，而作家却未对女儿玉莲的对立面——具完书这个青年进行任何着力描写。这一事实表现出韩国家庭关系的坚不可摧。就算父亲或女儿以及具完书提及并对留洋和新式教育抱有理想，也印证了这与国家的治理没有多大的关系，而只是抽象的理想，可见这种局限性反映了朝鲜半岛开化的浅薄性。此外，《自由钟》采用的是妇女对时事和风俗讨论的形式。不过《银世界》（1908）则或多或少表明了李人植的政治观点，呈现出一定的政治小说的样貌，但仍没能超出对贪官污吏进行批判的维度。

可以说新小说的"新"指的是将旧小说善恶对立的核心结构，变成了新旧对立的结构。然而，在新旧问题和民族治理的问题上，当"新"所承担与批判的内容没有建立在扎实的哲学基础之上的时候，新小说就不免成为浮谈或老套的言辞，丧失其新颖性或教育性，甚至会让人失去对进步主义的兴趣。这时在读者群或作者群中会出现如下情况。首先，当作品中没有对"新"这一概念进行思想上以及哲学上的批判时，读者群会从其他对象，例如上百种的教学用书、新闻、杂志中寻找追求"新"的欲望的满足。如果开化期小说没能率先吸收开化期的思想，仅停留在与市井浮谈别无二致的层面上，那么此时欲求未能得到满足的读者就会自动脱离。同时，从作者的角度来看，他们通过日本接触到粗浅的开化思想，反而将殖民主义的日本介绍成施与人，小说中的政治批判也了然全无，仅剩下老套的"新"。由此开化期小说面临重大的转折。新小说从《血之泪》的韩汉文体转变为韩文体，印证了开化思想的主力阶层在于使用韩汉文体的群体，这使小说反而倒退为谚古杂书。也就是说，文体转变使开化期小说保留了"新"这个字，但同时却返回到古典小说的形式，重新显现出善恶对立的结构。这一善恶问题与家庭关系具有直接的关联性，然而新小说的写作并没有从移风易俗的角度出发，反而立足于父权制。换句话说，其展现的并不是开化的冲击带来的旧秩序与新秩序的矛盾，而是认同旧的秩序，在对恶的惩罚中隐含着开化期小说消极的问题。例如《雉岳山》（1908）中描绘的是洪参议前妻所生白石头与开化派李判书独生女的婚姻。不过，其中的问题并不是夫妻矛盾，而是再娶的夫人和儿媳之间的矛盾。

> 金夫人折磨儿媳的手段越来越高明，南顺在她母亲身边吹哥哥家耳旁风揭短的手段越来越高明，李夫人则越辛苦琴瑟越加和谐，以至于丈夫白石头只要有一点想要接近妻子的样子，他的妻子反倒更冲撞继母婆婆，所以白石头看都不看一眼他的妻子，只是在心里真心可怜她。①

---

① 『한국신소설전집 1』, 278쪽.

第三章　启蒙主义与民族主义的时代

继母最终心怀阴谋，骗儿媳回娘家，儿媳被轿夫遗弃在江原道①的层峦叠嶂之中，在她快死的时候被猎人捡回一条命。尽管这篇小说中有白石头赴日留学的代表性细节，但其结构设置却并没有跳出《蔷花红莲传》似的继母型小说范式。在《鬼之声》（1906）中，善恶的问题显现为一种自虐的形式。住在春川的庶民姜同知被虚荣蒙蔽了双眼，将女儿吉顺许配为两班的妾室，最终两班的正室将小妾杀害。该作品以此为故事情节，对恶的问题进行了相当脸谱化的处理。

　　（春川家的）"我说这位侄儿，这是要把我带到哪里去啊。侄儿你一会儿说一驿站，一会儿说两驿站，娘家怎么这么远啊。光是想我走的路也得有二十里地了。"

　　（络腮胡子）"也好，不必再走了。走到这儿也够深了。"说完猛地一回身，那势头让春川家的一口气没上来，说道："我说这是要做什么。"

　　（络腮胡子）"死婆娘知道那么多干什么。"说罢掏出一把刀来，在月光下明晃晃得像冰霜一样跑到春川家的面前，春川家的直苦苦哀求。"我这身子哪怕千刀万剐，只求放过我的小乌龟。"话音未落，刀就插进了她的脖子，春川家的伸直了腿。刀尖插在春川家的脖子上，刀把握在络腮胡子的手里，只见他拔出刀，把熟睡的孩子放了下来，往头上一砸，怪道是肉嫩骨头也软的三岁小孩，就像是劈开纹理清晰的柴火，刀从头落到了腰。②

---

①　除了《血之泪》（『혈의 누』），李人稙的《鬼之声》（『귀의 성』）、《雉岳山》（『치악산』）、《银世界》（『은세계』）等全部作品的背景设定均在江原道春川、原州等地，这一点需要继续考证。

②　『한국신소설전집 1』，218-219쪽.

与把这种杀人（恶）手法用几句暗喻来处理的古典小说相比，该作品的手法的确是一种大大的退步。这一点到李海潮的《九疑山》（1912）、《春外春》（1912）会更加明显。显现出"像《蔷花红莲传》这种独特又纯良的继母小说到了如此低俗下流的境地，就算是同样的继母型小说也有着云泥之别，可见这个时代的旧小说崩溃到了多么悲惨的境地"。①随着政治局势的变化，新旧的问题失去了原有的内涵，所以旧形式的地位得到了强化。然而，开化期的小说改革并非与政治治理的意图毫不相干，由此需要强调开化期小说积极的一面，这意味着存在对开化思想发生质变的讨论，即用朝鲜半岛的方式发展的政治小说。其中安国善的小说最具代表性。安国善1899年出身于东京专门大学（早稻田大学的前身）邦语政治科②，是《政治学概论》等开化期教学用书的作者，也是《演说法方》（又名《爱国精神》，1908）、《禽兽会议录》（1908）、《共进会》（1915）等小说的作者。《演说法方*》是探讨泰西、泰东的演说方法和历史，以及各演说家的态度与学识问题的基本概论书籍，采用的是韩汉文体，在后半部分如"学术讲习会演说"等实际演说篇中则原原本本地展现了朝鲜半岛开化期的演说内容，也是作者自身的开化观念的体现。他的代表作如《禽兽会议录》，其序文如下：

这禽兽不如的世界可该如何是好。我也是人之一员，忧心我们人类社会已变得如此之恶，常常阅读圣贤之书，效仿圣贤之心，恰巧在西窗酣然睡去。……人迹罕至，葱葱树林中挂着一块牌匾，仔细一看……上写着"禽兽会议所"，旁边挂着"驳斥人类之事"议题，又

---

① 임화,「개설조선신문학사4」,《인문평논》제3권 제3호, 39-40쪽.
② 依据早稻田大学同窗会的记录。
* 即"方法"，此处保留了原汉字书名。——译者注

第三章　启蒙主义与民族主义的时代

第六节　开化期戏剧的空间

从风俗或流行的层面将开化期流于表面或虚假繁荣的现象表现得最好的是戏剧。原因在于李人稙①作为核心人物设立的"圆觉社"（1908），其背后有政府和亲日势力等外部条件的"辅助"。正像《雪中梅》等日本政治小说所提出的那样，改良戏剧是改良风俗的一个重要部分。不过开化期戏剧中值得留意的是其彻底引进并运用了日式表达（节拍、音乐、情绪与方法），以及促进了日本式感情与韩民族（朝鲜民族）感情的嫁接。

> 毋庸置疑，新派的眼泪引入的是日本新派的眼泪。起初从自由民权运动的政治宣传剧出发的新派剧，如今变质为新派悲剧，在家族制度的压迫下以道义与人情之名强求过时伦理带来的眼泪，不得不说是一件奇妙的事情。不过这种变质可以用日本资产阶级的特殊性来解释。②

也就是说，当日本的民众从新派寻找"强制献身，屈从于义务，从而放弃自由和自我、丧失人格、否定人与人性，对如此一切产生的断念与悲哀的眼泪"③的时候，革新团的新派剧《眼泪》（1913年首演，李相协作品）已经获得了空前的成功，而这可以说是原封不动地引进了日本

---

① 李人稙是否真的与戏剧存在关系，对此好像仍有争论。（유민영,「연극개량시대」,《연극평론》 제6호.）

② 이두현,『한국신극사연구』(서울대출판부, 1996), 65쪽.

③ 미부 다타오(瓜生忠夫),「영화보기(映畫のみかた)」. 再次引用：이두현,『한국신극사연구』.

戏剧空间的结果。作品《眼泪》有着继母型家族制度这一俗套的结构，这与开化期小说的一般性结构与消极之处完全一致。这也是无法将新派戏剧与开化期小说分开来讨论的原因所在。作品中曾这样阐释眼泪的含义。

> 失去国家的民族在庚戌年（1910）接触到了新派戏剧并自此任其生根发芽，其多数主题都使人留下伤感的眼泪，反映了相比事大主义和悲壮趣味以及欢声笑语更重视眼泪的思想，集中展现并赞美了离别的感伤而非初遇的喜悦、死亡而非生活、牺牲而非爱情、屈从而非抵抗。用天皇的军队侵占并压迫的那些人，用新派的眼泪安抚了民众（民族）人性的无力感，如此打一巴掌再给个甜枣，真可谓是讽刺的现象。①

除了李相协的作品《眼泪》外，新派戏剧的代表性作品《不如归》《长恨梦》等都不过是日本热门小说的改编之作，这一事实更加凸显了问题的严重性。正如革新团（林圣九）在1913年上演了《长恨梦》，改编自尾崎红叶的《金色夜叉》。然而该剧在那之后广为人知（土月会也上演了该剧目），并且直接影响了韩民族（朝鲜民族）的感情。日本作品《不如归》《金色夜叉》是该国继明治时期政治小说之后的代表性作品，特别是后者以日俄战争后资本主义开始抬头、钱的问题在社会范围内占据重要位置的时期为背景。《金色夜叉》的大致情节如下：相爱的年轻男女约定了婚事，但是在出现了有钱的情敌后，女方及其家庭产生

---

① 이두현, 앞의 책, 66쪽.

第三章　启蒙主义与民族主义的时代

了剧烈的心理变化，背叛了男方。因失恋而绝望至极的男方抛弃了学业和将来的社会职业，成为一个恶名昭著的高利贷放贷人，开始报复社会。这部小说为什么在当时的朝鲜半岛受到了追捧？①日本文学界认为该作品包括了如下含义：

> 首先，主人公是公立学校的学生，这一点值得关注。这对抛弃了学业和未来职业的失恋结果有着重要的意义。在该作品的年代，出身于学校，特别是出身于公立学校的人是能够保证其社会地位的统治阶层。该作品的读者肯定也是当时的统治阶层。……读者的意见对决定作品的内容起着重要的作用，这一事实在《不如归》《金色夜叉》中十分明显。……《金色夜叉》的基调是个人的心理。……其中隐含的心理主义是个人主义的因素与手法。个人主义是支配资本主义社会的观念，其顶峰是自然主义文学。②

关于《长恨梦》获得成功的原因，有下面一些说法。诸如，该作品以大同江为背景，后篇中有人情味的改编给予读者了一些亲近之感，抑或是文风老练（是当时一般开化小说无法比拟的），等等。即便如此，该作品能够取得成功最为重要的还在于其主角是一名学生（开化小说中几乎没有以年轻学生为主角的作品。后来李光洙的小说都和学校与学生有关的这一点也同样值得留意），作品因此获得了由新晋知识分子组成

---

① 参见『메이지·다이쇼기 문학전집(明治大正文學全集)』(春陽堂)。
② 다카구라 데르(高倉テル),「일본국민문학의 확립(ニッポン國民文學のかくりつ)」, 구와하라 다케오(桑原武夫) 편,『예술론집(藝術論集)』(河出書房, 1961), 64-65쪽.

的读者群体。

其次，需要留意该作品展现的是和金钱相关的个人心理。表达个人心理感受即意味着宣扬自由恋爱，这说明相比对于父子关系的家庭结构的重视，作品更加注重以夫妻关系为轴的家庭关系。由此日本因金钱、道义和人情所阻碍的个人主义最终成为一个社会问题。当这一问题冲击朝鲜半岛开化期的知识界时，其影响亦扩大到了戏剧的世界，使戏剧在整个殖民地期间都走向了通俗化的道路，这一点不得不说具有讽刺意味。尽管罗云奎的《阿里郎》（1932）曾对此发起了彻底反抗，但是这种日本式新派的俗化与七五拍节拍一起，使日本的情绪混进了韩民族（朝鲜民族）的生命节拍，并残存其中，这个结果终未能避免。

第七节　崔南善的启蒙主义

一、中人阶层与岛山思想

开化期的启蒙思想与中人阶层有着密切的关系。中人阶层在朝鲜王朝社会中承担着一些功能，这一功能性阶层比任何阶层都更早且无成见地接触中华文明与西欧文明，因此其对开化浪潮充满了热诚。然而，这一功能性阶层并非其所属社会的统治阶层，加之他们所理解的中华文明与西欧文明不过只是皮毛，所以他们没能站在彻底开化朝鲜社会的潮头，而是仅仅揭示了甲申政变的思想弊病。然而，甲申政变的失败和国家权力的丧失，使出身中人阶层的知识分子站到了文化的前方，代表人

第三章　启蒙主义与民族主义的时代

物就是崔南善①。中人阶层试图通过引入西欧文化来寻找朝鲜王朝社会结构性矛盾的解决方法，所以他们的思想内容也局限于文化启蒙主义。

继承吴庆锡意志试图改革内政的人也来自中人阶层，这个人就是吴庆锡的好友刘大致。他是一般称之为白衣政丞的一介村野文人，读了吴庆锡从北京带回来的《海国图志》《瀛寰志略》等介绍新的世界局势的书……其门下聚集的金玉均、洪英植、朴泳孝、徐光范等人皆是当时青年开化党的顶尖能人，1884年甲申政变就是在刘大致幕后主使下爆发的。……吴庆锡想要在军事和外交施展的韬略，以及刘大致想要在内政大展身手的抱负，或许六堂想要把这些施展在文化上也未可知。六堂从来没有因他出生于中人阶层家庭而感到难为情，但他仍然始终对吴庆锡和刘大致表示出最高的敬意。②

如果凭借实用性知识武装起来的中人阶层在国家权力没有丧失的状态下发挥出其智慧潜力的话，历史说不定会朝着值得期待的方向发展。因为中人阶层可以积累财富，如果他们拥有借助理论来表达自我的力量，朝鲜后期的社会有可能就会变成市民社会。然而，在丧失了国家权

---

① 崔南善（1890—1957），号六堂，中人阶层出身。自学韩文，1901年开始向《皇城新闻》投稿，1904年以皇室留学生身份赴日。入学东京府立中学校，三个月后归国。1906年再次赴日，就读于早稻田大学高师部地理历史科，负责编辑留学生会报《大韩光学会报》，发表新诗与时调。1907年因模拟国会事件退学。翌年归国，创办新文馆，发行《少年》，发表了议论文与《大海寄语少年》（「해에게서 소년에게」）。（参考金允植的「소년지 연구」）1927年受到朝鲜总督府朝鲜史编修委员会的委托。重要作品有《百八烦恼》（『백팔번뇌』）、《不咸文化论》（「불함문화론(不咸文化論)」）。
② 조용만, 『육당 최남선』(삼중당, 1964), 46-47쪽.

143

力之时被奴役状态的奴隶文化中，实用的知识也会犯下历史的错误，让其所有者承认这一被奴役的状态。崔南善的亲日行径即为此例。

要探究这个问题，不得不考量的是崔南善和岛山思想的关系。

我们可以知道安昌浩向社会极力推荐六堂，六堂对安昌浩也十分仰慕尊敬，他在《少年》的第3年2卷的卷首写道 "这本诗集谨献给我最敬仰的岛山先生，向海外表达我的仰慕与思虑之情"，并向安昌浩献上了他著名的《太白山诗集》。

六堂在安昌浩的指导下成为青年学友会的成立委员，具体情况可以从《少年》杂志里"青年学友会"的工作报告中看到。1910年4月15日发行的《少年》第3年4卷中插入了《青年学友会报》的目录，其中刊载了六堂的评论文章《青年学友会的主旨》，然后登载了《会报》的相关内容。李光洙说《少年》是"青年学友会"的机关报，别人看到这则新闻也会这样想的。①

这段引用中需要注意的是，《少年》相当于安昌浩②创设的青年学友会③的机关报。由此我们能够确认崔南善的早期活动是在安昌浩的诸多

---

① 조용만, 『육당 최남선』 (삼중당, 1964), 98쪽.

② 安昌浩（1878—1938），号岛山，出生于平安南道江西郡。在私塾学习了汉学，1897年毕业于救世学堂，加入独立协会。1902年赴美，创立共立协会。1907年归国，组织新民会，在平壤创立大成学校，在定州创立五山学校。1909年流亡美国。1912年建立兴士团。"三一运动"后创刊《独立新闻》。1937年因同友会事件被捕。著作有《安岛山全集》（『안도산전집』）。

③ 1909年由岛山创立，是秘密结社的新民会开展的青年地上运动。中央委员长为尹致昊，中央总务为崔南善。目的在于"以务实、力行、忠义、勇敢四大精神修炼人格，致力于集体生活之训练，必须学习至少一种以上的专业学术或技艺，具备专家资格，每日努力各实行一项德育、体育、智育修炼活动，该四大精神与之后的兴士团的精神相同"（주요한 편저, 『안도산전집』, 삼중당, 1963, 100쪽）。

第三章　启蒙主义与民族主义的时代

影响下进行的。安昌浩的独立方案的核心在于改造精神的民族教育。

　　独立运动期间我们该致力于教育吗？我敢断言，越是独立运动期间越要致力于教育。判定是死是生、是奴隶还是独立的是智力和财力。我们的青年如果在一夜之间荒废了学业，对国家来说会成为一大后患。……同时，为了向国民提供先进的知识和思想，激发爱国之精神，须多多发行优秀的书籍，也要进行适合这个时期的特殊的教育，要建学校，编教材，对身在海外的人也要尽可能地实施教育。①

安昌浩的这一"务实力行思想"是站在改造民族性的原则上所提出的预备理论，与朴殷植、申采浩的斗争论有着明显的不同。而崔南善和李光洙均赞成安昌浩的预备理论，可见他的现实妥协主义与其启蒙思想的局限性。

二、律文形式及其存在的问题

崔南善大抵尝试了新诗、唱歌*、时调这三种律文的形式。《大海寄语少年》（1908）是新诗的代表作，《京釜线铁道歌》《汉阳歌》等是唱歌的代表作，《百八烦恼》是时调的代表作。接下来我们对此来一一进行探讨。

在新诗中我们首先要探讨的问题是创作方法。李光洙说《大海寄语

---

① 주요한 편저,『안도산전집』(삼중당, 1963), 561쪽.

* 甲午改革后，韩国社会出现的一种近代音乐形式。借用西洋乐曲创作出的一种简单歌曲。——译者注

少年》应该是他所知道的朝鲜的第一首新诗，即效仿西洋诗并印刷出来发表于世的第一首新诗，①这里的新诗应该指的是日本的新体诗。日本的新体诗是"随时势进步"出现的，其创作方法如下。其一，格法自由；其二，规模宏大；其三，语言丰富；其四，使用现代语法；其五，字句刚健；其六，主旨明晰；其七，新奇清新。②按照这些条件，能明显看到《大海寄语少年》的形式特点。特别是第二项"规模宏大"可以说是《大海寄语少年》的主要创作方法。然而，这些创作条件并不属于诗歌或艺术层面，而属于引进新知识的层次。换句话说，这是一种议论文往押韵方向转变的现象。

然而，从创作方法的角度来说，即便将经过改编的新体诗纳入研究对象，也只有《大海寄语少年》完全遵守了新的形式，而除了《旧作三篇》和其他两三首外，其他的诗作甚至都放弃了这一形式。也许是来自传统律诗的压力过大，或是议论的内容无法接纳新体诗，所以无法从真正意义上领会新体诗的自由性。严格来说，新体诗没有存在过，也没有继续存在的必要，不过是有名无实的名称。不过在文学上来说，新体诗与传统诗歌不同，是效仿西欧诗歌的全新尝试。而崔南善真正倾注了心血的则是唱歌。

> 他对诗歌进行了许多思考，也做了很多努力，这从他尝试了各种形式的诗歌体裁中可见一斑。正如上文中提到的，他效仿西洋诗，试图写出字数规律相同的诗歌形式，但之后逐渐放弃了这一形式，更多地使用没有字数限制的散文诗体，或是与其相反使用有明

---

① 이광수,「육당 최남선론」,《조선문단》제6호, 82쪽.
② 이노우에 데츠지로(井上哲次郎),「신체시론」,《제국문학》제3권 제1호, 9-15쪽.

第三章　启蒙主义与民族主义的时代

确字数限制的歌曲体,其中使用了很多出自日本"今样"*的七五拍,而从隆熙三年末开始倾向于时调体。①

放弃散文诗体反而使用与此对立统一的歌曲体,从中足见崔南善对唱歌的执着。他对唱歌的热情与执着从其放弃开拓散文写作一举中便可以明显看到。例如他在《少年》的创刊号上写了这篇《快少年**世界周游时报》。

> 相比书本知识和传说耳闻,我更觉亲眼所见、用心辨别是为性情,上学之时只听闻汉拿、长白两山顶上有火山口空地,心有不满,深夜欲偷偷前往实地考察,不想被大人捉住,未及出发便就此作罢,此次之行也是该性情驱使,大抵"亚细亚""欧罗巴""亚美利加"等大陆和……乌黑的黑色人种在何处,铜一般的红色人种在何处,"伦敦"之繁盛又如何……②

这一部分和李光洙早先提出的"将帽子歪瘪、灰尘落满的纱帽潇洒戴在脑后……"一样,是崔南善尝试的"言主文从体"的全新散文。然而,他在《青春》杂志中将同样的内容以《世界一周歌》为题重新写成了歌曲体(唱歌)。

　　吾向汉阳道珍重,去去便归还。

---

*　　日本当时的流行歌曲。——译者注
**　原书中此处标注汉字为"小年",经确认应为"少年"。——译者注
①　이광수,「육당 최남선론」,《조선문단》제6호, 83쪽.
②　《소년》창간호, 73쪽.

欲行前路多泥泞，水陆十万里。
悠远旧都四千年，途径平壤地。
雄伟宏壮鸭绿江，噫乎大铁桥。
…………
比利牛斯耸巍峨，翻越山脉后。
蔷薇柠檬与橄榄，环绕香气中。
作为葡萄出口港，世界有闻名。
波尔多港多繁华，游玩遍历罢。

比斯开湾海湾上，泛舟于水面。
规模盛大造船业，经历过混战。
卢瓦尔河溯回之，逆流而直上。
撒拉逊人战败地，游历于四处。

让娜·达尔克小姐，创造奇迹地。
经过奥尔良古城，出发向北方。
久久思念怀想地，是为花京城。
有感巴黎之面容，虽为初相见。
世界文明之中心，亦兼为先锋。
有此世上之乐园，如花之美名。
未听闻之已久矣，似冰雹滚滚。

犹如白练铺平展，有曰塞纳河。
窃窃私语柔且韧，恰到浓烈处。

第三章　启蒙主义与民族主义的时代

欲要穿天与入云，埃菲尔铁塔。
巴黎市井与街道，俯瞰如蚁穴。

香榭丽舍大街上，风光又滋润。
天下人物之精华，汇集于此焉。
四通八达路中央，高高凯旋门。
国民伟大光荣心，是为其象征。①

为什么他放弃了散文体，却将同样的内容写成了七五拍的唱歌呢？回答了这个问题也就能回答为什么开化期小说到了后期并没有宣扬开化思想，而是执意描绘比古典小说更加退步的纳妾的故事。

他倾向于歌曲体的原因如下：首先，由于歌曲（诗歌）与生俱来的重复性，使得歌曲体成为普及开化知识最合适的文字形式。对于记忆知识来说，没有比歌曲体更容易的了。这是使用歌曲体功利主义的一面。其次，他将传统的四四拍换成了七五拍这一日本式节拍，可能与要表达的知识量的扩大有关。对于儒家理念的表达来说，四四拍是最合适的形态；但为了传播新知识，不得不采用其他形式。全新的内容向来需要全新的形式。他没能将诗发展到自由诗或散文诗的境界，与他尽管学习了新的知识，但是能接受这一切变化的文化阶层尚未形成密切相关。各报纸上发表的《社会灯》之流没有署名的唱歌类作品，起到了新旧观念过渡期间最后之堡垒的作用。崔南善的歌曲体最能印证这一点。分析他的《世界一周歌》，可以确切地看到歌曲体是如何取代表达新观念的散文的。上文引用的《世界一周歌》在每一节的后面都附上了解说。

---

① 《청춘》창간호, 39, 64-65쪽.

【比利牛斯 Pyrenees】法国与西班牙的界山。绵延千里,平均海拔八千尺,山中多有温泉,南部多有雄壮景色。【柠檬 lemon】原产于东南亚细亚地方的常青树。果实呈椭圆形赤黄色。【让娜·达尔克 Jeanne D`Arc（1412-1431）】法国女杰,法国对阵不列颠接连战败,仅剩奥尔良城时得到天命,以二八少女之身率兵解围,四两拨千斤,后被敌军俘获,遭遇焚杀。【奥尔良 Orleans】法国卢瓦雷省的首府。巴黎西南三百里。商业繁荣。【花京城】赞美巴黎景色繁华之词。【巴黎 Paris】法国首都。塞纳河穿城而过,是欧罗巴大陆中最大都府……是新发明与新流行的发源地。①

其中不仅有这些解说,每页还插入了相应的图片。早先的《西游见闻》和许多历史、地理教学用书的内容也都是歌曲体,平易近人、感情丰沛、深入人心,可以说是一种用糖泡过的知识。然而将此与开化期小说联系起来时,会发现一个重要的问题。即当开化期小说无法承载新的开化知识,而丧失承担传播新思想的功能时,便沦落成为以情节为中心的侦探、推理小说。开化期小说因此渐渐与新的开化期知识分子相脱离。那么,开化知识是如何通过文字进行传达的呢？其传达方法之一便是唱歌。所以,在开化期韵文和歌曲体承担了小说和散文该承担的功能。由此看来,崔南善对歌曲体的执着是出于普及新知识的需求,而不是文学上的执念。对他来说,文学创作仍然是一个工具。这与他作为朝鲜王朝社会最后的文人这一身份是相契合的。

然而,随着时间的流逝,唱歌的局限性也明显地暴露了出来。尽管普及了超出七五拍内容的知识量,但在总督府的宪兵政治之下,并且确

---

① 《청춘》창간호, 65-66쪽.

第三章　启蒙主义与民族主义的时代

认了知识毫无所用的事实后,崔南善开始寻找"朝鲜心"[*]。其实,他的朝鲜主义从20世纪10年代组织光文会、出版古典开始就已初见端倪。他创作时调也是从《少年》杂志开始的,到了《青春》杂志,实则有着更为根本的原因他以《君》《真心》为题写成了更多的时调。但他的时调取向和朝鲜心需要谨慎观察。虽然时调是他始终坚持的文学体裁,但这并不意味着要秉持拙劣的复古思想,即认为时调是我们的所以才无法丢弃。这与更加本质的因素相关。

> 观察全世界人类的思想倾向,大概可分为两类:一类是内观的人,另一类是外宣的人。理性看待宇宙,沉思默念、静观寂照,方可将自我之心一步步接近于宇宙之心,感受到结合之喜悦与禅之乐趣,此为前者,印度人可为其代表。与此相反,感性看待宇宙,叹美颂扬、信乐钦慕,以入胜之心境将自我全部投托于信赖的对象,享受满足与和平,是为后者,犹太人可为其代表。此两类人在艺术上,前者以绘画形象为主,后者以音乐叫唱为主,犹如自然之约定俗成。然而我们朝鲜人并非向内挖掘内心的人种,而是向外喊出内心的人种,因此在那两类之中更接近于犹太的后者种族。再从音乐的发展状况来看,全世界的人类也可自行分为两大群。通过震动金石管弦来表达哀乐之情调的器乐性人种是其一,有埃及等地。与此不同,将自己的声带作为乐器,把想法和声调用同一器官表白的人种又为其一,有犹太人或阿拉比亚人等。然而我们朝鲜人不是用节拍唱歌的人种,实际上是用歌曲打节拍的人种,因此在那两类之中

---

[*] 又名"朝鲜主义",崔南善在其论文、新体诗和时调中曾宣扬这种思想,但并未对其进行系统性的归纳和研究。——译者注

更接近于阿拉比亚的后者种族。①

长篇引用上文是为了明确表明他之所以向往韵文形式是出于对知识的确信。他发表的时调作品集是丙寅年（1926）出版的《百八烦恼》，距离他第一次在《少年》发表时调已时隔多年。1928年出版了名为《时调类聚》的古时调集。《百八烦恼》由《冬青树荫》（吟咏因君而断的哀愁36首）、《云过的地方》（写作朝鲜国土巡礼的祝文36首）、《飞来的归巢鸟》（案头三尺我把自己遗忘36首）三部分组成。《百八烦恼》的问题可概括如下：首先，他倾注心血写成的是发表在《少年》第三年第二卷的《太白山诗集》，七五拍、散文诗体和新体诗等共占据了16页。他对时调的转向与这些形式实验的失败有关。由于个人无法在脱离时代或民众的地方突然开拓出全新的体裁，因此，他回归到时调创作之中。其次，"三一运动"之后相当一部分的文学创作变成国籍不明的状态，作品开展了对该问题的全面批判。②最终可能引发这样的疑问：就算朝鲜心乃至朝鲜主义成为民族的至高无上的命题，但复活这些究竟有何意义？这是因为时调作为传统艺术被看作是反映当时当代且已宣告终结的文体。

> 六堂因时调是我们自己的艺术形式而崇尚之，然而从诗歌形式来看并没有多少值得崇尚的价值。……虽然我们的时调无法与日本

---

① 최남선,「시조태반으로의 조선민성과 민속」,《조선문단》제17호, 2-3쪽.
② "诗坛的诗作无法用朝鲜语承载当下的朝鲜魂，让人怀疑是不是借来了他人之魂穿上了朝鲜的衣服。换句话说，此乃身着洋服而头戴朝鲜纱帽，身着朝鲜服装而穿上了日本木屐，全世界都嘲笑文坛的作家也不为过。没有现代之朝鲜魂背景的诗歌毫无价值。没有朝鲜魂的诗歌不过是玩物，是件玩意儿。"（김억,「시단일년」,《동아일보》1925.1.1.）

第三章　启蒙主义与民族主义的时代

的俳句相比，但是要论简短之程度究竟是五十步与百步之差，就算是崇尚时调的六堂也不会觉得我不崇尚时调是没有道理的。简短的艺术品对于创作者和鉴赏者来说分别有一种特别的趣味，这要另当别论。对于不采取简短形式的我来说，也不会否认这一点。不管时调这一形式是否简短，是否有趣味，对于六堂表达他对"朝鲜"之爱慕情感来说，是独一无二的好的形式。①

尽管碧初对此进行了否定的评价，但《百八烦恼》仍取得了相当高的艺术成就。这与无法否认曹云、郑寅普、李秉岐等人的艺术成就一样。崔南善对这一问题作出了如下解释。

不管是什么都没有一个绝对，也从来没有说诗的绝对在于时调的道理。但至少可以说时调是"流露宣扬人的诗歌冲动与艺术性悃郁的主要之范畴——通过朝鲜国土、朝鲜人、朝鲜心、朝鲜语、朝鲜音律表达诗歌本质的必然之样式——全世界系统或潮流之文化流入朝鲜之体勃发——过滤而得的一精华也"，任谁都无法否认。……或短或长都无法写作。……时调中显然暗藏了诗歌无数的神秘。②

这样的观点可以看出他对时调本身没有多深的造诣，明显暴露出他对时调产生的根据以及其所属阶层的阶级特性全然没有了解，只从"朝鲜的就是最好的"的角度来理解时调。这一理论缺陷毫无保留地展现了

---

① 《백팔번뇌》，벽초의 발문 5-6쪽. 该诗集载有碧初、春园的跋文，可以看到1906年在东京学校相识的胸怀抱负的男儿们成长后重聚一堂的动人场景。
② 최남선,「조선국민문학으로의 시조」,《조선문단》제16호, 3-4쪽.

他的中人阶层属性和对知识实用性的推崇。①同时他缺少对时调艺术本质的考究。从学术层面探明时调本质的是李秉岐②，他提出了时调的艺术层次并据此创作时调。尽管如此，《百八烦恼》取得艺术成就的最重要原因，在于其唱腔之中有着所谓朝鲜心的"君"这一民族意识。崔南善目睹并切身体会了儒家理念的破坏性，但丧失国家的屈辱使他不得不回归其中，由此可以明显看到他具有保守主义的一面。不过不管怎样，朝鲜心作为唱的替代物，凭借悲痛欲绝的号召力实现了艺术冲突。与此同时，他的亲日行径也印证了其朝鲜心内容的虚伪性。他的朝鲜心不过是缺乏历史意识的中人阶层代表——没落的文人群体的叹息与对现实的妥协。

第八节　李光洙与朱耀翰在文学史上的地位

李光洙③和朱耀翰④结束了开化期时代的文学，也开启了下一个时

---

① 申采浩也属于这类朝鲜主义者。需指出早在1925年之后，阶级运动与民族运动就已经分裂对立。然而，对于申采浩和崔南善来说，重要的是超越了阶级的"民族单位"。对于这一点应从文学的角度重新进行探讨。
② 이병기, 「시조의 발생과 가곡과의 구분」, 《진단학보》 창간호.
③ 李光洙（1892—1950），号春园、孤舟，出生于平安北道定州郡。1901年失去双亲成为孤儿。13岁时被选为天道教留学生，就读于日本明治学院中学部。翌年在留学生宿舍听了安昌浩的演说，唤起了民族意识。曾在五山学校任教。1910年再次赴日，1919年起草《朝鲜青年独立团宣言书》。流亡上海后归国，发表了充满民族意识的作品。日本帝国主义末期与崔南善一起有过亲日行为。朝鲜战争时期入朝，生死不明。代表作有《无情》（1917）、《开拓者》（1918）、《无明》（1937）、《泥土》（1932）、《爱》（1939），传记有朴启周、郭鹤松共著的《春园李光洙》，广为流传。三中堂出版的《李光洙全集》有他全部的作品，其中有详细的年谱。
④ 朱耀翰（1900—1979），号颂儿，出生于平壤市。1912年赴日，1913年入学明治学院中学部。就读于中学部和第一高等学院后于1925年毕业于中国上海沪江大学。1919年与金东仁创刊《创造》，发表《灯火会》。诗集有《美丽的黎明》（1924）、《三人诗歌集》（1929）。1945年停止诗歌创作，开始参与政治社会运动。

第三章　启蒙主义与民族主义的时代

代，使挑战全新形态的文学成为可能，担任了承前启后的角色。一生患有"民族意识这一疾病"①的李光洙，和在"用我们的语言创作我们的诗"的同时又"不约束自由奔放的意蕴"②表达的朱耀翰，这两位作家都能洞察到国家至1910年为止的开化过程。在这样的条件下成长的一代，能直接感受得到丧失国家意味着什么。他们是唯一能实践并表达开化意识的一代，并对此怀有自豪感，这在《无情》和《美丽的黎明》中有其犀利的表达。这两部作品在文学史上的意义大致在于这是最早的韩国文风之典范，以及在反朱子学说的范畴内为尝试解决所有现实矛盾而付诸的努力。

一、李光洙与开化意识

李光洙的开化意识与1884年甲申政变、1894年农民革命和独立协会的国权与民权运动有着密切关联。他的《民族改造论》列举了甲申政变和独立协会的各种运动失败的原因，阐述了他对民族改造的看法，是他早期思想的完结之作。他认为1884年甲申政变的失败在于缺少"能作为同志的人物以及作为工作资金的金钱"③，独立协会的失败在于"团结尚未牢固"④。也就是说，他认为甲申政变因"同志"太少而失败，独立协会则因"同志"太多而失败。在探讨李光洙这番话的合理性之前，从中

---

① 김봉구,「신문학초기의 계몽사상과 근대적 자아」,『한국인과 문학사상』(일조각, 1973), 5쪽.
② 박종화,「대전후문예사조」(백철,『백철전집 4』, 신구문화사, 139쪽에서 재인용).
③ 『이광수전집 17』, 176쪽.
④ 同上书，第177页。

可以看出他认为甲申政变和独立协会的方向是正确的。①他认为这两个运动是出于"目睹朝鲜日渐衰微，深感不可如此下去而进行的改造"②的想法，具体内容有让《独立新闻》使用纯韩文，以及重视其协会宣扬的自主意识——爱国心。他从甲申政变和独立协会的运动中看到了民族改造的萌芽，并以此为鉴，谋划全新的民族运动。这一运动可概括为创立能深刻理解其理想和计划的团体，以及进行不带有政治色彩的道德改造。这两项指标是印刻在李光洙早期文学作品中的两大特点。

他对组织团体的野心受到了安昌浩的巨大影响，并以安昌浩的修身修养会为目标，要求大家用彻底的民族意识武装自我牺牲精神。但是这种牺牲中还要有个人意识的理性表达，即拒绝利己心和党派斗争之心，他的反儒学思想就根源于此。同时，他的道德改造以塑造人格为目标，即造就没有"虚伪和私欲"的人。尽管他的改造是强烈的新时代宣言，但因其排斥政治，试图仅在道德层面上进行改造，改造的成果最终变成了早期朱子学说所标榜的君子之行。虽然他的道德改造——风俗改良有着无可辩驳的意义，但是他的改造论已然具备了可转换为"为了民族而亲日"的底色。

二、李光洙开化、启蒙思想的内容

李光洙的民族改造思想建立在厌恶过去事物与崇尚新生事物的情结之上，认为过去的一切都是不好的，同时认为新生事物都是好的。对他来说，改造不过是一个合成词，充满了对过去的厌恶与对新生事物的憧

---

① 他在论文中评价了丁若镛的思想高度，但又以对其不甚了解为由未过多言及。同时对丁若镛的学缘关系未进行明确阐述，也暴露了其思想的浅薄性。
② 『이광수전집 17』, 176쪽.

第三章　启蒙主义与民族主义的时代

憬。因此，他的改造意识首先从对过去事物发动攻击开始。

> 正如敏所说，相比以父母为中心、以过去为中心的旧时代，我们要建立以子女为中心、以未来为中心的新时代。为此我们要先破除旧一代，为了破除旧一代则要有人去破除，为了有人去破除就要有第一个去破除的人。①

通过初尝到爱情滋味的小姐之口表达的需要被破除的旧时代究竟是何物？那是被朱子学说彻底浸染的社会制度。所以，李光洙对儒家思想和旧的家族制度发起了全面的猛攻。②他对儒家思想的攻击主要针对的是：压迫并抹杀自我意识的儒家思想，和以过去为中心的孝思想，及充斥着空谈虚礼的儒家式教育。用一位学者的话来说，李光洙攻击的尖刻程度到了"切齿痛恨"③的地步。此外，他对旧的家族制度的攻击也是以孝思想为主进行的，这与他对儒家思想的攻击有着密切关系。他不仅指出诸如"朝鲜的家长有着类似专制君主的观念……"，"这样的男尊女卑思想是封建制的流毒……是使朝鲜女子忍受禽兽奴隶之残忍痛苦的咒文"等旧的家族制度的基本弊端，同时他也关注并犀利地批判了宿命论的人生观与轻视劳动、好逸恶劳的恶习。那么，该如何修正过去的陋习呢？在他看来，这要依靠教育来实现。《无情》中便有这样一段广为人知的文字强调了教育的重要性。

---

① 『이광수전집 1』, 404쪽.
② 김붕구,「신문학초기의 계몽사상과 근대적 자아」,『한국인과 문학사상』(일조각, 1973), 26-29쪽.
③ 同上文，第29页。

"想要那样做的话？"

"要教他们！引导他们！"

"怎么做？"

"用教育，用实践。"*①

通过教育要教会人的是什么呢？第一，要从宿命论的人生观中逃脱出来。在《从宿命论的人生观到自力更生的人生观》中，他呼吁要避免宿命论的人生观，慨叹无力、懒惰和被动性，要求重新发现自我，并将此与《子女中心论》的以未来为中心的生活相连接。第二，他主张职业与劳动的神圣性。"两班怎么能去找工作……要破除这种短见，这是过去的思想。如今商人是两班，工匠是两班，务农者是两班，要知道最卑微的庶民是那些无业庶民。"②第三，要破除早婚。破除早婚及作为其精神基础的自由恋爱是他特别关注的领域，除去政治因素这也是他本来的态度，是他影响最广的主张。这一主张公开发表于他早期的评论和作品《无情》《开拓者》之中。

1. 早婚的危害——婚姻要被迫听从父母之命。"在青楼贪寻一夜之欢时也要寻找自己合意的娼妓，更不要说要选定的是陪伴一生的妻子，如何将此选择倚赖于他人。"③同时这也会引发过早地催熟身体发育，产生使人变成"生殖机器"的隐忧，如其所言，"然而此乃将血液肌肉脑髓的养分损耗于生殖器的病态的发育"④。

---

① 『이광수전집 1』，310쪽. 译文引自：李光洙著，洪成一、杨磊、安太顺译，《无情》，辽宁民族出版社，2007年，第287页。
② 同上书，第496—498页。
③ 『이광수전집 17』，141-142쪽.
④ 同上书，第148页。

第三章　启蒙主义与民族主义的时代

2. 贞操观——他断言只对女性要求贞操是"一种宗教之迷信",表示"在现代没有科学与哲学根据的思想和制度皆无效力"①。从这一点来看,他认为没有爱情的婚姻不过是卖淫和私通。然而,他将贞操局限于"不更二夫",仅适用于寡妇再嫁的情况,而这也正是他的局限所在。

3. 自由恋爱——他将恋爱定义为"根据人生之天性产生的重要的人生之功能",决然地表示能想象"没有结婚的恋爱",但是无法想象"没有恋爱的婚姻"。他认为恋爱有两种:一种是只追求肉体快感的不文明的恋爱,另一种是寻求灵魂快感的文明的恋爱。②毋庸置疑,他主张的自由恋爱属于后者。因此,文明的恋爱中重要的是两个人格的相遇。通过《无情》中以下场面可以看得出这一自由恋爱论带来了多大的冲击。

"善馨小姐爱我吗?"

说罢坚定地看着善馨的眼睛。

这个意外的问题让善馨瞪大了眼睛。

她生出了更加可怕的想法。其实善馨还没有思考过自己爱不爱亨植。她没有想过自己还有思考这种问题的权利。自己已经是亨植的妻子,那么伺候亨植应该就是自己的义务。不管怎样,亨植向来情深意切,但是她做梦都没有想过他若不是如此会变成什么样子。对于善馨来说,亨植提出的这个问题犹如晴天霹雳。③

对于接受新式教育的女性来说,被问到是否爱的时候也是一场"晴天霹雳"。自由恋爱是"纯真的爱情,有别于被称作是爱情的幻觉,是

---

① 『이광수전집 1』,59쪽.
② 『이광수전집 17』,56쪽.
③ 『이광수전집 1』,250쪽.

从湮没于贞操的旧观念中唤醒自我"[1]。此外，李光洙用"合理"这一词来概括教育和实践需要传授的知识。

> 所谓合理……因其囊括了合法、合乎伦理、合乎事情等含义，姑且称之为合理吧。这一条件离开了国家、社会、时代和个人会发生变化。[2]

他把过去的事物都看作是需要无条件丢弃的，认为自己的一代是"从天上降临至吾土的新种族"，尽管认为这是合理的，二者之间并不存在矛盾，但他的合理主义仅限于风俗的层面上，而非国家的层面，不得不说这是他的致命弱点所在。风俗是国家的某种理念的化身，如果理念无章可循，风俗也不过是一种迷信。如果没有使自由恋爱与自我意识成为可能实现的政体或国体，这些反而会沦落为反伦理的意识。他后期的作品中无节制的爱情游戏很好地印证了他的合理主义是盲目的。而用教育和实际行动需要传授的理应是对旧制度矛盾的揭露和对非法侵略团体的攻击。

三、对李光洙开化意识的批判

李光洙所具有的巨大影响力和他的亲日行径成为许多学者深入研究的对象，他被这些学者认为是思想史上的一个伤痕。特别是他的开化和启蒙思想，以及朝鲜主义呈现出民族改造和亲日的结果，这都成为大部分学者关注的对象。其中李基白、宋稶、郑明焕等的研究成果最具代表

---

[1] 김붕구, 「신문학초기의 계몽사상과 근대적 자아」, 18쪽.
[2] 『이광수전집 17』, 56쪽.

第三章　启蒙主义与民族主义的时代

性。①这些学者的观点可整理如下：

1. 李光洙没有历史意识。

郑明焕认为从李光洙的《日记》中可以找到影响他一生的四种执念。②这四种执念分别是身为韩国人的劣等意识、自我的优越感与使命感、民族斗争意识以及纯文学的吸引力等。这四种执念的复合体决定了日后的李光洙的思想倾向。研究者认为如果李光洙抱有历史意识的话，那么他就能意识到"挽救民族之路在于遵循民族独立的至高目标，唤醒囿于儒学传统的民众实现近代化，同样地，文学也是为了实现此目标的手段，其自身也需要实现近代化"。然而，事实并没有证明李光洙做出了这般行动。相反他将自主独立隐藏在"生存之持续发展"这一整体又抽象的目标之中，有意识地将自己疏离于政治斗争之外。他把培养整个民族的力量这一当时最重要且核心的问题置于第二线。在此以郑明焕所举李光洙的自白为例。

> 我扬言要先做学部大臣，再做总理大臣。但是，我到东京不到一年……看到了一进会的《合邦宣言书》，没过多久保护条约生效，东京的韩国公使馆也没了。我们不得不改变野心的方向，有了阴暗见不得光的野心，那就是倡导用文章和教育唤醒同胞。③

---

①　有关批判李光洙的代表性作品如下。이기백，「민족주의사상」(『한국현대사 6』，신구문화사). 김봉구, 앞의 논문. 송욱,「일제하의 한국 휴머니즘 비판」,「자기 기만의 윤리」,「한국지식인과 역사적 현실」(『문학평전』, 일조각). 정명환,『이광수의 계몽사상』(《성곡논총》제1집). 김현, 「한국 개화기의 문학인」(『현대한국문학의 이론』,민음사, 1973). 김윤식,「주체와 진보의 갈등」(『한국의 지성』, 문예출판사, 1972).

②　他的《日记》是从1909年11月7日到第二年2月5日的记录。

③　『이광수전집 14』, 399쪽.

李光洙主张停止对妨碍民族自尊的一切事物进行直接斗争,明确表态不可以被"形形色色的政治问题裹挟",从而沦落为道德性教养主义,这是他所作历史性决定的本质。但是结果如何?他因组织修养同友会被捕入狱,受到了政治报复,最终奔向了亲日的歧途。

2.李光洙缺少历史意识是自我欺骗的结果。

认为李光洙缺少历史意识的原因在于他是视觉型的知识分子。[①] "人的眼睛是不完美的,太小的看不到,太大的也难以看清其全貌。因他对此缺乏认知,并缺少因质疑而深入了解事物的好奇心——探求心,这样的认知水平使其思考不得不是表面的、平面的",无法"指望他具有对未来的洞察力和掌握方向的历史意识"[②]。李光洙是视觉型的知识分子这一点,从他不同寻常的傲慢和自我牺牲精神[③]当中可见一斑。傲慢和自我牺牲精神让他把自己放在了他人的前面,并且对他人有着施舍恩惠的"施与的态度",仅此而已。但他不可能对情况进行合理把握,也不会有合乎逻辑的推理;有的只是认为自己向来是正确的信念,这种信念使探索和自省对他而言变得不可能。这一过程曾这样描写:"李光洙九岁的时候成为孤儿,他克服了各种苦难,赤手空拳自成一派。随着经历挫折,强烈的自我意识不断增强,足以被认为是傲慢,随着他克服一个又一个的波折,对出众才能的自觉凝结成为他的自信,这样一来强烈的自我——傲慢的自我表达达到了顶点,变成自我牺牲的殉教徒式的荣誉感。"[④]李光洙这种缺乏历史意识的信念是其短视的性格缺陷所导致的。

---

① 김붕구,「신문학초기의 계몽사상과 근대적 자아」,『한국인과 문학사상』(일조각, 1973), 56쪽.
② 同上。
③ 关于他的傲慢和自我牺牲,参考:김붕구, 앞의 글, 100쪽.
④ 김붕구, 앞의 글, 199쪽.

第三章　启蒙主义与民族主义的时代

3.历史意识的缺乏最终将李光洙引向了"亲体制"的思维方式。

李光洙的"亲体制"（这一词语代入殖民统治下应是亲日反民族行为）行为可以从两方面得到验证。证据之一是其与儒家思想的斗争。郑明焕认为李光洙与儒家思想的斗争和日本的福泽谕吉不同，前者是模糊不清的斗争。李光洙并没有从根本上否定儒家思想，而是始终将其分成好的和不好的，是一种秀才式的斗争。那么如此便会产生两个问题。第一个问题是如果韩国儒家思想的历史过错并不意味着儒家思想本身有过错，那么是否还坚持是儒家思想阻挡了历史的前进。第二个问题是如果无法全面排斥儒学，也无法全面继承，那么需要排斥的和需要继承的哲学标准分别是什么。李光洙对于这两个问题都没有进行回答，这反而可以看到他的思想从早期的攻击儒家思想发展到后期则逐渐转变为对儒家思想的肯定。所以，郑明焕得出了这样一个结论："因此正如李光洙一开始就暗示的那样，因他对儒家思想本身模糊不清的立场，与儒家思想传统的斗争最终变成一种与儒家思想的捉迷藏行为，其结果可以说他留下了让革命理念与保守思维惯例共栖，且无任何反省的状态。"[①]从李光洙与儒家思想的斗争中能明显看到他施与的态度和折中的态度。最后他与他要攻击的对象阴险地联起了手。关于李光洙的亲体制行为还有一个证据，就是他经常提到的"合法性"。李光洙赋予他的主人公以一种善人的形象，且每次要证明他是伦理上卓然超群之人的时候都会提到合法性。对此，宋稶认为李光洙的《无情》就是一个很好的例证。[②]这篇小说的主人公是一个政治犯，他想要无念无欲的安定，但也是一个非常尊重法律的人。他不仅认为自己"犯法不符合我的意志"，也不希望"身边的

---

① 정명환,『이광수의 계몽사상』, 392쪽.
② 송욱,「자기 기만의 윤리」.

人因我而犯法"。其内心是如此之矛盾！因为日本的一切都是非法的，所以一个政治犯为了自立斗争希望能遵守日本为了殖民统治而制定的法律。"他为了表示在伦理上比其他罪犯更加优越，将把自己送进监狱的日本帝国主义的法律不知不觉偷换成了普遍性律法——只要是人就应该遵守的法律，这是显而易见的。同时我们也能从中看到他的政治性自我欺骗变成了伦理性自我欺骗的过程。"[1]宋稢对李光洙起草的《朝鲜青年独立宣言书》（1919）的如下段落也进行了这种批判。

> 再者合并以来，观察日本对朝统治政策，一反合并时宣言，无视吾族之幸福与利益……[2]

这么说来，李光洙"果真"相信过日本合并时的约定吗？包括这部分在内，他的亲体制将遵守日本法律也放在了日常伦理之中。那么李光洙有关亲体制的想法是从何而来的呢？考究起来，这种想法产生于政治意识与文化意识的割裂。大部分批判李光洙不合逻辑性的学者都赞成这一点。政治意识的缺失使他承认了国权、民权与文化无关，还使他错误地认为文化的充裕就是民族力量的充实。因此认为，李光洙在中庸这一冠冕堂皇的美名下，对梁柱东所主张的殖民统治下不得不在颓废主义和革命之中选择其一的观点进行了反击；宋稢认为，李光洙使人相信只有依靠富人的捐助，农村运动才会成功；郑明焕认为，李光洙以小说不可避免地要丧失政治自由为前提，并在此前提下把小说变成了一个消遣品。这样一来，他后期的通俗小说和亲日行径便都可以解释得通了。

---

[1] 송욱,「자기 기만의 윤리」, 57쪽.
[2] 『이광수전집 17』, 113쪽.

第三章　启蒙主义与民族主义的时代

4. 李光洙为了掩盖历史意识的缺失，混淆了社会伦理和个人伦理。

正如李光洙是视觉性知识分子，他笔下大部分主人公也都是短视的知识分子。只从表面上粗浅地判断情况，无法对情况进行有逻辑的思考并行动。因为他没有猜疑心，所以不论任何事情他都会用怜悯、同情、焦躁、羞愧等模糊不清的情感词汇进行上色，最后替换成"生存的保持与发展"这一极其抽象的表达。下面举几个例子。

《无情》的主人公李亨植下定决心要去平壤寻找囿于传统贞操观的朴英采时，媒人问他要不要和金善馨结婚。可以说这是他这辈子最需要作出决断的时刻。

>　　"和善馨订婚"，这句话听起来就让人心情那么喜悦，甚至想到英采死了真是万幸。此外，"赴美留学"也深深地吸引着亨植，深爱着的美人和一生梦寐以求的去西方留学！……现在亨植不知道该如何回答，要是有一个能在身边替自己回答的人就好了。亨植抬起头望了望对面的房间，他知道友善在这种时候是非常果断的。……亨植打算按照友善的话去做。说按照友善的话去做比说按自己的想法去做更为心安理得一些。①

这一部分很好地体现了亨植的性格。他将他这一生中最重要的一个决断交给了朋友，希望朋友能替他作出决定。况且在决定和"深爱着的美人"是否要结婚时也需要参照别人的想法，自己则只需要佯装难过和悲伤，而这一态度来自他对事态发展的短视。由于全无猜疑心和探求

---

① 『이광수전집 1』，198-201쪽. 译文引自：李光洙著，洪成一、杨磊、安太顺译，《无情》，辽宁民族出版社，2007年，第167页。

心，所以他只需要故作姿态，按照别人的指引走自己该走的路。就像下面这一段《泥土》的选段一样，《无情》的情节也朝着更加不可理喻的方向发展。《泥土》的主人公许崇抓到妻子私通的证据后是这样想的。

> 如果是韩先生遇到我这种情况会怎么处理呢？他一定会考虑下面几种状况的：一是爱情与义务的无限性，二是奉献，三是国家先于个人。爱情难道不是无止境的吗？义务难道不是无止境的吗？对妻子、丈夫、同胞和国家之爱与义务难道不是无限的吗？既然娶贞善为妻是因为爱她，那么就算她有任何缺点不也要爱她到底，永远且无止境地为她尽丈夫的义务吗？如果许崇真正追求为同胞与国家作贡献的生活，首先不得先供养自己的妻子吗？①

将热爱并为民族奉献与爱并供养热衷通奸的妻子一概而论，这样的逻辑会让人不得不接受日本的殖民主义。李光洙继续自我欺骗，并将自己的决定推及他人。如此一来，个人的伦理不知不觉地被替换为社会的伦理，又不知不觉变成了为了人类而采取的行为，这个让人瞠目结舌的逻辑便是李光洙玩的把戏。②

四、《无情》在文学史上的意义

《无情》（1917）是李光洙的第一部长篇小说，也是韩国文学史上最早的长篇小说，是让李光洙名声大噪的成名作。这部作品凭借强烈的语言意识，在韩国文学史上占据着重要的位置。李光洙的许多作品因不

---

① 『이광수전집 3』, 61쪽.
② 송욱,「자기 기만의 윤리」, 20-24쪽.

第三章　启蒙主义与民族主义的时代

清晰的逻辑推进和不完整的结构，以及带有悲剧性的亲日行径受到了尖锐的批判，但是《无情》是最早用韩文创作的、最早展现韩文文风的作品，就这一点来说其有着无法抹去的价值。这部小说并不是用于朗读和盘索里表演的台本，而是专门为读者所创作的最早的韩文小说。与李光洙混乱错杂的文学观相比，他的语言意识却十分透彻。他对语言的自觉似乎受到了崔南善的诸多影响，但是他比崔南善更加出色，实实在在地定下了散文的规范。李光洙的韩文体并不是单纯的口语体，而是深受西欧影响的文体。通过比较开创"国主汉从""言主文从体"之先河的崔南善和李光洙的文章风格，便能看得出其中的差异。

> 崔南善——将帽子歪瘪、灰尘落满的纱帽潇洒戴在脑后，松散地系上前襟污垢攒满一层的长袍的飘带，穿着棉花从粗制草鞋里钻出来的布袜，寒酸地跨坐着往长长的烟杆里放上烟叶，转着圈压实，吧嗒吧嗒地嘬着……*
>
> 李光洙——亨植用颤抖的手抓住了信封的一头，但亨植不忍松手。那手渐渐颤抖，他脸上的肌肉也变得紧张起来。友善说着"快，快……"催他松开信封。老太婆想着会有什么话，只盯着抓着信封一头的亨植的手。薄薄的夏衣下面三个人的心在跳动着，也浸上了三个人背上的汗。站在门口看着屋里的猫看到屋顶的麻雀，喵的一声跑开了。①

虽然崔南善的文章是用韩文写的，但并不是合格的散文，而是具有古典小说风格的文章。李光洙的文章则完全摆脱了文言，并且恰当地使

---

*　『이광수전집 13』, 371쪽. 此处应为原书错误标记。——译者注
①　『이광수전집 1』, 129-130쪽.

用了"-다"或现在进行时和过去时等时态。如何看待这种差异？这并不是李光洙使用"言主文从体"的结果。确切地说，这反倒是其从翻译西欧文章的过程中得来的启发。《无情》中有这样一段意味深长的文字能够提供佐证。

  不过亨植的特点就在于他掺了很多英语，引用西方著名人物的名字和名言，把话变成让人听不懂的长篇大论。**亨植的演讲和文章就像是直接从西方翻译过来的**。听亨植说，如果不是这样的语句和文章，就无法表达深刻又缜密的思想。所以，他觉得大家不追随自己的主张是因为他们没有理解自己思想的能力，他对此愤愤不平。①

这是唯一表现出李光洙早期语言观的部分。在这里他表示语言无法与要表达的内容分离。他的新思想要求新的表达，而这种表达无法用文言来实现。所以，他的文章不是简单的"言主文从"，而是带有西方翻译腔的文章。这种生硬的翻译腔文章与他生硬的开化意识是彼倡此和的。而他的翻译腔文章又和反朱子学说观念互为表里。那么，他的翻译腔文章起到了什么样的效果呢？最明显的是思考主体的客观化。主体的客观化意味着反思性思考，使疑问和推理成为可能。《无情》中让读者最能感受到真实性的就是进行这种反省的部分。在讲述事件、作者介入以及进行想象的时候，过去的文言文章仍存在着。让我们来看下面的两个例子。

---

① 『이광수전집 1』, 82쪽.

第三章　启蒙主义与民族主义的时代

例1 "夫人,我向亨植君提出了婚约,亨植君已经答应了。夫人的想法如何呢?"说完长老对自己泾渭分明而又新式的说话方式感到满意,看着夫人。

丈夫又询问刚才和自己商量过的事情,夫人觉得可笑,她以为新式就是这个样子,便有些不好意思地挪动了一下身体,行着礼说道:"非常感谢。"①

例2 现在来表一表英采。英采是否真的劈开大同江的碧波成了龙宫的座上宾呢?②

例1描绘的是亨植和善馨订婚的场景,是整部《无情》中最现实、最具冲击力的情节之一。从中读者可以看到在新旧两种习俗形式间不知所措又强装镇定的金长老夫妇的自我欺骗行为。这对夫妇的自我欺骗隐藏在习俗新式之下,但作者把"像两班一样慢吞吞地"和"泾渭分明而又新式"进行对比,揭露他们的真实姿态。同时,通过夫人"非常感谢"的回答毫无保留地表现出她糊里糊涂的心理状态。这样一来,读者能收获的是什么呢?是掺杂了怜悯的笑。挖掘不懂得新式却又遵守新式的知性姿态并一一展现对这种姿态的描写,这是李光洙已经开始反省该事件的表征。但是如例2所示,读者抛弃了疑问和探索的态度,和作者一起陷入幻想的世界之中。作者在使用大同江的碧波和龙宫座上宾的表述时,读者已经做好了进入古典小说中奇幻世界的准备。但小说在这里并没有给反省留出空间,死亡也变成了厌胜之术。但是在《无情》之后,李光洙翻译腔的散文也没能继续发展下去,按宋稢的批判来说这些作品沦落

---

① 『이광수전집 1』,212쪽. 译文引自:李光洙著,洪成一、杨磊、安太顺译,《无情》,辽宁民族出版社,2007年,第177页。

② 同上书,第221页。

为美文，从而失去了把主体客观化的力量。①

《无情》在文学史中占据重要位置的另一个理由，在于这是第一部爱情小说。②作为旧的家族制度象征的朴英采，和展现出自由恋爱的可能性的李亨植与金善馨的之间三角关系，这一设定犀利地捕捉了当时社会风俗的矛盾，很好地体现了过去的价值制度与新价值制度之间的撕裂。在下面这段金东仁激动人心的发言中可以看出这种撕裂与当时社会风俗的矛盾息息相关。

> 当时的青年是多么翘首等待一年只发行一两次的《青春》，是多么喜欢读刊登在那上面的春园的小说！朝鲜半岛各处引发了离婚问题，因自由恋爱而牺牲的少女新闻沸沸扬扬占据了报纸版面。同时喜获解放（？）的女性组成的拒婚同盟到处可见，处处都存在"不敬父老"*与排斥盲信宗教的现象。③

诸如李光洙的《无情》，早期作品中流露出的风俗的混乱，也意味着作为朝鲜半岛社会结构性矛盾之一的家族制度矛盾到了一触即发的地步。尽管李光洙的自由恋爱是一种抽象的价值，随着与民族意识的畸形

---

① 송욱,「자기 기만의 원리」, 44쪽. 此外，关于恰当的观察能力和构成能力的缺乏，金东仁在其著作《春园研究》『춘원연구』(신구문화사, 1956)中提供了丰富的案例。

② 김우종,『한국현대소설사』(선명문화사, 1968), 73쪽. "李光洙在倡导民族意识的同时，也是爱情小说的大家。他的第一部长篇小说《无情》也是爱情小说。这部作品的主题之所以被认为是民族主义的典型，是因为到今天文学史学者对于这部作品的评价都以此为主流，但实际与此略有些不同。"

* 原书中韩文及汉字标注皆为"不敬不老"，经确认应为"不敬父老"。——译者注

③ 김동인, 앞의 글, 184쪽.

第三章　启蒙主义与民族主义的时代

结合而遭到摒弃,没能发展成可以解决家族制度矛盾的方式,但是仍然对后世产生了巨大的影响。如何恋爱、如何结婚等关乎风俗的问题成了李光洙之后许多小说的主题,可见李光洙提出的自由恋爱论带来的冲击之大。①

虽然在前文中也有所提及,但在这里再系统整理一下李光洙的文学固化成风俗文学的原因。简单来说,其原因可总结为两点。首先,他放弃了政治野心,在审查允许的范围内急于开展对风俗与道德的改造。而审查制度的范围会潜移默化地把日本帝国主义认定为合法,滋长作家自我欺骗的态度。其次,他把作家等同于君子,在儒家思想下开展了一系列工作。对他来说,伟大的艺术家是具备了健全人格的君子,杰出的艺术也是"军乐式宗教音乐一般的虔诚艺术"②。重视艺术家品性的文学理念表明他并没有完全从儒家艺术观中跳脱出来。只有具备人格、人品与风俗、理念和谐地结合起来的品德才是成为伟大艺术家的前提。在国家沦亡、朝鲜民族陷入贫穷的时候要求他们拥有健全的人格有什么用呢?但是即便如此,李光洙仍坚持此观点。由此混乱的价值、秩序、制度便理所当然地成为他批判的对象。批判李光洙这是颠倒了本末。李光洙是出生得太晚或太早的风俗与世态的道德家(moraliste)。如果生于英祖、正祖时期,或生于1945年之后,他毫无疑问会成为"最优秀最卓越"的作家。所以正如金东仁所指出的那样,除了《无情》《开拓者》和几篇散文外,他后期的文学作品不过是一些故事杂谈。刻意把李光洙与杂谈作家和通俗作家进行区分,是因为他后来也延续了民族主义自我欺

---

① 到了20世纪30年代,社会主义者和民族主义者以及作家群体将自由恋爱论发展为该如何恋爱这一命题。可参考:李箕永的《故乡》(「고향」);韩雪野的《塔》(「탑」);沈熏的《东方的爱人》(「동방의 애인」);安怀南的《爱人》(「애인」)。

② 『이광수전집 16』,41쪽.

骗的姿态。早期的李光洙属于认识到旧家族制度矛盾性的开化期最后一代，他所持有的艺术家即为君子的文学理念和将政治排除在外的亲体制思想，成为下一代人要去克服的局限。

五、朱耀翰和《美丽的黎明》

朱耀翰在韩国文学史中发挥的作用在于破坏了作为传统律诗的时调，以及发现新的诗歌形态。朱耀翰之前的韵文文学就已有破坏时调形式和期待新诗的倾向。时调这种律诗的瓦解和韩国汉文诗歌的转型，从文学上印证了朝鲜王朝后期的结构性矛盾。正如大多数学者所称，时调这种律诗是表达儒家理念最凝练的形态，但到了朝鲜王朝后期则受到了巨大挑战。身份阶级的变化和动摇引发了时调的崩溃，使时调不再是特定阶层才能拥有的文学形式。所以，社会上出现了平民阶级对时调的重构，形成了"辞说时调"这一相当散文化的时调。与此同时，阶级的变化和平民的艺术感知亦相伴而生。辞说时调中所使用的诙谐、讽刺、脏话、荤话等表明其已经跳脱出了儒家理念，而没有被儒家理念所熏染的阶层也能以时调为乐。一位研究时调的学者曾概括到。

> 然而时调改头换面，有了出路。即，实学思想成为全新的指导理念，带领各文学领域朝着散文化方向发展。时调文学在其中也获得了复苏的喘息空间，从儒家理念的桎梏中解放出来，寻找人性，呼唤生活，辞说时调因此得以面世。①

辞说时调的历史意义在于解决了当时社会的结构性矛盾，但有学者

---

① 정병욱 편저, 「시조문학의 개관」, 『시조문학사전』(신구문화사, 1966).

第三章　启蒙主义与民族主义的时代

认为除了几个特例外，其余的辞说时调作品并没有多大的文学价值。其理由有两点：第一，新时代的新文学仅靠改变旧的形态是难以成功的。第二，拥有新文学的阶层的文化意识决定了作品的成败。总的来说，文学为了表达跳脱出儒家理念的思想需要新的形式，但新的形式需要完全接受新理念的文化阶层。辞说时调呼唤脱离儒家理念的"真正的生活"，但没能彻底摆脱时调这一儒家理念的产物，最终只能以过渡期文学的形式收场。辞说时调所尝试的反儒家主义的理念，和发掘与之相匹配的全新的韵文形式，为20世纪初的朝鲜半岛文学家提出了努力开展全新文学活动的历史使命。

朝鲜半岛文学家从顽固的儒家形式主义中得到了解放，但也不得不对西欧的文学体裁进行一番探讨。19世纪西欧的文学体裁受到了个人主义和国民主义深深的熏染，而深谙于此的朝鲜半岛文学家将这种文学体裁看作一种理想形式不无道理。彼时学人对西欧文学体裁的探究通过创办以介绍西欧文学为目的的《泰西文艺新报》[1]和日本的各种书籍和杂志得以实现[2]。在20世纪初韩国接受的西欧文学中，主要的韵文文学为法国的颓废主义诗歌[3]。颓废主义诗歌吸引朝鲜半岛诗人的地方有两点。首先，诗人可以拥有自由描述对象的主观意识。这是"丢掉一切约束和有形的格律，用奥妙的'语言音乐'直接表达诗人内心生命"[4]的意识。而

---

[1]　文艺报纸《泰西文艺新报》创刊于1918年9月26日，截至1919年2月17日共发行16号。金亿作为诗论家积极参与于此，并理论性地介绍了象征主义、颓废主义诗歌、自由诗、散文诗等。其在诗歌史上的地位可参考：정한모，「한국현대시사」31회（《현대시학》1972.7）。

[2]　有关日本诗集、杂志的影响，参见郑汉模（정한모）上述论文第34期。

[3]　颓废主义诗歌指的是颓废派的诗，在这里不称其为象征主义诗歌，而特意叫做颓废主义诗歌的原因在于其中并没有介绍马拉美、瓦雷里等象征主义诗歌的大家，只介绍小象征主义的部分诗人。

[4]　选自郑汉模上文第31期第12页引用的内容，参考：김억，「프랑스시단 2」。

后这种意识发展为韩语自由诗运动，从理论层面上印证了朝鲜王朝后期传统律诗的崩溃。其次，以国家权力丧失为时代背景。这一背景使诗人陷入忧郁和悲叹之中，将诗人引向创作吟咏不安和荒凉的颓废主义诗歌。

"迷路后挣扎的不安呐喊，在夜的黑暗中自唱自写的鸟悲凉的啼哭"①，所言正是对周遭环境绝望的诗人的啼哭。诸如不安或荒凉，世纪末的种种症候在情感上占据了绝对的上风。相较于判断或批判，换句话说，相较于逻辑性的推理，诗人优先选择了情感的释放，但是这种情感并不是告知新时代来临的积极爆发，而是强烈感受到亡国之民悲痛的自叹。

因此，情感的自然流露和努力发掘与之相称的诗歌形式，是1910年代后期诗人的特点。这一努力的结果就是自由诗——散文诗②的形式，使诗人自由的情感流露和运用自由的韵脚成为可能。辞说时调中格律的崩溃和自由的情感吐露，这正是通过受到颓废主义诗歌影响的自由诗——散文诗而创造了全新的形态。将这些系统地展现给读者的是在1919年发表了《雪》《故事》《灯火会》（这些作品在1924年重新收录于《美丽的黎明》）的朱耀翰。③大部分学者对他的评价仅限于朱耀翰发表了《灯火会》，成为自由诗运动的先驱，但有学者认为朱耀翰在诗歌方面的成就主要有以下三点：④第一，朱耀翰的自由诗运动不仅受到法国自由诗运动（特别是有关魏尔伦《诗法》的运动）的影响，还创造了"充分展现国民

---

① 정한모, 같은 글 31회.

② 有关自由诗——散文诗采用的是格拉蒙《法国诗作法概要》（『불시작법개요』）中的定义。

③ 对此，朱耀翰本人常被提及的看法如下："这些作品的内容受到法国和日本当代作家的影响，有很多外来的氛围，其形式也是彻底打破格式的自由诗的形式。自由诗的形式丢掉了法国象征派由来已久的创作方法和押韵法，开始各自按照自然的节奏创作。"

④ 정한모,「한국현대시사」33회.

第三章　启蒙主义与民族主义的时代

情操的民谣和童谣",这是"从意识方面向民众靠拢的深刻"的历史意识的产物。

> 写出"向民众靠拢"的诗,这一想法先于理论,在起步时就包含在他的创作意识之中。①

他向民众靠拢的诗不同于概念上的平民诗歌,而是在充分认识到需要"其中的思想、情绪和语言的和谐"后创作的诗。第二,需要重新认识朱耀翰的《灯火会》,其中承载的厚重的历史意义与之前发表的《雪》相比毫不逊色。第三,朱耀翰的诗歌探索并不是颓废主义的,而是明朗健康的。可以在《太阳的时光》《清晨的姑娘》等作品中看到这一点。

朱耀翰的平民诗歌倾向意味着他从来没想过用新的形式来取代诗的形式,而是通过沉着的反省进行超越,由此可以看出他从未放弃探索韩语本质的热情。同时这也是可以把他的诗"变得健康的原因"之一。他通过颓废主义诗歌这一象征主义末期的产物,到达了自由诗——散文诗的阶段,但他表达的声音和金亿、黄锡禹不同,是"象征性"的,展现出轰轰烈烈地寻找丢失的祖国的热情。②在《故事》中,他这样写道:

　　重新打起精神向着更险更陡的山,
　　从清晨到白日,从白日到夜晚
　　摸索着光明和黑暗轮流占据的时分

---

① 同上文,第90页。
② 有关金亿、黄锡禹等人的颓废主义诗歌,可参见:김현,「여성주의의 승리」(『현대국문학의 이론』,민음사,1973)。

> 不停地在辛苦与孤独之间
> 向着梦中看到的山顶的花
> 移动着他不停歇的脚步。①

"不停歇的脚步"朝向的是《太阳的时光》中的"你伟大的祖国"。

> 噢,所有人的夏天啊,
> 无比坚韧无法断开的爱情的时节啊,
> 在某个充满光芒的黎明,
> 将我苦苦等待的心运走
> 向着久久包裹在火焰中的你伟大的祖国!②

所以,他通过自由诗——散文诗,真正期待的是在苦苦等待和忍耐以及痛苦过后将会迎来的"伟大的祖国"。到那时他会和民众一起唱出充满光芒的歌。③尽管如此,《灯火会》和《雪》仍被认为是他最好的诗作,两篇诗作和他其他作品不同,浓艳地表达了消极的情感。这是为什么呢?是什么让他歌唱消极的青春呢?为了回答这一问题,需要了解这两篇作品运用的新派的辩士调节拍*。

---

① 这首诗和后面引用的朱耀翰的诗,其拼写法参考:「주요한 시선」(《현대시학》1972.11),122쪽。
② 同上书,第128页。
③ 如《渴望歌唱》(「노래하고 싶다」)。

第三章　启蒙主义与民族主义的时代

例1 独自怀着黑暗心胸的年轻人,把过去青色的梦扔进冰冷的河水,可无情的水波可曾勾留它的影子?——啊,啊,没有折而不谢的花,对离人的思念让这颗心虽生犹死,唉,没办法,用那火苗将这颗心付之一炬可好?拖着昨天还痛的脚走到坟墓,冬天凋零的花不知何时再次绽放,那爱情的春天不会再回来了吗?不如痛快地在这水中……这样一来也许会有可怜我的人吧……这时嘣,砰,火花四溅的梅花炮。①

例2 被雾包裹的清晨从那高高的白云里偷偷地亮了起来,却把冰凉的裸体扔到夜晚面前的街头巷尾,任其在鸦片的梦里挣扎的时候……②

《灯火会》和《雪》的这些片段让人想到新派夸张的美文。这种夸张的节拍来自个人情感的过分表露。但这种表露是消极的,几乎没有积极的一面。他的诗中只有两首散文诗吟咏新派夸张的姿态和消极的青春,这表明朱耀翰并没有彻底解构诗歌,同时印证了他对向往的"平民诗歌"和《美丽的黎明》的内容其实并没有明确的想象。散文诗只能从诗人在诗中表达的对生活的态度中获得张力。然而,在他情感的正面只有对祖国炽热的怜悯和憧憬,并没有能控制这种情感的逻辑。这一逻辑的缺失使他用对过去的情感给他的诗上色,比如忍耐、叹息、怀念等。结果他没能把他的诗发展到为国家和自己生存而做的强烈斗争的层面,

---

*　辩士调节拍(변사조 리듬):由金允植提出,指具有对过去的怜悯和叹息、个人情感的过度表达、对逻辑控制的缺失、夸张的美文等文风特点的作品的节拍。——译者注

①　「주요한 시선」(《현대시학》1972.11),135쪽.
②　同上书,第38页。

而是回归到属于平民诗歌、接近于民谣或童谣的重构的自由诗中。这是他的自由诗——散文诗运动的局限性所在。不过，通过他对诗歌的探索，韩国诗歌出现了全新的律诗，并由此可以预见具有更深刻的为民族和个人作斗争意识的自由诗——散文诗的出现。

第四章　个人和民族的发现

殖民地时期历史无可争辩地证明了日本帝国主义的掠夺是多么恶毒与恐怖。无数韩民族（朝鲜民族）人流离失所，不得不逃离祖国，国内仅剩的民众也沦为佃农或工厂工人。城市和农村完全沦为被掠夺的对象。但是，韩民族（朝鲜民族）的潜力就在于经受掠夺和面对贫困化时仍以隐匿或直接的形式在各领域进行着明显的反抗。虽然临时政府建立在朝鲜半岛之外的上海，但却从逻辑上表现出韩民族（朝鲜民族）的民族潜力，在经济、文化、社会各个领域也表现出抵抗殖民掠夺政策、捍卫民族独立的热忱。以佛教徒为中心的反封建运动、以基督教为中心的替罪羊意识的出现，以及韩文学会的韩文运动等，都是贯穿殖民地时期的民族能量。外族的压迫强烈地激发了韩民族（朝鲜民族）的觉醒。

第一节　殖民统治下的韩国贫困化现象

日本殖民政策向所谓的文化政策转变是从斋藤实就职"京城"*后开始的，而他所肩负的任务则是安抚"三一运动"后动荡不安的朝鲜半岛局势。他的遗稿中将其主张的文化政策概括为维持治安、畅达民意、

---

*　"京城"即首尔。——译者注

增进文化和福利等。但是，如果借用一位专家的话，这仅仅是"毫不留情地打击违反日本帝国主义殖民地政策之人的方针"①。以下两个事实可清楚地证明，他的文化政策是一种更为阴险歹毒形态下的"武断统治"。第一，他强调维持朝鲜半岛的治安需要4个师团的兵力，所以要求日本政府增派两个师团的兵力。②第二，通过大幅提高警务费用来强化宪兵警察制度。警务费用从1910年的300多万韩元增加到1919年的1700万韩元。到了1920年，又增加了1103万韩元。这导致警察局的数量从1910年的481个增长到1920年的2761个，扩充了近5倍。只要细心查看警务费用与行政费用、教育费用的年度比例，其用意马上就能一目了然。警务费用的急剧增加及其与其他费用的年度比例分布情况，使斋藤实提出的文化政策的意图昭然若揭。

事实上作为实施文化政策的一环，《东亚日报》《朝鲜日报》《时事日报》等三家日报以及相当多的杂志得以刊行，但这反而将朝鲜半岛内不满分子的举动和行踪暴露给了日本帝国主义者。日本殖民主义者在文化层面给予知识分子一些虚假的自由，允许他们在释放不满情绪的同时，也更容易地掌握了他们的行踪。在社会管理上，日本殖民主义者将旧等级制度中的统治者纳入官僚阶级，以此来扼杀民族的潜在力量。与此同时，日本殖民主义者以最恶毒的方法进行经济剥削，使朝鲜半岛完全"贫困化"。

---

① 홍이섭,「조선총독부」,『한국현대사 4』(신구문화사, 1969), 48쪽. 本书中的统计资料均出自上述论文，除特殊标注外，均摘自该书。

② 야마베 겐타로(山邊健太郎),『일본통치하의 조선(日本統治下の朝鮮)』, (岩波書店, 1971), 112-113쪽.

第四章　个人和民族的发现

表4-1　日本殖民统治费用支出情况

年度	行政费用	教育费用	警务费用
1911	13.6%	1.7%	13.4%
1916	11.7%	2.7%	11.4%
1919	10.5%	3.8%	18.4%

农村的"贫困化"是通过征收土地、成立东洋拓殖株式会社、掠夺粮食、放高利贷等活动进行的。日本对朝鲜半岛土地的调查始于1910年，止于1918年。这为"日本人掠夺私人土地提供了依据"。1911年的《土地征用令》正式宣告了这场土地掠夺行动的开始。就这样，被剥夺的土地经东洋拓殖株式会社派发给日本农民。在"合邦"*前，东拓不过投资了2430町步**，而到1914年则增长到653,956町步，到了1918年又增加了4500町步，可见日本的土地掠夺是何等恶毒。在1919年以后，日本侵略者又开始对那些被剥夺了大量土地的农民进行粮食掠夺。在抢走朝鲜半岛大米的同时，把来自中国东北的杂粮留给了农民。"总督府通过粮食增产政策，一方面让农民以低价出售自己生产的好大米，另一方面又迫使他们不得不吃比这更昂贵的中国东北谷梁。"① 而加剧农民贫困化的另一个因素是高利贷。高利贷的钱大多来自日本银行的产业资金，其结果就是让农民达到贫穷的极限。根据1930年的调查，全部佃农中有高达75%的农民背负债务，其中殖产银行占比39.2%，东拓占比14.6%，金融组合占比17.4%，合计共超过七成，年息为15%～35%。这一结果导致农村产生了两种现象：其一，促使自耕农减少和佃农增加，导致阶层分化。

---

*　指日本通过《日韩合并条约》（1910），吞并大韩帝国（1897年朝鲜王朝改国号为大韩帝国），成立朝鲜总督府统治朝鲜半岛，直至1945年。——译者注
**　町步是土地面积的计量单位，1町步相当于约9917.4平方米。——译者注
①　홍이섭,「조선총독부」,『한국현대사 4』(신구문화사, 1969), 40쪽.

其二，产生弃农、移民的现象。以下两个图表清晰地展示了佃农增加和弃农的情形。①

表4-2　自耕农的减少和佃农的增加情况

单位：千户

年份	自耕农		自耕农兼佃农		佃农	
	户数	%	户数	%	户数	%
1923-1927	529	20.2	920	35.1	1172	44.7
1928-1932	497	18.4	853	31.4	1360	50.2
1933-1937	547	19.2	732	25.6	1577	55.2
1939-	539	19.0	719	25.3	1583	55.7

表4-3　1925年弃农者流向情况

流向领域	人数及占比
① 转向工业	23,728(15.82%)
② 转向工厂养蚕业	6,879(11.24%)
③ 佃农、雇佣工人	69,644(46.39%)
④ 移居日本	25,308(16.85%)
⑤ 移居中国东北、西伯利亚	4,224(2.88%)
⑥ 家庭分离	6,835(4.55%)
⑦ 其他领域	3,497(2.27%)
合计	150,112(100%)

由以上两表可知，日本的剥夺政策带来了巨大影响，相当一部分自耕农沦为佃农，而相当一部分佃农则成了弃农者。半数以上的弃农者进入城市，成为无产阶级。因为农村变得贫穷，城市也就愈加的贫穷。

---

① 홍이섭,「조선총독부」,『한국현대사 4』(신구문화사, 1969), 41-42쪽.

根据1929年的统计，生活在城市的人中，32.11%作为免税者处于无业、赤贫状态。这导致城市民众发起了有关生存权利的斗争，即农村租佃纠纷和城市劳务纠纷的频繁发生。1927年至1931年间发生的租佃纠纷高达3681件之多，其中1853件是因剥夺租佃关系而发生的，这让人切身感受到了殖民统治下农民的穷困状况。劳务纠纷也与日俱增，由1912年的4起增加到1924年的45起（涉及6150人），再到1931年的205起（涉及17114人），而纠纷的焦点则是工资问题。（殖民统治下的韩民族〈朝鲜民族〉人工资连日本人的一半都不到。）

第二节 贫困化现象与逻辑上的应对

日本帝国主义阴险毒辣地对殖民地进行有组织的掠夺，引发了全民族的抗争，即1919年3月1日的民族大运动。这是继1884年甲申政变、1894年东学农民革命之后，韩民族（朝鲜民族）试图依靠自身的力量解决各种社会矛盾的民族运动。

"在日本帝国主义吞并朝鲜半岛后侵略统治的10年间，正是体会到被压迫民族的悲愤，并亲历了日本帝国主义在政治、经济、产业、教育、文化领域全面实施的残酷镇压、剥夺和同化的殖民地政策，人们才自觉树立作为同一个民族的共同感情、共同理解、共同文化、共同命运的炽热纽带意识，'三一运动'就是在这种情况下爆发的斗争。"[①]它既不是贵族革命般"自上而下"的革命，也不是东学农民革命般"自下而上"的革命；而是一场"上下呼应"的超越阶层的抵抗运动。这次超越阶层的运动具有重要意义。从此以后，民族抗争的主导阶层从儒家学者

---

① 조지훈，『한국민족운동사』, 558쪽.

群体转变为平民。"三一运动"以后，朝鲜半岛社会的知识分子都不再畏惧严苛的审查制度，在揭露日本殖民政策恶劣性的同时，坚守着民族的纯洁性，朝着最终获得独立的方向进发。为实现这个目标，长期备受争议的引进西方技术的问题不再被质疑，人们希望了解发达国家文明的强烈诉求也应运而生。

1. 政治军事层面的抵抗

殖民统治下的政治抵抗以上海临时政府的成立为标志。1919年4月10日在上海成立的上海政府，在政治上使日韩合并后的所有民族斗争合法化。该政府实施"联通制"①，以确保与朝鲜半岛内部的联络。1920年建立上海武官学校，向中国各军官学校派遣独立运动者，并训练行动队，支援中国东北独立军。另外，该政府设立资料编纂部，为提出朝鲜半岛独立的理论依据进行资料编纂。该政府发行《独立新闻》作为政府机关报，开展独立请愿运动。在政府有关下级机关的领导下进行了一系列军事抵抗，包括在中国东北一带的独立军行动和在朝鲜、日本的袭击行动。其中值得一提的有洪范图的"凤梧洞战斗"（1920）、金佐镇的"青山里大捷"（1920）、姜宇奎的"斋藤实倭总督轰炸事件"（1919）、罗锡畴的"东拓炸弹事件"（1926）、尹奉吉的"上海虹口事件"（1933）等。②

2. 经济层面的抵抗

"朝鲜物产奖励运动"是殖民统治下进行经济抵抗的强烈表现。该运动旨在"应对日本产业资本的进入""促进民族企业的成立及其发展，

---

① "联通制"可参考：조지훈，『한국민족운동사』，665等。
② 关于"恐怖主义"的相关论述，民族主义一方具有代表性的有"韩人爱国才"（金九），无政府主义或社会主义方面有"义烈国"（李钟严）。相关内容可参考前书，具体见：「협사의 의거와 공포투쟁」。

第四章　个人和民族的发现

确立民族经济自主自立态势"。①1923年年初,"朝鲜物产奖励运动"开始在全国范围内开展。②该运动的前提是运动发起者认识到过分依赖进口商品会导致民族毁灭,因而倡导使用国货。以抵制进口商品和发展民族企业为目的的朝鲜物产奖励运动,是"三一运动"以后民族运动转向的一种表现形式。然而,这场运动却被两股力量当成了猛烈攻击的对象:一方面,该运动受到朝鲜总督府官方的打压、禁止;另一方面,则是受到激进左派青年们的攻击。朝鲜总督府将该运动定义为抵制日货运动,因此"通过大肆明令禁止集会、宣传示威,拘留讲演者等行为来阻挠这场运动;暗地里把已经参与这场运动的人士视为思想上的不纯分子,对其进行监视,并找寻为运动提供资金的赞助人和合作者,强迫他们中断赞助"。③激进左派以该运动"是小资产阶级的改良主义运动,削弱了无产阶级的反帝革命意识"④为由,对其进行了批判。关于"朝鲜物产奖励运动"所进行的左右派讨论,成为之后文学作品的重要主题之一,因此有必要对其进行详细论述。⑤在左派看来,该运动的目标即,"在政治没有独立的情形下进行的民族资本积累"⑥是不可能实现的,因此从这个意义上来说,"这只不过是小资产阶级们捏造的把戏,即使该运动促进了韩民族(朝鲜民族)产业的些许发展,但对无产阶级而言却没有丝毫的帮

---

① 조기준,「물산장려운동」,『한국현대사 8』, 313쪽.
② 根据上述论文,早在1922年8月物产奖励运动就以曹晚植、金东源等基督教人士为中心在平壤开展。然而,该运动在1923年初才扩大到全国范围,所以学者们普遍认为该运动是从1923年初开始的。
③ 조기준,「물산장려운동」, 328쪽.
④ 同上。
⑤ 例如:廉想涉的《三代》(「삼대」),李箕永的《故乡》(「고향」),朴泰远的《川边风景》(「천변풍경」),蔡万植《浊流》(「탁류」)、《太平天下》(「태평천하」);等等。
⑥ 以下引文均出自赵玑濬的上述论文。

助"。右派民族主义者如此回应道，在政治没有独立的情况下即使民族资本积累不可能实现，也必须"筹划民族的生存之道"，从这个意义上说，该运动就是"朝鲜人的生存之道"。另外，在政治上受到压迫的殖民统治下，"有产"和"无产"的利害关系并不总是对立的，在独立的名义下也有可能是一致的。民族改良主义者便质疑朝鲜半岛是否真的有资本家、无产者之类的阶级，并表示"如果说贫困等同于无产阶级，那么所有朝鲜人都属于无产阶级"。①

最终，这一争论可以被归纳为："朝鲜物产奖励运动是试图让农民起死回生，在民族的名义下对小资产阶级进行奖励的运动，还是只体现培养和发展民族力量的积极层面的运动呢？"一位研究者对这场争论初步得出的结论如下。

从以上争论中可以感受到，无论是谴责还是支持物产奖励运动的一方，都是立足于马克思理论展开论述的。由此可知，当时马克思主义思想已经深入朝鲜半岛，成为反帝国主义斗争中唯一的理论依据。在这场争论中可以感受到的另一个事实是，激进左派的指责仅仅停留在指责层面，并没有建设性的对策，这样只能让国民陷入一种无政府主义之中。从这一点来看，不能不说左派青年运动在当时仅限于单纯地鼓动民众，存在战略上的缺陷。②

3. 社会抵抗

值得一提的是农村启蒙运动和"衡平运动"。殖民统治下的社会不

---

① 윤영남,「자멸인가 도생인가」,《동아일보》1923.4.26.
② 조기준,「물산장려운동」, 221-322쪽.

第四章　个人和民族的发现

可能像正常社会那样辩证地发展。所以，始于开化期的反阶层化现象，即身份平等化现象，在进入殖民统治时期后开始变得扭曲。金永模对其重要之处进行了如下描述：（1）在殖民统治下，封建统治阶级不会因政治变革而被否定，其政治地位虽然没落，但经济地位却得以上升。他们用依靠土地资本所得的地租对高利贷、股票、公债等进行投资，进而成为工商业资本家，并花重金教育子孙，把他们培养成官吏。① （2）作为封建社会中被统治的农民和商人，因身份解体，多数人虽摆脱了社会束缚，但经济地位下降，反而被卷入佃农、工人、贫民的贫困恶性循环之中。② 因此，社会反抗以消除贫困和无知的改良主义农村启蒙运动和消除不平等的"白丁*解放运动"为代表。

农村启蒙运动可以大致分为左派的农民组合运动和右派的扫盲运动。左派的农民组合运动意图让农民摆脱贫穷，而扫盲运动则意图让农民摆脱无知。③ 被称为"衡平运动"的"白丁解放运动"则聚焦儿童就学问题。④ 因为白丁的子女经常被拒绝入学，白丁对此愤慨不已，于是开始了"衡平运动"。第一个衡平社在1923年5月创立于全州。以下是表

---

① 与此相关的代表作品有：廉想涉的《三代》，蔡万植的《太平天下》。相关内容可参考：김현,「식민지 시대의 문학」,『현대한국문학의 이론』(민음사, 1973)。

② 김영모,「사회 계층의 변화」,『한국현대사 8』, 293쪽.

* 此处指的是牲畜屠宰业从业者（包括皮革加工等）。在朝鲜王朝时期，其身份最为低贱。甲午改革之后仍然没有任何提高，反而随着日本殖民统治的加剧，这些"白丁"本人和后代所受歧视和迫害更为严重。——译者注

③ 较有代表性的作品有：李箕永的《洪水》（「홍수」）；李光洙的《泥土》（「흙」）。《洪水》中的朴建成（音译）和《泥土》中的许崇（音译）是农民组合运动与扫盲运动的典型例子。特别是对于扫除文盲运动，应该考虑到当时韩文学会的历史性斗争。

④ 白丁问题作为社会问题被提出来40多年后，才出现了以此为主题的文学作品——黄顺元的《日月》。如果将此与日本的情况进行比较，将会出现有意思的主题。据说，当时出现了以白丁为对象的新教育热潮，当时平民入学率为5%，而白丁的入学率为46%。

达愤怒和哀叹的倡议书:"公平是社会之本,爱心是人类之本。因此,本社的宗旨是打破阶级,废除侮辱性称号,鼓励教育,使我等也成为真正的人。"①此后,"衡平运动"在全国范围内开展。通过这项运动,白丁们"在大力与歧视白丁身份的封建陋习作斗争的同时,为解决社会及经济问题,合作经营具备近代经营形式的皮革公司等企业,在经济上开展了实质性的解放运动。他们在与一般社会运动团体建立了良好战友关系的同时,也让运动逐步朝着反日民族阵线方向发展。"②

4. 文化层面抵抗

"三一运动"后的文化抵抗与殖民地政策的变化有着相当密切的关系。日本帝国主义在"三一运动"后改变了殖民统治政策,试图实行号称"文化政策"的虚假自由政策,并给予最低限度的言论自由。此外,几份日报得以刊行,使最低限度的言论自由得以实现。几种杂志诞生,文化反抗以其为中心开展起来。当然,尽管存在尹东柱、李陆史一类的特殊作家,但在大多数情况下,殖民地时期的知识分子都活跃在上述报刊中。殖民地时期的知识分子大致可分为以下两种:一种是以旧派读书人为主,他们同天道教、儒家思想、基督教的信徒一道组成的民族主义力量;还有一种是深受马克思主义影响的社会主义力量。这两种力量是由最初包含在民族主义力量中的激进抵抗势力和为了独立必须积蓄民族实力的温和准备势力孵化分离而成的。民族主义力量将安昌浩的"准备论"视为其思想根据,把开发、维护、普及民族意识作为其首要任务;而社会主义力量则将反帝国主义斗争等同于无产者革命,并急于进行革命。这两种力量在经济、社会、文化的诸多领域中进行了强烈的碰撞,

---

① 김의환,「형평운동」,『한국현대사 8』, 358쪽.
② 同上书,第380页。

第四章　个人和民族的发现

并在碰撞过程中让殖民时期的文化力量走向成熟。

民族主义力量以安昌浩的"准备论"为论据，呼吁民族的教育、改造，将其确立为朝鲜主义，发掘经典，掀起韩文运动，并复兴时调。此外，对农民进行扫盲成为其重要的斗争目标。当时的民族主义是"为提出民族独立所依赖的思想依据而进行的努力"①，其代表是郑寅普、申采浩、朴殷植等人的民族主义史观，赵润济、梁柱东、李秉岐等人的古典研究，崔铉培、金允经、李熙昇等人的韩文运动等。

社会主义力量于1920年前后开始在韩国扎根。彼时，俄国革命、匈牙利革命等均已成功，而在朝鲜半岛则因日本资本的渗透工厂工人开始出现。因此在1920年以后，社会主义运动期间出现的劳动运动和青年运动逐渐走向成熟。1920年2月，以金光济、李丙仪等人为核心成立了以"增加无产大众福利"②为目的的劳动大会。同年6月，以安廓、张基郁、李秉祚等为核心的"朝鲜青年联合会"宣布成立。1922年第一篇宣传共产主义思想的文章《告前线诸位劳动者》发表问世，1924年共产党成立。金基镇在1923—1924年前后开始对产生于1919—1922年间的浪漫主义文化倾向活动进行整治。1925年无产阶级艺术同盟（KAPF）成立。彼时社会主义力量则是以白南云为代表的经济史学阵营、林和的文学史研究阵营以及无政府主义者等为代表。

这两股力量在文学界也留下了深深的烙印。崔南善、李光洙、廉想涉、韩龙云、李相和等倾向民族主义，而崔曙海、林和、李箕永、金南天等则倾向社会主义。这两股力量之争可以浓缩为两个主题：独立和革命。然而，只有将这两种殖民统治下的文化抵抗合而观之，才能窥其全

---

① 이기백,「민족주의사상」,『한국현대사 6』,65쪽.
② 방인후,『북한〈조선노동당〉의 형성과 발전』(아세아문제연구소, 1970), 10쪽.

貌，可见，这两股力量的相互渗透对韩国思想史的影响颇深。①

第三节　现实与超越的意义

朱耀翰之后的韩国诗歌肩负着两大课题，即努力直面殖民地的现实，探索能够向韩国人呈现新视野的新诗形式，努力克服这些难题的代表人物为金素月②、韩龙云③、李相和④。这三位诗人共同的特征是均致力于探索新诗形式。而解放被束缚在时调和唱中的韩语，寻找能够展现新世界的新形式，是殖民初期诗人们所面临的唯一任务，而这三位诗人均忠实地践行着这一使命。彼时对新诗歌形式的需求大致可概括为两种类型：一是希望重新塑造仅次于时调的崭新格律诗，这在受到日本七五调影响颇深且带有民谣风格的诗歌中有着突出体现。二是对诗歌进行完全解构的大胆要求，这在自由诗和它所产生的散文诗中体现得淋漓尽

---

①　关于殖民地时期的精神思想问题，参考：김치수,「침략과 저항의 양식」,『한국의 지성』(문예출판사, 1972)。

②　金素月（1902—1934），原名金廷湜，出生于朝鲜半岛北方穷乡僻壤中富裕的封建农村家庭，少年时期曾就读于五山学校，毕业后赴日进入东京大学学习，但中途辍学。回国后曾做过小学老师、新闻记者、商人等职业，最终服毒自杀。代表作有诗集『진달래꽃』『소월시초』。

③　韩龙云（1879—1944），法号万海，出生于忠清南道洪城，年轻时剃度出家。韩龙云是"三一运动"的33名民族代表之一。1925年发表诗集《君之沉默》（也有《伊的沉默》为《情人的沉默》等译法，本书后文引用译作中均有涉及。——译者注）。关于韩龙云的研究较有代表性的有：송욱,「유미적 초월과 혁명적 아공」,『시학평전』(일조각, 1963)；박노준·안권환,『한용운 연구』(통문관, 1960)；안병직,「한용운의 독립사상」；염무웅,「한용운론」,『창작과비평』제26호；김우창,「궁핍한 시대의 시인」,《문학사상》제4호。

④　李相和（1901—1943），号尚火，出生于韩国大邱。中央高中毕业后，22岁的他创刊《白潮》（《백조》）。23岁赴日留学，学习法国文学。回国后在大邱的一所学校任教。35岁开始在中国流浪。

第四章　个人和民族的发现

致。这两种类型的代表诗人就是金素月、韩龙云和李相和。

金素月是殖民初期对格律诗最为关注的诗人，他乐于尝试的固定节奏是七五调。

　　한때는 많은 날을 당신 생각에
　　밤까지 새운 일도 없지 않지만①
　　（译文：常因思君，夜不成寐。）

他的大部分诗歌都是以这种方式近乎强制地跟上节奏。为摆脱四四调唱歌节奏的束缚，他倾向于使用七五调，这是他努力探索新节奏的结果。不过，他的诗歌才能虽然遵循了七五调，但《山有花》《金达莱》《招魂》《思欲绝》《往十里》《杜鹃鸟》等堪称其代表作的作品，都是在七五调的基础上进行的大胆变调。

　　例1 산에는 꽃 피네
　　　　꽃이 피네
　　　　갈 봄 여름 없이
　　　　꽃이 피네②
　　　　（译文：山上开花/花开了/去春无夏/花开了。）

　　例2 나보기가 역겨워
　　　　가실 때에는

---

① 『소월 시문선』（을유문화사，1970），49쪽.
② 同上书，第37页。

말없이 고이 보내드리우리다①

（译文：若君心生厌倦/舍我而去/自当无语送君行。）

  以上两首诗的节奏明显是以七五调为基调的，但并非严格地遵守了七五调。例1中，第一行为6个字，第二行为4个字。例2中，第一行和第二行虽然是7个字和5个字，但第三行却将字数倒了过来，先5后7，这也印证了金素月并非以单纯字的律数来把握第七五调。例1中，虽然字数是6个和4个，但在朗诵第一行的"花"时，却需花费两个字的时间，即从内在节奏来看，"花"就相当于两个字。第二行的"开了"的"开"也是如此。例2中，第三行虽然也由5个字和7个字构成的，但在节奏上要读成7个字和5个字的。即"말없이"的"말"，"고이"的"고"要读成两个字，这样一来就构成7个字，而"보내드리우리다"中的"우리다"要读成一个字。所以例1、例2的节奏如下：

  例1 산에는 꽃 — 피네
    꽃이 피 — 네
    갈 — 봄 여름없이
    꽃이 피 — 네

  例2 나 보기가 역겨워
    가실 때에는
    말 — 없이 고 — 이 보내드리우리다.

---

① 『소월 시문선』(을유문화사, 1970), 18쪽.

第四章　个人和民族的发现

这种节奏的重构表明金素月并没有把节奏当成字数韵律，在其看来，节奏与呼吸时间有密切的关系。金素月是第一位通过诗歌创作明确表示诗中重要的不是字数，而是一连串词汇的阅读时间的诗人。[①]于是，就诞生了《山有花》《招魂》《杜鹃鸟》等有关完美节奏的作品。他打破了程式化的字数格律，使新格律诗的出现成为可能。

与金素月不同，韩龙云、李相和则对自由诗表现出极大的兴趣。以李相和为例，其在《末世的唏叹》《伤心的海潮》中也并非没有对格律提出要求，但其重要作品《春天会来到被掠夺的田野吗》《向着我的卧室》《离别》等则是完完全全的自由诗。韩龙云和李相和的自由诗，以及作为它的一种极端形式的散文诗，与朱耀翰的消极散文诗并不相同。

与朱耀翰为了打破自由诗、散文诗的话语而进行反复、滥用感叹词不同的是，韩龙云和李相和则在对自由诗、散文诗的话语进行恰当克制的同时打破了诗歌的形式。

佛钟在响，长安*清晨的佛钟在响。

雪在融化。东大门高高屋顶的雨雪融化了。……啊，雪融化了。青绿的苔藓上融化了掉下的雪。

喜鹊在叫。长安清晨喜鹊在叫。……喜鹊在下雪的长安凌晨边哭边走。喜鹊在叫。

作为朱耀翰散文诗代表作之一的《雪》，为使诗歌具有节奏感，在每节开始都会重复相同诗句。这种反复的节奏表明他还被长时调或盘索

---

① 他的写作风格对金永郎和徐廷柱影响颇深。
*　此处长安为"首都"之意，并非中国地名。——译者注

里的节奏所束缚。但韩龙云和李相和并没有运用朱耀翰那样直接的反复手法。即使需要重复相同内容，他们也会尽可能采用不同的意象，这表明了两位诗人已经拥有操控语言的能力。

啊！趁着东方未明，你也快来吧，让你那水蜜桃般的酥胸结满露珠。

赶紧来吧，待到天明，我们就是无影无踪的两颗星星。

啊！不知不觉间，一声鸡鸣，群犬齐吠，我的宝贝，你也在听吗？

残月即将西沉，我耳畔的脚步声——噢，是你的吗？

麦当娜，黎明即将到来，你快来吧，趁寺院的晨钟还来不及嘲笑我们。①

李相和的《向着我的卧室》也是运用不同意象塑造了同样内容。诗人借助"远东""星星""第一只鸡""狗""月亮"等意象，将迫切渴望见面的欲念嵌入完美的想象体系之中。韩龙云也是如此。

伊走了，啊啊——深爱的你竟离我而去。

摇曳着翠绿的山色，踏上通往枫叶林的幽深小路，伊竟忍心离我而去了。

昔日坚实璀璨如黄金花瓣的海誓山盟，已化作冰冷的尘埃，随着叹息的微风飞散了。

---

① 译文引自：尹海燕编译，《韩国现代名诗选读》，民族出版社，2005年，第13—15页。引用时将"Madonna"改为"麦当娜"。

第四章　个人和民族的发现

刻骨铭心的初吻记忆，拔旋了我命运的指针，又悄然退去[①]。

《伊的沉默》中，诗人在描写与伊离别的前几行对各类意象进行了清晰呈现。伊人离开的这一事实在第二行中被描述成一个情景。第四行中，则可以看出这一事实背后更为深刻的意蕴。而在二者之间的第三行则把海誓山盟与微风进行对比，将外部情景与内部空间结合起来。通过韩龙云和李相和，韩国诗歌学会了想要将一个空间用诗意的手法表现出来，就需要进入一个想象体系之中，而不是单纯地由话语重复或感叹词所构成。为了实现某个明确的目标，就得运用不同的意象相互配合来实现。韩国诗歌通过金素月学会了如何打破格律诗所谓的程式化字数格律，通过韩龙云和李相和了解到自由诗和散文诗不是通过重复话语或滥用感叹词来创作的，而是需要多个意象相互配合，来建构诗意空间。那么，这三位诗人的诗意空间又是怎样的呢？

金素月在他留下的唯一一部诗论《诗魂》中简明扼要地阐明了他对诗的理解与思想：第一，每个人都有自己的灵魂。第二，当灵魂（身着理论的美服，迈着志得意满韵律的步伐……向着激情四射的情调山巅）迸发时，诗魂就表现了出来。第三，诗魂是超越时间和空间的存在。第四，诗魂依据"受彼时的时代、社会或情景的影响，不时出现在作者心中的意象"呈现出不同的形式。第五，诗歌作品的优劣在于意象的变换。金素月的诗论证明了他深受柏拉图哲学的影响，从他们用的词汇可见一斑，用"诗魂"代替"意念"，用"意象"代替"现象"。但他的柏拉图哲学并没有主张诗魂的绝对性，而是执着于朝着"情调的山巅"

[①] 译文引自：金鹤哲，《韩国现当代文学经典解读》，北京大学出版社，2011年，第8—9页。

韩国文学史

意象变换的后期象征主义，成为像萨曼（A.V. Samain）般沉迷氛围诗歌的诗人。他放弃了对于绝对的追求，隐匿在"情调"之中。可结果如何呢？依据宋稢所言，让诗人拒绝都市文化[①]，那么诗人不是"创造"诗歌的人，而是"感受"诗歌的人，并且使人混淆作品的意图和结果，以此排除诗歌批评的可能性。[②]那么，对绝对的探索是如何被放弃的，又是如何在诗歌中体现的呢？金东里[③]是第一个提出这个问题的人，而徐廷柱[④]对此继续追问。金东里认为在金素月的诗中，最完美的作品莫过于《山有花》：

  山中花开
  花儿绽开
  无论春夏金秋
  花儿绽开

  山中
  那山中
  绽放的花儿
  径自寂寞空自开

---

 ① 金素月拒绝城市文化的相关内容，宋稢在其研究中有这样的表述："当城市的光明和喧嚣再次作为一种文明去争夺光辉和权力时，在那漫长黑暗的山和树林的阴凉处，一只孤独的虫子不知被怎样的悲伤所折磨，无奈地哭泣着。各位，那只虫子反而和我们人类的情操不同……"
 ② 송욱,『시학평전』,（일조각, 1963）, 136-145쪽.
 ③ 김동리,「청산과의 거리」,『문학과 인간』(청춘사).
 ④ 서정주,「김소월과 그의 시」,『서정주문학전집2』(일지사, 1972).

第四章　个人和民族的发现

山中鸣啼的小鸟哟
只为恋花
在那山中
长安居

山中花落
花儿飘落
无论春夏金秋
花儿飘落①

在这首诗中，他对于第2节第4行的"径自寂寞"这一句有着特别的关切。"径自寂寞"的"径自"到底是什么意思呢？金东里在对金素月的诗歌世界进行了考证研究后，最后得出以下结论："素月的径自，指的是距离，是人与青山的距离，也可以看作是人类对自然或神向往的距离。"②徐廷柱的观察则略有不同，他看到"'径自'是一个切实具有人文主义者真情实感的副词。在艰难的防御状态下为守护人与人之间的所有感情而竭尽全力的素月，也将感情倾注在了这朵自然的山花之上"。③金东里认为，诗人站在花前向它"挥手"；而徐廷柱则认为，诗人成为了花，"径自寂寞"地绽放。但既然这首诗的主题是"花"，那么金东里所认为的诗人在"与山的距离"进行挥手的主张似乎有些夸张。诗人成为花，"径自寂寞"地绽放。那为何要"径自"呢？这正如徐廷柱所明确

---

① 译文引自：尹海燕编译，《韩国现代名诗选读》，民族出版社，2005年，第35页。
② 김동리,「청산과의 거리」, 58쪽.
③ 서정주,「김소월과 그의 시」, 171-172쪽.

指出的，正是源自于他在生活中的戒备心，因此，他的诗是以情与恨为主基调的。未能实现的爱情、不幸福的生活、挥之不去的思念，都成为他诗歌的主旋律。他对"径自寂寞"的定位，让自己远离他人与世界，拒绝正面对抗人生，以一种被动的姿态生活，这正是高丽歌谣中恨的世界。在徐廷柱最直抒胸臆的《招魂》之中，"径自寂寞"也显露无遗。

    声声呼唤浸透悲伤
    声声呼唤浸透悲伤
    即使呼唤在冥冥中穿越
    怎奈这天地间悠悠万里①

  就连他的呐喊也"一闪而过"，他的诗最终以崭新的节奏展现了传统的情恨世界，在这个意义上讲他的诗属于新民谣，这是他彻底放弃探索的结果。

  李相和至今共留下53首诗。②在这53首诗中，除了成名前的作品外，具备诗歌风格的作品有《春天会来到被掠夺的田野吗》《向着我的卧室》《秋天的风景》《离别》《逆天》《最悲痛的祈愿》等。值得一提的是，《春天会来到被掠夺的田野吗》和《向着我的卧室》不仅是李相和的两大杰作，更是殖民早期诗歌的巅峰之作。浪漫主义的态度成就了他的诗作。他以现实之外存有理想为前提，明确表示只要是现实之外，无论哪里都会欣然前往的态度。他的浪漫主义态度当然是来自他对现实

---

① 译文引自：金鹤哲，《韩国现当代文学经典解读》，北京大学出版社，2011，第3页。
② "他的诗到目前为止共发现了53首。"백순재，「상화와 고월 연구의 문제점」，《문학사상》제1호.

第四章　个人和民族的发现

的极度幻灭。对现实产生幻灭的因由，初期源自他的家族制度和爱情生活，后期则源自他对殖民地现实的深刻反思。

> 例1 啊，人生苦涩盛宴里被呼唤的我在幻想
> 　　犹如年轻寡妇的心语，在寂静的岁月中蹉跎
> 　　又犹如倾听葬礼哀曲的护丧人
> 　　垂下了无力又掉着毛的狗脖子
> 　　我跌倒了——我倒下去了！
>
> ——《双重死亡》

> 例2 也许我们要离开，无奈我们要分开我们不为人知的爱情，有谁想到不为人知的离别呢？
>
> ——《离别》

例1和例2委婉地表明他的幻灭感源自封建家族制度及其压迫。"人生苦涩盛宴""不为人知的爱情"等表述充分证明了这一点。[①]在封建家庭制度的压迫下，对黑暗现实的调察让他歌唱"越过后悔和畏惧的独木桥"的卧室。而《向着我的卧室》中的卧室正是他所有理想的栖身之处，在那里不需要遵循任何的习俗和礼仪。"麦当娜来吧抹去你在家时满噙的泪珠只身前来吧"[②]，那里是具有新生意味的"复活的洞穴"，而且

---

① "根据白基万《尚火与古月》（『상화와 고월』）中的记述，李相和最终在故乡遵从伯父的命令，与18岁的绝世佳人徐温顺举行了结婚仪式。但不知为何，这间卧室并不像一个美丽女子的卧室"。이성교，「이상화의 시세계」，《현대시학》제41호，143쪽.

② 译文引自：尹海燕编译，《韩国现代名诗选读》，民族出版社，2005年，第13页。

是"美丽而长久"的。

  例3 如今已是别人的土地，
    被掠去的田野还能有春天吗？

  例3表明李相和对现实怀有深切的体察。他通过移民现象正视殖民地的处境导致韩国贫困化这一现实问题，认识到在"被掠夺的土地"上，任何姿态都不过是徒劳。①

  正如开化期早期的大多数知识分子一样，李相和通过家族制度的矛盾宣扬自由恋爱论，通过国家沦丧的矛盾正视韩国的贫困化现象，而他的浪漫主义性格，又使他不得不对所有现实的东西表示抗拒。他所表现出的一切都是他对现实认识的结果，这种对现实的认识催生了他极端的逃生欲望，"只要在现实之外，任何地方都可以"。《春天会来到被掠夺的田野吗》一诗最强烈地呈现出他理想主义的倾向，诗中有这样一段意味深长的话语：

    就像河边玩耍的孩子
    我的灵魂无休无止地奔跑
    寻找什么前往何处
    好笑啊你到底回答我啊②

---

  ① 他在关东大地震时形成了牢固的民族意识。이성교,「이상화의 시세계」,《현대시학》제41호, 144쪽.
  ② 译文引自：金鹤哲,《韩国现当代文学经典解读》, 北京大学出版社, 2011年, 第123页.

第四章　个人和民族的发现

他的灵魂在"无休无止地奔跑",这是殖民地初期浪漫主义风格的一个象征。

韩龙云是殖民地初期最杰出的诗人。[①]佛教思想构成了他诗歌创作的根基。佛教以形象或物象为自己的命题,天地万物就是自我。此时的自我不是由物象、形象等感性方面转移汇聚在一起的欧式的自我,而是以"个别自我为真实基础的普遍自我"。[②]这种普遍的自我则是通过各种情感进行展示。在离别、欢喜、爱等诸多抽象情感中,爱无疑是一种基本的而又至高无上的情感,而这一情感的抒发往往借由具体物象得以实现。

> 例1 我太没有当抒情诗人的素质,
> 　　讨厌去写什么悲、欢、爱。
> 　　我想写真实的你,你的面孔,你的声音,你的脚步,
> 　　还有你的家,你的寝室,以及你花地里的小石子。[③]

> 例2 那个世界没有国境,寿命不以时间衡量。
> 　　爱的秘密,在你手巾的绣针上,在你种的花木里,在你的睡梦和诗人的想象中。
> 　　只有它们知道。[④]

[①] 以下内容参考:김현,「여성주의의 승리」,『현대한국문학의 이론』,144-146쪽.

[②] 송욱,『시학평전』,301쪽.

[③] 한용운,『님의 침묵』(진명문화사,1972),16-17쪽.译文引自:韩龙云著、范伟利译,《情人的沉默》,上海译文出版社,2005年,第12页。

[④] 한용운,같은 책,53쪽.译文来源同上书,第37页。

从例1和例2可知韩龙云笔下的爱不是基于感性想象的,而是一种基于"真实"形象的爱。感性的爱所具备的嫉妒、视线,以及司汤达所写的意义的决定都未曾出现在他的爱中。在他的爱中是没有抒情元素、浪漫元素立足之地的。因此他自认为"我没有成为抒情诗人的素质",但他想写"真实的你的面孔,你的声音,你的脚步"。他希望"真实"这个词能够引起注意,这句话表明物象是他普遍自我的一种表现,而并非感性。韩龙云并不满足于这种超然的状态,他知道当超然状态在不想象他人时就是死亡。对只有自己进入超然状态的不信任和不满,详细地体现在《读泰戈尔的诗》中。

> 朋友,我的朋友。
> 死的香气再好,也无法在白骨的双唇上亲吻。
> 不要用黄金之歌在她的坟墓上织网,请插上染血的旗帜。
> 春风宣告,掠过诗人的歌声,死亡的大地在动。[①]

宋稶这样解释这句诗:"在精神上顺从绝对原理的生活,毕竟与喜欢'死的香气',亲吻'白骨的双唇'一样,而且无论怎样轻松歌唱这样的世界,也只会得到万海*所说'用黄金之歌在她的坟墓上织网'的严厉批评。从'在她的坟墓上织网,请插上染血的旗帜'这行诗句中,我们可以听到将一生奉献给民族运动的革命家的洪亮声音。"[②]韩龙云指责超然的爱情是死亡的状态,索性说"请插上染血的旗帜"。"插上染血的

---

① 译文引自:韩龙云著、范伟利译,《情人的沉默》,上海译文出版社,2005年,第89—90页。
* 韩龙云的法号。——译者注
② 송욱,『시학평전』, 312쪽.

第四章 个人和民族的发现

旗帜"意味着放弃了只有自己进入的超然状态。那不是爱情的路,是离别的路。比起爱情等同于死亡,他更倾向爱情等同于离别。这体现了他对历史透彻的认知,也暗含在他对泰戈尔的批评中,但他认为执着于自我安危和超然的狭隘态度也是韩国社会的一种模式。那时的离别会是痛苦的,对于一个女人而言,是害怕自己丈夫被别的女人夺走而发出的叹息。韩龙云将这种叹息升华为离别的美学,将分手视为决定性的要素。他的离别不再是失恋的叹息,而是代表着个人强烈的胜利感。因为他不自满于只有自我存在的超然状态,而选择了离别。

> 例1 如果死亡是一滴冰冷的露珠,离别就是千缕花雨。
> 如果死亡是明亮的星星,离别就是神圣的太阳。①
> 例2 离别创造美。
> 离别的美,在转瞬即逝的黄金般的清晨,在无缝隙的黑纱遮蔽的夜晚。
> 在没有死亡的永恒中,在永不凋谢的蓝天花中,也不存在。
> 亲爱的,要不是离别,我何以在泪水中死去,又在笑靥中复生。
> 啊,离别,
> 是你创造了美②

例1表明,韩龙云试图以强烈的历史意识、个人意识的象征——离别来克服现世的困境,进而超越泰戈尔式的超然世界(死亡)。正因如

---

① 한용운,『님의 침묵』,19쪽.译文引自:韩龙云著、范伟利译,《情人的沉默》,上海译文出版社,2005年,第14页。
② 같은 책,3쪽.译文来源同上书,第2页。

此，他才在例2中讴歌，只有通过离别让个人意识高涨，才能实现美的创造。离别对于他来说，比永恒更宝贵。他是殖民地初期最清楚了解韩国社会结构的诗人。在他看来，韩国社会结构是只属于自己的爱，是悲伤的表情，是叹息的姿态，但他却以强烈的个人意识来审视它。正是韩龙云将韩国诗歌中曾经的痼疾——叹息的姿态，转变为对历史和社会强烈的肯定态度。

金素月、韩龙云、李相和是在殖民地初期努力解决韩国诗歌中两大课题的诗人。正因有了他们，郑芝溶、金永郎、金光均、白石、李庸岳等人才能在诗路探寻中更进一步。

第四节 个人和社会的觉醒（一）

在李光洙的推动下，韩文小说文体得到了一定程度的发展。廉想涉[1]和崔曙海[2]两位作家在李光洙基础上，进一步发展了韩文小说文体，

---

[1] 廉想涉（1897—1963），原名尚燮，出生于首尔中人家庭。1911年从普成中学退学，次年赴日本留学。1917年，廉想涉从京都府第二中学毕业，入庆应大学英文系学习。1919年受独立运动影响辍学入狱。1920年出狱回国，担任《东亚日报》政治部记者，并同吴相淳等人创办刊物《废墟》，参加新文学运动。1921年发表处女作短篇小说《标本室里的青蛙》（「표본실의 청개구리」），1923年发表《万岁前》（「만세전」），1931年发表《三代》（「삼대」）。1946年朝鲜半岛解放后担任《京乡新闻》总编辑，次年辞职专心在家进行写作。关于他的研究较有代表性的有：홍이섭，「식민지시대의 정신사의 과제」（『사학연구』）；염무웅，「식민지적 변모와 그 한계」；김현，「식민시대의 문학」（『현대한국문학의 이론』）；「염상섭과 발자크」（《향연》제2호）。

[2] 崔曙海（1901—1933），本名鹤松，出生于咸镜北道。幼时父母双亡，流亡于朝鲜和中国东北地区，终生过着贫困的生活。关于他人生经历的研究有「서해와 그의 극적 생애」（박상엽 저）。他的小说在殖民地时期思想史上的地位可参考：홍이섭，「1920년대의 식민지적 현실」（《문학과지성》제7호）。

第四章　个人和民族的发现

并且成功完成了如实展现殖民地时期黑暗沉闷世界的艰巨任务。金东仁[①]和玄镇健[②]的成果不能比肩于上述两位作家，但仍然是表达殖民地时期个人苦闷情感的出色作家。与李光洙表现过于露骨的先驱作家意识不同，在于他们拥有的是试图将个人实际存在的苦闷与社会普遍存在的苦闷进行置换处理的近代文学艺术家特有的自觉。

四位作家所倾心的读者对象各不相同：廉想涉选择了逐渐发现自身社会地位、有一定真知灼见的资产阶级；崔曙海选择了徘徊在悲惨生活中的底层民众；而金东仁和玄镇健则选择了对自身生活不满的小市民。这表明他们在进行创作活动时，已与李光洙站在了不同层面。对于李光洙而言，韩国各个阶层的人都是他的读者，足可见其广泛性和观念性，因为毕竟没有名为"民族"的抽象读者。廉想涉、崔曙海、金东仁、玄镇健等人已经认识到不能选择"民族"这个抽象读者。因为只要把"民族"设定成潜在读者，小说不过就是启蒙工具，所以他们决定为他们所属的阶层而写作。一个作家为自身所属的阶层写作，就是把自身的伤痕扩大为所在阶层读者的伤痕。不管这个阶层是什么样的，它最终都会是一个民族的构成部分，所以他们在表达自己的同时，也是在为自身阶层和民族进行写作。因此，与李光洙不同的是，他们是通过"放弃"民族而成为民族的一员。

"通过表达自我为自己所属阶层工作"这一表述的前提是"用自己阶层的语言进行思考"。不能用普遍性的语言思考，而只用自己所属阶

[①] 金东仁（1900—1951），号琴童，生于朝鲜平壤。1914年赴日，进入青山学院中学部学习。1919年自费出版刊物《创造》。关于他的经历及作品可参考《文学思想》1972年12月的金东仁特辑。

[②] 玄镇健（1900—1943），号凭虚，出生于庆尚北道大邱。从《白潮》协会开始文坛活动。曾担任《时代日报》《每日新报》的记者，《东亚日报》的社会部编辑。晚年靠养鸡消磨时光。玄镇健是韩国有名的小说家，被人称为"韩国短篇小说之父"。

层的语言思考，这是近代人特有的一种疾病。究其原因，这不仅因为普遍性真理的崩溃，也与作者更为重视个人语言、文体等有密切关系。上述有关这四位作家选择自身阶层读者的陈述，事实上意味着他们找到了适合自己读者的、并与自身相符的个人语言和文体。在李光洙之后，作家们开始对文体进行探索，表明李光洙以理念为导向的特点成为了下一代克服的对象。那么，在这四位作家塑造的小说空间里，有哪些人物在行动和思考，又是用何种方法来进行表现的呢？

一、廉想涉：改良主义者的自我确认

围绕廉想涉最常出现的争议就是他文学创作流派的一个归属问题。这种争论的起因在于他的自然主义论与西方文学脉络中的自然主义有非常大的不同。具体而言：廉想涉的自然主义理论与以遗传学为核心的西方自然主义理论是截然不同的，反而像是浪漫主义的宣言。这种主张也被相当多的文学研究者频繁采纳，如他在其自然主义理论著作《个性与艺术》（1922）中所述，"个性的表现是生命的流露，没有个性的地方就没有生命"，这句话就成了被经常引用的证据。西方自然主义是以"个人是遗传因素的牺牲品"这一具有诸多错误的遗传理论为基础的，廉想涉与之完全不同，他把"个性自由流露"的浪漫主义误解为自然主义。《标本室里的青蛙》中不真实的青蛙解剖场面则经常被视作这种误解的表现形式。

这种主张乍看之下似乎没有什么问题，但不从诞生环境中理解西方自然主义，将其视为文学的体质，然后以其为原型来评价韩国殖民地时期的某位作家，这是不值得提倡的。一旦了解到西方的自然主义是以谬误重重的遗传理论为依据，遗传理论则是以进化论为代表的实证主义

第四章　个人和民族的发现

的产物，则马上就会认同不能一味追捧西方自然主义。况且，若是考虑到自然主义艺术是专注于无产阶级和工人阶级兴起的艺术形态，则更是如此。

重要的是还原出西欧自然主义理论的本来面貌，谨防站在当下的视角去理解和解读其形成的过程，从而把韩国的自然主义视作某一个从属的流派，要将韩国的自然主义视为构成当代历史语境的一个符号。因此，与其阐述西方自然主义和韩国自然主义的差异，不如对二者精神的演变过程加以比较。就像西欧的自然主义发现了制度上的不合理，经由比较之后，才可能去思考韩国的自然主义有了哪些新发现。

如果从这个角度出发，廉想涉的个性尊重论就是开化期的一代人开始从西方角度把握个人与社会影响关系的证据。他试图向儒家的世界观灌输欧洲的个人意识，只是借用了自然主义这个与其最接近的名称而已。如果将廉想涉的自然主义论冠以其他名称，比如韩国自然主义或个性主义又如何呢？那就像所有伟大的作家一样，他也在书写一部部超越理论的杰作。

廉想涉在《我的自然主义》中自信地吐露："我一步也没有从写实主义中退缩，在文艺思想上引领自然主义也历时已久。"还有一种主张认为，这也是廉想涉不了解西方写实主义、自然主义文艺思潮发展所导致的。当然，这种主张也指出了其中的部分真相，但仍然是令人无法接受的。因为如果写实主义在西方的语境中不被理解，则不具有任何意义。相反，他的这种主张并不是因为不懂写实主义、自然主义而贸然提出的，而是在考虑到作为客观描写技法论的写实主义、个性主义（思想层面的自然主义）的基础上提出的。个人在其所处时代中如何成长为一个人，对此进行探究的态度用当时流行词汇表达出来即所谓的自然主义和写实主义提法。他的《万岁前》和《三代》等优秀作品都是这种主张的例证。《三代》里的德基在殖民统治下被定位为一个有意识的个人，塑造的过程具有当代任何作家都无法企及的真实感。

几部小说史已经提供了实证：廉想涉文学理论上的薄弱性往往是外界评价他的一个基调，导致对他的作品评价中存在相当多的误区。对他作品的大部分苛评都针对他叙述的唠叨和主题的匮乏，因为他的文学态度是写实主义的，所以其文章尽可能地排除作者的主观臆想，像镜头一样捕捉对象，并靠自身力量消除读者想象力所起的作用，有人称之为一种描述的滥用。但是不得不承认，这是该评论者在没有仔细阅读廉想涉全部作品的情况下得出的结论。对新理念的积极探索和对阻碍探索的现状加以否定的精神，是解放*前他的小说内容所具备的两大支柱，这可以通过其平缓的语句中突显的批判精神来确认。《标本室的青蛙》《万岁前》《三代》等小说的特征，是廉想涉隐藏在无聊乏味之中特有的否定精神和批判精神。但是，在解放后，他的小说文字却丧失了殖民统治下的否定精神，而被贴上了爱情的标签。忽略这一点，认为他的文章是枯燥乏味的主张，只不过是一种没有从他作品内容的表现角度来看待其文字的偏见而已。

对他的另一个批评是主题匮乏，即评价他的作品中所涉及的题材过于平庸，不具有戏剧性情节。其实这也是一种肤浅的认识。若对他作品中看似没有加以任何解释的日常人物进行细致观察，就能轻易感觉到这些人物并不是平凡无聊的，而是真实活在那个时代的韩国人。除了早期的几部作品外，他笔下人物相关的情节大部分都是与金钱的较量，是最

---

* 本书中"解放"作为历史事件的指称时，通常指1945年8月15日朝鲜半岛从日本殖民统治下获得解放。——译者注

第四章　个人和民族的发现

具时代气息的。通过描绘围绕在金钱周围各种人物的喜怒哀乐,他最成功地呈现了从殖民统治到朝鲜战争期间韩国的社会面貌。所以,并不能简单地认为其小说主题匮乏,相反是比任何作家的小说都强烈地表现了同一个连贯的主题,即,通过揭示金钱和人的关系,让读者感知到那个隐藏在人类之中名为"欲望"的怪物,以及对这个怪物进行乔装的社会现实。他的文学从这个意义上而言,可以被称为资产阶级文学。

廉想涉文学的特征中常常被提及的是其作品风格具有"疼痛般的厚重感"(金东仁),以及包含首尔中人阶层的词汇储备。金东仁之所以能在他的作品中感受到疼痛般的厚重感,是因为即便廉想涉小说中已无《标本室的青蛙》的苦恼愤懑,金东仁仍能发现其厚重的散文精神。《标本室的青蛙》为已丧失希望的韩国人赋予了哈姆雷特式的苦恼范式,这对金东仁的冲击是显而易见的。金东仁对其之后的作品也深有同感,这可谓是真知灼见。因为即便没有像《标本室的青蛙》中那样疯狂的愤慨,支配他解放前所有作品的也都是他对现实的否定精神。作为韩民族(朝鲜民族)的一员,面对将殖民统治下的精神状况写得如此沉重的作家,又有多少人感受不到疼痛般的厚重感呢?

作家对现实具有否定精神的基石是他所使用的首尔中人阶层方言。能够完美再现自身所属阶级的语言,这证明他对在韩国开化期起到重要作用的中人阶层现状有了细致的体会。同时,它也证明了这样一个经典命题:如果不能从自己所属的阶层出发,用普遍性的维度来引领自己的世界,那么就不能创造伟大的文学。沈熏明确指出他对韩语的贡献。沈熏作为开创韩国语写作先河的文人,分别指出洪碧初、廉想涉、玄镇健、李箕永四人的特色后,对廉想涉评价道:

想涉君很早就以擅用话语而著称。特别是他所专长的，就是把古代中人阶层或平民阶层所用的家庭用语以荤话的形式展现出来，可谓是独一无二。像笔者这样的文学青年，通过阅读他经常发表的新闻小说，学会了很多朝鲜语，这是不争的事实，这是他在文坛上的功劳。①

　　那么疼痛般的厚重感又怎么和他那满口首尔油嘴滑舌的腔调联系在一起的呢？首尔中人阶层就像新罗时代的六头品那样，在朝鲜末期担当着相当重要的角色。开化派的精神谱系可以追溯到几名中人阶层的先驱，由此可见一斑。中人阶层虽然不是实际负责政务的士大夫，但都是负责政务善后工作的技术人员。这个阶层虽然不能直接参与政事，但却是能清楚地了解政事的阶级。所以，中人阶层是最能把握社会结构性矛盾的阶层，但却始终不能参与政事。与新罗末期的六头品在高丽时代受到的正当待遇相比，朝鲜王朝末期的中人阶层处在一个非常悲剧性的境地。当时的情况触发了中人阶层精神上的苦痛。而廉想涉的小说大多只是进行尖锐地批判，而没有塑造出所谓脱离现实界限的人物，这可能与其自身的境遇有着莫大的关系。特别是他小说最大的特征之一——对老人的宽容，也许也源于此。他能够流利地运用中人阶层的语言，是其对中人阶层尖锐现实矛盾深入了解的表现，也是他对自身无法企及的极限状态认识的结果；抑或是叛逆，他通过冷酷地揭露和描绘当代社会现实的行为，最为尖锐地批判了当代社会的现实。因此，他同时暴露出当代社会和自己所属阶层的局限性。他所批判的韩国社会就是用中人阶层的眼光来审视的韩国社会，因此，他在形式上采取的是复古主义者的姿态。

---

① 『심훈전집』.

第四章　个人和民族的发现

他的这种态度在民族文学优先论和时调复兴论中显露无遗。大约从1924—1925年开始,韩国文学迎来了像燎原之火一样蔓延的无产阶级文学,并从1926—1927年左右开始形成了民族文学运动。这也是韩国文学家对无产阶级文学的一种普遍性的反应,在该运动中发挥重要作用的理论家就是廉想涉。民族文学运动的基本命题在于发掘朝鲜式的东西。实学发展成为朝鲜学,并进行了朝鲜式的探索,与主张解放被统治阶级的无产阶级文学正面抗衡,并强调当务之急不是解放被统治阶级(无产阶级),而是朝鲜民族的独立。与金东仁气势汹汹地呐喊"有阶级文学的话,那有没有阶级的面包,阶级的饮料?"不同,廉想涉在感受到阶级解放运动必要性的同时,还主张必须先探究朝鲜式的东西(终极解放)。这产生的必然结果就是跟他从事的文学创作相比,更为重要的是对韩文施以更高的礼遇,为时调文学摇旗助威。

> 时调只是过去之人用来表现过去的时代精神和过去的生活意识,因此作为现代人的我们也许与之没有交集。但是,所有历史都如此,因为过去是现在的雏形。即使在意识上、情感上存在深浅或不同,但不可否认的事实是,在时调中流淌着朝鲜人的呼吸、朝鲜人的灵魂。是艺术的只会更加艺术,就越能超越思想、观念、感情、感觉的不同之处,在朝鲜的名义下有力地呼唤我们。①

对于他的这种主张,金基镇苛刻地批评道:"这是国粹主义的变形,是保守主义和精神主义。"不管怎样,廉想涉清楚地认识到了自己所属阶层的局限性,并从其局限性出发批评自己所属的社会与现实,但未能形

---

① 염상섭,《조선일보》,1926.12.

成进步的世界观，因此可能会受到指责。但对于艺术家来说，重要的不是卓越的世界观，而是把自己看待世界的方式表现得淋漓尽致。正因如此，尽管廉想涉的世界观是保守的，但他比同时代任何作家都更广泛地对殖民地时代的现实进行了描绘。可以说，他同巴尔扎克对同时代社会所做的并无差异。

《三代》不仅是廉想涉的作品中，也是殖民统治下的作品中最优秀的作品之一。该书不仅最能体现他的现实观，而且从多个角度描写了殖民统治下各阶层的动向。《三代》的广阔世界是他对《万岁前》中凭直觉对其所把握的韩国现实进行重新诠释而获得的。

《万岁前》（原标题为《墓地》）中反复强调了当时的朝鲜半岛是一座坟墓的观点。为什么称朝鲜半岛是"坟墓"呢？这是因为在殖民统治下的社会，新生是被禁止的，只有转型才能实现目标。

> 他们祖先千百年来通过不懈努力一点点购买、夯实的土地落入他人之手。自己反而被赶到了郊外，悄么声地搬到了乡下，灰头土脸、狼狈不堪，生怕别人看到，搬了过去。所剩无几的土地挥霍殆尽，房契也都被多次转手出售，背负债务的利息如同滚雪球一样，只能卖房抵债……
>
> 把这些看做是命该如此，背井离乡，离开了世世代代生活的故乡，走出大门偷偷进山生活。从始到终也没有想到过这种境遇源自某股势力的压榨、自己的弱小，缺乏自制力与耐力。①

这让人想起萨特对被占领的巴黎进行描写的一段话，充分地向殖

---

① 「만세전」,「한국문학전집3」(민중서관, 1958), 437쪽.

第四章 个人和民族的发现

民统治下的韩民族（朝鲜民族）人展示了日本帝国主义的残忍。被恶毒掠夺的墓地，这就是廉想涉重新《万岁前》中所理解的朝鲜半岛社会。《三代》是一部从逻辑上对万岁前的世界进行重新整理的小说。许多在《万岁前》中只是因为愤懑而吐槽的内容，在《三代》中被冷静地整理了出来。而其中最重要的是每代人对墓地的反应。小说《三代》的旨趣在于廉想涉以其独到的视角冷静地刻画出审视殖民地现实的各代人的世界观，即旧韩末一代、开化期一代、殖民地一代的世界观。那种深刻的描绘当然不是公式性的，而是通过一个家族变迁的历史，牢牢根植于现实当中。让我们来逐一看下他所刻画的各代人：

1. 廉想涉对旧韩末一代的复古主义比较宽容。这一点也体现了廉想涉自身的复古主义倾向。旧韩末一代把殖民统治视为改变身份的良机，费尽心机地想趁机成为贵族。奇怪的是，廉想涉对此却视而不见，表现出了宽容的态度。这与当时蔡万植对旧韩末一代的庸俗本性进行最尖锐的批判构成了鲜明的对比。或许是旧韩末一代人身上带有的封建倾向，让他这个沉迷于朝鲜事物的人对旧韩末一代产生了好感。他对德基爷爷的肯定态度，也印证了他作为传统拥护者的事实。

2. 廉想涉着重批评的是开化期一代。他虽然对开化期一代的教育热（海外留学热）以及和基督教的合作表示认可，但却认为这并非源自韩国的社会内部，因此对其进行了尖锐的批评。其批评是针对开化期一代的大部分热情最终都沦为吃喝嫖赌等无益事物这一转变进行了严厉指责，与李光洙将外国博士描写成好色之徒的典型是一脉相承的。他不仅认为开化期一代的垮台是源自他们不懂得如何将自身的激情与时代变革进行结合，也指出开化期一代的一大错误是缺乏自我批判。或许可以因为廉想涉对不得志的知识分子的悲哀书写得过于千篇一律，而对他进行批判。但是，联想到他对于流亡的开化期一代默默显露出的艳羡态度，作为一个殖民地时期的文人，廉想涉还能对开化期一代做出那样的批判也是难能可贵的。

3. 廉想涉对殖民地一代的喜爱让他能够正确了解现实。他毫无偏见地以一个改良主义者的温情视角，对被民族主义力量和社会主义力量一分为二的殖民地一代进行了审视。没有什么能像这部小说一样，如此清晰地再现了民族主义者和社会主义者的相互渗透、恐怖分子的兴起和活动、志士同仁的活跃表现等。特别是对恐怖分子的描写在韩国小说史上是史无前例的。他本人试图从改良主义的立场上，吸收民族主义和社会主义，但之后他摒弃了这种态度，导致其未能以文学的形式进行展现，这可谓是廉想涉唯一的局限性之所在。

二、崔曙海：贫民的呐喊

与廉想涉不同，崔曙海在殖民地时代初期就对民族贫困化现象进行了明显的刻画。殖民地初期的农民、工人等底层居民的穷困状态通过他的文学书写得以呈现。也许是因为他自己就饱受穷困之苦，辗转游走于长工、卖柴人、水贩和修路工人之中，所以对穷困的描写始终贯穿于他的小说之中。他描写的穷困潦倒既不是用资产阶级怜悯的眼光来描述的，也不是用小市民恐惧的声音来讲述的。他的穷困是真正经受过穷困之人的穷困。因此，那种贫困中蕴含了强烈的呐喊。他的文学特征也就被烙上了贫穷和呐喊两个鲜明的属性。

他的贫困是与死亡息息相关的贫困，是如果不能战胜它，就会面临死亡的那种极度贫困。他小说的主人公几乎都过着悲惨的生活，悲惨程度都到了不能维持正常的生计，甚至在街头或垃圾桶里捡拾食物残渣的

第四章　个人和民族的发现

地步。"拾起路上的橘子皮来充饥,可见他是饿到了什么地步!如何渴望地吃到点东西!"①(《出走记》)"吃了些洋山芋,是煮了吃的。还吃了些后院人家扔了的烂鲭鱼头,也是煮了吃的,因为他想吃得不得了。除了这些,什么也没吃。"②(《朴石之死》)这种悲惨以极端的行动噬咬着他的主人公。因为如果不这样做,他们就会死掉。

"不!不杀人,我就得死!老婆也得死!嗯,没用,善行!死后去天堂,还不如活着行凶的好!活着就得有吃的!"③

他笔下主人公们的极端行为大体分为两种。一方面,当主人公在中国东北时,他们通常会加入独立团。"这个思想使我脱离家庭,使我加入xx团,使我不分昼夜,不管风雨,前往比绝壁更加险恶的x线阵地去。"④(《出走记》)"但是,热血沸腾的青春反思并没有就此停止。加入独立军。背了个背包,扛上把枪。"(《故国》)但是另一方面,当他的主人公们被关押在中国东北或韩国国内时,他们就会作出盗窃、纵火、杀人、恐怖主义等极端行为。《大水之后》《朴石的死》《饥饿与杀戮》以及他最突出的杰作《红焰》的主人公亦是如此。他笔下主人公们的极端行为是个人在无法承受困境而想要倒下时,下意识表现出的抵抗意志。因此他借由小说中的主人公们表现出极端的抵抗行为,象征性

---

① 译文引自:崔曙海著、李圭海译,《崔曙海小说集》,人民文学出版社,1959年,第65—66页。
② 同上书,第82页。
③ 出自《大水之后》(「큰물진 뒤」)。以下作品节选均出自《韩国文学全集6》『한국문학전집6』,「신여원」。译文引自:崔曙海著、李圭海译,《崔曙海小说集》,人民文学出版社,1959年,第139页。
④ 译文来源同上书,第71页。

地表现出全民族整体的穷困以及底层人民的贫穷。但是他表达的贫穷，以及这种极端行为的构成并不是程式化的。究其原因，是因为他偏重于塑造女性形象。在其小说中，一般不会出现父亲这一人物设定，而出现问题的总是母亲和妻子，对她们的怜悯是阻挡崔曙海小说程式化的重要因素，这也是他深刻理解韩国人情恨的证据。但是，他的女性倾向让他小说的主人公过于温情，而显露出无法将主人公们的人性进行对立的缺陷。

他小说中的呐喊与他笔下主人公的极端情况有着密切关联。为了表现这种极端情况和由此引发的极端行为，崔曙海同时运用了书信体和情景描写体。他用书信体向读者展示所有事态都是感性的、综合性的，用情景描写体则尽可能地阻止观念的引入，期待读者自己进行感情的分类。《出走记》《饯迓辞》等属于前者，《红焰》《大水之后》《饥饿与杀戮》等则属于后者。书信体的呐喊是希望被理解的呐喊，因此其呐喊无怨无恨。

> 金君！这就是我出走家庭的大概情况。我在达到这个目的以前是不会写信给家小的。尽管她们死也罢，我自己死也罢……
>
> 这样，我一无所成平白地死去，也不会有什么怨恨的。因为我已经履行了这个时代人民所担负的义务呀！
>
> 啊！金君！信是写完了，无奈满腔的热情仍然洋溢在心头。①
>
> 我相信，大哥看到这篇东西——送别以往的生活，迎接新的生活，那么大哥也就会释然解疑了。②

---

① 「탈출기」，29쪽.译文引自：崔曙海著、李圭海译，《崔曙海小说集》，人民文学出版社，1959年，第72页。
② 「전아사」，70쪽.译文来源同上书，第206页。

第四章 个人和民族的发现

在书信体的呐喊中,还有着"情意满满"和希望对方"释然解疑"的愿望。但在情景描写体的呐喊中,蕴含着仇恨和怨恨,还有清算它的喜悦以及对它的恐惧。"霹雳般的枪声凄凉地响遍了寒风侵袭的寂静的街道。一切享受都笼罩在恐怖的沉默中。"①(《饥饿与杀戮》)"心中虽则万分难过,然而也不禁有所快慰。他仿佛觉得天下再没有宝贵的东西来跟他现在的快乐的心情相比了。"②(《红焰》)这种喜悦是"因为微不足道的自己,一旦突破坚若金汤的障壁,满足了自己的愿望"③的喜悦。

他的呐喊无论是在书信体还是情景描写体中,都充满了血一般的红色形象。"火焰——那血红的火焰,还在熊熊地燃烧着,好像不烧尽所有的一切绝不善罢甘休似的"④(《红焰》),"熊熊的火焰中,魔鬼们手持白刃,纷纷刺向敬洙的家小。一个个的鲜血淋漓"⑤(《饥饿与杀戮》),"鼻子、嘴、耳朵……浑身都是鲜血"⑥(《朴石的死》),"流淌的血浸湿了这地板。昏暗的屋子里满是腥臭"(《晦日夜》)。这种红色,尤其是血与火的颜色,使他的呐喊更具有刺激性和原汁原味。这也成了20世纪20年代职业作家使用的一种流行手法。

他的小说对刺激性和原汁原味的追求是他个人倾向的结果,这在他以下的心声中是显而易见的。

---

① 译文引自:崔曙海著、李圭海译,《崔曙海小说集》,人民文学出版社,1959年,第107页。
② 「탈출기」,70等. 译文来源同上书,第231页。
③ 同上。
④ 同上。
⑤ 译文来源同上书,第106页。
⑥ 译文来源同上书,第90页。

> 我不愿意和这个社会的人一样在不疼不痒的刺激下过日子。要辛酸，就要辛酸到五脏俱裂，要高兴，高兴到手舞足蹈还不够，要四肢的关关节节都跳动起来。我的面前只有两条道路：革命呢？还是恋爱？就是这个。若不彻底地造反，就要沉沦到热烈的恋爱中去。①

崔曙海的文学成就从把这种个人倾向扩散到民族层面上来，并在赋予其普遍价值中获得。他敏锐的观察力与想要在日本殖民统治审查制度下将自己观察到的景象最大限度表现出来的意志，在洪以燮饱含深情去描写的《故国》中被鲜明地表现了出来。此刻他描述的地方是中国东北。

> 居住在这里的人多为咸镜道、平安道、黄海道人。大部分人因为生计困难或巧取豪夺了别人的钱逃跑的人，拐走别人老婆的人，巡查时贪污的人，赌博被追杀的人，杀人的人，当义兵的人，因各种丑事而聚在了一起……②

在黑暗笼罩的1924年，能够使用"义兵"一词，哪怕仅此一处，也不得不说他勇气可嘉。

三、金东仁与玄镇健在文学史上的地位

金东仁、玄镇健与廉想涉、崔曙海不同的是，他们虽然没能明确理

---

① 「혈흔」，《조선문단》제13호，96쪽．译文引自：崔曙海著，李圭海译，《崔曙海小说集》，人民文学出版社，1959年，第4—5页。
② 「고국」，31쪽．

第四章　个人和民族的发现

解、揭示出殖民地社会的基本结构，但是均为竭尽全力、不断探索的作家。金东仁之所以没能真正洞悉殖民地社会，是因为他的理想主义性格使他只看到了现实的假象。他原本就是理想主义者，在其早期作品《船歌》中，就大胆表现了他的那种态度。

> 我们每时每刻都在费力辛苦，目的是什么？难道不是在建设乌托邦吗？①

但他的乌托邦并不是从个人和社会的幸福结合中产生的，而是充满奢侈和享乐、放荡和盛宴的专属于统治者的乌托邦，它被标记为"伟大人格的所有者"，并以"将人的伟大享受到底"的秦始皇作为其代表。他的乌托邦是尊重快乐的乌托邦，是以个人为主的乌托邦。在这种意义上来说，金东仁的理想主义与崔曙海的理想主义截然不同。崔曙海的立足点是为了民众和社会。艺术是构建乌托邦的一种方法，而对金东仁来说艺术则只意味着享乐主义。其代表作《船歌》《土豆》《金妍实传》等作品所涉及的并不是开化期的社会矛盾，而是对不能实现个人享乐的社会的诅咒和憎恨。只要能让自己卷入快乐的浪潮，社会、伦理、风俗等问题就不值一提。《金妍实传》中，父亲和小妾在女主人公眼前行鱼水之欢，身为自由恋爱论者的女主人公追求性解放和自由恋爱的虚荣心，延续到了他最具现实主义的作品《土豆》之中。《土豆》的女主人公在与"别的男人"有了关系后，产生了这样的感受："我是一个人，做出了这样的事儿。可见，这也不是人不能做的事儿，不干活儿还有钱赚，还有那种紧张带来的快感，比要饭还体面……这岂不就是人生秘诀？"

---

① 『한국단편소설전집 1』(백수사, 1958), 26쪽.

她的这种快乐主义的人生观不是从现实的矛盾中所萌发的，而是产生于金东仁对世界认识的矛盾之中。其矛盾是将《狂画师》的主人公带到远离世俗的深山中，在《狂炎奏鸣曲》中把主人公推到否定社会和人类的界限。金东仁所写的历史小说不同于李光洙的作品，《云岘宫之春》与《首阳大君》刻画了领先于社会的个人形象，展现了历史被个人性格所左右的奇怪历史观，但这并不意味着他笔下主人公们的快乐意志源自于生命的跃动，反而是诞生于生离死别之间。这也成了他的理想主义一被贯视为颓废主义的理由。

　　玄镇健并不把人视为快乐意志的载体，他知道人受制于家庭及家庭的放大版——社会。所以，他乐于在小说中讲述家庭内部发生的事件。但是与廉想涉不同的是，他未能发觉让家庭和社会运转的基本力量（对于廉想涉而言是金钱）。在他眼中，虽不知何故，社会充满了矛盾和荒谬，社会是一个"劝他酒"的可恶社会。他为了给这个社会做点什么，埋头于"没有报酬的阅读和没有价值的创作"，但那个社会拒绝了他，最终他还是一事无成。在其代表作《贫妻》《劝酒的社会》《好运的一天》《火》等作品中充斥着诸多这样的人物，他们对矛盾和荒诞从何而来不清不楚，只是草率地进行判断，或者抗争或者屈服。《火》的女主人公没有意识到她的痛苦根源于大家庭制度的矛盾，而是认定矛盾就在她的房间里，所以在那间屋子里放火；而《贫妻》和《劝酒的社会》中的主人公则没有意识到社会的矛盾在于日本的掠夺政策，而任由其左右摆布。这些主人公激发周围人的怜悯和同情。读者对《好运的一天》或《火》主人公的怜悯，无异于是对主人公妻子的怜悯。

　　　　丈夫似乎日复一日做着同样的工作。还有一点就是不时深深叹

第四章　个人和民族的发现

着气。好像有什么忧愁，总是绷着个脸。①

上文中玄镇健描写妻子看到丈夫行为后的情感，这也是对玄镇健本人恰如其分的描写。

从这个意义上讲，金东仁和玄镇健对世界的认识是非常肤浅的。金东仁没有看到个人的快乐意志被社会禁忌所抑制从而引发的悲剧；而玄镇健虽然知道社会矛盾会对个人产生影响，但并不知道其真正意义之所在。为了掩盖这种对世界认识的肤浅性，他们欣然使用小说来掩人耳目，而夸张的细节是他们惯用的伎俩。如《船歌》中的老鼠、《土豆》中的镰刀、《狂画师》中的房事、《脚趾相仿》中的脚趾、《火》中的房间、《好运的一天》中的财运等。这种伎俩虽然对小说的构成有很大的贡献，但同时也让作家和读者远离了正确的世界观，不能厘清个人和社会的真相，这便是两位作家的局限性。

尤其是金东仁，他对文体论的贡献是由他本人提出，并被过度夸大的。最近的研究结果显示，其中很大部分是虚假的。②广为流传的是金东仁在文体上有四点贡献：第一，摆脱"더라""이라"等旧体；第二，将现行叙事体和过去叙事体进行混用；第三，代名词"그"的使用；第四，使用方言。但在上述四条中，能被认定为他的功绩的只有"使用方言"这一条。"这四种功绩中，真正可称为东仁功绩的只有'使用方言'一条，其余就算都有他的努力，也不能称之为功绩。"③

---

① 『한국단편소설전집 1』, 260쪽.
② 김동인, 『춘원연구』(신구문화사, 1956), 199-211쪽; 김우종, 『한국현대소설사』(선명문화사, 1968), 116-124쪽.
③ 김우종, 같은 책, 116쪽.

第五节　个人和社会的觉醒（二）

对20世纪20年代的殖民地知识分子而言，首先可以指出的是他们的自我形成过程与《改造》《中央公论》等日本综合刊物，翻译成日语的诸多西方思想书籍，以及在其基础上改写出版的日文书籍息息相关，并且这些知识分子完全没有认识到自己家国传统及历史、文化的教育作用。换句话说，他们的精神取向几乎毫无防备地暴露于追随西欧的日本乃至对日本知识的好奇心之下。① 这体现在两个方面：其一，是对李嘉图、马克思、恩格斯、施蒂纳等人的社会科学书籍的好奇；其二，是对未来主义、达达主义等所谓前卫艺术的好奇。值得一提的是，大部分知识分子因前者的晦涩难懂而更倾向于后者。林和展示了全身心推进前卫艺术与社会科学结合的知识分子的失败轨迹。

林和②在其代表作诗集《玄海滩》（1939）发表之前所写的诗主要刊登在《朝鲜之光》上。林和的诗歌虽然对西方、日本的思想处于一种不设防的状态，但他的诗歌如何建构了一个诗性的、叙事性的内部空间才是思考的当务之急。为便于理解，我们可以考察林和的以下诗作：《十字路口的顺伊》《哥哥与火炉》《母亲》《收到雨伞的横滨码头》《袜子里的信》《燕子》等，其中一部分诗作也被收录在《卡普诗人集》（1931）中。

---

① 这种自我形成的过程可参考：임화,「어떤 청년의 참회」(《문장》제2권 제2호), 22-23쪽。

② 林和（1908—1953），出生于韩国首尔。高中就读于普成高中，中途退学，后赴日本东京留学。1932年开始担任KAPF中央委员会秘书长。1931年，曾被捕，出狱后，曾担任学艺社代表，解放后组织整理各类文件。出版机关刊物《文学》。1953年8月与薛贞植一起在朝鲜被判处死刑。代表作品有诗集《玄海滩》(『현해탄』)、《赞歌》(『찬가』)，评论集《文学的论理》(『문학의 논리』)。

第四章　个人和民族的发现

如果从讲述者的角度来分析这些作品，无论把女人当成诗的叙述对象，还是当成话者，都表现出了"我们"这一集体意识，但对于情感号召力这一叙事空间的获取，则明显体现出了姐弟情结①。金基镇将这一系列的诗定性为无产阶级叙事诗，并用无产阶级文学的全新开启方式对其进行了高度评价，这与当时兴起的无产阶级文学的大众化论有着直接关系。无产阶级文学作为旨在成为劳动者、农民的财宝，成为他们专有的目的文学（倾向文学），实际上由作为知识分子的作家撰写，而且只有知识分子读者才能读懂，所以这种文坛现实是无产阶级文学需要克服的最重要的问题之一。实际上，工人和农民仍然是六钱小说*的忠实读者。为了克服作品不够大众化的现象，卡普（KAPF，朝鲜无产阶级艺术同盟）的领导层在转换方向的同时，也严肃地提出了大众化论。在金基镇看来，林和的叙事长诗为无产阶级文学的大众化提供了突破口。当金基镇将其称为无产阶级叙事诗时，其具体指向似乎有点模糊。如果在林和的诗中对其进行限定的话，无产阶级叙事诗意味着长长的散文和大量的感叹符号以及与之相匹配的直抒胸臆，表达的是伤感的热情。

那么，知识分子挖掘了社会怎样的面貌呢？当他们卷入曾是对立面的社会主义时，又会表现如何呢？这就不得不去考虑卡普和全日本无产者艺术联盟（NAPF）的关系。这个问题可以与以下事实进行联系。

港口的小丫头！
异国的小丫头！

---

① sister-complex是female-complex的一种临时用语。参考：김윤식,「한국 신문학에 나타난 female-complex에 대하여」,《아세아여성연구》제9집.

* 韩国1913年开始发行的新式小说，B6纸大小，价格低廉（仅售6钱），便于携带阅读，故得名"六钱小说"。——译者注

> 不要跑来码头，码头在雨中打湿
> 我的心在离去的悲伤和追逐的愤慨中燃烧
> 哦哦亲爱的港口 横滨的小丫头啊
> 别跑来码头 栏杆被雨淋湿了①

林和的诗歌《收到雨伞的横滨码头》发表于1929年，大致写于他加入东京的"我们同志"这一团体后。该作品对支配林和的西方倾向意识进行了详细说明。西方思想及精神在明治以后被日本接纳为国家理念之一，但当日本逐渐向作为国家主义的帝国主义倾斜时，其接纳阶层就分化为采取反封建、反权威的创造性知识分子和倾向社会主义的进步性知识分子，对已经完成并处于强化道路上的帝国主义采取消极或积极对抗的立场。毫无疑问，当日本帝国主义成为殖民地知识分子的最大敌人时，殖民地知识分子选择进步一方的可能性会相当大。虽然这一选择源于金基镇，但从林和自身情况来看，更多地受到了来自时代的压力。

林和从达达主义倾向转移到《哥哥与火炉》这样的艺术表现形式，这意味着他断定当时席卷东京思想界的阶级思想及其斗争方法是可以与日本帝国主义进行更加鲜明、更有逻辑的抗争。因此他选择了社会主义作为其斗争方法。林和面临的问题是，对无产阶级而言是否有自己的祖国。这一点比在韩国基督教中被奉为神的耶稣与祖国的关系要简单得多。所谓"全世界劳动者团结起来"和"优于祖国和国家的反帝阶级"的命题，开始作为一种预感出现在其意识中。有几部日本作品触发了这种预感，其中有中西伊之助的《黄土萌芽》和中野重治的

---

① 《조선지광》1929.9, 3쪽.

第四章　个人和民族的发现

《雨中的品川车站》。①特别是《雨中的品川车站》，这是一首通过韩国人展现出反天皇制、反帝，歌颂无产阶级解放的诗作。200万在日朝鲜人中大部分是最底层居民的劳动者，这构成了此类作品的现实背景，这种情况与在全日本无产者艺术联盟内部设立朝鲜人部门有关。②但随着1934年军国法西斯主义的镇压加剧，全日本无产者艺术联盟随之解体，日本左翼势力就立即还原为国家主义。只有在上述韩日两国之间阶级思想纽带的关联下进行审视，《收到雨伞的横滨码头》这部作品在精神史上的位置才能得以凸显出来。（但是历史的进程证实了知识分子的观念是多么虚无缥缈，林和在乙酉解放后从他的诗集中剔除了这部分作品的行为也可证实该观点。）

林和的第二次转向见于诗集《玄海滩》。这本诗集对于了解殖民地诗人的精神结构可谓极具象征意义（包括郑芝溶和金起林），可以被称为"玄海滩情结"，展现出殖民地知识分子受日本影响而产生歪曲的西方倾向。"艺术学问，不可动摇的真理……他对梦想的憧憬远大而波折/学习一切，熟悉一切/再次登上大海浪潮时/我将融在这悲伤故乡的一个晚上/成为燃烧的星星/青年的内心比大海更激动。"他的长诗《玄海滩》对这一点进行了具体描述。这首诗正如其表达出的"只为那/在比大海更严寒的/大陆凛冽的朔风中/始终如一的男子汉/为了这些青年的名誉/我想尽情

---

① 中野重治是日本著名作家，旧全日本无产者艺术联盟干部。发表作品《雨中的品川车站》(「비나리는 품천역」)（发表于《改造》1929.2）时，对文中的天皇、刑警等词时使用了符号代替。被翻译后刊载于东京第三战线机关报《无产者》(1929.5)上。

② 1932年全日本无产者艺术联盟中央委员会决议事项中，在第5项中增设了朝鲜协议会，会议中明确表示其目的是，通过文化务必获得在日朝鲜劳动者的支持，统一开展全体联盟活动。参考：《プロレタリア》第2권 제3호 부록，98等。

韩国文学史

歌颂这大海"①的意图那样，代表着殖民地知识分子的一种思潮。

  青春的欢乐与希望
  今已埋到大地深处
  让所有人悲痛不已
  玄海滩却从未志哀
  眼前依然波涛汹涌

  青年人！
  仿佛踢开一个鹅卵石
  你们轻松踏上玄海滩的浪涛
  然而 在关门海峡的那边
  早春的风儿
  比半岛的北风要湿暖吗？
  在那思念的釜山码头
  大陆那边的风浪
  果真低过玄海滩吗？

  嗅！有朝一日
  在那遥远的某一天
  和着我们的痛苦历史
  我相信你们的名字和坎坷一生

---

① 译文引自：尹海燕编译，《韩国现代名诗选读》，民族出版社，2005年，第93页。

第四章　个人和民族的发现

也会刻印上历史的长廊一八九〇年代的

一九二〇年代的

一九三〇年代的

一九四〇年代的

一九××年代的

…………

当一切都成为过去

废墟上只剩下高耸的大石碑

每当晨星照耀着你们的名字

玄海滩的浪涛

如同我们儿时

捕鱼的小溪流

在那美丽的传说中

会赞美你们的一生

然而 我们至今仍在

这片海域险峻的浪涛之上①

即使林和所提出的"与我们的命运一起永远无法存在的大海""用你的刀击打你"等命题是正当的，但也不能不说这里散发着青年味道的"书呆子"观念，韩国知识分子通过日本吸收知识的局限性，及其对理

---

① 『현해탄』(건설출판사)，76-77쪽.译文引自：尹海燕编译，《韩国现代名诗选读》，民族出版社，2005年，第93—97页。

性的麻痹作用不容忽视。这表明在作为"小欧洲"的日本意识中，韩国知识分子的理性是多么的麻痹。这种玄海滩情结戴着喜欢西方的面具，对于"朴实健康的自生意识"起到了扼杀作用。最中庸的左派知识分子的组织形态——卡普也适用于上述指责。

林和自身的思想麻痹还可以从他下列行为中推断出来：他演绎着多重身份——"朝鲜的鲁道夫·瓦伦蒂诺（Rudolph Valentino）"、新月般冷峻的知识分子、卡普文学的少壮派、曾身居第三战线领袖兼卡普文学秘书长。他于1935年5月解散了卡普，在他面临政治转向的问题时，为了表露纯文学的姿态，开始经营《朝鲜文库》，并参与电影制作。最终，他不仅演绎了对总督府政务局局长进行访谈的传奇事件，还在解放后提出建设民族文学时将剔除日本帝国主义残留作为首要问题，他没有察觉自己内心被日本帝国主义麻痹意识的事实恰恰反证了他思想的麻痹。①

这些批评对于林和所做的新文学史研究依然有效，身为知识分子，其精神状态是异于常人而又狂飙突进的。林和的新文学史研究成果指的是《朝鲜新文学史论序说》（《朝鲜日报》1935.10.9-11,13）、《概说朝鲜新文学史》（《朝鲜日报》1939.9-11,27；《人文评论》第2卷第10号，第3卷第1—3号），其研究对象停留在新文学的初创期，而问题在于他叙述文化史的动机。

林和一边写诗一边参与批评，是从对抗金起田的无产阶级文学大众化论——《大众小说论》（载于《东亚日报》1929.4）中所写的《抵抗浊流》（载于《朝鲜之光》1929.8）的评语开始的。之后他以《答金起田君》（《朝鲜之光》1929.11）为题与金起田展开了论争。从金起田的

---

① 임화,「조선에 있어 예술적 발전의 새로운 가능성에 관하여」(《문학》창간호).

第四章　个人和民族的发现

回答来看，林和当时似乎身在东京。林和对金起田的攻击点在于他的辩证现实主义（Realism）及大众小说论退步到"我们的作品在现行的审查制度下，简单地说就是具有合法性"[①]的地步，换句话说，在林和看来，金起田的言论是消除斗争精神的妥协主义。这场斗争实际上是旧卡普（朴英熙、金起田）派系和少壮派（第三战线）之间的权力斗争，后者的强硬路线使之最终掌控了卡普的领导权。但是，正如旧卡普方面所担心的那样，自"九一八事变"（1931）以后，由于客观局势的恶化，卡普遭遇了第一次被捕事件（1931）、第二次被捕事件（1934），出现了转向问题。到了1935年，本就名存实亡的卡普也荡然无存。在这种形势下，只有纯文学和历史文学才是可行的创作方法。当时的林和有两条出路：其一是在可能的限度内阻止向纯文学一边倒的文坛状态。虽说是纯文学，但林和主要攻击的领域还是诗坛，而且是以技巧主义批判的形式出现的。其二是对文学史进行整理。这一点与发布了政治转向宣言的前卡普成员朴英熙对文学原理乃至文艺学研究的倾向是一致的。而且这一点与当时的文坛境况也有关系：20世纪30年代中期以后，金裕贞、金东里、朴泰远等新人们闪耀登场，得到了九人会的庇护。九人会及其追随者在日本新感觉派的影响下流于技巧主义，但是忽视甚至忘记了令人尊重的韩民族（韩鲜民族）新文学及前辈作家，所以对此进行正本清源显得十分有必要。林和写《新人论》攻击新人，俞镇午提出的"新老一代语言不通说"，在20世纪30年代末期展开代际论争，也与此不无关系。

问题是如何了解朝鲜文学的状态。首先，我相信所有的新人都应该做好准备，至少能在20～30分钟的时间里把朝鲜文学脉络简明

[①] 임화,「탁류에 항하야」,《조선지광》1929. 8, 93쪽.

> 扼要地告诉其他人。这既要分析现象,还要兼顾对历史的理解……新人们自认为是文学史的新主人公,但不过是文学史上的陈腐旧物。对于文坛领域的宽广程度、作家特质间存在的相互关系和精神上的谱系关系等方面的认识,总体上可以让我们了解朝鲜文学现在所到达的高度,所以我们就有可能容易超越这一水平。①

这种批判被当作"新人论"的前提,从另一个侧面反映了林和记述新文学史的动机所在。

林和不仅强调"文学史研究的现实意义",而且还认为文学史研究具有科学的严谨性。所谓的现实意义意味着涉及的对象是"绝非单纯、平和的学术研究及其兴趣的迫切现实需要"。其时效性指的是:第一,韩民族(朝鲜民族)传统的觉醒及其确立。第二,应给新一代提供反省的准绳。第三,如今仅仅做一些对诗歌的浅薄认识和时评,那么也就几乎不需要再进行批评研究了。林和呼唤、要求文学觉醒,这本身就说明了文学处于堵塞徘徊的状态或者是进入到了一个转型期中。虽然具有这样的动机,但林和还是没能完成这项工作,只滞留在了开化期的小说上,这与他所尝试方法论的莽撞或所犯的错误有关。林和的新文学社以他的《新文学史的研究方法——朝鲜文学研究的课题》(载于《东亚日报》1940年1月3—20日)作为方法论依据。它分为对象、基础、环境、传统、样式、精神等六个部分,他重点关注其中的基础部分。这一方法论的根本错误可以概括为以下两点:第一,这直接关系到他如何界定和把握韩民族(朝鲜民族)的新文学。"新文学史的对象当然是朝鲜的近代文学。那如果问什么是朝鲜的近代文学,当然就是以近代精神为内容,

---

① 임화,「신인론」,『문학의 논리』(학예사, 1940), 73쪽.

第四章　个人和民族的发现

以西方文学体裁为形式的朝鲜文学。"①正因其近代精神和近代文学体裁都是西方的，也就意味着它与明治、大正时期日本文学的发展过程具有同质性。"新文学从采用西方文学体裁开始形成，即便说外国文学的刺激、影响和模仿贯穿了文学史的所有时代都不为过，新文学史就是移植文化的历史"②，"揭示六堂的自由诗和春园的小说受到哪些国家、谁的哪部作品的影响，则是新文学生成史的要点"③，这两个论断可以清晰地证实这一点。如果遵循这个逻辑，那么对于韩国新文学史的记述则意味着不仅是对日本明治大正木文学史的复制，而且落后于日本文学史一个周期，即，在尾随、复制日本文学史。如此一来，韩国文学史便丧失了文体上的独立性。第二，虽然他大胆使用"移植史"一词，但始终未能解决两种文化之间的冲突和接受问题，特别是未能探明朝鲜文学的解体过程。

上述林和对文学史研究的局限性及失败的结果，迫使人们有了这样的重要觉醒——如果仅仅将韩国文学史置于西欧文学或日本文学关系框架下进行比较文学研究，那么迟早就会面临林和式研究方法的失败。

第六节　替罪羊意识的兴起

在殖民统治下，新教徒在精神史上的地位在于他们所表现出的先知

---

① 임화, 「신인론」, 『문학의 논리』(학예사, 1940), 819쪽.
② 同上书，第827页。
③ 同上书，第828页。

功能和末日史观的价值。先知智慧是与祭司智慧相对应的术语①，需要对其中的两点进行说明：第一，这是与知识层面完全不一样的精神。这与以安昌浩为中心的开化期知识分子的准备论不同，是在日本帝国主义的强压下迸发出的最强烈的民族意识能量之一。第二，这种预言家式的智慧是与以表现苦难的民族命运为主旨的书写密切相关的。

这种先知功能兴起于20世纪30年代，核心人物是金教臣②、咸锡宪，此二人是与无教会主义相关的《圣书朝鲜》杂志③的核心人物。无教会主义与日本无教会主义者内村鉴三④的思想有着密切关系。所谓无教会，当然不是指不能信教，而是指基督教是制度，并非组织机构。"生命是依托形态而呈现的，那么神的灵采偶尔以教会的形态出现也就不足为怪了。……但如果神和形同时出现，弊端就会百出。因此，当形压倒了神，神就会为了生存不得不反抗形，离开它，抛弃它。无教会主义就是

---

① "所谓预言者的智慧，就是将国王视为政治的一个象征，对权力结构进行不断的批评。另一方面，祭祀的智慧则是指站在权力一边，拥护现存政治的立场。当百姓的安居乐业这一政治课题，在神的承诺下才得以实现时，其本身就存在着神的气场。而政治腐败是指政治主体脱离神圣的睿智，与不义或偶像崇拜相结合施政时发生的情况。预言者的智慧对政治现实总是持否定立场，以神的名义主张岛屿。这只是一种理想主义，关系到寻找突破口的认识态度。"参考：존 페터슨，이호운 옮김，『예언자 연구』(청구문화사，1977)；R. E. Clement, *The Conscience of the Nation—A Study of Sarly Israelite Prophecy* (Oxford UP)。

② 金教臣（1901—1945），出生于咸镜道咸兴。东京高师毕业。在永生、正义、松都高中及京畿中学担任博物学教师。《圣书朝鲜》主编。与咸锡宪、宋斗用、郑尚薰、梁石东等人同属于无教会主义者。金教臣曾被捕入狱，出狱后在咸兴某公司的劳工宿舍中与世长辞。

③ 《圣书朝鲜》是金教臣主编的无教会主义机关刊物。1936年5月创刊，1941年8月停刊，共发行151期。因连载《从圣书视角看朝鲜历史》（「성서적 입장에서 본 조선역사」）（咸锡宪著），被日本帝国主义镇压而终刊。

④ 内村鉴三（1853—1930），日本基督教思想家，无教会主义倡导者。毕业于札幌农业学校，后赴美国留学。曾任东京第一高等中学教师，他在学校的各种主张被视为"大不敬事件"。编辑出版《圣书之研究》（1900）。

第四章　个人和民族的发现

在这种地方发生的主义。"①无教会主义与反福音主义形成尖锐对立。根据内村的说法，他的无教会主义是指：十字架信仰、圣经中心主义、基督教中心主义。但内村的无教会主义又与日本的武士精神有着密切的关系。从"两个J（Jesus&Japan）中的自我"的表述中可以看出，内村试图将基督教与日本主义结合起来。内村给明治的精神世界带来的冲击有以下两点：其一是所谓的"不敬事件"②，其二是"非战论"。毋庸置疑，他对天皇（教育敕语）崇拜的反对以及他对日俄战争的反战态度，给当时的国家主义社会带来了莫大的冲击。但是他反战论的核心是建立在爱国主义的基础上的，并不同于人道主义者和基督教主义者。③这也可以从内村对关东大地震（1923年）中韩民族（朝鲜民族）人遭受屠杀的沉默态度中得出这一结论。哪怕在他庞大的全集里，对此也都只字未提。内村的一个得意门生对此一针见血地出"对近两个月前的煽动事件义愤填膺，对关东大地震中东京市民的腐败堕落表现得出离愤怒，却对朝鲜人事件三缄其口。不知大家会作何感想，我当时就感叹这位老师还真伟大"。④

内村鉴三所践行的十字架福音主义的思想基础可以概括为以下两

---

① 이와구마 다타시(岩隈直),『무교회주의란 무엇인가(無教會主義とは何か)』(山本書店), 10쪽.

② 参考：오자와 사부로（小澤三郎），『우치무라 간조의 불경사건（内村鑑三不敬事件）』(新教出版社)。内村鉴三的行为给天皇制保守主义和西方基督教自由主义带来了冲击。

③ 가와카미 데츠타로(河上微太郎),『일본의 아웃사이더（日本のアウトサイダ）』,(新朝社), 191쪽.

④ 야마모토 야스지로(山本泰次郎),『우치무라 간조의 근본 문제(丙村鑑三の根本問題)』(新教出版社),173쪽. 오윤태,『한일 기독교 교류사(日韓キリスト教交流史)』(新教出版社); 마츠오 다카노리(松尾尊允),「3·1운동과 일본 프로테스탄트（三·一運動と日本プロテスタント）」,《사상》제533호.

点：无教会主义和日本主义。他通过发行《圣书之研究》及基于基督复活说的圣书研究来践行他的思想。基督复活同拯救因近代化而急剧堕落的日本民族之魂联结在一起。东京大地震时，曾志向高远的留学生金教臣、咸锡宪等人都曾被这一思想所感染，这一点可以在他们的行踪和回忆录中得到验证。①无论是他们提出无教会主义，还是举行圣经读书会和发行《圣书朝鲜》，都证明了他们的举动是内村活动的延续。他们确实被内村思想的卓越性所感化，但若从更深层次的观点来审视，他们的无教会主义指的是韩国理性的精神主义和福音思想的结合。②当精神主义和民族主义需要一种知识形态时，无教会则是最理想的选择。从精神主义和福音主义的结合中所产生的，就是作为替罪羊的民族意识。替罪羊意识就是福音主义在被压迫民族解放斗争史上的变体。它把知识分子变成了先知，让人们以末日论的方式认识历史。其具体发展历程可概括如下：

首先是理念层面。这与对"十字架既是苦难，同时也意味着救济"的末日论和复活的旧约理解相关。以金教臣为例，他把摩西当作理想人物这一点就是其显著表现。他把摩西当作理想人物，并不是因为摩西留下了律法，抑或是被称为宗教天才、大政治家、伟大的军人。

> 摩西把埃及人的学问都学到了手，能言善辩、材优干济。40岁的时候，他想起来了自己的以色列兄弟，于是动身去看望。途中，路遇一人蒙受不白之冤，便抱打不平，为受压迫的人报仇雪恨，杀死了埃及人……次日，埃及与以色列爆发战斗时，摩西到场要求双

---

① 함석헌,『생활철학』,(서광사, 1966), 216-221쪽.
② 参考南冈、岛山、曹晚植相关内容，见：함석헌,『생활철학』,(서광사, 1966); 김교신,「무표정과 위(偽) 표정」,『신앙과 인생』(을유문화사, 1948)。

第四章　个人和民族的发现

方和睦相处。言说：你们乃是兄弟，怎可互相厮杀？①

因为只有摩西是一个"有血气的人（民族主义者）"，只有他才能意识到民族的相互不信任。对于这一点，咸锡宪亦有同感，他在《约珥书讲义》中对以色列进行了如下说明：

以色列本来是上帝……特别选取的，因为是自己的子民，像爱自己眼睛一样爱子民。而今其民亡，文化破，人四散，做野仆。总之约定好分发于他们的土地被异乡人闯进并随意践踏……②

为什么被选中的以色列民族会沦落到如此地步呢？那是因为他们之间的不信任。这是神的考验，而天灾地变或敌国的入侵则是在给人们这种不信任的行为提供一个忏悔的动机。从这个角度来看，如果他们悔改，全民族就会在最后得到拯救——这至少是先知们的信仰，亦即以色列历史的脊梁。摩西、以利亚、约翰、保罗的预言功能直接关系到复活和末日观。咸锡宪在《从圣书的角度看朝鲜历史》中对其进行了简要概括。与新教的思想相比，这部著作与旧约中表现的以色列民族解放史的关系更为密切。可以指出的是，这部著作有着极为浓厚的个人主观色彩。"从书写者的立场看来，历史并非也可以从《圣经》角度进行书写，而是只能从《圣经》的角度进行书写。毫不夸张地说，这是因为历史哲学只有《圣经》。"③为了深入理解这种主观独断，就必须理解《圣经》中把时间看作人格的末日史观。当"历史有始有终"的末日观之核心观点

---

① 김교신,『신앙과 인생』, 144-145쪽.
② 함석헌,「요엘서강의」,《성서조선》제124호, 10쪽.
③ 함석헌,『뜻으로 본 한국 역사』, 8-9쪽.

形成的时候，历史叙述意味着出现与现实世界的发展消亡不同的其他体系，在这个体系中，结盟与结束都是根据意愿进行的。

那么咸锡宪对历史的认识是否始终停留在末日观呢？答案是否定的。

> 妙清之乱被申采浩先生称为朝鲜历史上一千年来的第一大事件。是不是最大的事件，这个很难说，但这个乱并非一般的乱，洞察力强的人将其视作儒学派和佛学派、汉学派和国风派之间的争斗。这场争斗以妙清惨败、金富轼获胜而宣告终结，也能将其视为韩国历史被保守思想征服的原因。但历史永远是个谜，又有谁会知道事情的真正原因、真正结果？①

这句引用中同时存在着对丹斋*命题的肯定和否定。前者是对民族史观的认可，后者是对于末日观影响下的人们对历史认识持有的不同看法。据了解，只有在这两个命题的契合点及矛盾之中，才有《圣书朝鲜》集团最大化的可能性。令该集团痛苦的是将十字架和民族主义结合的矛盾。该集团是从开化初期就拒绝与西方民主主义及文明思想相结合的安逸主义流派，出现李昇勋**、曹晚植等倡导儒生基督教的一种极端表现。

如果把《圣书朝鲜》集体的精神主义中具有先知性的一面说成是因受到咸锡宪韩国史研究及其意识的启发而展现的，那在实践方面则显露

---

① 함석헌,『뜻으로 본 한국 역사』, 192-193쪽.

* 申采浩的号。——译者注

** 《韩国国语国文资料辞典》里标记为"李昇勋"，《韩国现代文学大辞典里》标记为"李昇薰"。——译者注

第四章　个人和民族的发现

出以金教臣为代表的替罪羊意识。后者明显更具有理论性，与内村鉴三的思想密切相关。两人不仅都是博物学教师，而且在《圣书朝鲜》的专栏和文体领域也可以看出两人的相似之处。不仅如此，两人还都对旧约及以色列解放史具有浓厚的兴趣。但是，当内村以摩西的使命感试图拯救日本之时，他拥有的是一个强大的祖国。而作为同样肩负摩西使命的金教臣来说，只有光复祖国，才能直接践行以色列民族史。所以对于金教臣而言，这种痛苦在伴随先知罪恶意识传播的同时，也伴随着他的实践过程。这一点似乎与"务实力行"的"岛山"*思想及兴士团一脉相承。但是兴士团的实践思想与其赎罪意识又是有区别的，同时这一区别与灵魂问题紧密结合，可以说是更为笃信和出自本能的。

在实践方面，金教臣与20世纪30年代的农村工作存在着密切关系。《圣书朝鲜》中记录了探访京畿道坡州郡养鸡天才白氏女人，京仁线梧柳洞徐氏女人的农业经营，元山尹主事的苹果栽培等相关报道。实际上，1930年朝鲜半岛总人口为2100万，其中城市人口占5.6%，农村人口占94.4%。在沈熏《常绿树》发表的1935年，这一比例则分别为7.1%和92.9%。1930年前后，两个启蒙运动通过民族报纸得以开展。其中一项是扫盲运动，另一项是走进民众运动（Vnarod）。前者通过《朝鲜日报》开展，而后者通过《东亚日报》开展[①]。当然这两种运动具有同质性。运动动员了学生这一尚不成熟的知识阶层。如果纯粹只是兴办讲习所，开展韩文培训工作，那么通过动员学生也能取得一定成果。但是，如果站在农村不是"待命阶层"而是"无可争辩的生活阶层"的现实结构角度，那么该运动只能给失学的少年层和青年层带来冲击，得到的不

---

*　安昌浩的号。——译者注

①　《东亚日报》曾在1931年7月16日到1934年9月为止长达四年的时间里，刊载了"学生暑期到群众中去运动"的相关版块。

过是一个表面的、肤浅的成果。为了克服这个困难，必须采取其他方法。这就要求找寻同时解决"与镇压韩文运动的日帝进行对决"和"与农民阶层密切联系"这两个命题的方法。在某种程度上接近这两个方面主旨的作品就是沈熏的《常绿树》。作为入选1935年《东亚日报》纪念创刊十五周年长篇小说选的作品，《常绿树》在以下几个方面备受瞩目：（1）它超越了作为走进民众运动示范作品《泥土》①中体现出来的施恩态度。（2）作者（沈大燮）是卡普成员，是一名曾写出《织女星》的成名作家。而且这是以真实人物为原型的作品。他把《圣经》里的这句话——"一颗麦子落在地上，若是死了，就结出许多子粒来"——作为他自己剧本《常绿树》的标题。这象征着作品女主人公蔡永信的原型崔容信的存在和她开展农村启蒙运动的特殊局面。这展现出与《圣书朝鲜》集团的关联之处。

　　今年己卯年（1939年）正月初一，冬季圣书讲习会成员在北汉山麓聚会时，谈到了已故崔容信女士的一生。听到那宝贵的一段段的人生经历后，我们一致认为，详细准确地记录她的一生，将有益于后世，并且切实感受到这是生活在同时代的同胞应尽的义务。崔容信的

---

① 李光洙的《泥土》（1932年《东亚日报》连载）是到群众中去的典型作品。该作品是以当时正在新义州刑务所服刑的蔡守班为原型创作的。该作品虽然表面描绘"在新春萌芽的朝鲜泥土上，新生的朝鲜儿女们用热情去浇灌一方土地，在这片土地上的悲伤、喜悦和愿望、青春的爱情、同族的爱情、同事的爱情"，但却是一部明显具有都市色彩的小说。这部作品只是像《无情》一样的正三角形模式的爱情小说。该作品在当时拥有大量读者的原因可以归结为：当时读者大多来自贫困农村，即使是在城市上学，心理上与孤儿无异。他们也觉得自己的头脑聪慧。小说中的主人公许崇一直想着要出人头地，然后与富人家的女儿结婚。这点引发了读者的共鸣。因此《泥土》这部小说的趣味性既不在于许崇一方，也不在于三角形一边的乡村姑娘刘顺一方，而是一边倒地在富家女尹贞善一方。因此《泥土》成为似是而非的启蒙小说。

第四章　个人和民族的发现

传记出版拜托给圣书朝鲜社，并推荐柳达永为执笔人。这是因为……崔容信生前和他有过不少交集，他是做这件事的第一人选。①

金教臣对于崔容信死后的记录具有何种意义，只有在对以下事实进行辨明后才能揭晓。第一，对于崔容信来说，农村启蒙的出发点包括个人条件和时代条件。个人条件在于"她一懂事就打消了现代女性梦寐以求的甜蜜家园幻想，那是容信的脸被痘疮弄得满是麻子的缘故"②，时代条件在于"各报刊印制了大量小册子，向全国各地发放，要去学习，知识就是力量，这成了我们同胞的标语。这时容信也对这个口号有了彻底的共鸣"③。第二，基督教在宗教层面的影响。崔容信强烈的信仰是主人公不屈不挠精神力量的基础。凭借普通的精神力量是无法去践行"无私是至高无上的强大"这一信念的。第三，主人公之所以能够打动人心，最重要的原因可能还在于她是一个单纯的姑娘。如此充满信念的她意外地像平凡女人般陷入爱情苦恼，在结婚和农村事业之间陷入矛盾，这就是人性的一面。通过上述考察可知，这三个方面实则都具有揭示农村启蒙运动局限性的意义。在小说《常绿树》中，主人公蔡永信去世后，常绿的人间暗示着仍然充满了希望；但在现实中崔容信去世后，"追随者们继承她的遗志在讲台上授课的情节，让人泪流满面。这所学校也因资质的缘故，一个月后就要关闭，真叫人寒心"④。可以说，金教臣的记录里暴露了日本帝国主义统治下农村启蒙运动的局限性。

---

① 유달영,『최용신 양의 생애』(아테네사, 1956), 서문.
② 同上书，第35页。
③ 同上书，第29页。
④ 김교신,「샘골탐방기」,《성서조선》제123호, 121쪽.

第七节　韩文运动及其意义

1931年,"朝鲜语研究会"①被组织发展成为"朝鲜语学会*"②,其目的在于"朝鲜语文的研究和统一"。在1927年发行的《韩文》创刊词中,明确体现了该学会的精神。

《韩文》问世了。……缘何问世?为了开拓朝鲜语荒原,剥去朝鲜文字宝器的旧锈,成为朝鲜文学的正道,成为朝鲜文化的原动力,为坚实巩固朝鲜这一宏大建筑的根基,《韩文》在丙寅年之后的丁卯年伊始问世刊行。③

对该创刊号的《宣言》进行分析,可以发现将原则性的地方界定为"朝鲜文化之树的枝叶涵盖科学、宗教、艺术、政治、经济、道德等诸多领域,但奠定其根本的基础是语言和文字",语言实践与"统一的标准话审定""建立完整的语法体系""完善字典的编纂"等三个方面有关。韩文运动受到社会广泛关注始于1926年开启的"韩文节",这是"训民正音"颁布480年后的第一个"韩文节"。它给有志之人带来的冲击,从以下韩龙云的诗中也能窥见一斑。

---

①　该研究会由周时经的弟子张忠荣、李秉岐、申明均、金允经、权悳圭、林焕载、崔斗善等人于1921年组织成立。

*　原书中为"朝鲜学会",经核实应为"朝鲜语学会"。在1945年朝鲜半岛解放后,更名为"韩文学会"。——译者注

②　朝鲜语研究会1931年更名为朝鲜语学会。主要会员有崔铉培、李熙昇、郑烈模、郑寅燮、李克鲁、金善琪等人。机关刊物为复刊后的《韩文》。

③　「첨내는 말」,《한글》창간호, 1927.2.

第四章　个人和民族的发现

啊啊 韩文节

正确的 美丽的 高尚的

在"祝贺之日""祭祀之日"

"day""season"之上

韩文节来了 韩文节

就像在无边无际的大海里呼啸而出的太阳

到了铿锵有力而闪闪发光的韩文节

比"day"好读、比"season"易懂

用嘴叼着乳头，一手摸着另一个乳头的

可爱宝宝也可以学起

什么都没学过的丫头

我也可以教她

用"韩文"说话，写文章

口吐莲花 下笔生辉

我们鲜活的生命活跃其中

熟悉的爱之火焰燃烧其中

坚强地思考 美丽地歌唱

我们欢呼雀跃 以"韩文节"为豪

把"韩文节"视为韩国最美好的日子

请求全世界的人们为"韩文节"歌唱

韩文节 啊啊 韩文节[①]

[①] 한용운,「가갸날에 대하야」,《동아일보》1926.12.7.

但是，当这一韩文运动只包含着情感上的感动而无法从行动上实现超越时，就无法避免呈现出意识形态支点的脆弱性，这与要建立的逻辑性、合理性、科学性的基础有关。正如韩语是个别语言，同时也是世界上普通语言的一种一样，这意味着要洞悉韩文一方面是个别文字，另一方面也属于一般理论范畴内的文字。"朝鲜语学会"的最大功绩就与此相关，并将其付诸实践。《韩文拼写法统一案》①作为代表性的实践成果应运而生。值得注意的是，拼写法指的并不是单纯的拼字法，而是建立了至今仍适用的"正书法规则"（正确书写规则）。统一方案的总论是：（1）韩语拼写法的原则是把标准韩语按照声音来拼写，并使其符合语法；（2）标准韩语大体上是目前社会中层使用的首尔话；（3）句子中的每个单词都要分开写，而助词则要接在前面的单词后，其要点全部被包含在第一项中。这个统一方案是"我们过去半个世纪以来对语言和文章所作学术努力的总结，同时也是闪耀光辉的结晶"。②如此评价的理由是什么呢？为了探究这一点，有必要对第一项进行重新讨论。"符合语法"的附则实际上可以理解为一种原则性规定，如果洞察到了这一点，那么首先可以得出的结论是"拼写法"是研究韩文本质的成果。这一点与统一方案的第三章有着密切关系。第一节体言和助词，第二节词干和词尾，第三节动词的被动形和使动形，第四节用言的不规则变化，第五节收音，第六节词源标识，第七节词的合成，第八节原词和前缀等都反映了"相同的形态素*常由相同的标记形式代表"这个语言现象。而问题

---

① 根据1930年12月13日大会的决议，推选12名韩文拼写法统一案制定委员，在两个月内进行了69次211小时的审议。1932年12月在临时总会上补充人员，共19人，经10月的临时总会，于10月29日，即训民正音颁布487周年纪念日当天发表。한글학회,『한글학회 50년사』(선일인쇄소, 1971), 10쪽.

② 이희승,『1971, 한글맞춤법 통일안 강의』(신구문화사, 1959), 19-20쪽.

* 韩语中的"形态素"即语素。——译者注

第四章　个人和民族的发现

在于，这种韩国语及其文字的关系是否已经达到普通语言学的高度。一位研究者作出如下评价：

> 值得关注的是，统一方案在确定代表一个形态素的标记时所使用的方法与现代形态论中选择基本型（basic allomorph）的方法是一致的。……该选择方法是由周时经制定的，体现了韩语语法早熟的一面。①

实际上，即便脱离"一字一音素"(one letter one phoneme)原则，如果说文字和发音之间存在着一定的对应关系是文字化的基本要求的话，韩文本质上属于音素文字，将其标准制定得贴近形态素体系，这是最为合理的选择，也是在学术领域做出的巨大贡献。作为民族文化的基本事项——语言的文字化便在殖民统治下被高水准地、明确地实现了。可以想象，如果当时没有实现这一目标，语言文字化的混乱发生在1945年以后又将会如何，所以我们应该对其重要性再次进行强调。

与此同时，"要符合语法"命题的深化与一般语言学的学术发展有着密切的关系，这促进了京城诸所大学的"朝鲜语文学会"（1931）、"朝鲜语学研究会"（1932）、"震檀学会"（1934）、"朝鲜音声学会"（1935）组织的活动。需要指出的一个事实是，以启明俱乐部为源头、以朴承彬为核心的"朝鲜语学研究会"和"朝鲜语学会"之间存在对立矛盾。很明显，日本帝国主义批准设立"朝鲜语学研究会"是为了削弱团结一致的民族团体（朝鲜语学会）的活动。除此之外，由78名文人联名发表的《对韩文拼写法论争的声明书》则表明了文人对于韩文拼

---

① 이기문,『국어표기법의 역사적 연구』(한국연구원, 1963), 158쪽.

韩国文学史

写法的态度。

  已故先驱周时经毕生呕心沥血的研究，让一时陷入纷芜杂乱的韩国谚文记写法见到了光明。朝鲜语学会由该领域的权威构成，在去年十月发表《韩文拼写法统一案》，尚未满一年，城市乡村齐心学习，逐步走向统一……那些对此表示反对的人等，即学界无名鼠辈认为"统一案断不可为，毫无希望"，亦有愚众对此进行抵制。为此，"统一案"尚存停滞不前之忧，不得不多加小心。

  然，但凡出现难关，切记勿要责怪他人，而是反求诸己，尽量做到尽善尽美。此时肩负语言统一重任的朝鲜语学会的诸位学者也请多多比对语音原理和日常实际用法，不要出现丝毫的偏颇与阻滞。①*

这篇引文中强烈主张推广的还是学术成果。此外，被动员起来的不光有李光洙、梁柱东等文人作家，还有林和、李箕永等专家学者。这意味着韩文运动直到20世纪30年代才在逻辑上获得了对殖民统治的反抗能力。根据一位研究者调查，1920—1941年间有关韩文的研究共有1142篇，其中发表在单行本中的论文高达1062篇。② 韩文运动可谓是从逻辑上对抗殖民统治的最可靠的典范。

  与韩文运动密切相关的有以下两点：一个是崔铉培③的个人活动，

---

① 《동아일보》1934.7.10.

 * 经比对，原书中此段引文错误、遗漏部分较多，翻译过程中对此进行了补充和修改。——译者注

② 박병채,「일제하의 국어운동연구」,『일제하의 문화운동사』,495쪽.

③ 崔铉培（1894—1970），求学于广岛高等师范学校、京都帝国大学哲学系及研究生院，教育学专业。延禧专科学校教授，发表《正音学》（「한글갈」）。朝鲜语学会会员，后因语学会事件，1942年被捕入狱，1945年被释放。出狱后担任编修局长，延禧大学副校长，韩文学会理事长。

第四章 个人和民族的发现

另一个是文人们的韩文演练。《朝鲜民族自力更生之道》(《东亚日报》1926年第66期)和郑寅普的《五千年的朝鲜之魂》是唤醒殖民时期民族精神的大作。李光洙的《民族改造论》因基于帝国主义民族理论写作,所以受到了很多学者的批评。照此逻辑,《朝鲜民族自力更生之道》也应该受到批评。"这种讨论作为精神支柱之所以始终没能转变成个人心性,是因为比起理论本身,倡导者本人的个人性格更占主导地位,所以在整体上难以实现。当然,在日帝统治末期军国主义、法西斯主义的暴行下,这取决于如何实践自己的想法。"①

另外,可以指出的是,该著作第一章《民族疾病的诊断》中出现的"意志薄弱""没有勇气""缺乏活力""依赖过多""不够节俭""性情阴郁""信念不足"②等掌握民族性的方法与殖民地史观的接受之间相去无几,这是这部著作的局限性之所在,应该对此加以批判。尽管如此,该著作在以下几个方面仍然具有重要的历史意义:第一,崔铉培的根本思想是建立在生命力这一明确的基础之上的。"我们朝鲜民族之所以如此悲惨地陷入衰退之中,绝不仅仅是因为资本主义这个外在的社会组织;而其他民族的兴旺,也绝非源于社会主义这个外在的社会组织。在我的信念里,无论社会组织如何,生机蓬勃的民族必将兴旺,生机渺茫的民族必将灭亡。"③这种生机与实践的品德相关。第二,这一实践品德与道德规范论(norm)密切相关,道德规范论并非固守和坚持往日陈旧的传统价值观。第三,这样的实践思想给人的印象似乎是源于安昌浩的准备论,因为他的思想直接关乎民族生活。这本著作对于做生意的方法、盖房子的方法、吃东西的方法乃至穿衣服的方法,都有所提及,并相应提

---

① 홍이섭,『한국사의 방법』,(탐구당, 1964), 356쪽.
② 최현배,『조선민족갱생의 도』(정음사, 1962), 7쪽.
③ 同上书,第216页。

出了需要具体改造的地方，显示其最具民众性的特点。[①]最后，该著作的思想基础及实践理念被一个叫崔铉培的人付诸行动，这体现了该著作确实具有激发抵抗力量的作用。只要思想本身的优势得到实践的证明，那么他的思想也能被评价为自生思想的一种类型。在这一自生思想基础上兴起的就是韩文运动。后续取得具有逻辑性的学术成果和实现通过讲习所普及文字产生的效果也都清晰地证实了这一点。对此进行梳理如下文（表4-4）所示。当然，这个实践过程在解放后发行的期刊《爱国》中得到了延续。

我们曾在上文提及文人支持朝鲜语学会拼写法的声明，并指出这些与民族语言生死与共的文人进行民族语言训练的问题所在。在世称"朝鲜语学会事件"（1942）发生的数年前，即在中国抗日战争（1937）的

表4-4 韩文启蒙运动情况一览

启蒙运动	弘扬民族固有文化	自力更生的方式
劳动夜校 妇女夜校 各类讲习所 报纸杂志	（1）文字 　1）韩文的普及运动，扫盲运动 　2）对韩文历史和将来发展的知识理论研究 　3）对韩文组织的知识理论研究话语 （2）语言 　1）语音研究 　2）语法研究 　3）规范标记 　4）整理母语，勘定标准韩语 　5）古语的研究 　6）词典的完成 　7）奖励朝鲜语教育	学校，学术研究会，青年会，学生会，体育会，生活改善会，劳动夜学会，报社，杂志社，印刷社，道德振兴会，实业公司，修养会，教育研究会，生产工厂，国产奖励会，朝鲜语研究会，供销社，社会改造运动党，科学精神振兴会，租户工会等

[①] 홍이섭,「조선민족 갱생의 도——그 정신사적 추구」,《나라사랑》제1집, 61쪽.

第四章 个人和民族的发现

前一年就任的总督南次郎,依据《修改朝鲜教育令》(1938.3)在教育中废除了韩语①,从这一点来看,对民族语言的捍卫与对文学的捍卫本质上是完全相同的概念。对于这一点,可以附上关于文学领域的说明:自1920年以后,韩国小说才逐渐以纯韩文体进行书写,而之所以转变为纯韩文体,只是为了和其他体裁进行区别。《标本室的青蛙》之所以以限定混用体的形式出现,是因为这部作品本身属于思考性的随笔,也就似乎没有必要与作为体裁的小说在外形上加以区分。考虑到当时的文人们普遍偏好写随笔类文章,这一点也就不难理解了。尽管如此,外在的纯韩文式小说标记方法具有非常重大的意义。文学为了反映和捕捉社会的结构性矛盾,就必须对当代社会的先进思想进行评判,它必然要探索面向世界共同语言的开放天地。但是"获得世界性"意味着需要用日语"思考",也就是说,现代性的获得关系到以民族敌人的语言——日语进行思考。另一方面,文学与现代性的联结是建立在母语的脐带之上的。辩证地对这两个方向进行扬弃,是一个值得肯定的过程。但这一课题在20世纪30年代后期,更确切地说是中国抗日战争全面爆发以后,因强制使用日语的要求而导致失败。这意味着放弃现代性,转而走上对方言进行开发的道路。这一方向性的归宿在《文章》②的精神中可见一斑。当某种文学向方言一边倒时,主题和题材本身就被限定了,从而被迫面对文体本身的封闭性。李泰俊的《文章讲话》(1940)对其逻辑进行了条理

---

① "懂日语的朝鲜男女有2,297,398人,占总人口数的110.57‰。与25年前大政二年末的6.08‰相比,的确增长了19倍。但是以5人1个家庭的单位来看,至今还无人懂日语的家庭占据了总家庭数的一半以上。并且,与城市相比,在农村全家无人懂日语的家庭达到了2/3以上。"「조선어 수의과(随意科)문제」,《조선일보》1938.10.3.

② 《文章》杂志(1939—1941)共26卷,与同年创刊的《人文评论》形成鲜明对比。如果说前者是以诗的精神为基础,致力于古典探索,那么后者则致力于培养所谓的批评精神(散文精神)。

清晰的归纳。他所说的美丽语言不是将意义和表达合二为一的语言美，而是与诗意词汇一样具有质感的"文章美"，这一目标的实现只能建立对语言进行高水准的精雕细琢之上。"如果抽离了内容一无所剩的话，那文章就是苍白的。即便抽离了内容，唯有留下有灵魂的、美丽的、有魅力的诸多要素，才会使文章具备作为文章的本质、生命、发展。"①《文章讲话》将上述结论作为结尾，这反映了在殖民统治下民族语言和民族文学命运必须共存的韩国文学的特殊性。

第八节　殖民地时代的再认识及其表现

20世纪30年代的殖民文学对殖民统治下殖民地初期的热忱和兴奋的变化历程进行了集中描写。由于持续严苛的审查制度，在大部分文字被删除或不得不用"伏字"*进行避讳处理的情况下②，殖民统治下的作家们仍然在力所能及的范围内，有时也会超过那一范围，非常出色地将他们所见、所感、所经历的东西表现出来。为了从逻辑上将法西斯主义的全球性扩张和殖民主义正当化，日本思想界致力于对其捏造的"大东亚共荣圈"进行大力宣传。而面对着殖民地朝鲜半岛持续的贫困化现象，那些不得不生活在其中的作家们产生了两种截然不同的态度：一类是持

---

① 이태준，『문장강화』(박문서관，1946)，336쪽.

*　印刷物中，因为一些特殊的原因，内容中的一些字用"×"或"○"代替，不印出来的处理方法。——译者注

② 关于这点有以下两个较有代表性的例子：例1"因此，他写了一部《黎明》作为自己艺术良知的体现，但最终还是被删除了。但又不能坐视不管，所以心里想着即便踏着荆棘的路也要走出去……"(『카프작가 7인집』，집단사，1932，142쪽.) 例2"看着那所谓的第一版，他怀疑是否有人校对过了……"(채만식，『한국문학전집』，민중서관，389쪽.)

第四章　个人和民族的发现

开放态度的进步主义者的观点，他们相信人类的进步和历史的合理性；另一类则是悲观主义者的观点，在他们对人类基本不具有信赖感的情况下，不得不承认他们是在人二律背反的认知下来看待世界、现实和自我的。蔡万植和李箱分别作为这两种观点的典型代表人物，但这并不意味着他们表现出顺应主义的一面。无论进步的乐观主义者也好，还是封闭的悲观主义者也罢，殖民统治下的韩民族（朝鲜民族）文学家都呈现了"非顺应主义"的认识态度，这一点在李箱、蔡万植、朴泰远、金裕贞等卓越的文学家们身上是通过激烈的斗争表现出来，而在李泰俊、金南天等作家身上则通过伤感、犬儒主义、幽默等手段表现出来。而构成这些作家"非顺应主义"的基础，实质上是一种实实在在的觉醒，即：殖民主义在殖民地朝鲜半岛没有创造出任何价值，反而让韩民族（朝鲜民族）深陷贫困之中。

一、蔡万植[①]：进步的信念

讽刺构成了蔡万植多部作品的基调。他每一部作品的字里行间以及所塑造的人物身上，都表现出了对现实的讽刺。他作品中的人物大致可分为两种类型：一类是他投赞成票的正面人物，另一类是他投反对票的反面人物。

他小说的讽刺性是从他总是将反面人物置于前、正面人物置于后的

[①] 蔡万植（1902—1950），出生于全罗北道沃沟郡的一户富农家庭。高中毕业于首尔中央高中，后赴日本进入早稻田大学英文系学习，中途辍学。曾任《东亚日报》社会部记者。1925年通过在《朝鲜文坛》杂志上发表小说《走向新路》（「새길로」）正式进入文坛。1934年发表作品《既成的人生》（「레디 메이드 인생」），1937年发表《太平天下》（「태평천하」）（原题目为《太平天下春》）。1949年发表《浊流》（「탁류」），1972年《月刊文学》发表了他的遗稿《少年成长》（『소년은 자란다』），受到读者的关注。关于他的研究可参考：김치수,「채만식의 유고」（《문학과 지성》제10호）。

情节构成或戏剧化的过程中实现的。作家对反面人物的关注要多于正面人物，而正面人物总是反面人物嘲弄的对象。《浊流》中的丁主事、高泰洙、罗锅亨甫，《太平天下》中的直员*尹老头等反面人物与正面人物南胜在、钟学等相比，其观察描述过于翔实；而正面人物如《痴叔》中的大叔，几乎总是成为被嘲弄的对象。从而导致他投赞成票的正面人物和他持肯定态度的世界观只是隐隐约约地呈现，而不会赤裸地暴露其真实面目。相反，那些被他认为是反面人物的角色，往往会得到过于犀利的全貌描写。因为作家本人是站在完全接受和容忍他们的立场上进行的描写，所以他小说的讽刺性更加深刻。在他以反讽的方式对消极人生进行肯定的过程中，行文自然而然地达到了讽刺效果。作家自己假装站在严肃观察者的立场上，却把反面人物推到了读者面前，因此作家本人看起来反而是油头滑脑、惺惺作态。

> 提起我那个姑父，唉，当年搞那个什么，叫社会主义还是叫马克思主义的，后来还因此而坐了牢，得了肺病，放出来后就一直病快快地躺着，我那可怜的五寸姑父……①

如上文所示，作者将自己投赞成票的人物戏剧化地刻画了出来。戏剧性刻画的背后隐藏着作家自身的主观意识，从这个意义上讲，他的文章是主观的。这种情形虽不多见，但当这种主观性表露在字里行间时，表明作家自己已直接介入其中。

---

* 乡校为朝鲜半岛古代的教育机构。日本殖民统治时期仅在形式上对其进行保留。"直员"为当时乡校工作人员的一种。——译者注。

① 『한국단편소설전집 2』(백수사, 1958), 169쪽. 译文引自：玄镇健著、权赫律编译，《贫妻》，吉林大学出版社，2010年，第47页。

第四章　个人和民族的发现

不用问，一定是我的孩子。我刚才看见小东西酷肖其母亲。所以，光看外貌当然不好找父亲，但是要是仔细地看她的模样，不论是耳目口鼻，还是手脚，肯定能找出像我的地方。

（说得这么牵强的亨甫，想必也不会是金东仁的读者吧。）①

上述引文同时对作家亲自介入并讲述其故事的"罗锅亨甫"和以相似情节来撰写小说的金东仁进行了嘲讽。

他的反讽是强烈批判精神的产物，为躲避日本帝国主义严苛的审查制度来表达出自己的所见所感，他选择的是一种正话反说的方法。那么，蔡万植通过充满讽刺意味的文章和主人公，想要展现的殖民地现实是什么呢？他集中火力批判的是殖民地教育的矛盾和高利贷行业、赌博等不正常的资本流动现象。他从横向对这一现实进行了批判，这与廉想涉站在代际论的立场上对殖民地现实进行的纵向批判形成了鲜明的对比。

1. 蔡万植的《浊流》《太平天下》以及其他几部短篇小说，特别是《既成的人生》中，凸显了殖民地出现的教育矛盾。他把"开化期的教育热潮"作为身份平等运动的一环。"'学吧，识文断字吧……只要有知识，谁都能当两班，过上好日子……'热情的呐喊从四面八方传来。报刊鼓吹求学热情，热血沸腾的有志青年游走乡间，凭借三寸不烂之舌鼓吹劝学。"②但是，开化期的教育未能实现身份平等。尽管安昌浩提出了"准备论"，但殖民地当局居心叵测的教育政策使民众变得机械化和顺从

---

① 『한국문학전집 9』(민중서관，1959)，269쪽. 译文引自：蔡万植著、金莲顺译，《浊流》，吉林大学出版社，2011年，第250页。
② 『한국단편소설전집 2』，145쪽。

化。殖民地时代的教育只是一种为了培养技工来适应殖民地社会的愚民教育。殖民地教育仅限于培养"负责税务的胥吏、巡警、简陋农业学校出身的农业生产改良技术员"①，并不会培养对社会中的矛盾和隔阂进行正确理解、为消除矛盾而努力思考之人。而他们致力于培养的不思考、只专注于实际操作的技工。而技工只会把外界的变化当作宿命来顺从，并对此不会产生丝毫的怀疑。其代表人物是《浊流》里读完了"三年制S女校"的初凤。蔡万植对于殖民地教育的质疑，使其笔下的主人公对夜校和教育进行了批判。"竟然对所谓的教养产生了幻灭。也就是说穷人即使有教养，也不足以让他们变善良，相反他们往往会利用教养的智慧，做出别人无法做出的奸恶勾当。"②实际上《太平天下》中也出现了这样的文化人，直员尹老头明确表示教育子女是为了出人头地。在他眼中，殖民统治反倒是改变身份的良机，不遗余力地将他的子女培养成符合日本帝国主义殖民统治当局需要的人物。

"他在听取别人意见并深思熟虑后，觉得让孩子苦读诗书成为高官郡守的道路是行不通的，所以决定这次从军高院开始，经地方官到总务主任，再从总务主任到郡守，采取这样一条晋升之路。"③对他而言，受教育和有修养不过是出人头地的一种手段。殖民统治下的教育是一种愚民教育，目的是培养服从殖民统治的技工。基于此，蔡万植对作为扫除文盲运动一部分、当时开展得如火如荼的夜校进行了批判。在蔡万植全部作品中最正面的人物是《浊流》中的"南胜在"，他对夜校持有的看法是：

---

① 『한국단편소설전집 2』, 146쪽.
② 『한국문학전집 9』, 293쪽. 译文引自：蔡万植著、金莲顺译，《浊流》，吉林大学出版社，2011年，第273页.
③ 同上书，第506页.

第四章　个人和民族的发现

"从去年冬天起,他开始觉得总在说启蒙或教育,有时却会失衡,这是否弊大于利?他从极其微小的现实中得出偏狭的结论,从而开始迷茫、怀疑。对帮助夜校也失去了兴趣,不时地萌生撂挑子不干的想法。"[①]而殖民统治下的愚民教育带来的另一个弊端,就是李光洙所努力克服的宿命论人生观。也许《浊流》中以初凤为代表的对命运的顺从是蔡万植最不满意的事情之一,所以《浊流》中的桂凤自己决定不接受殖民教育,转而投身到生活战线中去;而《既成的人生》中的主人公也决定不让儿子学习。因此,蔡万植所信赖的是没有被殖民教育玷污的人物。

2. 对于诸如高利贷和赌博等不正常的资本积累、流通,他也提出了尖锐的批评。《浊流》中的"罗锅亨甫"和《太平天下》中的"尹直员"作为蔡万植小说中的头号反面人物,都是靠高利贷成家立业之人,从事的都是证券交易。蔡万植之所以对证券交易和"米豆"*表现出极大的关注,是因为这已然成为殖民地贫困化现象的一大典型案例。与崔曙海不同的是,比起弃农者,他通过"米豆"真实地展现了小额民族资本在日本人的大资本下消失得无影无踪的过程,并通过证券交易暗指日本帝国主义的侵略形象。"那他还说有《六法全书》在那儿给保护呢!保护生命,还保护财产……还说有个叫什么《票据法》的,保护那些放高利贷的呢……哼,说自己是什么堂堂的市民!哪怕是天下最恶的大恶人也……"[②]那是殖民统治下盛开的毒草。"同时对所谓的'毒草'和助长

[①] 『한국문학전집 9』,301쪽.译文引自:蔡万植著、金莲顺译,《浊流》,吉林大学出版社,2011年,第280页.

* 米豆:指利用米豆的行情,没有现货只靠投机的约定买进卖出,类似于现在的期货交易。——译者注

[②] 같은 책,351쪽.译文来源同上书,第332页.

253

它的《六法全书》义愤填膺。"①通过对证券法表示愤慨，作者在躲避审查的同时，试图使读者对殖民统治下的法律价值本身产生质疑。不得不说，他对现实的认识比殖民统治下的任何作家都出色。

但蔡万植对殖民地现实的认识并不单纯是负面的。虽然表现得不是很明显，但他利用隐秘的文字巧妙地展示了他持有肯定观点的内容。而他积极的政治学源头，则是他对进步的坚定信念以及对公正分配的笃信，尽管其中带有一定空想性质。《浊流》中的南胜在，以及《少年成长》中最后一章的小标题"少年成长"都简明扼要地表现出了他对进步的坚定信念。南胜在相信"历史进步"，相信"自然科学的力量"②。他的进步观可以说是一种空想进化论，让他"太平"地与贫穷作斗争。《少年成长》的主人公在对解放后的韩国现实有了深入体验后，意识到这种矛盾，反而获得了要坚强活下去的信念。而对于他如何才能使这种确信成为现实，蔡万植却没能给读者提供明确的答案。对读者来说，也只能从他对《太平天下》里钟学的偏爱中，窥见端倪。

给蔡万植的空想进步主义提供支撑的是公平分配的原则。他借桂凤之口明确表示，现实的矛盾和隔阂源自分配不公。

"可是，穷人穷又不是他们的罪……"

"罪？"

"又有哪个愿意穷啊？"

"可他就是穷又有什么招儿？"

"我是说天底下哪有自己愿意穷的人啊？"

---

① 『한국문학전집 9』，384쪽. 译文引自：蔡万植著、金莲顺译，《浊流》，吉林大学出版社，2011年，第363页。

② 译文来源同上书，第55页。

第四章　个人和民族的发现

"当然了，人人都愿意当富翁，过好日子了……"

"先不用说当什么富翁，现在的穷人可都说他们的穷都是因为分配不公造成的，否则他们不会那么穷呢。"[①]

借用作家自己的说法，"就像是从词典上扯下来的几页书，没什么头绪，内容贫瘠的桂凤的'分配论'"[②]，但与作家自己的表述不同，这构成了他进步主义的核心内容。他之所以没被卷入公式性的阶级斗争论并成为"主义者"，也正是因为他崇高的理想。他的理想正是公平分配，历史也正在朝着这一方向进步。从这个意义上说，他是某种类型的傅立叶主义者。

最能将蔡万植对现实深刻认识体现得淋漓尽致的作品是他的小说《太平天下》。与廉想涉的《三代》一样，《太平天下》也是殖民地时期最优秀的作品之一。作品不仅充分体现出了蔡万植对现实的讽刺，而且也在字里行间将他积极的世界观毫无保留地呈现出来，让人一下子就能了解到他的思想世界。尤其是反面人物亡国奴直员尹老头，作为一个偏执狂，与《浊流》中的"罗锅亨甫"一道，在韩国文学史上占据着独特的位置。这样两个处于迫害者地位、具有性虐待倾向的人物，足可以与巴尔扎克笔下的高老头和葛朗台一决高下。

[①] 『한국문학전집 9』, 345쪽. 小说《痴叔》(「치숙」) 中也有同样的例子。如："这个世界上既有富人又有穷人，这是不公平的。"译文引自：蔡万植著、金莲顺译，《浊流》，吉林大学出版社，2010年，第325页。

[②] 译文来源同上。

二、李箱①：自我破产

李箱是在殖民地时期唯一一位将"态度的喜剧"这一文学主题推向极致的作家。他通过对个人的意识趋向及其表现出的行为进行缜密分析，自觉地向他人展示了自己到底是一个什么类型的人，借此展示出了何为态度的喜剧，同时他还对他所处的社会、这个社会所创造的禁忌体系以及不得不生存在这个禁忌体系内的普通人一并进行了否定。这就明确地表明他的否定精神关系到人际关系或人际交往的问题。他的否定精神集中在人际关系上，这与他对于李光洙自由恋爱论的极端理解不无关系。

李光洙自由恋爱论的目标是实现精神和肉身浑然一体的文明恋爱，这是近代人力图摆脱封建主义下人与人结合的一种挣扎。然而，他的自由恋爱论从获得巨大社会反响到沦落为被批判的对象，其间历时才不到十年。李箱所批判的是真正的交往究竟能否实现，恋爱也好，婚姻也罢，是否为彼此相爱的虚假信仰表现。

1."会有真正交往的可能吗？"这是传统或风俗遭到破坏时，身处其中的人所高喊的第一个问题。当赖以生存的禁忌体系遭到破坏时，人在与其他人的对话中就必然会感到莫大的痛苦。那么依照一定传统，彼此对话、相互沟通理解也就变得不再可能。首先产生的就是怀疑和不

---

① 李箱（1910—1937），本名金海卿，出生于韩国首尔。1924年进入普成高中学习。1926年考入京城高等工业学校建筑系，1929年毕业。曾担任朝鲜总督府建筑技师。1934年开始发表作品。1936年开始在《朝鲜中央日报》上连载作品《鸟瞰图》（「오감도」）。1937年开始发表小说。1937年于日本东京病故。他的作品在20世纪50年代受到广泛关注。1956年高大（高丽大学）文学会编辑发表《李箱全集》（『이상전집』）。关于他的研究较有代表性的有：정명환,「부정과 생성」,『한국인과 문학사상』(일조각,1964)；김현,「이상에 나타난 만남의 문제」,『존재와 언어』(가림출판사,1964)。

第四章　个人和民族的发现

安。对对方是否真正理解自己感到怀疑，对对方是否在欺骗自己感到不安。就李箱而言，不安和怀疑产生于和他最亲近的人，即他妻子的关系之中。他总是怀疑他的妻子在和别人通奸。这个时候他反复拷问着。

"几次？"
"一次。"
"当真？"
"千真万确。"
即使这样也行不通，那也不能有丝毫的松懈，只能用其他方法来拷问。①

从23日晚10点开始，我想尽各种办法来拷问着妍。
直到24日天亮之时，妍才开口说话。
啊——漫长的时间！
"说第一次！"
"仁川……某家旅馆。"
"我知道，说第二次。"
"……"②

他的拷问和确认是为了"判断妻子是否在通奸"。他为了"尽可能得出那不是通奸的结论"，都到了在他"客观严明的自我面前苦苦哀求"的程度。③怀疑、拷问和确认指向的心理内核是不安，他始终担心妻子欺

---

① 『이상전집 1』，114쪽.
② 同上书，第74页.
③ 『이상선집』(백양당, 1949), 184쪽.

骗自己。因此，他的不安是"被骗"与否的不安。①他妻子不仅把他所不知道的指纹沾染了回来，而且为了摆脱他的追问，还努力抹去了指纹的痕迹。"妻子外出归来，进屋前都要洗脸。这是妄图卸下各种面具的可耻行径。"②对那样的妻子，他"被骗了，又被骗了，再次被骗了，还是被骗了"③。那么，尽管李箱提出的是关于人类交往的正当问题，但为何还是将其简单地理解为"欺骗"呢？这是因为李箱尚未能够对19世纪的封建道德观念进行彻底的清算。他仍在竭力遵守着"抛弃通奸妻子"的这一铁律。④他从传统观念的角度去理解贞操，所以他选择抛弃了通奸的妻子；但他把妻子当作"卖淫妇"却仍要一起继续生活的态度，却是一种"态度的喜剧"式表达。

2. 对于李箱而言，交往意味着欺骗，这也是他对"真正交往"不信任的一个佐证。骗术属性的交往是不好的信仰，换句话说就是性质恶劣的自欺欺人和自我欺骗。他小说的主人公之间之所以没有对话，也是因为他们持续进行着这种自欺欺人的交往。他小说中的对话如果不是独白，那就不过是性虐待狂变态心理的一种表现。

例1 我们夫妻俩从不说话。吃完饭后，我也没说话，就悄悄起身回了我的房间。妻子也没有挽留我。⑤

例2 "很难再见了。我明天和E一起去东京了。"这样温和地挑战了一下。当时他可能误以为这个挑战的对手肯定是他自己，于是

---

① 정명환,「부정과 생성」『한국인과 문학사상』(일조각, 1964), 354쪽.
② 『이상전집 1』, 166쪽.
③ 同上书，第270页.
④ 『이상선집』, 183-186쪽.
⑤ 『이상전집 1』, 33쪽.

第四章　个人和民族的发现

立刻奋起反击。

"是吗？那真的好可惜。那我今天晚上就给你盖个纪念章吧。"①

上述两个例子都是颇具李箱特点的人际对话范例。例1回避了对话本身，例2则是性虐待狂的变态心理占据了主导地位。不是上述情况的话，就变成了所谓的机智问答。

"比43小。"
"哎呀！"
"哎呀什么哎呀！"
"这家伙不能被任何其他数字整除。"
"素数？"
对。
真厉害。②

将这种沉默、变态心理、伶俐发挥到极致便是耍酒疯。"交战数十回合。面对正熙形同虚设的关卡，我拼尽全力发起猛攻。但是反射回来的武器却比射出去的更加厉害，反倒是伤到了自己。输了吗？难道输了就这么算了？我决定祭出最后的武器，那就是耍酒疯。"③耍酒疯说出来的话让人感到匪夷所思，有的只是独白和恐怖主义，而这则是他自欺欺人的必然结果。

① 『이상전집 1』, 57쪽.
② 同上书，第124—125页。
③ 同上书，第268—269页。

那么，他是如何做到与社会隔绝，以这种撒酒疯式的封闭观念来嘲弄自身呢？对此，他的几句话给出了可能的答案。

> 我写了几部小说和几行诗，为我日渐衰亡的心神倍感耻辱。再这样下去，我就很难继续生存在这片土地上。坦白地说，我得去流亡了。①
>
> 不管他如何关紧层层房门，一年四季不修边幅地躺着，世界还是会残忍地破门而入。②

上述两个例子表明，尽管主人公们坚决进行自我封闭，但他们仍与社会保持着隐秘的联系。无论一个人如何进行自我封闭，世界都会残忍地和他保持着联系。"朋友、家庭、烧酒、可耻的道义"③之类的关系，让他无法继续生存"在这片土地上"，于是有了要去流亡的决心。可是到哪里去流亡呢？虽然在他的小说中随处可见的东京流亡生活正是他的实际生活，但在他的内心世界这却是"剪不断、理还乱，带有悲剧性的自我探索"。④若进一步从人体医学角度进行分析，他的封闭悲观主义源于因肺病而产生的对死亡的恐惧。《失花》中所描写的他和俞政⑤友谊的画面正是一种委婉的表现。除此之外，"自杀"这个词在他的小说中出现了无数次，可作为另一个强有力的证据。"李箱反复诉说'想自杀'，反而是对不具备自杀条件一再进行的确认。"⑥

---

① 『이상전집 1』，162쪽.
② 同上书，第190页.
③ 同上书，第295页.
④ 同上书，第253页.
⑤ 俞政即金裕贞.
⑥ 정명환，「부정과 생성」『한국인과 문학사상』(일조각，1964)，342쪽.

第四章　个人和民族的发现

李箱在文学史上的地位大致体现在以下两个方面：其一，他通过消极的自我封闭，真实地展现出那些被正当地切断了与社会联系之人的破产。他用"耍酒疯"来表示他极端的自我封闭，凸显了强行改变个人的社会的病态。换句话说，他的"不清醒"与社会的理想在本质上是相同的。他是第一个用自身境遇来指代、描写社会矛盾和隔阂的作家。他的代表作是《翅膀》和《鼋鼍会豕》。其二，他具有多样的实验精神。这并非意味着他倾心于新事物，而是表明了他清晰的认识——所要表现的东西与所要表现的技巧之间有着不可分割的紧密关系。他的重要功绩是引入了理性的智慧和心理主义。郑明焕对他进行了深入的研究，此处引用其结论以收尾：

> 如果只把李箱看成是诗语的改革者，那么他在韩国文学中的作用就会受到限制，他充其量不过是把现代诗引入韩国的一座桥梁。韩国现代文学与现代人的出发点充满了崎岖，李箱对此进行了深刻的自省，他是那个时代备受瞩目的一位作家，这也说明他的作品具有超越文学史的意义。①

三、朴泰远②——封闭社会的崩溃

朴泰远小说世界的基本主题是由首尔平民阶层的悲欢离合构成的。

---

① 정명환,「부정과 생성」『한국인과 문학사상』(일조각, 1964), 364-365쪽.
② 朴泰远（1909—1986），号丘甫、仇甫，出生于韩国首尔。曾就读于京畿第一高中，毕业后赴日进入早稻田大学，中途退学。1930年发表短篇小说《须髯》(「수염」)进入文坛。代表作有《川边风景》(『천변풍경』)、《小说家仇甫氏的一天》(『소설가 구보 씨의 일일』)、《若山与义烈团》(『약산과 의열단』)《圣诞祭》(『성탄제』)等。1933年加入"九人会"。

没有哪位作家能像他这样出色地描述出自己所属的首尔平民阶层在殖民统治下的变化。虽然同样都是描写首尔生活,但比起廉想涉所描绘的小资产阶级或资产阶级的首尔世界,朴泰远的小说更接近玄镇健早期所描绘的郁郁寡欢的平民阶层的喜怒哀乐。朴泰远早期的短篇小说表现出首尔平民阶层郁闷的贫困生活。他所观察和描述的平民阶层,大多以咖啡屋的女招待和失业知识分子为代表。他通过女招待表现了殖民统治下平民阶层的没落,而通过失业知识分子则表现了理性的崩溃。他所描写的咖啡屋女招待,在大多数情况下都是生活极度困苦的牺牲品。从这个意义上讲,他笔下的咖啡屋女招待与安怀南笔下多愁善感的咖啡屋女招待是截然不同的。在《圣诞祭》中,他描绘了同一家中因为生计困难不得不去咖啡屋陪酒卖笑,最后连身子也毁了的两个女儿;在《路暗》中,不知"父亲逃到了中国东北,还是逃到了哪里",年轻母亲"在烟草公司干了十年,结果得了该死的肺病"死掉了,在十八岁就不得不品尝"生活苦痛"[①]的女招待;以及在《悲凉》中,因生活困苦,不顾丈夫去卖身的女招待。从侧面对女招待的悲惨状况进行犀利展现的画面则出现在了《小说家仇甫氏的一天》中。

  在广桥转角咖啡屋前,穿着一身丧服的妇人小声招呼正路过的他。"您好,问一下,"女人用若隐若现的声音说着话。而当她用余光发现仇甫停下脚步时,却目不斜视,不去看他。勉强伸出手指着咖啡馆,"这家在招什么人?"
  贴在咖啡屋窗边上的,是"招聘女招待"两行字。仇甫惊讶地

---

① 『소설가 구보 씨의 일일』(문장사, 1938), 142쪽.

第四章　个人和民族的发现

打量着她，感到一阵心痛。①

这一场景清楚地呈现了一个服丧的妇人因生计贫苦而想要成为女招待的过程，而那个妇女是平民阶层的女性在贫穷社会的一个缩影。女招待是一种类似于朝鲜战争中妓女的职业。平民阶层的女性因生计困难而去做女招待，而大部分男性却甘当失业者。在《穷人》《街头》《悲凉》《始末》《小说家仇甫氏的一天》中，朴泰远以独到的视角对失业知识分子进行了审视。那些失业知识分子即使受过教育也找不到工作，他们自己也不知道原因所在。他们通过卖书或典当其他物品来维持生计，留下的只是对同病相怜的失业者的强烈怜悯和悲伤。《穷人》出色地描述了失业者之间的怜悯之情，非要找到用卖书钱换来的五根香烟的作家，对那天也和前一天一样什么都没能吃上的两名失业者表示了怜悯。

但是顺九"啊……啊"，静静地叹气，本想要直接躺在地板上，这时镇洙突然站起来打开了壁橱的门，取出一支烟。他就像把藏起来的宝物重新拿出来一样，小心翼翼地拿着回到了座位上。然后用双手果断地掰断一半，递到顺九面前，说道："来，抽一根。"说话时，他的声音和他拿着烟头的手指尖因激动而颤抖着。②

这种怜悯之情是对自己感到悲伤的另一种表现。所以"哭泣"一词频繁出现在朴泰远的小说中。

---

① 『소설가 구보 씨의 일일』(문장사, 1938), 292쪽.
② 同上书，第98页。

"连你也,连你也……"

英伊消瘦的脸颊上流淌着热泪。(《圣诞祭》)①

两天的饥饿和兴奋,以及鞭策自己的内心……不知何时,两行泪水顺着顺九因营养不良而消瘦、没有血色的脸颊流了下来。(《穷人》)②

当我想起我的贫穷始终没有给他带来一丝喜悦时,不知何时,我脸颊上的两行眼泪悄然流了下来。(《始末》)③

回首我那寂寞的一生,所有回忆都让我心中哭泣。(《街头》)④

"啊,可怜的母亲。"

香伊眼里不知不觉噙满了泪水。(《路暗》)⑤

胜浩本打算哈哈大笑,结果笑变成了哭,酒楼老板和孩子感到莫名其妙,完全不知所措,他却不想着去洗掉脸颊上的眼泪,反倒大哭起来。(《悲凉》)⑥

然而,这种悲伤并不单纯地局限于某个人,而是逐渐扩大到对贫穷之人乃至对殖民地统治下贫穷祖国的悲伤。"不仅如此,时至今日在她与各种苦难斗争的过程中,她对那些和自己一样悲惨,或者比自己更

---

① 『소설가 구보 씨의 일일』(문장사, 1938), 16쪽.
② 同上书,第84页。
③ 同上书,第110页。
④ 同上书,第131页。
⑤ 同上书,第143页。
⑥ 同上书,第193页。

第四章　个人和民族的发现

可怜的人有所了解。并且还意识到在这世上还有不少这样的人。"①女招待的觉醒在《小说家仇甫氏的一天》中升华为主人公对祖国的认识。"贫穷的小说家和贫穷的诗人……在某个瞬间，仇甫想到他自己那么贫瘠的国家，内心黯淡无光。"②朴泰远早期短篇小说中出现的首尔平民阶层的贫穷和由此产生的悲伤、哭泣，赋予了他深入现实的力量，让他将殖民统治下的首尔平民阶层的崩溃表现描写得入木三分。《川边风景》便是一例。《川边风景》通过巧妙衔接五十幅画面而创造出一张巨幅风俗画，这是针对首尔平民阶层做出的一份出色报告。在书中，他把主要舞台设定在了女人和男人各自的聚集地，即清溪川洗衣处和理发店，对殖民统治下首尔平民阶层的生活百态进行了客观描写。所谓的客观描写就是一种陈述，即在极力掩饰他的悲哀、哭泣的情形下进行小说创作。在书中，他从殖民统治下首尔平民阶层的立场出发，对纳妾、结婚、选举、求职观等进行了细致描写。最终，他向读者展示了一群冥顽不灵者的滑稽行径。他碍于当局审查的缘故不能对此展开更有逻辑性的深入描写，但在其作品中也暗示了首尔平民阶层的没落与"时代"有着紧密的关联。

"怎么会变成那样了呢？因为什么失败了呢？"

"……"

"没什么理由的……说起来，都得怪这个年代。是啊，二十年前开始做生意，有十年干得好好的。这已经有十年了吧？胶鞋一出现，大家都穿又便宜又舒服的胶鞋，那像油皮雨鞋还能卖得出

---

① 『소설가 구보 씨의 일일』(문장사, 1938), 143쪽.
② 同上书，第284页.

去吗？如果当时打起精神，想出办法来，那现在也不至于到这种地步……不管有没有收入，都和家里有金山银山似的胡乱花钱，日子哪里有个好？"①

作品通过一个女人之口尖锐地指出在日本商品的攻势之下，国产货走向没落的过程和首尔平民阶层对此无法适应的现实。

除此之外，《川边风景》还有几点值得关注：一是对首尔土生土长刻薄鬼的劣根性和欺生行为的描写，在《来自乡下的孩子》的第三幅画面中幽默地展示了上述两个特性。二是朴泰远隐约地提出了结婚的前提条件是自由恋爱，由此可以判断的是，他的自由恋爱倾向深受他的老师李光洙的影响。他暗暗地对所谓旧式婚姻②进行指责，对自由恋爱的婚姻不动声色地表示赞赏。在他的作品《川边风景》中，他唯一进行正面描写的人物就是通过自由恋爱而结婚的中药铺的大儿子夫妇，并且所有登场人物都暗地里对他们表示了好感。

对于儿子夫妇的生活，别人又闲言碎语，"那些恋爱结婚的夫妻关系更糟"……也有人那么说三道四，但也觉得他们两口子感情是真好。村里常常对"新式女人"无缘无故地冷嘲热讽的守旧妇人们，现在也调转了风向，说那对儿年轻夫妻诚实厚道。她们如今能这么改了口风，也不得不说真是万幸。③

---

① 『천변풍경』(박문출판사, 1938), 9쪽.
② 该书中一幅名为《喜事》的插图生动形象地描写了旧时的婚姻。这里还提到了咖啡店女服务员的婚姻问题。
③ 『천변풍경』, 39쪽.

第四章　个人和民族的发现

作家未能就如何解决殖民统治下的贫困问题提出方案，却在社会风俗方面隐约地主张自由恋爱，不得不说这体现了作者试图对首尔平民层的自我封闭和蛰居不出做出改变的意志。

朴泰远留下了优秀的短篇小说如《穷人》《悲凉》《阵痛》等，中篇小说《小说家仇甫氏的一天》，以及长篇小说《川边风景》。他通过对文体的持续探索，确立了自身文学史上的重要地位。他对文体的探索可以分为以下几种类型：

（1）大胆嵌入传单、广告等内容。如：《穷人》中的报纸广告、《疲劳》中的广告牌。

（2）通过换行抒发感情。如，在几乎是他唯一刻画正面人物的作品《五月暖风》中，他把整篇作品处理成一句一段，通过对每个句子进行换行处理来抒发感情。

（3）对长句的尝试[①]。在《街头》《阵痛》中，他对于超过一百个字的长句尤为偏爱。特别是《阵痛》中，有的一句话甚至超出了两页纸。赋予长句子生命的，是被正确使用的逗号。在他的文章中，逗号被恰到好处地用来展示主人公的心理动向。

（4）文中标题的重要性：他如果想让小说中某一部分引起读者的注意，就加一个中间标题，并用不同的"字号"来强调它。《阵痛》《路暗》《穷人》等皆是如此。

（5）他的小说同李箱的一样，使用汉字注释。可以断定这并没有什么特殊含意，应该是受到日式文章的影响。当然，"勿论""亦时""对"等汉字的滥用反而令人生厌。

在他对文体的探索中，最值得关注的是在长句中对于逗号的使用。

[①] 李泰俊的评语。

这是能将他的句子与廉想涉冗长的表达批评的句子进行区别的基本要素。正因如此,他的文章获得了感官上的活力。

四、金裕贞[1]:农村贫困化现象

金裕贞小说所关注的对象是农村。也许与他本人出身农村有关,所以他对农村的聚焦比任何人都出色。他早期小说描写的主要是牧歌式的爱情。所以他早期的几部杰作《山茶花》《春天春天》《山沟》等所展现的农村世界主人公都是农村青年。因此,小说中充满了激情和活力。虽然他的短篇小说是通过地主子女和仆从之间的爱情来描述阶层对立,但小说中却充满了幽默,而不是严肃的憎恶。这种幽默是古典小说中常见的那种幽默,令他与传统紧密地联系在一起。《山茶花》中的点顺和"我",《山沟》中的小美和少爷,《春天春天》中的点顺和"我"都摆脱了地主子女和仆从子女身份的束缚,共同享受青春的美好。当然,阶层对立的观念尽管存在,但这并没有构成作品的主旋律。作品所表达的内容不过是:"妈妈之所以这样提醒我,是因为如果我和点顺出点事儿,点顺家就会翻脸,那么,我们家不仅没有地种,连房子也得交回。可是,那丫头却总是那样不依不饶地,这明摆着成心要气死我嘛。"[2]金裕贞早期对农村的聚焦,可以说是开化初期"结婚—恋爱"这一重要风俗

---

[1] 金裕贞(1908—1937),出生于江原道春城郡(现春川市),富农。1923年进入徽文高中学习,1927年考入延禧专科学校人文学院,1928年退学。1936年患上胸膜炎。1932年开始在家乡的村子中组织开办夜校,同年组织成立锦瓶义塾。曾与侄子金永寿、同事赵明熙一起组织农村启蒙运动。(1935年,他的小说《骤雨》(「소나기」))为《朝鲜日报》新春文艺当选作品。小说《金矿》(「노다지」)为《中央时报》当选作品。

[2] 译文引自:金裕贞著、权赫律编译,《山茶花》,吉林大学出版社,2010年,第87页。

第四章　个人和民族的发现

问题的变形。因此，某些文学史学家将他的小说评价为"总是充满和平笛声"的乌托邦式文学。①但在他后期的作品中，他挣脱出他初期作品中的牧歌世界，并展现出对现实深刻的认识，他开始把目光从农村青年的恋爱故事转向农户的悲惨生活。

在他的笔下，殖民统治下的农村景象被划分为以下几类：（1）赌博。他所描写的赌博并非像李箕永《鼠火》中以程式化解决作为结果的赌博，而是债务缠身的农民最后自暴自弃，没有任何出路可言。他在《无赖》中把这一场景描绘得十分感人。（2）掠夺。大部分身为佃农的贫农在秋收时即便拼命地干活，却什么都剩不下。这几乎是百分之百的掠夺。"收割自己一年到头辛苦耕种的稻子，无疑是一件快乐的事情。从一大早起他们就使出浑身的力气去干活，也没觉得怎么累。可忙到晚上，给地主交上地租、对半利，还有除草费，到头来剩下的只有后背流下的冷汗了。与其说是悲哀，不如说是羞耻。"②所以没人愿意留在农村。（3）卖身。他后期短篇小说的一个重要情节就是个人因贫穷而卖身。当无法维持正常生活时，他小说中的人物就会毫无迟疑地卖掉妻子。《骤雨》中春浩媳妇为了两块钱就出卖身体，《秋天》里福万正式签合同卖老婆。但是对于这样的卖妻行为，无论是被卖的妻子还是卖妻的丈夫，都不曾表露出任何质疑。"'好了，去吧！'接着又说，'快点回来，啊？'丈夫为了万无一失地拿到那两块钱，把妻子精心打扮了一番送出大门。"③"'永得妈！你走好啊——''他叔，再见。'她只丢下这一句话，便沿着田埂路轻轻地跑开了。她好像是有啥事着急赶路，脸上没有一丝留恋的神

---

① 김우종，『한국현대소설사』(선명문화사，1968)，266쪽.
② 『신한국문학전집 10』(어문각，1974)，259쪽. 译文引自：金裕贞著、李玉花译，《金裕贞短篇小说选》，吉林大学出版社，2011年，第57页.
③ 같은 책, 278쪽. 译文来源同上书，第31—32页.

情。"① 金裕贞小说中呈现的卖身与金东仁《土豆》中的表现不同。这是因为金东仁设定的前提是对快乐的潜在欲望,而金裕贞并不考虑这一点。(4)一夜暴富的梦想。沉重的掠夺和贫穷让金裕贞笔下的主人公们陷入一夜暴富的幻想之中。在《采金子的黄豆地》中,永植为了挖金子而毁掉整块豆地;而在《烟雾》中,屎甚至都被看成了金子。到头来,主人公们的梦想不过是一场虚幻。

金裕贞的小说塑造的是一个不圆满的世界,所以小说很少以和解来结尾。他没有倚仗任何小说技巧,只是将所处世界原封不动地展现出来,这却比其他作家都更加真实地揭露了殖民统治下农村穷困的状况。

五、其他作家

除了蔡万植、李箱、朴泰远、金裕贞之外,还有几位活跃在殖民地后期的散文作家值得关注,他们就是李泰俊、金南天等。对他们的作品世界简略介绍如下:

1. 李泰俊②

李泰俊侧重于描写在受到封建主义风俗和残酷的殖民掠夺政策双重压榨的封闭社会中,没有丝毫表现出想要反抗现实的失败主义的人物。他之所以没有改造自己的处世哲学,选择直接承受社会的压力,在很大程度上是因为他对于消遣主义(dilettantism)的崇尚。虽然也有批评家把他的消遣主义称作书生气质,但这是混淆书生气和消遣主义的结果。

---

① 『신한국문학전집 10』(어문각, 1974), 321쪽. 译文来源同上书,第122页。
② 李泰俊(1904—?),号尚虚。在中国东北和俄罗斯交界处度过童年,父亲去世后,在铁原附近的农村长大。1935年担任《中央日报》学艺部长。组织发行过《文章》杂志。关于他的研究可参考:최재서,「단편작가로서의 이태준」,『문학과 지성』。

第四章　个人和民族的发现

他的消遣主义是对个人安危和古玩极度关注的产物，这与以气节和信念为基础的书生气质是截然不同的。下文的几个例子是对他消遣主义的完美诠释。

例1　我晚上一回家，就看见一个从未谋面的妇女把风箱放在院子里，脸红扑扑地烤着火。

我看见那烟雾笼罩在刚移植好的旱莲地上，对恰好从屋舍走出来的妻子说，"那是谁？是谁在花草地里生火？"①

例2　就像对一本装帧漂亮的新书产生了好奇心一样。②

例3　崭新洋式信封一样整洁宽宽额头上，一双眼睛像斜体英文一样沉稳平静。③

例4　我哭，我独自绝望。世上没有一个想见的人，我孤独至此！我要在进一步被玷污之前，用我的手撕碎我的心，把我孤独的纯情撒向清澈宽广的虚空。④

例1描写的是新来厨娘点火的场景，也暴露了作者对于花草的癖好。例2和例3则是描写年轻女人的文字，借助洋式信封、新书、英文字等元展现了他时尚的一面。从"装帧漂亮"的表达中也能大致推测出他的喜好。例4则充分体现了作家的心理状态。当他不以第一人称描写自己时，会经常通过一个叫"贤"的主人公来表达其思想。"贤"深爱的女子给他

---

① 「가마귀」(한성도서, 1937), 4쪽.
② 同上书，第65页。
③ 同上。
④ 同上书，第95页。

写了绝交信，信中提到了钱的问题。这就暴露了他所认为的"金钱是肮脏的，而恋爱是纯洁的"肤浅见解。在他的《梅雨》中，则对作家进行了一个整体性的展示。"把剃须刀拿出来一看，生锈了。如果是几个人用的东西，有可能会去责怪别人；只有我一个人用，生锈是因为我没有好好擦干水分造成的。把锈磨掉得好一会儿。把水舀过来，把肥皂拿出来，都是麻烦事。"[1]他的消遣主义把日常的、琐碎的都当成了麻烦，而把非日常的、"漂亮"的东西视为需要用心呵护的物件。这是他笔下的主人公们在生活中失败的缘由。他的代表作《乌鸦》《不遇先生》《福德房》《尤庵老人》等，描绘几乎都是被日常琐事所折磨的失败之人。他笔下的人物是无法适应现实的变化，只执着于回忆过去的"怀疑主义的、伤感主义的、失败主义的"[2]人物。因此，他们不相信发展的历史，只能用愤世嫉俗（cynicism）应对不断变化的社会，用讽刺（irony）来应对人生，用伤感（pathos）来应对人际关系。李泰俊所谓的"个人文章""艺术文章"，明显受到福楼拜散文的影响，他主张的"一事一言文章"若和蔡万植、李箱、朴泰远具有强烈探求性的文章相比，则显得过于伤感。

2. 金南天[3]

金南天广为人知的文学成就来自他所著的《告发文学论》以及短篇

---

[1] 「가마귀」(한성도서, 1937), 148쪽.
[2] 김우종, 『한국현대소설사』(선명문화사, 1968), 241쪽.
[3] 金南天（1911—1953），原名孝植，生于平安南道成川。高中就读于平壤高等普通学校，毕业后进入日本早稻田大学学习，中途退学。1931年发表《工厂新闻》(「공장신문」)，《工友会》(「공우회」)等作品。为KAPF第三战线派。曾担任《中央日报》记者，初期作为评论家活跃于文坛，1937年开始致力于文学创作。代表作有《大河》(「대하」)，《麦》(「맥」)，《少年行》(「소년행」)，《三一运动》(「3.1운동」)等。

第四章　个人和民族的发现

小说，后者讲述的是卡普解散以后那些成员日后的处世之道。但更清晰地树立起他作家形象的则是《经营》《麦》系列小说和《大河》。前者通过他转变立场的恋人视角表达了对日本"亚洲主义"虚构性的批判态度，而后者则对开化期封建社会的解体过程进行了描写。金南天是一位致力于在殖民统治下对日本的"亚洲主义"虚构性进行挖掘的作家。《经营》和《麦》系列小说清晰地表明了他的批判态度。20世纪30年代后期，对于日本帝国主义鼓吹的"大东亚共荣圈"的溢美之词如潮水般涌入韩国，金南天在小说中对此进行了隐晦的批判。他把第二号主人公塑造成一个为生存而归附于日本殖民史观立场的转变者。其第二号主人公对"欧洲派世界史专家们曾经作为跳板的"世界一元论史观进行了批判，并阐述了必须把东方和西方分成二元论的多元世界观。①他的这一陈述，如果不在殖民统治下，还可以理解成是民族主义的发言；但在殖民统治下，除了被认定成亲日的发言以外，又能被当成什么呢？实质上他也仅仅是在重复日本思想宣传家们所说的"在亚洲所有弱小国家必须以日本为中心团结在一起"这一主张。因此，在殖民统治下的发泄是顺从主义的一种表现。他甚至向纳粹主义献上了自己的赞歌。在法庭上，他为自己辩护的结论就是如此。"海德格尔从某种对人类进行的探讨到对希特勒主义的礼赞，着实令我感触颇深。"②尽管金南天的殖民史观批判是在日本帝国主义统治下进行，但也未展现出更高的价值。我们无法判断他的论断来源于他早期几部作品中的感伤主义③，还是因为他放弃了探求。除了《经营》《麦》以外，他还发表了对封建社会没落过程进行描绘的《大河》，可惜那是一部没有完结的作品。虽然没能完成，但仍是世

---

① 『맥』（을유문화사，1947），139쪽.
② 同上书，第234页。
③ 金南天所著《桑葚》（「오디」）中充分体现了其感伤主义色彩。

情小说中一部可圈可点的作品。作品中并没有韩雪野《塔》中自传体元素夸张的罗列，而是将朴亨杰这个人物的心理纠葛刻画得恰到好处。

第九节　韩语训练及其意义

殖民地后期的韩国诗歌面临着这样一个广泛性的问题，即：如何将金素月、韩龙云、李相和的诗意空间吸收为传统，进而获取可以代替日本帝国主义残酷殖民政策的艺术结构。但殖民地后期的韩国诗歌并没有提供一个行之有效的答案。固然这是日本帝国主义的审查制度和愚民化教育政策实施的结果，同时也是由于想象力的自由被遏制、抹杀，以致殖民地后期的韩国诗坛也就无法创作出有深度的诗歌。除了受到意象主义（Imagism）影响而试图从绘画角度切入诗歌的倾向，以及执着传统韵律而固守诗歌音乐性的倾向以外，殖民地后期的韩国诗坛几乎没有出现这样的诗人：他们艰辛地把自己内在的痛苦投射到外在的现实中，把外部的情景内外成自身的经验。尹东柱在当时并不为殖民地统治下的韩民族（朝鲜民族）读者所知，他的诗集在朝鲜半岛解放后方得以出版并且受到举世瞩目。在某种程度上说，只有他做到了这一点。反观金起林的现代主义，打着"知性"*的旗号创造了各种原理、手法，结果造成了观察事物浅尝辄止的恶习，反倒把本应努力深入观察同人类普遍经验结合的方法丑化矮化。所以知性变得等同于机灵，而痛苦则沦落为见不得人的感情。

彼时，时调本已遭到破坏，而找寻代替时调的律诗的过程则困难重重，出现了一种逆流而上的现象：首尔中人知识阶层延续了时调的命

---

*　金起林引入并且奉行的主知主义文学，又称知性主义文学。——译者注

第四章　个人和民族的发现

脉，时调在抵抗日本帝国主义、发掘固守韩国文化的旗号下，成为韩国知识分子们关注的对象。不过，将这种关注升华至艺术层面则是依靠了李秉岐的努力与付出。之前不过是文人表达所思所感的时调借由他重新获得了独特的艺术价值。

在殖民地后期的诗歌创作中，值得被记录功绩的诗人有：痴迷于诗的绘画性，后逐渐沉寂于宗教无欲世界的郑芝溶；将自己的内心苦恼转换成对理想充满纯粹热忱的尹东柱；以及将时调重新提升到艺术层次的李秉岐。在这三位诗人之外，还有对诗歌绘画性痴迷不已的金光均以及不愿放弃传统美感的金永郎、白石、李庸岳等诗人，他们同样值得关注。

一、郑芝溶——克制的诗人

郑芝溶[①]是韩国第一位果敢地尽其所能克制情感的诗人。在他之前，几乎所有诗歌都是哀叹、悲伤等情感表现，而他的诗正是始于对前人诗的一种抵抗。因此，他的诗中几乎没有情感的生硬流露。他在早期的诗歌中呈现的是对情感进行严格控制。他初期追求的诗意理想是"你化为玻璃般的幽灵/能让人看瘦削的骨头吗？"[②]在歌颂他孩子死亡的《玻璃窗1》中，悲伤也如"瘦削的骨头"。

---

①　郑芝溶（1903—？），出生于忠清北道。1923年从徽文高中毕业。1929年从日本京都同志社大学英文系毕业。曾担任徽文高中教师，梨花女子专科学校（梨花女子大学前身——译者注）教授，《文章》杂志诗歌推荐委员。郑芝溶是一名天主教信徒。在朝鲜战争中下落不明。代表作有诗集《郑芝溶诗集》（『정지용 시집』）（1935）、《白鹿潭》（『백록담』）（1941），随笔集《散文》（『산문』）（1948）。

②　译文引自：郑芝溶著、许世旭译，《乡愁》，百花文艺出版社，2005年，第2页。

>玻璃上零乱着悲伤。
>
>蒙羞地贴在那儿,含气了玻璃,
>
>冰的翅膀,驯化似地拍打着。
>
>边抹边看,边抹边看,
>
>黑夜潮落,涌来又撞去,
>
>浸着水气的星星,闪闪烁烁,宝石般嵌在窗上。
>
>夜中独自擦拭玻璃的,
>
>是孤寂恍惚的情怀。
>
>精细的肺血管被撕破,
>
>啊!你竟如山鸟般飞逝了。[①]

这首诗把孩子"如山鸟般飞逝了"般送走,诗人夜晚站在玻璃窗前的情境美妙地描绘了出来,依赖着"零乱着悲伤""孤寂恍惚的情怀"等感情对位法,将生硬的感情完美地隐匿了起来。他的这种将悲伤和美丽、凄凉和迷人对立起来的诗歌创作手法,被诗评家们指责为"感觉的锻炼"。初期的他就像"眼泪如珠般地了解/即便想做些什么,也不能随波逐流/很多眼泪轻轻地 真实地 轻轻地/吹着口哨放飞泡泡"。[②]

他是怎样做到让悲伤像泡沫一样轻轻飘扬?回答这一问题并非易事。然而就这个问题,可以提出几种假设。第一种假设,源于他的性格。他对不干净、不完美有着本能的厌恶。在他歌颂阳伞的同时,也断然地进行了这般描述:"凡是弄皱的弄湿的/非常讨厌。"[③]对皱湿的厌恶

[①] 『정지용시집』(시문학사,1935),15쪽.译文来源同上书,第51页。

[②] 박용철,「발」,같은 책,발문 156쪽.

[③] 정지용,『백록담』(백양당,1946),69쪽.译文引自:郑芝溶著、许世旭译,《乡愁》,百花文艺出版社,2005年,第91页。

第四章　个人和民族的发现

是洁癖的一种症状。在他眼中，一切都是清澈、透明、完美的。正因如此，他选择的颜色不是白色就是原色，而他对白色的执念几乎是病态的。所以他对伤感主义的回避似乎也是因为这种病态。"伤感主义算不上是病，但也不是精神健全的状态。在极少数的情况下则表现为癫狂。"①从这个意义上来说，他是一个具有古典主义特质的人物。尽可能地抑制感情的过分流露，努力控制好自己，有节制地认识事物，是古典主义的一个本质特征。②但他的古典主义是悲剧性的古典主义。因为这是没有模仿对象的古典主义，所以他和休姆一样，轻视物质的成分与内容，固执地纠缠于事物的形象特征，这也是他倾向于形象主义的原因。第二种假设，源于他对殖民地现实的敏锐认识。通常来说，他的诗被称为与现实毫无关联的"游戏之诗"。但是《法兰西咖啡馆》《悲哀的印象画》《故乡》等诗歌表明他对现实的认识相当深入。

例1 我不是子爵的公子，什么都不是
　　　只是白净净的手，惨白得可怜呢！

　　　我没有祖国，也没有家，
　　　我俯在大理石桌上的脸好悲凉呀。

　　　啊！那异国种的小狗呀！
　　　请吮吸我的脚

---

① 정지용，『산문』(동지사, 1949), 121쪽.
② "郑芝溶可以说是一位古典主义诗人，节制是郑芝溶作品的一大特点。他的诗与欧美诗人的形象主义有相似的地方。"(김종길,「단절이냐 집합이냐」,《사상계》1962.5)

请吮吸我的脚。①

例2 喂,爱施利·黄!
你竟去了上海呀……②

意识到自己身为小市民、失业知识分子、亡国奴,对前往上海的女人发出了赞叹,还嘲笑起了"异国种的小狗"。郑芝溶在此处对故乡表达出了无比的热爱。他的大部分诗都涉及海洋和旅行,这也可以视为对殖民统治下封闭现实的一种抵抗。作为一介小市民,郑芝溶并没能像韩龙云那样树立起"鲜血淋淋的旗杆",但是他本人却清晰地知晓在日本帝国主义的压迫下守护住韩语意味着什么。

即使是萎缩的精神,也仍然固守着朝鲜的自然风土和朝鲜人的情绪、情感,乃至最后的语言文字。要为了将政治感觉和斗争欲望集中于诗歌之上,就必须和日警的刀枪进行抗争。另外,作为艺术家的作家本人也属于无力的知识分子小市民阶层。

因此,当时没有政治追求的艺术派别没能积极地做出什么惊天动地的大事,留下的只不过是些消极的、无奈的萎缩成果,即便如此,在文学史上对这一事实的接受似乎没有理由过于狭隘和吝啬。③

这一巧妙地隐藏在感官词汇下的对殖民地现实的认识,使他对大

---

① 『정지용시집』,47쪽. 译文引自:郑芝溶著、许世旭译,《乡愁》,百花文艺出版社,2005年,第2页。
② 译文来源同上书,第4页。
③ 『산문』,87쪽。

第四章　个人和民族的发现

海和旅行产生了热爱，但由于他的小市民性，未能赋予其更为深刻的意义。①第三种假设，源于他受到了现代主义的影响。实际上，与他一起被称为现代主义旗手的金起林比任何人都热情地主张反封建性和排斥感伤主义，这给郑芝溶带来了相当大的影响。

> 但我想劝告的依然不是相逢、归依、圆满、私事或妥协的美德。宁可决裂——从那东方寂灭到无节制的感伤的释放，你不能不立即离开。②
>
> 经过20世纪30年代，我不得不战胜我们诗歌中的两股潮流。一个是过分的伤感主义，另一个是有封建色彩的诸多因素。③

郑芝溶的诗完美符合金起林的诗歌潮流追求，这一点在后者将郑芝溶几乎奉为天才的作品《郑芝溶论》④中得到了充分体现。

郑芝溶早期的态度是试图通过直观语言，以嘲讽的形式对对象进行刻画。随着皈依天主教，他逐渐变得无欲无求。他对完美事物的喜好和对阴暗现实的认识，包含了对日常事物的象征——时间及死亡的恐惧。而时间和死亡是破坏美好和完美的可怕因素，所以在《扼杀手表》中，他让"不吉利的啄木鸟"拧杀了他的手表（"如缝纫针般啄我脑髓的东西"）。

---

① 송욱, 『시학평전』, 194-206쪽.
② 김기림, 『태양의 풍속』(학예사, 1939), 3쪽.
③ 김기림, 『바다와 나비』(신문화연구소, 1946), 1쪽.
④ 김기림, 『시론』, 83쪽.

起身拧杀了唠叨的时间，缠给残忍手中的纤弱的脖颈呀！①

他喜欢"永远的婚礼"②。他对时间的恐惧将他推向了"永恒的古代时间"。《郑芝溶诗集》第三部所载诗作皆是如此。发表在他处境最困难时期③的《白鹿潭》也对那个自我满足的世界进行了如实呈现，这是对《云雀》中所表现的自我满足、和解的世界的延续。在那里，郑芝溶欣然展现出与自然融为一体的自我。

溪水潺潺，从源头流向沟谷，我不经意间看见了金达莱花，站在那里，顿觉满身通红。④

朝鲜皇菊如鸟中黄莺。如今见到皇菊我也会为之沉醉。⑤

我生活在白桦树旁，直到白桦燃烧，化作烛泪。我将死去，像白桦一样洁白无瑕。⑥

在上面的诗句中，他成为自然的一部分，生活得很和谐。但是我们无法判断出那是属于被抛弃了的世界，还是被征服了的世界。虽然看到"我终于筋疲力尽了"⑦或"我半醒半盹，忘掉了一切，甚至祈祷"⑧等

---

① 『정지용시집』，10쪽. 译文引自：郑芝溶著、许世旭译，《乡愁》，百花文艺出版社，2005年，第72页。

② 译文来源同上书，第73页。

③ 『산문』，85쪽.（"《白鹿潭》〈『백록담』〉是在我一生中最为身心俱疲时写出的作品。困难或许是因为别人，也或许是因为我自己的疲惫感，而最终还是要归结于环境与生活。"）

④ 『백록담』，47쪽.

⑤ 同上书，第122页。

⑥ 同上书，第15页。

⑦ 译文引自：郑芝溶著、许世旭译，《乡愁》，百花文艺出版社，2005年，第102页。

⑧ 译文来源同上书，第105页。

第四章　个人和民族的发现

内容，会让人觉得他与之和解的世界就是一个将矛盾置之脑后的世界；但若看到《老人和花》，则会觉得那是一个已经克服了矛盾的世界。他说，在那里能够享受花朵之美的人是超脱了悲伤和喜悦之感的人。

> 事实上，青春并不具备欣赏鲜花的胸怀，难道只是为了表达天上的星星、水中的珍珠、心中的爱，去摘花，插花，献花，撕花吗？这也是为了老年的智慧和喜悦，青春不能不经历的炼狱和考验。
>
> 呜呼，年事已高与花相伴的某一天，我的胡须就会变得像雪一样洁白。①

> 他早期的节制是由无欲的哲学演变而来的。②

郑芝溶的另一个特色就是他怀着满腔热情对诗歌形式进行了改变。尝试改变诗歌的形式看似与他的节制、无欲不相匹配，其实他是在尝试在自由诗和散文诗中找寻内在韵律的古典主义诗人的创作手法，而并非是对诗歌形态进行破坏的浪漫主义诗人的创作手法。他在短调、自由诗、散文诗等各个领域都取得了超出预期的成果。而对于他的成果是否值得提倡，则有着两种截然不同的观点。

> 他果断地对此前诗歌所具有的格律要素和诗谣节拍以及这一切

---

① 『백록담』，114—115쪽。
② 김우창，「한국시와 형이상」，《세대》1968.6，325쪽. 他从一开始进行文学创作时就秉持着禁欲主义的原则，对诗的感官和语言进行严格的揣摩。到《白鹿潭》为止，他已经将诗的感官发展成为无欲的哲学。

陈旧的形式提出反对意见，首次发明了简洁独特的诗歌内在律。①

  他试图背离节奏，只想用耍宝卖乖片段式以及视觉上的印象来取而代之。其结果是——特别是主体像宗教一样严肃时——优秀诗篇就会陷入悲剧中。②

柳宗镐极力表明郑芝溶是"发明"诗歌内在律的第一人，而宋稶则批判他的大部分诗歌不过是将"散文片段"汇集起来的诗歌。柳宗镐的盛赞是对他的旧体诗缺乏仔细观察的偏见，而宋稶的批判则是需要将他的"散文诗"置于现代主义的语境下方可成立。也许需要更多的资料和时间才能窥见他诗歌的全貌。③在此意义上，郑芝溶是一个值得研究的诗人。

二、尹东柱④：纯洁的青春

尹东柱、李陆史二人是殖民地后期创作"抵抗诗"的代表。在殖民统治下，尹东柱没有公开发表过一篇诗歌，解放后他的诗歌《天·风·星星与诗》以遗作的形式出版。他和李陆史都因创作抵抗诗而死于

---

① 유종호,「현대시의 50년」,《사상계》1962. 5, 306쪽.
② 송욱,『시학평전』, 202쪽.
③ 学界对他的政治态度还没有特别具有代表性的研究。特别是他的后半生还有很多未知数，因此目前的研究更是具有极大的不确定性。未解决的问题有待于今后更加深入的研究。
④ 尹东柱（1917—1945），出生于中国吉林省龙井市明东村的一个教师家庭。1931年毕业于明东小学，后进入大拉子的官办学校学习。1932年考入龙井恩真中学。1935年进入朝鲜平壤崇实中学，在校期间研读白石的诗文。1938年进入延禧专门学校，1941年提前毕业。1942年，尹东柱入日本东京立教大学文学部，后转入同志社大学。1943年7月，以朝鲜独立运动分子的罪名，被捕入狱。1945年2月死在狱中。代表作有遗诗集《天·风·星星与诗》(『하늘과 바람과 별과 시』, 정음사, 1955)。

第四章　个人和民族的发现

狱中，但这两位诗人的风格却不尽相同。李陆史企盼用超人力量拯救已临绝境的民族危机，而尹东柱却不想在超越现实的层面上去发掘克服危机的可能性。因此对李陆史而言，朱子学说式的严肃主义占据了主导地位，但在尹东柱身上却几乎看不到这一点。另外与李陆史不同的是，尹东柱还拥有一大得天独厚的优势，那就是他在殖民统治时期没有公开发表过一首诗，这就让他的存在更具神秘色彩。被当成佐证的则是，认为"八一五后会无端变老"的郑芝溶"跪在"①他诗前焚香的事实，以及"死在可怕的孤独中！直到29岁，一篇诗也没公开发表过！"这样的表达。②

尹东柱的诗歌并不是因为他死于殖民统治下的狱中而美丽。如同韩龙云的诗将悲伤升华为离别的美学，赋予殖民统治下的情绪一种秩序一样，尹东柱的诗用羞愧的美学战胜了殖民统治下的贫穷和悲伤，赋予殖民地后期错乱的情绪一种秩序。他羞愧的美学源于对自身和生活富有爱心的观察、对自己应该遵守的理念具有的纯粹信仰以及对诗歌形式所进行的执着探索。

（1）他不夸大自己的生命和生活，用充满爱意的眼睛对其进行观察。他用温暖的目光观察他周围的各种事物：从"雏鸡"（《雏鸡》）、"瓦片"（《瓦片夫妇》）、"扫帚"（《扫帚》）、"晾晒的衣服"（《晾晒的衣服》）、"烟囱"（《烟囱》）等，到"弄乱房间的孩子和整理的母亲"（《扫帚》）、"晚上尿炕的孩子"（《尿炕精的地图》），还有"和他的姐姐一起学习的同学们"（《花园里鲜花盛开》）、"乞丐们"（《屠格涅夫的小丘》）。当然，他并没有脱离

① 정지용,『산문』,248쪽.
② 同上书,第249页。

观察的对象。观察的结果让他真切地感受到了韩民族（朝鲜民族）的贫穷、困苦以及应该遵守的理念。他怀疑搭在晾衣绳上昨夜弟弟尿成的地图是不是"去赚钱的爸爸所在的中国东北的地图"[①]，也把星星和吃东西结合在一起进行观察，如"星星上的人/吃什么活着"。[②]

（2）他并没有刻板地对他认为所应遵守的理念进行说教。他在文学上的成功是从他喜欢的事物中转换而来的，不过他却坦言令他最痛苦的反而是风、云、阳光、树木和友情。

> 对我来说，也许不是世界观、人生观这种比较大的问题，而是风、云、阳光、树木和友情一直让我更为痛苦。这个说法也许只不过是我的悖论，或者只是想为自己辩护吧。[③]

他的这种告白也许会令人对他产生误解，认为他是一个单纯的自然歌颂者。但是他所描写的风、云、阳光等景象，并非他进行单纯赞叹并沉溺其中的自然。而是作为自然现象，让我们看到了维护它和赋予它正当的意义是何等的困难。"造出一片花田不是那般轻而易举的，而是需要付出辛苦和努力。"[④]

为了能够正确理解，或为了让某种东西变得更加美丽，是需要长期的辛苦和努力的。这需要一种园丁精神，他的羞愧就在此时产生了。他应该将星星和云彩打扮得美丽明艳……无奈距离太远了。他羞愧的第一

---

① 『하늘과 바람과 별과 시』, 157쪽.
② 같은 책, 151쪽.
③ 같은 책, 183쪽. 译文来源同上书，第138页.
④ 같은 책, 179쪽. 译文来源同上书，第137页.

第四章　个人和民族的发现

种表现是他自己的耻辱感。①

> 青锈斑斑的铜镜里
> 尚留着我的脸，
> 究竟是何代的遗物，
> 令我如此羞惭。②
>
> ——《忏悔录》

他羞愧的第二种表现是怨恨。

> 井里有明月、浮云、天空、蓝色的风和秋天。
> 还有一个男子，
> 不知何故恨起那男子，走开了。③
>
> ——《自画像》

耻辱感和对自身的憎恶，很快就转变为对自己的怜悯和羞愧。

> 归途一想，觉得他可怜。④

> 抚摸着石垣流泪，
> 望向天空，天空仍可耻地晴朗。⑤

---

① 『하늘과 바람과 별과 시』，40쪽.
② 같은 책, 56쪽. 译文引自：尹东柱著、裴但以理译，《天·风·星星与诗——尹东柱诗集》，吉林大学出版社，2011年，第110页.
③ 같은 책, 6쪽. 译文来源同上书，第88页.
④ 同上.
⑤ 같은 책, 37쪽. 译文来源同上书，第105页.

因为那通宵哭泣的吟蛩，
在为这令人惭愧的名字悲伤。①

听说人生艰难，写诗却这样容易，真是惭愧啊！②

这种羞愧形成了一种最高境界的心灵觉醒，引领他走上了他该走的路。这种羞耻的美学是一种痛苦觉醒的表现——认为独自一人是不能幸福生活的。

俯仰天地直至离世
只求不留一丝愧疚
绿叶间泛起的微风
也都让我心痛不已
用歌颂星星的胸襟
去珍爱渐逝的一切
摆在我面前的这条路
也还要走下去③

在1941年日本帝国主义的统治下，能够写出具有这种觉悟的诗歌，

---

① 『하늘과 바람과 별과 시』，41쪽．译文引自：尹东柱著、裴但以理译，《天·风·星星与诗——尹东柱诗集》，吉林大学出版社，2011年，第107页。
② 같은 책，51쪽．译文来源同上书，第114页。
③ 같은 책，3쪽．这种羞愧的美学在法国小说《鼠疫》（*La Peste*）（加缪著）中也有所体现。译文引自：尹海燕编译，《韩国现代名诗选读》，民族出版社，2005年，第227页。

第四章　个人和民族的发现

堪称是一个奇迹。这种觉悟还体现在他的《黎明来时》《可怕的时光》《十字架》《另一个故乡》《数星星之夜》《随手草成之诗》《肝》等杰作之中。

> 待到凌晨，
> 号角声就会传来。①

> 对这深陷痛苦的男子，
> 如果像幸福的耶稣
> 一般，
> 许诺十字架的话，
> 那么他会低垂脖项，
> 如花朵般绽开的鲜血
> 在渐渐漆黑的天空下
> 将无声地流洒。②

> 坚定操守的狗
> 整夜向黑暗狂吠。
> 向黑暗狂吠的狗
> 极可能在追赶着我！③

---

① 『하늘과 바람과 별과 시』，25쪽. 译文引自：尹东柱著、裴但以理译，《天·风·星星与诗——尹东柱诗集》，吉林大学出版社，2011年，第97页。
② 같은 책，29쪽. 译文来源同上书，第96页。
③ 같은 책，35쪽. 译文来源同上书，第104页。

> 点灯驱除一些黑暗，
> 等着早晨如新时代般来临的最后的我①

> 我久已饲养的瘦鹰啊！
> 过来啄吧，无忧无虑地，
> 你会日渐肥胖，
> 我该日渐消瘦。②

在1941年如此黑暗的时代，还能表达出这种强烈的自我牺牲精神和坚定不屈的意志，其背后凝结是一种"只要做正确的事，就一定能生存下去"的基督教式的信念。

> 然而我的星一旦冬尽春临，
> 就会像坟冢又是一派碧茵。
> 在掩饰了我的名字的山岗山，
> 也定有芳草夸耀茂盛的生命。③

（3）他对韩国诗歌形式上的探索在1934年、1935年前后就初现端倪。初期，尹东柱先是用"七五调""三四调"等日本式节奏尝试创作了一两首诗歌，然后又尝试创作了几首近似于"歌谣"④的"童诗"。但

---

① 『하늘과 바람과 별과 시』，52쪽. 译文引自：尹东柱著、裴但以理译，《天·风·星星与诗——尹东柱诗集》，吉林大学出版社，2011年，第115页。
② 같은 책，59쪽. 译文来源同上书，第109页。
③ 같은 책，41쪽. 译文引自：崔文植、金东勋编，紫荆译，《尹东柱遗诗集（朝汉文）》，吉林大学出版社，1996年，第191页。
④ 《瓦片夫妇》（「기와장내외」）、《尿炕精的地图》「오줌싸개지도」正是如此。

是，他很快意识到以固定字数为单位的节奏进行创作所带来的限制，遂逐渐打破了这种固定形式。因此，到了20世纪40年代，尹东柱在一定程度上开始构建起自身独特的诗歌世界，他更加倾向于自由诗、散文诗的创作。

三、李秉岐[①]：韩国式抒情的再现

在殖民地后期自由诗和散文诗大流行乃至泛滥之中，诗人们并没有放弃寻找新格律诗的努力。格律诗在大多数情况下被限定在日本式节奏七五调中，被积极应用于儿歌当中。与新格律诗形成对比的是在20世纪30年代以民族主义者为中心萌生的复兴时调的运动。但这场运动被激进分子打上了为复古主义、国粹主义和封建主义招魂的烙印。然而，时调继续由民族主义者进行研究和创作。在这个过程中，李秉岐在理论上对时调进行了某种程度的厘清，并赋予其崭新的内容。由此，时调才完全成为现代诗的一种体裁，并可以作为一种文学作品被欣赏和品味。李秉岐在文学史上的功绩，大致可以概括为以下几点：

（1）他是让时调修辞学得以完成的诗人。他明确地将时调定义为诗，再三提醒其文字标记与"唱"的不同，并认为创作时调最需要的是对语言的打磨。因为诗歌是语言的表现形式，所以要写诗，就首先要对其所用的语言进行彻底的学习。

---

① 李秉岐（1891—1968），号嘉蓝，生于全北益山郡，父亲是律师。在家乡学习汉文。1910年毕业于公立普通学校。1912年结业于韩语讲习院。1913年毕业于官办汉城师范学校。1921年发起韩语研究会。1946年任汉城大学（现称首尔大学）文理学院教授，1952年任全北大学文理学院院长。发表多篇关于时调的论文。《嘉蓝文选》（『가람문선』，신구문화사，1966）中收录其大部分重要的著作。

> 我们原本对本国语言（韩语）的学习就很不够。和别人一样，从小学到大学，至少十七八年没有接受过我们民族语言的教育，并且在家里也不曾学过，只能用自己自然而然掌握的不完整、不充分的话语来表达。这是在不了解语言的性质、类型、规律、美感的情形下，对语言的随意使用。即使和别人一样学了十七八年的本国语言，如果要作诗的话，仍应该去学习，更何况我们呢！①

李秉歧在这篇写于1936年的文章中，将诗句语言的打磨和韩语学习完美地结合在一起，为写诗提供了另一个路径。他再次提醒诗句不是随意乱用的语言，所以要将诗句语言和日常语言区分开来。在他看来，规定诗句语言的是诗人的"感觉"②。诗人依靠这种感觉去选择词汇，这些词汇从语言的"声音和意义"两个角度来看都能恰到好处。当那些诗句语言形成诗歌的节奏时，好的诗歌就会应运而生。

（2）他是在时调中努力融入现代内容的诗人。他在《革新时调吧》（1932）中强调，为了对时调进行革新，需要表达真情实感、扩大取材范围、改变老旧的时调用语、改变格调等各种条件。③他主张抛开以往时调中包含的"毫无头绪的幻想、空想"，并在日常生活中选择题材，这一主张正是他把时调看作诗的结果。④他的时调之所以能够保持诗歌品格，超越崔南善、李光洙、李殷相等人所创作的旧式时调，正是因为他具备这种觉悟。

---

① 『가람문선』, 306쪽.
② 同上。
③ 同上书，第316—328页。
④ 他又在同一本书中主张应该创作系列作品，不确定这是否因为受到了日本新体诗的影响。

第四章　个人和民族的发现

因此，在他的时调中几乎找不到古时调里的套话。他想用传统的格律诗来表达新的感情。但他过于注重对诗的语言进行打磨，缺少了因为语言的破坏或将日常的语言引入诗中而引起的战栗之感。尽管他本人屡屡试图摆脱这一窠臼，但他有相当多的时调仍然属于情境诗（vers de circonstance）的范畴。情境诗中所表现的多为繁文缛节，最能体现这些特点的时调就是凭吊诗。①

而他早期的优秀诗篇却表现了现代诗的一大基本属性，即对意象进行准确描写。

> 翻松后院的土地 栽种上葡萄
> 藤蔓攀爬缠绕在狭窄的屋檐
> 遮挡住了原本多少还能看到的天空
>
> 绿叶浓荫下栖息的葡萄虫
> 误把白天当成黑夜充满倦意地醒来
> 无有奔马的骤雨*蜂鸣般地席卷而过②。

在诗中能够如此精准地描写意象，是作者经过长期观察，在用诗

---

① 《悼蔡万植兄》（「채만식형이여」）就是典型案例。

*　此处的原文的表达为소없는 소나기，为诗人的一种语言游戏。韩国语"骤雨、雷雨"（소나기）一词开头的"소"，有"牛"的意思。在韩国，关于"骤雨"（소나기）一词的来源，有一种说法为这个词就是两个人打赌会不会下骤雨，以"牛"作为赌注（即："소내기"，后词形演化为"소나기"）。诗人在此处的表达为"没有牛的骤雨"，如果直译，我国读者会完全不知所云。为了向读者展示该语言游戏，于是活用了"骤"——本来指马的奔驰，借此进行了"指牛为马"式的翻译处理，特此说明。——译者注

② 『가람문선』，24쪽.

性的慧眼洞察其特性，挖掘合适的语言时，而形成的高深境界。李秉岐描述性的诗歌甚至都到了思量单词之间距离的地步，可谓是构建了现代韩国诗歌的一座高峰。但他的诗歌最大的弱点在于他把意象想得过于纯粹。也就是说，他没能将诗歌意象转化为自己的内在体验，而是沉陷在意象本身的即物性*当中。早期的郑芝溶也在某种程度上表现出类似的缺点。虽然这会使李秉岐的诗作变得优雅而有气质，但也让他的诗作无法蕴含更为深刻的意义。

> 缓缓移动的月光隐隐约约
> 一两瓣无声掉落的梧桐花
> 欲去，驻足复顾①。

从这些时调中可以看出来，李秉岐总是抽身而出，"驻足复顾"诗歌意象，而没能把自己的内在空间投射进诗歌意象中去。他的这种态度在形成他后期诗歌特征的现实描写诗中也得到了体现。

> 昨天的选举谁当选了
> 汇聚在一起叽叽喳喳
> 每位男女老少都是政客。②

他自己无时无刻不在疏远诗歌意象，只是以超然的姿态对其进行

---

* "即物性"是对于德文"sachlichkeit"一词的日语式翻译，"即物"就是对物体的靠近，也就是探讨一个事物究竟是什么东西，它的本质是什么。——译者注

① 『가람문선』, 24쪽.
② 同上书，第76页。

第四章　个人和民族的发现

观察。换句话说，他没能意识到意象和自己内心体验间的矛盾，也没有从这个意义上感受到痛苦。因此，虽然是他将描写这一现代诗的要素引入时调，并取得了巨大的成果，但还是没能克服好古时调所表现的韩式抒情的缺陷。

四、其他诗人

1. 金光均①

金光均是将绘画引入诗歌创作并贯彻到底的诗人。他以生活在现代都市中小市民的复古主义和安逸主义视角对城市图景进行了描写。从这个意义上来讲，他的诗没有呈现出李箱诗歌所具有的激烈矛盾，也不具备郑芝溶所具有的宗教意义上的节制。虽然他眼中所有的现代事物都在撞击他忧伤的心灵，但也只能成为描述他迟疑和悔恨的一个工具，而并不能成为他感情纠葛或认识世界的苦恼对象。对封建秩序进行破坏的现代文明的各种事物，和作为封建情感遗物的悲伤和哀叹，这二者没有在他的诗中产生任何波澜，而是处于一种和谐共存的状态。正因如此，在他的诗中也就不可能产生深刻的共鸣和感动。而他的诗歌之所以在文学史上具有意义，是因为他把现代都市的诸多对象引入诗中，创造出了崭新的感情修辞学。

　　落叶如波兰流亡政府的纸币
　　让人不由得想起

---

① 金光均（1913—1993），出生于开城。毕业于开城商业学校。他曾就职于《子午线》《诗人部落》杂志社。诗集有《瓦斯灯》（『와사등』）、《寄港地》（『기항지』）、《黄昏歌》（『황혼가』）等。

> 被炮火摧残的多伦市秋季的天空
> 延伸的道路仿佛一条褶皱的领带
> 在那日光的瀑布中消失
> 冒着微微的烟雾
> 快车在凌晨两点的原野上奔驰①
>
> ——《秋日抒情》

他把"落叶"比喻成"波兰流亡政府的纸币",用"褶皱的领带"和"(香烟)微微的烟雾"分别替代了"延伸的道路"和"火车烟雾",他的文采几乎驾驭了他的全部诗作。但他的小市民生活态度导致了他对现代世界这个巨大怪物整体认识上的失败,并且他只是将注意力集中在了由世界造就的微小事物之上。因此,他的诗由引起小市民好奇心的现代文明产物、路、领带、风速计、火车……和他深深的感慨叹息混合而成。

> 漫长的——夏天慌忙收起翅膀
> 犹如敞开的天花板 苍白的墓石沉浸在黄昏中
> 又如绚烂的夜景 茂盛的杂草慌乱无章
> 思念成了哑巴缄口不谈②
>
> ——《瓦斯灯》

金光均的思念总是在城市风物面前缄默不语,他犹豫着"不知去往

---

① 「김광균시집」,《현대문학》제42호,147쪽. 译文引自:尹海燕编译,《韩国现代名诗选读》,民族出版社,第203页。
② 같은 책,130-131쪽.

第四章　个人和民族的发现

何处"。他只把失去现代文明速度的现代事物当成比喻的对象,却没有往诗中注入活力,只展现出诗歌绘画性方面存在的新的潜能,进而对诗歌的属性进行了正本清源。

2. 金永郎①

金永郎和白石都主张,在殖民统治后期日本帝国主义的文化镇压日趋严重之时,比起对外国的笨拙模仿,保存韩语的传统价值并对其进行艺术打磨才是诗人的重要任务。金永郎不仅面对了莫大的现实压力,而且也由于自身对现实认知的局限性,没能走上如尹东柱那样的抵抗之路,取而代之的是对走向消亡的韩国式的美丽或凄婉进行了讴歌。朦胧、哀婉是他抒情的主要基调。他的抒情主义与李泰俊小说中所具备的复古式抒情主义是同源的。那么他的抒情主义,换句话说,金永郎的抒情主义是隔绝了现实矛盾的封闭式抒情,对自己的存在缺乏反省,仅仅对自我肤浅感情进行忘我式讴歌的抒情主义。

　　　五月的某一天　那个闷热的日子
　　　满地的落英也终归枯萎
　　　天地之间牡丹花已无影无踪
　　　满心的期待也终成泡影
　　　牡丹花开花落　我的一年也就随之而逝
　　　三百六十天我都伤心流泪②

---

① 金永郎(1903—1950),本名允植,生于全南康津。在徽文高中、青山学院授课,曾就职于《诗文学》杂志社。诗集有《永郎诗集》(『영랑시집』)《永郎诗选》(『영랑시선』)。历任公报处出版局局长。朝鲜战争时期被流弹击中身亡。以和朴龙喆交友而闻名。值得一提的是,他在民族音乐方面颇有造诣。

② 『영랑·용아시선』(세운문화사,1970),10쪽. 译文引自:尹海燕编译,《韩国现代名诗选读》,民族出版社,第131页。

他的绝唱之一《牡丹花开时》将诗人的态度展露无遗：诗人将自己排除在观察对象之外，只专注于做观察的主体，单方面消除事物和自我间的矛盾和斗争。蕴含在牡丹"花开花落"表述中的那种忘我式认知世界的方式，总是将他引向悲伤。这种悲伤尽管没能像韩龙云那样升华为积极的离别美学，也没有发展成为尹东柱般羞愧的美学；但是金永郎的诗歌在文学史上仍具有重要意义，主要包括：

（1）他比任何人都更出色地描绘出"走向死亡的美好"。走向死亡的美好在"我的风筝飞过山远去"①的回忆中可见一斑。在他内心的回忆中占据第一席位的是风筝，而风筝的远去，那他是他人生枯萎的第一个表现。

> 整个冬天淌着鼻涕去看那个线头
> 我的人生仿佛从此开始打蔫了
> 学着懂事的大人 可细细的病线头
> 蹲在心中的一个角落
> 一出现就哎呀！不知道
> 吹一阵停下来的风，燃一会儿熄灭的火花
> 啊！人生和白衣民族也都远去了。②

诗人将那次经历与失去国家的悲伤联系在一起，让人觉得一切都会凄婉地转瞬即逝，进而联想到人生最脆弱的阶段——死亡。对于他来说，死亡是最脆弱的艺术表现形式。"反正身子也累了/赶紧钉棺材/随便

---

① 译文引自：金永郎著、朱霞译，《金永郎诗集》，延边大学出版社，2016年，第50页。

② 『영랑・용아시선』(세운문화사, 1970), 22-23쪽. 译文来源同上。

化作一把土"①,"停下脚步徒然想到死亡"②。他是一位歌唱生命脆弱的传统韩国诗人。

（2）他是继尹善道后,从艺术层面对全罗道地区的自然抒发感情,并对其进行成功描绘的民族诗人。他笔下的自然充满了饥饿和哭泣,但他以抒情的方式接受了它。"路旁小心翼翼的血红足迹/每个足迹都积满了泪水"③,"想在甲板上歇歇肿胀的脚/想在月光下把眼泪晒干"。④他描写自然时所具有的抒情特征从根本上源自汉诗的抒情特征,但他通过熟练运用韩国语方言中的拟声词、拟态词、副词等词汇超越了汉诗的影响。

> 田野小路伸进村庄就变红
> 山村胡同走进田野就变绿
> 风吹地垄翻起千层浪
> 地垄两侧阳光闪烁跳荡
> 麦子羞涩地露出了腰身⑤

上述诗歌通过在第三行、第四行使用韩语特有的拟态词、副词,巧妙地回避了前两行汉诗的修辞手法。

（3）他的诗歌另一个特点是引入了方言。他对方言的使用足以媲美金东仁在小说中取得的功绩,这大大拓展了韩国诗歌语言风格的多样

---

① 『영랑·용아시선』(세운문화사,1970),91쪽.译文引自：金永郎著、朱霞译,《金永郎诗集》,延边大学出版社,2016年,第35页。
② 같은 책,110쪽.译文来源同上书,第50页。
③ 같은 책,21쪽.译文来源同上书,第31页。
④ 같은 책,30쪽.译文来源同上书,第4页。
⑤ 같은 책,16쪽.译文来源同上书,第32页。

性。广泛流行于开化初期的标准韩语顺理成章地成为韩国诗歌的主流,后虽因金素月发生了一定程度的变化,但赋予它另一种发展可能的却是金永郎。他所用的全罗道方言和白石所用的北道*方言,一同为殖民地后期的诗歌拓展作出了重大贡献。他用方言巧妙地完成了诗意的再现,如《哎哟,枫叶要红了》。①

3. 白石②

白石是将民俗本身作为诗歌描写对象的诗人,他把北方的某一山村当作他诗作的中心。因此,他的诗中充斥着许多北方方言。通过这种方言,可以让现代都市人看到被遗忘了的韩国人想象力的源发之所。当孩子在那里出生时,"在粗布上写上名字,挂上白纸,放在旧隔板的布上,献给神灵祭祀"③,"像是被杀的可怕夜晚,屋后","宰牛的屠夫们像盗贼一样咣咣走路"④,"在车站发出敲铜碗盖的声音/患眼疾或浮肿而附上蚂蟥"⑤,诗中描述的就是那样的地方。那里没有任何象征现代文明的事物,有的只是"传统物种"。通过描写那个萨满教占主导地位的山村风景,白石将读者引向了民间故事的世界。

  狐狸啼叫的夜晚
  无眠的老太太们起来煮红豆做米酒

---

* 北道和本文下面的北方,指的是朝鲜半岛北部的道,即指京畿道以北的黄海道、平安道、咸镜道。白石为其中的平安北道人。——译者注

① 他的南道方言对徐廷柱有相当大的影响。

② 白石(1912—?),原名夔行,生于平安北道定州。在吴山学校学习,1927年去东京青山学院学习英语文学。1934年任《朝鲜日报》记者。1936年做咸兴永生高中教师。出版诗集《鹿》(『사슴』)(1936)。

③ 백석,『사슴』,3쪽.

④ 同上书,第56页。

⑤ 同上。

第四章　个人和民族的发现

狐狸啼叫时嘴朝向的家庭，第二天必有凶事，这是多么可怕的预言啊。①

——《一个叫做山窝的地方》

对于那个世界，诗人既不肯定也不否定，只是以回忆的方式进行展现。但赋予他萨满教世界活力的，正是诗人在幼年时所观察到的，并镌刻在他成年后意识中充满人情味的山村生活里。

又像这样的夜晚，要出嫁的小姑越过山头，带着首饰来到家里，和妈妈两个人在牛油上点上灯芯针线活做到深夜，我坐在炕头像松鼠般啃着栗子，也偶尔会将银杏放在烙铁上烤着吃。在被窝里反复摆弄着小丑玩具，让妈妈给我讲炕梢屏风上仙桃的故事，我还缠着姑姑说："天气好的时候，给我抓鹌鹑吧！"②

在那富有人情味的生活中，白石最感兴趣的就是饮食。他是一个把"流着鼻涕吃土豆"当作家常便饭的山村孩子，美食自然会留在他的印象当中。

吃着垂盆草泡菜就着白米蒸糕③
我已经想起了甜甜的泡海葱和泡玉竹
到现在还怀念橡子凉粉、橡子糊。④

---

① 백석,『사슴』, 56쪽.
② 同上书，第17—18页。
③ 同上书，第2页。
④ 同上书，第4页。

韩国文学史

在一个并不丰衣足食，也没什么娱乐活动的山沟里，食物是唯一的快乐，他的诗充满食物带来的娱乐与喜悦①。因此，他对于方言的引入与金永郎的并不相同，他用方言复苏了尘封的社会民俗。

不过，沉溺于萨满教的世界会令人陷入两种危险。一是让人进入幻想和巫术的世界，造成人性的扭曲；二是用宿命论来引导人，并扼杀人的自由意志。而白石选则陷于后者之中。在他的萨满教世界里，他未能对人的自由意志和决断进行拯救，而是形成了倒退到心死、接受的被动世界观。他的代表作，而且也是韩语最美诗歌之一的《南新义州柳洞朴时逢方》中，充分体现了他的这种态度：

> 不知何时 我没有了妻子
> 曾经和妻子一起住过的家也没有了
> 我还远离亲爱的父母兄弟

---

① 收录在诗集《鹿》（『사슴』）中33篇诗歌所涉及的食物如下：돌나물 김치（垂盆草泡菜），백설기（白米蒸糕），제비꼬리 마타리（黄花败酱），쇠조지（毛莲菜），가지취（马蹄菜），고비（球子蕨），고사리（蕨菜），두릅순（楤木芽），회순（库页卫矛芽），물구지우림（绵枣儿根汤），동굴네우림（玉竹汤），도토리묵（橡子凉粉），도토리범벅（橡子糊），광살구（熟透的杏），찰승아（甜桃）（「가즈랑집」），인절미（糯米切糕），송구떡（松皮面饼），콩가루차떡（豆粉茶糕），두부（豆腐），콩나물（豆芽），도야지비게（猪肥肉），무이징게국（萝卜虾皮螃蟹汤）（「여우난곬족（族）」），송구떡（松皮面饼），찹쌀탁주（糯米酒），두부산적（豆腐烤肉）（「고방」），니차떡（糯米糕），청밀（蜂蜜），쇠든밤（板栗），은행여름（银杏果），곰죽（炖肉粥），조개송편（蛤蜊松糕），달송편（月形松糕），쥔두기송편（黏松糕），콩가루소（豆粉馅儿）（「고야（古夜）」），무감자（红薯），시라리（干菜）（「초동일（初冬日）」），개구리뒷다리（青蛙后腿），날버들치（尖头鱥）（하답「夏畓」），붕어곰（鲫鱼汤）（「주막」），신살구（酸野杏），미역국（海带汤），산국（山菊）（「적경（寂境）」），추탕（泥鳅汤）（「미명계（未名界）」），노루고기（獐子肉）（「노루」），호박떡（南瓜糕），돌배（野梨）（「여우난곬」）。

第四章　个人和民族的发现

在那寒风凛冽的萧索街头流浪

随即夜幕降临

寒风愈加凛冽 寒冷步步紧逼

我找到一个木匠家

寄宿在铺着破草席的房间

我就在那潮湿阴冷的房间里

白天黑夜 我甚至觉得无力承担孤独的自己

若送来一个火炉

我就抱着暖手 在那灰烬上面信手乱写

也不走出门外 只在地上躺着

枕着双手 辗转反侧

我好比那黄牛 反刍着自己的忧愁和愚钝。

每当 我的心头郁积如山

每当 我的眼中噙满热泪

每当 我羞愧到满脸通红

我感觉我的忧愁和愚钝足以让我窒息

然而 转瞬间我又抬起头来

呆望着纸窗 或睁开眼睛凝视着高高的天棚

此时此刻 我才明白仅凭我的意志和力量引领自己有多艰难

才知道还有比这更高更强的东西 在随心所欲地主宰着我

一段日子就这样过去 在这期间

我纷乱的心里 那些忧愁和慨叹 该沉淀的都已逐渐沉淀

只剩下孤寂缠绕我的时候

偶尔 晚间霰雪纷纷 轻轻地敲打着窗户

在这样的夜晚 我就更加抱紧火炉 曲下双膝

脑海中浮现出 在某个遥远的山阴岩石旁边孤独地挺立着

那坚韧挺拔的珍稀的楮木

在夜幕降临之际 干枯的树叶迎着白雪

迎霜傲雪 沙沙作响①

关于这首诗,一位批评家说道:"他认识到人的意志是如此的软弱无力,并屈服于命运的力量,进而在悲伤和哀叹中学会了放弃。而且决心像孤零零地站在岩壁之上,迎霜傲雪的楮木一样坚强地生活。"②

除了郑芝溶具有宗教色彩的睿智之诗和尹东柱的羞耻之诗,殖民统治后期几乎没出现其他有深度的诗歌。这可能是缘于日本帝国主义的审查制度和在思想上的镇压。然而,为了恢复韩语的原始质感,诗人们仍在不断地努力。从殖民统治下坚持韩语训练的角度来看,李秉岐、金永郎、白石、金光均在诗歌创作上的努力均具有重要的意义。

第十节 自我发现与反省

一、韩国学的逻辑

作为殖民地知识分子在逻辑上的一种抗争,韩文研究达到了较高的学术水平,这是一个不争的事实。本节将对上述内容与韩国文化研究领域的自我发现和繁荣景象进行考察。彼时所谓的韩国文化包括

---

① 译文引自:尹海燕编译,《韩国现代名诗选读》,民族出版社,第169—171页。

② 유종호,『비순수의 선언』(신구문화사, 1963), 106쪽.

第四章　个人和民族的发现

下列内容：其一是韩国历史的主体性建构，其二则是对传统艺术的价值发掘。前者包括以下几种类型：第一，申采浩的《朝鲜史研究草》（1929）、郑寅普的《朝鲜史研究（上、下）》（1946—1947）、民世*的《朝鲜上古史鉴》（1947—1948）等流亡及半流亡志士的史学书写，因其在开化期维系了精神上的传统，所以被称为民族史学。其中的典型代表是丹斋史学。他的精神高度体现在明确表达了不以主体认识为基础的客观认识是毫无意义的，而这种精神高度的本质显现是以日本式官学派实证史学的兴盛作为前提。"有一种主张认为在削弱国史主体性方面，对外来的客观认识体系浅尝辄止，并对其照搬照抄是科学的，这种倾向体现在日后那些引进日本文献考证学的学者们的思维方式中，这些从本质上来讲都是源自非近代和殖民地近代化属性的产物"①，这相当于表明韩国史学中的一部分在根本上是致力于以大陆政策为基础的日本官学的研究。第二，以日本留学生及京城帝国大学毕业生为主而成立的"震檀学会"②和实证主义的成果。因其深受日本官学派的影响，这与仁人志士的主体史观在精神高度层面呈现了诸多差异。与其说是因为该流派的重要人物参加了朝鲜史编纂委员会（"中枢院"），不如说是因其使用的

---

*　安在鸿的号。——译者注
①　김철준,「단재 사학의 위치」,《나라사랑》제3집, 39쪽.
②　1934年，由高裕燮、金斗宪、金庠基、金允经、金台俊、金孝敬、李秉岐、李丙焘、李相佰、李瑄根、李允宰、李殷相、李在郁、李熙昇、文一平、朴文圭、白乐濬、孙晋泰、宋锡夏、申奭镐、禹浩翊、赵润济、崔铉培、洪淳赫等人发起。"近年来研究朝鲜的倾向和热情日益高涨，但还没有到达值得庆贺的地步，另外比起朝鲜人，这种倾向和热情在朝鲜人以外的人士中更为多见。即使我们的力量贫乏，研究不足，但只有我们自己奋斗进取，彼此合作，才能开拓、发展、提高朝鲜的文化水准，这是我们不可或缺的义务和使命。"（《震檀学会创立章程》（「진단학회 창립취의서」））。之后，曹晚植等26人加入该组织，到1943年因镇压被解散为止共发刊14辑。

学术方法导致了这样的结果。①第三，关于社会经济史的研究②。第四，以京城帝国大学的《新兴》（1929）和朝鲜语文学会（1931）的研究成果为主。其中，朝鲜语系出身的赵润济（第1届）、李熙昇（第2届）、李在郁（第3届）以及金泰俊、方钟铉、李崇宁、金在喆等人的活动使民族语言及文学在学术上取得了相当高的成就，进而为解放后的韩国学研究奠定了基础。赵润济的《朝鲜诗歌史纲》（1937）、金在喆的《朝鲜戏剧史》（1939）、李在郁的《岭南民谣》、金泰俊的《朝鲜小说史》（1933）、《朝鲜汉文学史》（1933）等都和解放后成立的学会息息相关。另外，还有石南宋锡夏的《民俗研究》、梁柱东的《古歌研究》（1942）、林和编写的朝鲜文库之《朝鲜民谣选》（李在郁注解）、《春香传》（金泰俊注解）、《青丘永言》等。其他与此研究相关的资料如下所述：

  金在喆《关于民谣阿里郎》（《朝鲜日报》1930.7.1）
  金在喆《朝鲜民谣漫谈》（《新兴》1931.5）
  金在喆《阿里郎与世态》（《朝鲜语文》第2号）
  赵润济《岭南女性及其文学》（《新兴》第6号）
  李在郁《山有花歌与山有花·水芹菜的交集》（《新兴》第6号）
  金泰俊《朝鲜民谣的概念》（《朝鲜日报》1934.7.24）
  孙晋泰《朝鲜巫觋的神歌》（《青丘学丛》第20—22号）

---

① 김용섭,「우리나라 근대역사학의 발달 2」,《문학과지성》제9호, 489쪽.
② 虽然白南云的《朝鲜经济史》（『조선경제사』）中收录了《朝鲜经济史方法》（「조선경제사방법」）一文，但直到《震檀学报》第14期为止，都没有一篇关于经济史观的文章。

第四章　个人和民族的发现

宋锡夏《新文化引进与我们的民俗》(《朝鲜日报》1936.6.15)

宋锡夏《南方移秧歌》(《新朝鲜》第3号)

方钟铉《济州岛的民谣》(《朝鲜日报》1938.6.6)

具滋均《民谣和女人》(《朝鲜日报》1935.8.11)

金思烨《朝鲜民谣研究》(《东亚日报》1937.9.2)

天台山人*《朝鲜歌谣的格式韵律》(《朝鲜之光》1932.1)

申龟铉《历代朝鲜女诗歌选》(学艺出版社)

李熙昇《历史朝鲜文学精华》(上、下)(人文出版社)

颜子山《时调诗学》(朝光出版社)

郑鲁湜《朝鲜唱剧史》(《朝鲜日报》出版部)

毫无疑问，这种对民族文化的发掘和深化理解奠定了解放后的学术根基。纵观上述研究，能被视为在文学层面进行了重新创作的唯有时调这一体裁，尽管这种论断可能会招致一些批评。首先，应该指出的是《新兴》及朝鲜语文学会的方法论受到了秋叶、三品、前田、令西、小仓等帝国主义学者的学院主义影响。这些人是在学习了西方的方法论后，才开始对殖民地进行研究的。第二，这可能是为实现所谓的"大东亚共荣圈"进行准备的一个环节，与强行推进日本思想界的方向转换有关。他们从西方中心论回归到了东方史论，掀起了研究中国及韩国古代文化、典籍的热潮。而韩国的《朝鲜文学及文化》(《朝鲜日报》1935.1.22—2.7)和《东洋文化的再讨论》(《东亚日报》1940.1)、《东洋史学的重新反省》(《人文评论》第2卷第6期)，以及徐仁植[①]、

---

*　金地粹的号。——译者注

①　参考：서인식，『역사와 문화』(학예사，1940)。

申南澈等人的传统论等研究成果，严格说来也与桦俊雄、山口谕助等京都帝国大学的哲学派有着千丝万缕的关系。若论最远离这种被歪曲史观的，有的只是对时调的拓展了。特别是李秉岐在《时调的产生与歌曲的区别》（《震檀学报》第1期）中，在学术上对时调本质进行深刻剖析的同时，也把时调视为一种艺术来实践。

二、随笔文学的发展

随笔在韩国近代文学中产生问题意识已是20世纪30年代中期以后的事了。整个文坛对于随笔化的批判论争从1933年一直持续到1939年，这与进入20世纪30年代文学从报刊发行层面被娱乐化的事实有着密切关系。在报纸的学术版面增置了家庭专栏进而改变了以往以文学为中心的编辑方法，《新东亚》（1931）、《中央》（1933）及多种女性杂志层出不穷，通过这些举措让文学逐渐转变为大众读物。还应该考虑"九一八事变"（1931）以后日本军国主义强硬一边倒的事实。在这种情况下，整个文学界只能倾向于创作身边杂记型的随笔。

极端地说，这就意味着散文失去了对现实的抵抗力。随笔化的趋势与消遣主义也有着很深的渊源。这里的"消遣主义"指的是20世纪30年代初期掌控了报刊业的海外文学派。[①]海外文学派指的是那些对外国文学有着相当素养和兴趣的人士，他们把文学扩大到了自我修养提升和兴趣领域。在这种条件下，随笔的普及得以迅速实现，其中的代表文人有金起林、郑芝溶、李泰俊、金晋燮、李歖*河等。在此之前，已经发

---

① 东京留学文科的毕业生以两卷《海外文学》（1927）为起点，在20世纪30年代的新闻、学艺方面通过教养化、培养戏剧的兴趣、介绍外国文学等，为文学的大众化作出了贡献。

* 为尊重原意，韩国人名中的异体字在本书中采取保留的方式。——译者注

第四章　个人和民族的发现

表了以下几类随笔：开化期的东京纪行文，崔南善的典范之作《寻春巡礼》，李恩尚等国土礼赞式的民族主义随笔，金基镇、朴英熙用来攻击阶级主义的随笔等。然而，上述这些随笔与20世纪30年代的随笔存在着本质的区别。

如果将20世纪30年代的随笔进行分类，大致可分为：金起林等人的乡愁类随笔，郑芝溶和李泰俊等人对古典语言的含蓄使用和洁癖类随笔，金晋燮等人自我陶醉式的浮夸修辞类随笔，李敭河等人坚定的自我反省类随笔等。金起林[①]随笔的核心是以异国情调为基础的旅行邀约。而旅行邀约则满是诙谐和讽刺。他是一位致力于创作"精彩"文章的散文作家，究其原因可归结为他具有高度的语言洁癖。虽然郑芝溶的随笔以《愁谁语》《海峡病》《宣川行》等游记为中心，但逃离现实的思乡之情之所以能够遏制感觉上的浮躁，完全是因为古典语言具备的含蓄特征。这一点，对李泰俊而言也是如此。最能体现诗人们纯洁品性的，是他们对梅花、冬天、山茶花、兰花等"冷酷而华丽"意象的偏爱。

> 只有"책（册）"这个词，我更想写成"册"。跟"책"相比，"册"更像一本书*。"册"是读的吗？看的吗？抚摸的吗？将其全部蕴含在内的是"册"。如果"册"只用来读，那对"册"来说就是过于苛刻的、原始的评价。[②]

---

① 김기림,「수필을 위하야」,《신동아》1933.9. "随笔的魅力首先在于文章里……香气四溢的幽默，散发宝石光芒的机智，大理石板冷静的理性，穿透力强的讽刺、嘲弄、悖论……"（『바다와 육체』, 평범사, 머리말.）

* 韩文中"书"使用的是汉字"册"，写法为"책"。——译者注

② 이태준,「책(册)」,『상허문학독본』(백양당), 22쪽.

山茶树来到这里后也只能在房间里生长。为了能让它吸收透过双层玻璃照进来的阳光，我把山茶树放在了暖炕上，即便在睡眼惺忪之际，它也总是绿意盎然。……山茶树在沙沙作响，而窗外也连续几天下着小雪。大妈转动纺锤声的空隙之中，我们听到了隐隐约约的春雷声。轰隆轰隆。①

　　金镇燮和李敭河的随笔呈现出与上述随笔不同的精神结构。金镇燮本人将随笔的特征概括为具备"毫不掩饰地谈论自己、对于人生思想采取旁观者态度的文学形式"②。这两个命题对金镇燮而言是完全矛盾的。而对这一矛盾进行掩饰的是他惯用的手法。因此，他的随笔特点就是毫不掩饰地诉说自己以及让自己置身事外。"我并不是说我们之间完全没有话题，也不是说我们的对话总是缺乏内容，其实我就是这样的。……"③在重复了无数次的"我"旁边，出现了"我们"这种具有说服力的第一人称复数。这与毫不掩饰地表达自己截然不同，简直就是隐藏自己的烟幕战术。因此，他的命题所达到的只能是一种对人生采取旁观态度的结果。当旁观生活而不展现自我时，讽刺成为一种可行的创作手法，但他并没有选择讽刺，而是选择了夸张的手法，如《生活人的哲学》《白雪赋》。与此不同的是，李敭河的随笔毫无掩饰地暴露着自己。这从根本上关系到"写作的喜悦"。"烟都抽完了一根，我还是一点思绪都没有。拿起镜子开始照。……脸有一个青春痘。……现在我们来剪挤痘痘的那个手指甲吧。只要剪掉这个毛糙的指甲，就会文思泉涌。所以，我又开

---

① 정지용,「화문행각·선천 2」『문학독본』(박문출판사, 1949), 133-135쪽.
② 김진섭,「수필의 문학적 영역」,『교양의 문학(신세계문고, 1939)』, 130쪽.
③ 김진섭,『생활인의 철학』(덕흥서림) , 41쪽.

第四章　个人和民族的发现

始剪指甲了。……我的指甲从来没有剪得像现在这么漂亮。"①对他而言，写作和生活是互相背离的。

三、金焕泰的印象主义批评

在殖民地后期，留下值得关注的批评性文字的作家有林和、李源朝、金文辑、崔载瑞②、李轩求、金焕泰③等。崔载瑞的《现代诗的本质与特征》《关于〈翅膀〉和〈川边风景〉》《贫困与文学》《感性论》④，李轩求的《朝鲜文学走向何方》《评论界的低迷及其责任》⑤，金焕泰的《文艺批评家的态度》《为了批评文学的确立》《我的批评态度》⑥等作品都是值得关注的批评性文章。这三位批评家的共同特点是，他们是在努力克服他们所认为的无产阶级文艺批评家的不足之处的基础上，构建他们自己的批评世界。崔载瑞的"知性主义文学论"、李轩求的"海外文学论"、金焕泰的"感性主义文学论"等，都是他们各自在应对他们所认为的无产阶级文学狭隘理论的过程中获得的。崔载瑞虽然对金起林、李箱等现代主义者的文学世界进行了深入挖掘，但他的理性没能让

---

① 이양하, 『이양하수필집』(을유문화사 1957), 21쪽.

② 对于崔载瑞、李轩求的相关研究文献有: 김윤식, 「최재서론」(《현대문학》제135호), 「이헌구론」(《서울대교양학부논문집》1), 「해외문학파고」(「연포선생화갑논문집」). 对于林和的研究可参考: 김윤식, 「한국근대문예비평사연구」(한얼문고, 1973).

③ 金焕泰（1909—1944），生于全北茂朱郡。1927年毕业于宝城高中，1928年考入日本同志社大学艺术系，与郑芝溶深交。1934年于九州退伍，毕业于英语系。与安昌浩深交，他们是九人会同仁。关于他的研究可参考: 김윤식, 「순수문학의 의미」(『근대한국문학연구』, 일지사, 1973); 김주연, 「비평의 감성과 체계」, (《문학과지성》제10호).

④ 최재서, 『문학과 지성』(대동출판사).

⑤ 이헌구, 『모색의 여정』(정음사, 1965).

⑥ 김환태, 『김환태전집』(현대문학사, 1972).

他成为洞悉现实和世界的思考者,而是只能停留在一种庸俗的知识层面,无法看到作家内心深处的伤痕,这是其致命的弱点。^①他对客观明了事物的追求导致他得出的结论非常肤浅进而误认为只要是新事物便是正确的。急剧倒向军国主义也是他自身气质的一种表现。李轩求虽然身为批评家却未能留下优秀的评论,尽管如此,但他对现实的认识却使他冷静地对殖民地时代的殖民主义弊端进行了真实的记录。由于审查制度的原因,如果不仔细阅读就会错过他批评文字的大部分要旨,他主要抨击的是那些对殖民地现实缺乏深刻认识的批评活动。"缺乏身为评论家的才能和努力的内在主观因素,在此基础上,社会客观条件产生的所有条件都无法让笔尖生辉,只能沦落到在当局高压的警惕和戒备之下进行文学评论的悲惨命运之中。"[②]殖民政策的残酷以及奋不顾身写作的评论人的不幸,都被记录在了殖民统治下的激流之中。因此,李轩求的大部分篇幅都在谈论批评家应该采取何种批评态度,而不是对作品本身进行批评。他对妨碍认识民族正当现实的一切行径进行了批判,并表明了一种信仰,即在任何绝望的环境下,都不能写出那种执迷于虚幻现实的、虚拟理论的文章。"作为一个失去幸福的人,一个被剥夺生命权利的人,所苦苦找寻的是被淹没在未知黑暗中的世界或者一个永远被封禁的门户。如果可以用我们的力量、用我们的眼泪和鲜血获得的话,那么在我们凝视彼此的脸之前,不要错过我们在黑暗中摸索到的那只手,一定要紧紧地抓住那只手。"[③]他的这种态度没能将其引入真正的批评,而是将他引入自己的内心世界,通过书写其内心日记,描述他和他周围的世界,而这就昭示了批评的失败。

---

① 『김환태전집』,45쪽.
② 이헌구,『모색의 여정』(정음사,1965),21쪽.
③ 同上书,第18页。

第四章　个人和民族的发现

在殖民地后期，金焕泰是一位名副其实的"批评家"。他首次确立了感性主义的文学理论，其文学理论的宗旨是：

第一，文学的表现有赖于生命力的迸发，它在扬弃真实意义的层面不同于指尖上的才艺。①这一点印证了他的感性主义并不是单纯的形式主义。究其结果是秉持了以下这一文学观念，即文学的价值产生于形式和内容间的区别消失之时。②但是他感性主义的局限在于没能对真正有生命力的内容进行揭露。③只要没有对生命力与人的内在冲突、苦恼之间的相关性进行考察，那么它就有倾向于法西斯主义的可能性。④第二，他指出想象力在创作中的重要性。无论多么伟大的思想，要使它成为伟大的诗歌，它就必须先完全融入诗人的想象力中，成为感性的、有特点的情态。⑤第三，他提出了一个常识性的批评命题，即批评的原始形态是鉴赏，批评是在此基础上附加了反省的形态。⑥批评家们的主观性、客观性批评以及金焕泰反省式的批评，与无产阶级具有指导性、批评性的文学批评大相径庭。他通过自己的反省，如实地解决批评所提出的各种问题，并试图将其与生活联系起来，诚实地对待自己和文学。然而，金焕泰的这种常识性批评有其自身的局限性，因为无产阶级文艺批评的科学性是不可能用这些简单的常识来抵制和削减的。

---

① 『김환태전집』，24-29쪽.
② 同上书，第44页、第72页。
③ 关于生命力，他引用了歌德的话，只是对"生命只因生命而唤起"这句话的同义重复。
④ 可以以海德格尔为例。
⑤ 同上书，第45页。
⑥ 可参考:「문예비평가의 태도에 대하여」,「비평 문학의 확립을 위하여」,「비평태도에 대한 변석(變釋)」。

第十一节　殖民地时期的戏剧和电影

殖民地时代的戏剧空间象征着民族意识和风俗矛盾的结合，这从根本上断绝了悲剧诞生的可能性。因为在既没有内在自由，也没有外在自由，既没有绝对价值，也没有客观、普遍、恰当的道德准则的情形下，不可能产生真正的悲剧。如果戏剧的本质在于表现意志的矛盾，即悲剧的矛盾，那么在无法斗争或抵抗的社会里，戏剧就不可能呈现出应有的面貌，有的可能只是对风俗的夸张描写。而这种夸张的描述则是被压迫民众病态的自我表现的结果，作品中显示出作家的过剩情绪，就是观众压抑心情的极端表现。如果从中去除政治斗争意识，那么剩下的就只有引发哭泣的事件了。由此也就证明殖民地时代本身就是一个独特的戏剧空间，这在很多作品中都有着明显的体现。接下来，我们将对在那个时代最具问题意识的作品《阿里郎》进行研究探讨。首先，从被归为戏剧体裁的朴胜喜的《阿里郎山岗》（1929）这一作品展开探讨。

幕布被拉开，人也来了很多。戏剧开演了。黄莺在柳条上歌唱，姑娘们在小溪边洗衣。姑娘和小伙子在角落里泪眼婆娑。这是被日本人以抵债的形式夺走土地，不得不离开故土的焦急的泪水。不久，日本人登场，在走狗的带领下，怒气冲冲地朝着那个小伙子的家走去。村里面乱哄哄的。没过多久，小伙子的父亲戴着草帽，扛起包袱，挂着比自己还高的拐杖走了出来。姑娘欲哭无泪地站在了后面。日本人手里拿着地契催促着他们赶紧走。小伙子爸爸把祖先的坟茔托付给同村人，请求他们每年帮着拔草祭奠。从这一情节开始，观众席上就有了抽泣声音，紧接着小伙子的父亲瘫坐在了地

第四章　个人和民族的发现

上，抓起一把土痛哭着说："丢下这片沃土是要去哪儿呢？"与此同时，小伙子和姑娘正心如刀绞地告别着。姑娘们一边合唱《阿里郎》，一边哭泣。从我这个导演开始，编剧以及其他站在舞台上的人都哭了，但是观众席上却响起了雷鸣般的掌声。①

无法与抵抗联系在一起的哭泣是殖民地戏剧的一大特征。因此，在殖民地戏剧的空间里，比起对主题和形式进行艺术反思和加工，更多地进行的是躲避审查、宣泄郁愤情绪的工作。罗云奎导演、制作、主演的电影《阿里郎》（1926）最能反映这种现象。主人公在首尔学习变得精神失常，用镰刀刺死了甘当日本警察走狗的地主恶霸之子。他在看到血的那一瞬间恢复了意识。他因杀人犯的罪名被逮捕，翻越了阿里郎山岗*。②看到这些，村民们齐声唱起了《阿里郎》。③在实际上映时，全场观众也齐声合唱了《阿里郎》。事实上它发挥的是一种类似于神话④的作用。因此，这几乎是超艺术性的。比起对戏剧和电影等体裁上的反思，人们更注重的是内心情感的宣泄，这也成了殖民地时代的一大特征。其中值得关注的作品只有两部戏剧和一部电影，分别是金水山的《野猪》（1926）、柳致真的《土幕》（1933），还有罗云奎的《阿里郎》，这也印证了上述特征。若一个情感的敏感区域被艺术家发掘，历经反复，

---

① 朴珍的回顾，参见：이두현,『한국신극사연구』, 서울대출판부, 1966, 143-144쪽.
* 关于"阿里郎"的意思有多重解释，至今并无定论。有人认为"阿里郎山岗"并非真实的地名，而更偏向"险峻的、艰难的、令人痛苦的山岗"之意。也有的人认为此处的"阿里郎山岗"为真实地名。——译者注
② 이병일,「영화 40년사」,『한국연예대감』(성영문화사, 1962), 50쪽.
③ 장윤환,「연예수첩반세기——영화계」,《동아일보》 1972. 11. 4.
④ 卡西勒用这一用语代替了"政治功能"，指的是不合理的流言蜚语的功能。

就会演变成一种意识。

毕业于早稻田大学英语系的金水山①，是一位正式学习过西方的戏剧文学，并努力通过艺术性处理来克服情感宣泄的作家。他留下许多种翻译剧本，而他的原创戏剧的代表作则是《野猪》。这部作品在第三幕中对东学革命场景进行了梦幻般的处理，并把被连根拔起的殖民地知识分子的命运比喻成了野猪无法成为家猪的命运。

> 荣：政治家？
>
> 元：我是能妥协呢？还是有手腕呢？
>
> 荣：艺术家？
>
> 元：没有技艺的艺术家是不存在的。我啥时候学的技艺呢？
>
> 荣：商人？
>
> 元：谦逊也好、欲望也好，在我身上都没有。
>
> 荣：批评家？
>
> 元：这倒有可能。我也在努力找寻现实的价值和新的意识。
>
> 荣：你这是还没完全决定呀！
>
> 元：也不是没完全决定，只是觉得我能做的不只这些。
>
> 荣：那是？
>
> 元：你觉得像我这样的野猪最能做什么？……但是自从我陷入这样的泥潭后，我就戴着这副面具出来了。想要摆脱这个也是徒劳

---

① 金水山（1897—1926），本名祐镇，毕业于早稻田大学，毕业论文为"Man and Superman: A Critical Study of Its Philosophy"。关于其生涯及思想的研究可参考：유민영，「초성 김우진 연구」(《한양대논문집》，1970)。

第四章　个人和民族的发现

的，但说不想摘掉那是假的。①

与金水山的理性作品相比，柳致真的《土幕》和《牛》(1934)等作品相较于个人意识觉醒这一主题，更注重对风俗反应进行探索。

---

① 参考：유고집 기일。

第五章　民族的重组与国家的发现

　　1945年8月15日朝鲜半岛的解放是韩国20世纪文学史中最重要的事件。尽管不少学者指出解放并不等同于独立,但此后的文学背景的确与之前截然不同。文学背景中最大的变化是韩国文学家被赋予了用韩文思考、用韩文写作的权利与义务。该变化向文学家明确印证了自朝鲜王朝后期开始在文学领域中缓慢积蓄的民族能量的爆发,同时也促成了1948年大韩民国成立后国民文学的登场。然而,1945年以后的文学存在诸多问题。其一,1945年的解放并不是自主独立,因此民众只能毫无抵抗地被动接受国家分裂的事实。这在一定程度上会无意识地抑制作家的认识,使其无法全面接受以国家为单位的文学,而是以民族为单位去思考文学。分裂使当时的文学家感受到了全新的压迫来源,这是殖民地时期的文学家未曾感受过的。其二,分裂带来了思维的僵化。从解放后到1950年朝鲜战争爆发之前左派与右派间的争论,以及战争爆发后的意识形态之争,都对全面回顾历史造成了许多障碍。意识形态斗争在没有对民主主义、社会主义和民族主义进行根源性研究的情况下开展,人们只是确认国家是每个成员都能拥有正常生活的家园,但却无法对此进行批判与反思。同时,指引人们拥有生存至上的、带有萨满教色彩的生存思想。经历过殖民统治的一些作家,特别是诸如蔡万植、黄顺元等作家不遗余力地探索解放的意义,但是没能够持续进行并获得成果也正因为此。其成果最终在"四一九运动"爆发后,特别是在崔仁勋的一己之力下才得以见到全貌。其三,在情感层面上僵化的意识形态通过同族相残的战争普遍扎下根来。比起反思、思考和理解,更重视背诵、顺从和知识的美国实用主义教育也滋长了这一土壤,致使民众对自己身处的国家的苦痛则选择遗忘。"四一九运动"爆发后,理想主义的倾向就是以文化的形式对这一问题进行反抗。尽管如此,1945年以后的文学仍然见证了用韩文进行思考和写作的苦与乐。

第一节　民族迁徙与民族重组的意义

1945年朝鲜半岛解放后的民族迁徙是阐明韩国民族意识结构非常重要的课题之一。解放后韩国文学最显著的一大主题便是受到历史冲击而产生的故乡缺失感。民族迁徙的这一问题可大致分成朝鲜战争之前与之后两个阶段来讨论,土地改革与现代化进程加速带来的城乡人口的迁徙等重要问题也包括在其中。

一、解放与民族迁徙

韩民族(朝鲜民族)的离散在朝鲜王朝后期从结构性矛盾产生的弃农现象,与1910年以来日本帝国主义有组织性的掠夺中缓慢开展。从政治、经济、社会和文化方面来看,这也是韩民族(朝鲜民族)被"连根拔起"在现实中的反映。其离散地区遍及中国、西伯利亚、日本、南洋和夏威夷等,其中日本(超200万)和中国东北地区(超100万)较为集中。除了少数流亡政客和独立军之外,民族迁徙的主力军大多为失去土地的劳工和农民，其中也包括20世纪40年代被征用和强迫服役的人口①。1946年美国陆军司令部军政厅调查的人口统计可为此提供参考。

> 根据外务处的记录，截至1946年10月2日，从外国回到朝鲜半岛南部的同胞与朝鲜半岛北部的人口迁徙达到了18,877,679人。外务处这份调查的日期最接近人口调查的日期，所以这份数据最为可信。成立处理归国同胞的机关是在1945年10月15日，在此之前约有32万人未经登记入境。后来，另有一部分人通过偷渡或经陆路，或未经申报从三八线以北入境。调查这类人是不可能的。而男女人数比的变化则主要是因为男丁被征兵和被强迫服役者的返乡造成的。
>
> 截至1946年10月2日登记的返乡同胞数，与1945年8月15日日本投降到10月5日期间移居朝鲜半岛南部的人数共计约220万。然而并不能将这个数字通算为对朝鲜半岛南部人口的添补。这是因为在1944年实施人口普查后，不少人被强制征发到海外。②

民族离散在朝鲜半岛解放后引发了"大迁徙"现象，由此产生的矛盾、破裂与调节的过渡期景象与军政府、临时政府归国、亲日派残余等政治社会现实一一对应。在大迁徙中朝鲜半岛南部社会面临的第一个问题是粮食问题③。这个问题在美国的援助下基本得到了解决，但是战后物

---

① 안병직,「1930년 이후 조선에 침입한 일본독점자본의 정체」(《경제론집》제10권 제4호), 99쪽. 文中提到，1938—1945年，在朝鲜半岛被强制动员的人口达到了500万人，日本则在100万以上，其中仅被征用的人数就达到了181,530人。

② *Population of South Korea, by Geographical Divisions and Sex*, September, 1946 (Headquarters U. S. Army Military Government in Korea Dpt. of Public Health and Welfare Bureau of Vital Statistics), PP.3-4.

③ 이승만,『나의 포부와 희망』(신생활협회, 1946), 21쪽.

第五章　民族的重组与国家的发现

质主义的盛行与虚无主义等心理疾病也正是来源于此。

这些情况在金永寿的《血脉》、许俊的《残灯》、安怀南的《马》、金东里的《穴居部族》、黄顺元的《关口村的狗》等作品中展露无遗。

> 按现在的情形来看，不论是火车的数量还是方便程度，即将到来的每一分每一秒都是最好的……仿佛下一刻就是最后一次……才会说"搞不好就要步行到首尔"这种话。由于越来越临近的寒冷和旅费问题，还有离乡的乡愁愈加沉重，一种无法抑制的焦躁和不安涌上心头，与他人无异。但同时像即将满潮的潮水，都不可以再进行补充。也到了一旦违背这个看法，会成为那时最淡泊之人的年纪。①
>
> "要回故乡了！"
>
> 丈夫好几天都没喝上一口水，又冷又饿，但两眼闪着火光……"如今解放了，病情也会过去的吧。回到故乡，吃上几条狗，一般的痼疾没有好不了的"，这是一年前在奔驰在中国东北平原的马车上，顺女安慰丈夫的话。②

虽然许俊的《残灯》与金东里的《穴居部族》的主人公分别为知识分子与劳动者，但是在解放后一种归巢本能共同支配着他们的意识。在表5-1中我们也能够切实感受到这一本能。"归国船""无盖列车"就是归巢本能在文学中的体现，同时我们也要留意人口向城市集中的现象。这

---

① 허준,「잔등」,《대조》창간호, 187쪽.
② 김동리,「혈거부족」,『해방문학선집』(종로서원, 1948), 7-8쪽.

一现象在表5-2中可以得到确认。

表5-1　解放后回到韩国的同胞

（1945年8月15日至1949年5月1日）

地域	人数	占比
日本	936,001人	55%
朝鲜	481,204人	28.5%
中国	254,239人	15%
其他国家和地区	16,261人	1.0%
共计	1,687,586人	100.0%

表5-2　解放后城市人口与农村人口比

年份	总人口数	城市人口数（占比）	农村人口数（占比）
1946	19,369,270人	2,831,926人(14.6%)	165,537,374人(85.4%)
1949	20,188,641人	3,474,151人(17.2%)	16,714,489人(82.8%)
1955	21,526,374人	5,281,432人(24.5%)	16,244,942人(75.7%)
1960	24,994,117人	6,998,844人(28.0%)	17,995,273人(72.0%)[①]

在表5-2中可以看到人口的城市集中化首先与1947年开始试行的"农地改革法案"[②]密切相关。与土地问题相关的文学作品有蔡万植的具有讽刺意味的《水田的故事》等。（然而，也要指出并没有多少作家用作品

[①]　한국농촌사회연구회『농촌사회학』(민조사), 363쪽.

[②]　韩国政府于1949年2月将农林部出台的方案提交至国会，1949年2月国会全体会议将修正案列入议程。1949年6月以"第31号法规"的形式颁布该项法案，1950年3月根据修正案明确了5年内每年偿还及补偿15%的内容，立法将条例定为"第108号法案"。

第五章　民族的重组与国家的发现

执着探索着这一重要的部分。解放后出版的《农民小说选集》①中刊登的都是描绘用水纠纷、少年伤感以及农村人情等极其流于形式的作品。）

下一个问题在于意识形态方面。特别是在文学史中，不得不谨慎处理出于意识形态的选择而出现民族迁徙的相关材料。

大致的名单如下。（1）入朝作家：洪命熹（1946）、李泰俊、林和、池河莲（1947）、金南天、李源朝、安怀南、许俊、金东锡、吴章焕、林学洙、金永锡、朴赞谟、赵灵出、曹南岭、金午星、朱永涉、尹圭涉、黄民、李曙乡、韩晓、李东珪、朴世永、朴八阳、宋影、尹基鼎、申鼓颂、李甲基、赵碧岩、咸世德、李根荣、池奉文、朴山云、严兴燮、曹云、黄河一（朝鲜战争之前）、薛贞植、李庸岳、朴泰远、玄德、杨云闻（朝鲜战争之后）、金台俊、俞镇五、李洽*（因参加游击队被射杀）。（2）来韩作家：金东鸣、安寿吉、金镇寿、林玉仁、黄顺元、具常、崔泰应、吴泳镇、柳呈（朝鲜战争之前）、金利锡、朴南秀、张寿哲、朴京钟、金永三、李仁石、杨明文（朝鲜战争之后）。②

分析他们意识形态选择的原因需要慎而又慎。同时，也必须说明韩国文学史的一大特点就是文学家的迁徙与组合，这在文学史中产生了非常重要的影响。

---

① 《农民小说选集》（『농민소설선집』）（协同文库刊行）中收录了以下作品：黄顺元的《松山村人们》（「솔메마을 사람들」）；廉想涉的《新设计》（「새설계」）；金东里的《寒内村的传说》（「한내 마을의 전설」）；李无影的《祈雨祭》（「기우제」）；等等。

＊　原书此处韩文人名为이합，根据生平和括号中的内容，判断此处应为이흡。——译者注

② 参考：문협편,『해방문학 20년』(정음사, 1966); 이철주,『북의 예술인』(계몽사, 1966); 현수,『적치 6년의 북한**문단』(국민사상지도원); 문총 편,『문총 창립과 문화운동 10년 소관(小觀)』(1957).

＊＊　此处"북한"应称"조선"，文献名称不宜直接改动，特此注明。——译者注

二、朝鲜战争与民族迁徙

1950年爆发的朝鲜战争不可避免地造成了民族的迁徙与重组。这个问题可以从以下两个方面进行探讨。首先，朝鲜战争使数百万北方人来到韩国。通过朝鲜战争韩国拥有了李光洙、孙晋泰、金晋燮、金亿、郑芝溶，也失去了金东仁、金永郎、石宙明。但是和损失少数作家相比，朝鲜战争带来的民族大迁徙这一症结尤其重要。朝鲜战争后，来韩人口在韩国落地生根，在韩国思想界和知识界掀起了努力探索的热潮，这产生了更为重要的影响。随着难民意识与生活层面的紧密联系，文学作品中表达抽象化的观点成为解放后文学史上的一大特点。例如，李浩哲的《裸像》《脱乡》《小市民》展现的就是难民安家落户的过程。不过随着分裂的持续，难民意识渐渐变得僵化和公式化。崔仁勋的《灰色人》《西游记》《天空的腿》等作品则从根本上将难民意识升华到精神史的层面上。

其次，朝鲜战争促使城市人口集中，这在一定程度上缩小了各地域之间的差异。这在文学方面包括以下两层含义：一方面，城市人口的集中同时带来了语言的混乱和规范化。方言的汇合与为了统一方言而出现的标准韩语，都大大提高了韩国文学的表现力。另一方面，出身农村的精英大举进军城市，使农村的各种结构性矛盾尖锐地凸显出来。这一问题也与城市周围的棚户村问题存在直接的关联。

第二节　生存的痛苦和对生存理由的探索

在日本殖民统治的后期，韩语因遭受巨大的压力处在了消失的边

第五章 民族的重组与国家的发现

缘。为韩语注入全新的活力,同时为殖民残余散落在各处的动荡社会赋予一种艺术性的秩序,成为解放后文学家的使命。这也是展现社会动荡的真实境况和揭露其背后无形势力的任务。这一任务大致由三类作家共同完成。第一类是在朝鲜半岛以外的其他地方亲身经历了亡国之痛,解放后才得以归国的作家。在此类作家中具有代表性的有安寿吉、孙昌涉等。第二类是因意识形态的不同,不得已来韩而失去生活根基的作家。在此类作家中具有代表性的有黄顺元、鲜于辉、张龙鹤、李浩哲、崔仁勋、姜龙俊等。第三类是出身于朝鲜半岛南部地区的作家。他们的生活根基并没有被完全拔除,但由于政治与社会的持续动荡只得不停探索如何生活。在此类作家中具有代表性的有金东里、金廷汉、徐基源、河瑾灿、朴敬洙、朴景利、李文熙等。这三类作家童年时期的教育背景与生活环境迥然不同,所以可以看到他们对现实的认知存在相当大的差异。首先,第一类作家有相当一段时间都在国外谋生,强烈的民族意识与主体意识以及反向的心理上的自我怜悯是这类作家的主基调。而始终束缚来韩作家的是意识形态斗争。不论是含混不清的憧憬,还是尖锐强烈的憎恶,他们都无法彻底摆脱被拔除了生活根基的意识形态。同时,他们最主要的主题之一,就是想要揭示扎根于陌生土地的小市民的执念。与此相比,出身南边的作家虽然受到了一定的威胁,但生存根基并没有被完全拔除。因此可以看到他们为了查明威胁自身生存的未知力量,以及在生活家园夯实符合道德与风俗的坚实基础所作出的努力。努力探索并分析有被根除的风险的人物,寻找社会风气混乱的原因,同时为此注入新的活力,成为南边作家的主要任务。读者们可以看到孙昌涉的《落书族》(1959),黄顺元的《和星星一起生活》(1950)、《该隐的后裔》(1954),鲜于辉的《胡枝子村的神话》(1962),张龙鹤的《圆形的传说》（1962），李浩哲的《小市民》（1964），崔仁勋的《广场》（1960）、《灰色人》（1963）、《西游记》（1966），金东里的《萨班的十字架》（1955），金廷汉的《沙滩故事》（1966），徐基源的《革命》（1964），朴景利的《金药局家的女儿们》（1962），李文熙的《黑麦》（1964），朴敬洙的《冻土》（1970），河瑾灿的《夜壶》（1972）等作品，都是这份努力的成果。

一、黄顺元[①]：浪漫主义者对现实的认知

黄顺元将他的浪漫主义风格发挥到了极致，同时对此进行了适当的约束。在他的浪漫主义不包含早期浪漫主义者对体制与秩序强烈的抵抗意识，认为描写临死前的女性是最美的，是一种颓废的浪漫主义。然而，他的这种浪漫主义风格在受到源自西北地区的新教主义适当的约束后，变成了需要否定的对象。黄顺元的浪漫主义风格肯定了稍纵即逝的美学理念，与神秘主义相结合并获得了完美的形态，有着技巧至上的一面，想要把内心的热情隐藏在这一秩序中。

黄顺元对美的侧重体现在青春期的梦中。他早期的短篇小说的基调都是有关"颤抖"这一内心的波动。由于无法正确观察对象且无法明确辨析自身情感时期的内心波动，他大多使用颤抖这一状态去表现。在此状态下情感完全被带入了进去，人物呈现出一种失控的状态。

---

① 黄顺元（1915—2000），出生于平安南道大同郡，就读于定州五山中学。1934年发表《放歌》（『방가』）。为《三四文学》合伙人。1940年发表《沼泽》（『늪』）。到解放前创作了许多无处发表的作品。1948年发表《关口村的狗》（『목넘이 마을의 개』），1952年发表《杂技演员（曲艺师）》（『곡예사』），1954年发表《该隐的后裔》（『카인의 후예』），1957年发表《人间接木》（『인간접목』），1964年发表《黄顺元全集》（『황순원 전집』）（共6卷）。

第五章　民族的重组与国家的发现

　　泰燮幻想着少女用丰满的胸部挂着撞线冲过终点线的样子，撞线的两头哗啦啦地作响。想到这里瘦弱的身体不受控制地颤抖起来。①

　　泰燮故意全身颤抖起来，说突然想喝热乎乎的咖啡，逃到了茶室里。②

在黄顺元的首部短篇小说集《沼泽》中的第一篇作品《沼泽》中，"颤抖"以重要的意涵与读者见面。在黄顺元的笔下，主人公的颤抖一般都是由于与女性的非正常关系引起的。这些颤抖是对纯粹而美好事物的憧憬，也是与之等价的存在。在他的小说中，青春期的颤抖通过一些固定的小道具延续到青壮年时期，其中具有代表性的就是酒。③

　　曹勋喝了整整四杯……用不知何时开始颤抖的手拉扯花子伸出的手。④

　　从酒瓶倒出了整整一杯酒。……老金像是被什么吸引了一样走向了天桥，腿不住地颤抖着。⑤

酒是可以把黄顺元笔下的主人公带回到青春期颤抖的小道具。在《即便如此在我们之间》中黄顺元借用威廉·詹姆斯的话，认为酒精是

---

①　『황순원 전집1』(창우사, 1964), 69쪽.
②　同上书，第75页。
③　在以酒和颤抖为主题创作的小说中，最为成功的例子是玛格丽特·杜拉斯的小说。通过她与黄顺元的比较应该会得出一个有意思的结论。
④　同上书，第122页。
⑤　『황순원 전집2』, 379쪽.

能够把人"引导至事物灿烂的核心""与真理融为一体"[①]的媒介。通过酒精（酒），其笔下的主人公获得的是幻想与纯粹。若离开了酒，他们就无法对远方拥有向往，也无法对纯粹和美好事物进行确认。

> 酒过三巡，黄老人用一种愈发满足的心情，说
> "我说这位同庚，演奏一曲奚琴可好？"……
> 年迈的民间艺人像是在短暂思考遥远的、非常之遥远的事情，视线停留在了空中的某处。随后渐渐闭上眼睛，拉起了奚琴的弓。[②]
> 拿起酒杯的年轻人不知怎么把杯子伸向旁边的南道小伙，说了句，"来一杯吧"。……南道小伙的眼睛里也不知道什么时候起开始闪烁着泪光。年轻人从南道小伙那里接过阴影中隐隐闪光的完好的珠子，带着混着泪水的笑容笑着，又笑着。[③]

黄顺元的主人公被酒带到了现实之外，沉浸在纯粹与美丽的世界中。然而，他的主人公并没有长久栖身于酒带来的幻想世界里，这是黄顺元小说的一个特点。他的主人公想尽可能从那醉酒的颤抖的状态中摆脱出来，也就是节制的表现。

黄顺元小说的主人公懂得适当的节制，这可能与黄顺元的出身有关。他出生于接触西方文化较早的西北地区，并且其父亲是一所基督教学校的教职工。他的小说中家族关系和私生活较为隐蔽，而在《父亲》和《素描》中却如实表现了这一部分。黄顺元在《素描》中描绘的是自

[①]『황순원 전집3』, 363쪽.
[②]『황순원 전집1』, 312쪽.
[③] 同上书，第264页.

第五章　民族的重组与国家的发现

己的祖先,其中登场的黄固执和念祖,还有他的亲祖父的性格都被总结为"意志坚定"。黄顺元的祖先可作为坚韧精神与正直生活的代表,而他对祖先的敬畏之心最终在《父亲》中得到了艺术的再现与表达。他从父亲那里意识到要以正直的姿态生活的强烈意志。

> 然后在哪句话里说到他这次来首尔是因为托管的事情。说在乡下抓不到头绪,不知道是该赞成托管还是反对。……如今他的鬓角也长了许多白头发。但是他那黝黑的爬满皱纹的脸怎么那么豁亮,还有他的谈吐和想法怎么那么年轻,连我都要变得年轻了。①

在"三一运动"时被捕入狱的父亲与当时被一起关押的人在解放后重逢,在这里他的父亲变成了讲述者。他用"豁亮"来形容他见到的青年,用"美"来直截了当地形容自己的父亲,说父亲是"越老越美的那一类男子"。祖先的正直生活与精神力量②与无法忍受邪恶的新教式世界观相结合,阻挡着他逃往幻想之中。他努力想要蛰居在以颤抖为基调的梦幻的浪漫世界里,但对邪恶的痛苦抵抗令他无法驻留其中。黄顺元的小说憧憬着美,同时也伴随着世俗的描写和敏锐的现实知觉带来的危机感。他的小说展现出描写世俗的优秀能力,也就不足为奇了。完成于解放前的《大雁》《黄老人》《阴面》等作品中,黄顺元描绘了不得不向中国东北地区移居的殖民地时期的农村现状,并介绍了越发少见的民间艺人和没落的两班,让我们对殖民地时期的农村情况有了一个零散的

---

① 『황순원 전집2』,135쪽.
② 『황순원 전집3』,317쪽.

认知。黄顺元在《与星星在一起》《该隐的后裔》中清晰展现了解放后社会的动荡局面,朝鲜战争带来的生活苦难则呈现在收录于《杂技演员(曲艺师)》的短篇小说之中,战后精神上的彷徨等则体现在《人间接木》《树木挺立在山坡上》中。所以从1940年短篇小说集《沼泽》出版开始,黄顺元的作品和他的人生一样,与韩国的历史和现实紧密相连。然而,我们不能忘记正如他对祖先生活的态度一般,他对现实的感受仍是以精神层面为主。

可能是激荡的现实使生活变得艰难。从《该隐的后裔》开始,黄顺元在浪漫激情之中逐渐感受到现实的重量。在《与星星在一起》中,黄顺元对于解放后乐观的形势判断在一个自我意识没有遭受过侵害的女人复杂又痛苦的人生里得以体现,其挫折感并没有向外宣泄。从这个意义上来说,《与星星在一起》在他的作品中占据着特殊的位置。因为在这里看不到他早期的浪漫的颤抖,也看不到后期的挫折感。取而代之的是一个愚昧的女人在任何逆境中都用善意和爱情战胜苦难后获得的自足人生。正如熊女这个主人公的名字所暗示的,那样一个女人一生的信赖感也许是被韩民族艺术化了。然而,解放后精神世界中对历史的信任逐渐转变为挫折感。和早期的颤抖不同,也是从这个时候开始,在他的小说中开始出现眼睛里有什么东西,或是有什么东西在阻挡之类的象征性情节。这暗示着现实的冷酷把浪漫的热情拒之门外。

  道燮老人冲着自家的方向爬着,清了好几次嗓。突然感觉眼前像是下了场雾。①

  容济老人突然感觉现在自己像是奔跑在一个煤矿的矿道里。

---

① 『황순원 전집4』,308쪽.

第五章　民族的重组与国家的发现

> 那矿道看起来比他走过的任何一个矿道都要长、都要深。……没想到这又深又长的矿道里像是出现了一堵墙，只觉得自己是被挡住了。①
>
> 东浩突然想到，这感觉就像是穿破厚厚的玻璃后勉强迈开步子。②

眼睛里有什么东西，和有什么东西在阻挡的这一类比喻与象征，指向的是看不清生活本真的面目，或是无法在现实中保持纯粹性。在现实中无法保持纯粹性的想法在《树木挺立在山坡上》《人间接木》《日月》当中均有所体现，尽管这是黄顺元后期的思想倾向，但我们也不能因此而错过它。如何在现实中维持生活的同时又坚守美好的事情③呢？黄顺元向我们提供了以下几个方案：第一，不论发生什么，都相信人的身上潜藏着美。这在《人间接木》的结尾部分被美妙地描绘了出来。"比那边天使的翅膀还要白。我们都插上了那对翅膀。你也是，我也是。"④第二，全面接受并担负起挫折。这是深刻蕴含在《树木挺立在山坡上》中的结论。"我不知道……不管怎样，除了我把这件事承担到最后……"⑤第三，忍受挫折带来的孤独，越挫越勇。这便是在《日月》里基龙口中的道德。"人要是想找回被疏远的自己，不管怎样，应该要先从忍受各自的孤独开始。"⑥这样一来，浪漫主义者的颤抖在后期经过挫折感，最

---

① 『황순원 전집4』，335쪽.
② 『황순원 전집5』，197쪽. 在第200页、第206页、第207页中也可以看到与此相同的体验。
③ 同上书，第238页。
④ 同上书，第193页。
⑤ 同上书，第414页。
⑥ 『황순원 전집6』，316쪽.

终达到救赎的美学。在观察这些人物时,需要留意黄顺元最着重刻画的都是想要竭力保持纯粹与美好的人物。同时值得注意的是,他们大部分都将面临死亡。《该隐的后裔》中的容济老人,《树木挺立在山坡上》中的东浩,《人间接木》中的大脑门,都是黄顺元创造的杰出的浪漫主义者。

黄顺元创作手法的特点在于含蓄的抒情性,以此将他的浪漫主义特点发挥到极致。他基本上不使用中性词,在他使用的语言里渗透着深厚的情感。同时他又通过副词的巧妙使用,以及逗号的正确使用使情况得到适当的约束。换行在其作品中也不常见,有时在一个段落内几乎没有换行,无法为事件赋予快速的节奏,这也是黄顺元风格的一个特点。不过这对心理描写和烘托气氛起着巨大的作用。他的小说没有处理人物性格带来的戏剧性,而始终将事件进行内在化处理,并依存于外部情况或事情发展的氛围。这也与黄顺元风格的这一特点有着密切的关联。

二、金东里[①]:人文主义的先锋

金东里出身于庆州,这一点值得多方面的注意。庆州至今出土了大量的历史文物,流传着许多传说与诗歌,是韩国的文学之都。在那里既可以赞美也可以悔恨逝去的美好,让人认识到人无法摆脱传统。同时,庆州也是一个佛教城市。由于佛教是新罗的国教,那里遗存着相当多的佛教文物。不过随着新罗时期护国佛教地位的丧失,佛教也和在其他地

---

① 金东里(1913—1995)。出生于庆尚北道庆州市,先后就读于庆州第一教会附属学校和大邱启圣中学。在转入首尔儆新高等学校三年级后,四年级时中途退学回到了家乡。1935年《花郎的后裔》(『화랑의 후예』)入选《中央日报》新春文艺,1948年出版《文学与人》(『문학과 인간』),1957年出版《萨班的十字架》(『사반의 십자가』),1968年出版《金东里选集》(『김동리선집』)(共5卷)。

第五章　民族的重组与国家的发现

方的境遇一样，逐渐变成了一种厌胜之术。金东里全然接受了故乡带来的这种风土影响，同时在长兄金凡夫的浸染下提升了自身的儒学修养。《韩国代表文学全集》（三中堂）中，金东里的年谱里也记载了其他有趣的事情。他曾就读于庆州第一教会的附属学校，而金东里后来写了一部以基督教为主题的小说，可能与此有关。故乡风土的特点与传统之间的深厚关联，正是他从首尔儆新高等普通学校中途退学回到家乡之后才体会到的。据说他在四年间涉猎了世界文学，陶醉于东方古典①，并对其中塑造的人、神、自然与世界产生了浓厚的兴趣。了解金东里的成长过程是理解金东里文学的必要条件。

　　金东里的文学成就是与左派文学理论家主张的以物质为主的文学理论相斗争的过程中，形成的第三人文主义理论，金东里将此理论完全应用在作品《萨班的十字架》中。第三人文主义是他在维护纯文学的过程中形成的。根据他的说法，人文主义可以分成三类。第一类是古代的人文主义，*第二类是中世纪的人本主义，第三类是通过"对东西思想进行创造性扬弃"②而实现的第三人文主义。第三人文主义由民族主义和民族精神所构成，其目的是追求个性的自由和人性的尊严。金东里以精神为主的文学观与以民族精神为中心的文学观，是与左派的以物质为主的文学观和国际主义文学观相对立而形成的。他的第三人文主义与作为民族文学的纯文学相结合的原因也在于此。所以金东里的纯文学与马拉美和瓦莱里的不同。③他的纯文学理论最终以维护人性这一命题为特点，但

---

① 『한국대표문학전집 5』 연보 참조.

*　原著2017年版中缺少了这句话，为方便读者理解，本书根据1973年初版内容，添加了这句话。——译者注

② 김동리，『문학과 인간』，103쪽.

③ 同上书，第115页。

如何将其与民族传统相结合,他并没有给出明确的答案。这一纯文学理论是在解放后最具有争议性的文学理论。从支持这一理论的角度来看,这一理论为韩国精神对世界作出贡献奠定了基础。[1];从反对这一理论的角度来看,这一理论是脱离了现实的、具有逃避性的唯心主义文学理论[2]。然而直到现在,大部分议论者都过分执着于纯粹,维护并支持这一理论。要想客观评价金东里的文学理论,不得不仔细探究他对于人的理解,以及他的民族精神与人性的关系。

在他早期的短篇小说中,描写封闭社会的瓦解是他的一大特色。《黄土记》《岩石》《山火》中的主人公都是完全封闭的社会中的人物。左右他们的是深沉的宿命感和虚无意识。他们的虚无意识与宿命感意味着他们完全被当时的社会所束缚。在《黄土记》中人物之间无谓的较量,是不想被这社会驱逐的最后的自我表达。《岩石》中主人公的死亡,和《山火》中人们相信"红花山着火会出大事",或者会有大瘟疫发生,这些现象都在极其鲜明地表达对封闭社会的认同。在封闭社会中,人与人之间的关系和与大自然的关系,只能靠旧例和传统来解决,土著信仰非常发达。而从中逃离出来,对封闭社会的人们来说意味着死亡。《巫女图》象征着封闭社会的瓦解,它展现了基督教走进被土著信仰支配的封闭社会的过程。《巫女图》中毛火与她儿子昱伊之间的矛盾意味着固守封闭旧社会的一方与试图营造开放社会一方的对立。那种对立最终把毛火和儿子引向死亡,"毛火之死"则象征着封闭社会的瓦解。

金东里并没有将开化期带来的冲击看作是历史的必然趋势,或是日本势力的前线,而是将其看作是风俗之间的碰撞和观念之间的对立,从文化史观出发理解并接受了这些对立。这些在土著信仰与基督教之间的

---

[1] 이형기,「김동리작품해설」,『한국대표문학전집 5』, 786쪽.
[2] 此类批评可参见李御宁、金宇钟等人的观点。

第五章　民族的重组与国家的发现

对立这一主题中可见一斑。对金东里来说，开化是一种文化转变现象，在政治史和经济史上并不存在意义，如何克服种种对立成为他关注的焦点。我们要留意他出生于庆州这样一座城市，否则会很难理解这一问题。同样地，金东里的主题往往从文化史方面入手，又在家族关系中寻找素材，这一点也值得关注。《巫女图》中的毛火和昱伊，《等身佛》中的万寂和谢信，还有《萨班的十字架》中的萨班和玛格达莱纳·玛利亚就是生动的例子。他把家族制度看作是文化的最小单位，并从文化史的高度来分析家族制度的瓦解。这也是为什么多东里没有对现实的问题与事件表现出浓厚的兴趣。对金东里来说，好像没有比作为文化最小单位的家族关系的混乱更悲剧的事情了。

金东里"在以作家身份生活了25年后，第一次有了拥有一部作品的自信"①。他的代表作《萨班的十字架》，就是将他的第三期人文主义进行了艺术化加工的长篇小说，其中展现的是希望在天上可以实现一切的耶稣，与希望在地上实现一切的萨班的对立。主人公萨班是一名犹太独立运动家，是地下组织血盟团的头目。他通过青年时期的斗争，切实了解到无法用武力与罗马对抗。这时吸引他的是像摩西一样的人物。摩西带领以色列人走出了埃及，而他期待着有一个救世主可以将他们带离罗马帝国的压迫。萨班进行独立运动的纲领并不是倡导个人的活动，而是等待救世主，与民众"一起"站起来。萨班最终找到的是救世主耶稣。然而，和萨班期待的不同，耶稣并不是摩西式的救世主，耶稣希望在天上实现这一切。萨班和耶稣的三次会合表现出支持天上世界的超越主义者，与支持地上人间的现世主义者的对立。②金东里在对立中对萨班持肯

---

① 『한국대표문학전집 5』, 790쪽.
② 三次会合分别在马太的家（第304页），加利肋亚北部山坡（第392页），十字架下（第422页）进行，对话内容相似。

定态度。在地上实现不了的，在天上实现又有什么意义呢？这是金东里与萨班一起向耶稣提出的问题。不过在地上的实现又意味着什么呢？首先就是犹太人的独立。那独立是为了谁？是为了犹太民族的独立。在地上要实现的是把饱受痛苦的犹太民族从外来势力中解救出来。但是萨班的执念在于他的权力，而不是犹太民族的苦痛。萨班清醒地知道，为了掌权并为了完成犹太民族的独立需要一个救世主。而在当时救世主要具备劈开红海的能力，是能"帮助"萨班登上王位的人。从这个意义上来看，萨班需要同时具备天时、地利、人和才能成为君主，是一位体现着东方思想的人物，而不是为了解放饱经痛苦与压迫的人性去斗争的人物。同样值得注意的是，哈达德团师被刻画成东方泛神论者也是出于这样的意图。有位评论家说《春秋》的主人公伍子胥是东方的萨班，与此不无关联。①综上所述金东里的地是王道之地，并非民主主义之地。他的人文主义也不过是帝王之道而已。

三、孙昌涉②：自我否定的美学

用孙昌涉自己的话来说，他的小说是"借小说之形式完成的作家精神手记"，是"带有韬光养晦之趣味的、对自我告白夸张的记录"③。他的小说主要描写的是他自己，但这并不意味着他的小说是20世纪30年代流行的安怀南类的身边小说。在孙昌涉的小说中看不到琐碎的私生活和朋友间的友情，而这正是身边小说的一大特点，大部分小说中也不会有

---

① 이형기,「김동리작품해설」,『한국대표문학전집 5』, 792쪽.
② 孙昌涉（1922—2010），出生于平壤市，无正规学历。1952年在《文学艺术》发表《公休日》（『공휴일』），自此登上文坛。1955年凭借《血书》（『혈서』）获现代文学新人奖，1959年凭借《零余者》（『잉여인간』）获东仁文学奖。
③ 『현대한국문학전집 3』(신구문화사, 1972), 476쪽.

第五章　民族的重组与国家的发现

知名人士出场，孙昌涉的小说亦是如此，他的小说中只有自己的形象被"夸张"地表现出来。他自我告白式小说的基调是他消极的世界观。孙昌涉小说的大部分主人公都没有完整的肉体和生活。特别是在其早期的短篇小说中，他把身心残障人士选为主人公，而在后期则把过着非正常生活的人选为主人公。《下雨的日子》中的东玉和《血书》中的俊锡有跛足，《被害者》中的炳俊是驼背，《死缘记》中的圣奎和《生活的》中的顺伊则患有肺病。《血书》中的昌爱患有肝病，《未解决之章》中的文老师患有肠胃病，《人间动物园抄》中的室长和周老板是在当时被认为是病态的同性恋，《流失梦》中的姜老人患有神经痛，以及《旷野》中的老王是瘾君子。在《少年》《零余者》《神的戏作》《落书族》中出场的善良的人，也被刻画成过着非正常生活的角色。将此类非正常的人物变得更加绝望的是小说中展现的沉闷的背景。孙昌涉主人公的居所是"阴暗的洞穴"（《死缘记》），"没有光的洞穴"（《未解决之章》），"只觉得是像洞穴一样的房间"（《人间动物园抄》），"只铺了草席子的地板房"（《生活的》），还有"不管何时都铺放着的顺伊的被子里"（《未解决之章》）①。同时，"他的作品基本上都在阴沉昏暗的氛围（如以雨中或日落景象为背景）中开始，也在昏暗的氛围中结束"。②

正如从孙昌涉作品的主人公身上看到的，他们缺少对现实的正确观察及分析，并对其赋予意义的心志，这是孙昌涉的消极世界观的最大特点。他们被动地接受现实带来的压力，把他们不幸的生存环境变得更加令人绝望。最犀利地表现这一特点的词语是命运。③例如"重新笼罩下来

---

① 김병익,「현실의 도형과 검증」,『현대한국문학의 이론』(민음사, 1973), 341쪽.
② 유종호,「모멸과 연민」,『현대한국문학전집 3』, 545쪽.
③ 김병익, 앞의 글, 341-342쪽.

的命运的阴影"等，而我们并不清楚在高处操纵命运的导演是谁。因为孙昌涉塑造的人物总是被动地接受压力，所以他们比起人类而言更接近于动物。这也是为什么在他的小说中，性和粮食这种基本的问题会经常成为主题。剖析这种消极的人生观是如何形成的并非易事。早期评论家试图通过精神分析来理解他消极的角色观，认为其来自童年时期扭曲的性经验。他母亲的性生活和被她撩拨的性欲，在母亲的出走后被完全扭曲地表达了出来（《神的戏作》）。① "他的精神和肉体的先天或后天的畸形，并不是只在少年时期显露的短期现象，受到艰难的环境的影响，继续表现为处在他的生活中心的悲剧性幽默。"② 他自己将其称为孤儿意识。

> 虽然是老生常谈，但是当我在命运和逆境中经历了自我成长中最重要的少年和青年时期后才认识到自己时，在我眼前浮现的自我的形象是没有父母兄弟，没有故乡家国，也没有金钱和生日的、彻底患上营养不良的"肉体与精神的孤儿"。③

这样的孤儿意识在他的小说中被表现为发作性的性虐待狂行为。当其极度畏缩时，反作用力会将小说人物变成性虐待狂，此时形势判断或批判意识根本无法介入其中。在《落书族》和《神的戏作》中，行为的核心是性虐待狂的强奸行为和发作性的暴力行为。在性虐待狂般的行为之前，意识会出现"愤世嫉俗和自嘲、失意和死心、伪装的犬儒主义、

---

① 《神的戏作》（『신의 희작』）被认为是他的自传体小说。
② 『현대한국문학전집 3』，415쪽.
③ 同上书，第473页。

第五章　民族的重组与国家的发现

虚伪和不信任、失序、对爱情知觉的麻木、情况的分裂"等状态。① 作者和他早期的评论家都对这样的精神分析结论表示赞同。然而，与此不同的是，另一些看法认为他的精神疾病是社会动荡的结果。

> 孙昌涉笔下如此愤世嫉俗的人格侮辱出于根深蒂固的消极世界观，认为人无法决定自己的人生。其悲剧的原因与古希腊对神的戏弄相通，大概是自己的个人史与殖民地解放后的混乱，以及和朝鲜战争组成的连环式的大混沌情况相结合的产物。②

事实上除了他的小说《落书族》外，他几乎都在处理解放和朝鲜战争带来的精神上的以及物质上的外伤。由此孙昌涉在小说中塑造了许多俘虏、伤残军人、逃兵役者、孤儿等人物角色。他的小说犀利地描写了在动荡的社会中失去根基的人是以何种速度彻底崩溃的。他宿命般的人生观是生活在剧变期的人们消极的生活观念所达到的一个顶点。此种消极的世界观对同时期作家和后世的作家都产生了广泛的影响。

孙昌涉的代表作《落书族》中个人的不幸与社会的不幸形成了一种巧妙的"和谐"。他刻画了一个表面上因政治原因遭受冷落，而内心中渴求民族独立的、得到许多知识分子支持的激进分子。不想忍受压迫地活着构成了激进分子生活的基本结构，但是社会并不允许他如此。这时他开始出现过激的行为。与此相反的是叫相姬的女主人公，这是孙昌涉创作的人物中最积极、最理智的角色。在《少年》中的南英，《零余者》中的仁淑身上也可见一斑，但像相姬这样如此受到作者理直气壮庇

---

① 『현대한국문학전집 3』, 474쪽.
② 김병익,『현대한국문학의 이론』, 341쪽.

护的角色并不多见。她和道贤相反，是会冷静观察并分析现实，得出一些结论的人物。在她看来，知识分子要摆脱殖民统治下的压迫，能采取的只有两种方法：一种是流亡海外；另一种是成为医生或律师，哪怕并不积极，但也能为一个民族出力。过激的恐怖主义无疑是自我牺牲罢了。孙昌涉在解放十四年后发表的《落书族》中提到的与殖民统治斗争的方法，也是他批判过激主义的证据。

孙昌涉小说并不以理性批判或抒情写意的描写为目的，而是为了唤起情绪。就像有人含糊不清地形容他的文章是"有黏着力的固执的文章"[1]，为了唤起注意他会使用"本就很""时不时""动不动就""猛地"之类的副词，并频繁使用终结词尾"是/会……的/了"来间接提示事件的展开，同时快节奏地提示现实的绝对性作用，向读者传递因事件唤起的情感而不是事件本身。

> 那是昨天的事情。我一直数到了一百，隔壁都没有发出一点动静。东周的呼吸变得急促起来。他相当猛地坐起身来，确信顺伊是已经死了。[2]

这是《生活的》中的一个片段。在这里作者将"猛地"和"相当"巧妙结合，表现出行为者的意图不只是"猛地"，而是"相当"标准的"猛地"，同时也把作者的意图表现了出来。还有在"是……了"中也将作者自身介入其中。尤其需要注意的是，在作者怀着玩世不恭的心态刻画人物时都会使用"是/会……的/了"这个终结词尾，无一例外。

---

[1] 『현대한국문학전집 3』，457쪽.
[2] 同上书，第159页.

第五章　民族的重组与国家的发现

就算如此，不管是公司、饭店、书店和钟表店，他每天都会逛上十几家甚至二十几家的，看到什么就逛什么。当然最近他不抱有任何希望，找个地方就说"我是勤工俭学的法学专业学生，只要够我付学费和餐费，不管什么事情都会誓死效忠的"。就像是生来为了说这句话一样，说完扫视着那儿的人们。达寿为了找工作，还没找到什么手段或方法是比这个更好的。他自己觉得这样的求职运动是尽了全力的。①

"是/会……的/了"强烈传达着玩世不恭的态度，作者将其原封不动地使用在了南廷贤的身上。

在孙昌涉对主人公的描写中，也能够看到为了唤起情绪的文风，他很少对他的主人公进行巴尔扎克式的描写。"不管是长相还是身高，作者没有告诉我们任何的东西。尽管如此，通过其戏剧性的台词，或来自作者洞察人物心理产生的轻描淡写的触碰，或对人物愤世嫉俗的观察，都可以让我们获得真实性。"②

四、崔仁勋③：疏离的文学

崔仁勋是战后最伟大的作家，他没有感性地去描写失去根基的人这一有关来韩作家的母题，也没有将其与怀乡意识结合起来，而是把它

---

① 『현대한국문학전집 3』，178쪽.
② 同上书，第452页。
③ 崔仁勋（1936—2018），出生于咸镜北道会宁郡。1950年随家人一同来韩。1959年在《自由文学》上发表了处女作《灰色俱乐部颠末记》（『그레이구락부전말기』），1960年出版了《广场》（『광장』），1966年凭借《笑声》（『웃음소리』）获东仁文学奖。

拓展为具有普遍性的人的环境。他的作品特征囊括了黄顺元的写意抒情性，孙昌涉的消极人物观，鲜于辉的怀乡意识，以及张龙鹤的观念主义。然而，他的文学并没有耽溺于此，而是向我们展现了关于人与世界的广阔蓝图，同时将他的疏离进行了一般化处理。关于他的疏离文学我们可以作出以下几点评价。

1. 在他的小说中可以看到理性主义者对自我谨慎的确认。从描绘用理性对抗命运的知识分子自我幻灭的《罗郁传》（1959），到描写现实与逻辑之间距离的《小说家仇甫氏的一天》*（1972），小说中的主人公既没有顺应现实，也没有盲目抗拒，而是始终坚持用逻辑去理解自己身处的社会和现实。这也是为什么他和其他来韩作家不同，他对不同的意识形态都进行了批判。在他理性主义的视角下，健康的社会是人们都可以自由平等生活的社会。就像他在《广场》（1960）中描写的一样，南北不同的意识形态依据的都是"浮谈"，并不是那个社会自发诉求的结果。他认可的政治观在《总督的声音》《小说家丘甫氏的一天》中得到了细致的展现。他说生活是"为了不抽中下下签而使出的吃奶的劲儿"[①]。在人类社会里正直地活着，也就是说，正义意味着"把会抽到下下签的危险概率平摊"。[②]那么在严格的抽签中抽到下下签的人该怎么办？"抽到上上签的人们为其提供吃穿和教育。"[③]我们仍然无法判断他对公平分配的呼吁来源于什么，是源自他认识到《灰色人》中深刻描写的革命与爱情这两个极端的解决办法是过于理性主义的选择，还是源自他认为循序渐进的修正才是可行的出路。不过不管构成这个社会的理念是什

---

* 崔仁勋对朴泰远1934年同名小说的仿写之作。——译者注

① 『소설가 구보씨의 일일』(삼성출판사, 1972), 49쪽.
② 同上书，第50页。
③ 同上。

第五章　民族的重组与国家的发现

么，他认为没有公平分配的社会会变得僵化。而对防止僵化起着重要作用的是知识分子。在他看来，只有揭发和修正社会的不正之风，把社会改造成可以让大家按规则抽签的社会的人才算得上是知识分子。因此，我们可以感受到他笔下的知识分子都有着强烈的使命意识。与此同时，崔仁勋并没有因自己不是工人和农民这一没有抽到好签的阶层而产生负罪感。在《灰色人》中他间接表达了对这种负罪感的抗拒，取而代之的是，因自己没有进监狱而产生的羞愧感。一个社会想要健康地维持下去，就需要因抗议分配不公而入狱的知识分子。

2. 他的政治观点可以概括为：（1）政府"对外要在国际社会中维护民族国家的独立"，对内"要按照宪法的规定使用权力"；（2）企业家要懂得"从社会索取了什么，就要给社会回馈什么"；（3）知识分子不该放弃"捍卫真理"这一"主要的劳动"；（4）国民"要找出将我们疏离的对象"，并与其"斗争、协商和交易"，持自由主义的立场（《主席的声音》）。

3. 他的文学主要处理的是疏离意识。由于他的自传或传记尚未出版，所以想要确认他是如何开始被社会和现实疏离的，实属难事。然而，我们通过他的《灰色人》《广场》等作品可以看到，小说中人物的疏离感来自其想努力融入自己身处的社会却遭遇了挫折这一现实，这首先从人物对自己身份的认知开始。《广场》中的李明俊和《灰色人》中的独孤俊分别有一个入朝的父亲和来韩的父亲。因此，他们逐渐被他们所属的社会疏离，人们对他们敬而远之。他们被先天赋予了无法矫正的缺点，他们的根基开始被拔除，而能克服这种情况的只有革命和爱情[1]。疏离意识把崔仁勋小说里的主人公推向了自我意识过剩的状态。这样的状态

---

[1]　김현,「헤겔주의자의 고백」,『한국대표문학전집』(삼중당). 参考作家说明。

使他们猛烈批评他们难以生根的社会，同时也唤起了他们对根基被拔除之前状态的乡愁。他的疏离意识处在乡愁和批判两者之间。当前者更强时，他的小说会多一分写意抒情；当后者更强时，则会凸显散文式的逻辑壁垒。

4. 他"对传统的现实主义（Realism）进行了方法上的否定"[①]。《九云梦》《西游记》等梦幻世界与现实世界的交融，《总督的声音》《主席的声音》等长篇演说，还有无法用常识理解的小插曲的出现，都表现出他的小说写作方法与现实主义之间存在距离。对此，有观点认为其创作方法本身是用来呼应主人公孤独的精神历程，反映了作者经验世界的狭隘。另一些观点则相反，认为为了揭露真相可以歪曲事实，是尖锐的现实感觉的结果。

5. 他的文学穷极对思考过程的观察和表现，是思想小说的一大典型。和李箱、张龙鹤的小说用警句、揶揄、讽刺来建构理智相反，他的小说充分服从逻辑，全面展现思考的进展状态，与身边小说的无逻辑性毫无关联。他的小说是想要用理智去解析和批判他身处的社会，并试图彻底理解社会意志的产物，同时也是想要将其转变为健康社会的艰苦努力的结晶。因此，在他的小说中比起对现实的揶揄和讽刺，辛辣批判和诙谐的内容占主导地位。他并没有站在反社会的立场对此否定是在接受他身处的社会和国家的原则基础上进行改造。他的内心探索并不是自我中心（égotisme）的外露，而是个人主义的一个变种，其中隐藏着对自己和对生活在自己所属的社会中的他人的责任感。也正因为如此，他的内心探索始终是问题所在。通过内心探索，他重新确认了性和粮食的分配是人类社会的最基本的问题。

---

① 『현대한국대표문학전집 16』, 505쪽.

第五章　民族的重组与国家的发现

6. 用民主主义和资本主义的理念批判过去的传统，用过去的遗产批判当代韩国的现状，是他小说技巧上一个突出的特点。《孬夫*传》《春香传》《雍固执传》等作品用现代的社会伦理批判过去的封建风俗和经济观，《圣诞歌1》是将过去的风俗带入当代进行批判，《小说家丘甫氏的一天》直接模仿了20世纪30年代同名小说的形式来批判现实，《西游记》则从文化史角度对过去观念和风俗进行解说。这样的处理都是为了表现当代的韩国文化正处于一个变化期。久经历史积淀的文化以及支撑这种文化的观念，会让形成这种文化的社会内部成员毫无怀疑地生活在其中，李舜臣就是这样一个例子。然而，对于生活在变化期的人们来说，观念和风俗本身就带来了混乱，不知道该如何生活。如何克服这一混乱？这是崔仁勋向韩国文学提出的最重要的问题。相比现实这个当代词语，他对风俗这个文化史的词语表现出更多的兴趣原因也在于此。人需要在成熟练达的同时单纯地生活，这是创造悠久灿烂的文化和构建健康的社会最重要的条件。相信对现实及时的反应会让他身处的社会变得更好，或是相信只有某个阶层的胜利才会让社会成员幸福的人不过是人云亦云的知识商贩而已。我们如何才能生活得更好？崔仁勋忧心忡忡地重复着这个问题。

五、其他作家

1. 张龙鹤①

张龙鹤和李箱被认为是20世纪韩国文学史上文字最晦涩的作家。如

---

*　该词现存多种译法，如孬夫、游夫、奴儿夫和乐夫等，并未统一。——译者注
①　张龙鹤（1921—1999），出生于咸镜北道富宁郡，曾就读于早稻田大学，以学生兵的身份入伍。1947年来韩。1950年在文艺杂志上发表《地动说》（「지동설」）登上文坛，1955年发表《约翰诗集》（『요한시집』）。

343

果说李箱收存的是无法忍受20世纪30年代殖民统治的意识上的疾病，那么张龙鹤收存的是解放和意识形态斗争带来的意识的伤痕。张龙鹤通过日语接受了初等教育，解放后不得不用韩语表达自己的情感和思想，属于被撕裂的一代。那一代人不可避免地与童年时期的情感断然疏离，他又是其中因为意识形态斗争而连生存的根基都被掠夺的人，这一点镌刻进他的文学观念之中。在他的笔下都是被语言和生活双双疏离的人物，而他在文学上的努力正是为了克服疏离而进行的挣扎。

他最用力批判的是名义。名字以逻辑之名进行捏造，把人和实体分隔开来。他把名义当作人的冠词，把实体看作人的概念词。他认为自由、平等、和平、正义等一切概念性词语都是虚伪的，同时主张为了成为真正的人不得不卸下所有的伪装。从他的成名作《约翰诗集》（1955）到他最热门的《圆形的传说》（1952），他的文学底层中隐藏着想要原原本本地捕捉人性的浓厚热情。对他来说，这意味着发现了摆脱意识形态虚伪性的人性的本真状态。他坚持把空想主义这一意识形态批判为虚构的，对此也应该从这一角度进行理解。和黄顺元的《该隐的后裔》不同，他对意识形态的批判是有逻辑性和唯心性的。矛盾的他一面排斥观念，而一面又是唯心的，这一事实也表明他是一个违背自我意愿的作家。正因为对名字、名义进行批判，所以在他的小说中出现了很多犀利的讽刺、嘲讽和引人入胜的警句。

有关性的风俗为他的观念小说赋予了活力。在他的小说中出场的女主人公大多是才华横溢、拒绝名字和名义的，所以有时会嘲讽戏弄患了失语症的男主人公。才华横溢的女主人公嘲讽的背后，隐晦透露出当代的性伦理。最能体现出作者功力的部分不是他唯心的情节说明，是其文采四溢的对话内容。在他的小说中几乎没有一种男女关系拥有正常幸

第五章　民族的重组与国家的发现

福的结果。女人的人物形象是会与生活妥协，并乐在其中的；而男人相反，他们总是会受到生活的压迫，或是无法走出自我，同时无法抛弃对实体的强烈欲望。所以他们的关系总是以不幸结尾。作者把家族制度本身看作一个名义，所以始终站在对此否定的立场上。在他的小说中，构成一夫一妻这种现代家庭制度的性分配原则遭到了根本上的否定。近亲通奸这种骇人听闻的行为成为其表达否定的一种象征。

《圆形的传说》可以说是张龙鹤的代表作，在这里可以找到他所有的写作特点。含混不清的文风、唯心的情节说明、肉欲、近亲通奸，以及意识形态的戏剧性都混杂在他的小说中，这是作家寻求人类理想的柏拉图主义的极端表现。然而，他的主人公大部分非疯即死，也表现出他柏拉图主义追求的局限性。他用悖论证明了生活并不是名义的对立面，而是创造名义的实体。

由于和童年时期的经历彻底断了联系，他属于用日语感知并思考的一代，所以在他的语言中基本上没有出现韩国的土语。他使用的都是可以在教科书中学到的有逻辑的词语。不过正如艺术是为了摆脱规范而作出的努力，他把有逻辑的词语进行了误用和扭曲，致使文风并不激进鲁莽。这样的文风在写实主义小说中是不被允许的，所以他的小说跳脱了写实主义的严格限制，和写实主义小说不同，其结构和人物性格都是自由奔放的。然而，在他的小说中可以看到其他小说家所不具备的强烈的批判意识。

2. 鲜于辉[①]

鲜于辉和吴尚源都是受到了安德烈·马尔罗和圣·埃克苏佩里行为

---

① 鲜于辉（1922—1986）。出生于平安北道定州郡。1955年发表《鬼神》（「귀신」），1957年凭借《火花》（「불꽃」）获东仁文学奖。

学派人文主义的影响后开始创作之路的作家。鲜于辉关注的并不是"安稳的现实和几近于无为的善良的平民性",而是"不管怎样都把现实看作自己的,而非他人的迫切问题,并尽全力直面于此的诚实与热情"[①]。这是从他早期的代表作《火花》开始,到可以算作代表作的《没有旗帜的旗手》(1959)、《追击的终曲》(1951)等作品中展现出的贯穿始终的倾向。他乐于刻画历史的剧变期中敢于直面现实的行动者,这样的行动者大部分都带有右翼的色彩。但是他笔下的主人公并不是盲目的右翼分子,他们是彻底看破左翼"公式化"的理论,以及认清了躲藏在理论背后的"虚伪"生活的知识分子。相较于阶级化的人,他们对普遍性的人更加抱有幻想,同时对把人阶级化、意识形态化的"雇主"表示出极大的反感。《火花》中描写的正面人物是"一直忍受痛苦的安静的人们,把雇主的骄纵和残暴归咎于同为人类的自己的耻辱"[②],而在《没有旗帜的旗手》中变成了"占了茅坑就拉屎吧"[③]的恪守本分的人。《火花》中的贤,《没有旗帜的旗手》中的许允,《追击的终曲》中的允浩都在如实表现出鲜于辉的这种取向。相较于有意识的人有逻辑的参与,他更注重的是行动人有人性的反应。对于作者的这种态度,有人提出了反对意见,认为这是一种封闭的被动主义的表现[④]。鲜于辉式的道德观并不像《火花》中的贤表现出的对历史的积极参与,而是更倾向于在他爷爷生前"对别人的事情不感兴趣,更没有想要侵犯别人底线想法"的道德观。

在他的行动人的行为中缺少了对历史和现实的细心观察与批判。

---

① 『현대한국문학전집 12』, 11쪽.
② 同上书, 第361页.
③ 同上书, 第99页.
④ 선우휘,『망향』(일지사, 1972), 354-355쪽.

第五章　民族的重组与国家的发现

这也是为什么这些行为看起来有些即兴和意外。鲜于辉没有像崔仁勋那样对解放和来韩赋予深刻的意义，也没有像张龙鹤那样否定制度本身。他把所有事件和规范看作无可奈何的前提，并坚定不疑地选择去面对。所以他的文学成就来自接受并看破这一切的人的乡愁，而不是即兴的行动人参与的美学。他的小说中的感人作品都让人毫无招架之力，刻画的都是来韩人的怀乡意识，或是来韩人在韩国的生活情况。进入20世纪60年代后期，鲜于辉主要开始发表以怀乡意识为主题，以及从羸弱没落的人身上发现美好的小说，后者可能与前者紧密相连。这也表现出他早期的热情已经消退，取而代之的是他原原本本地接受现状和现实的基本态度。

3. 徐基源[①]

徐基源的作家特质体现在讽刺小说和历史小说上。评论家提到他时，大部分都会提到他的代表作《暗射地图》《成熟的晚上的拥抱》《前夜祭》这些早期的短篇小说，或是《继承人》《半空日》等作品。然而，与他同时期作家的同主题作品更加出色，徐基源文章中时常也能发现不成熟的地方[②]，可以说这些作品是在他没能完全找到自我时的产物。一些评论家以《暗射地图》等作品为例，认为他通过渲染知识青年的怀疑、不安和绝望等情绪，犀利地描绘了战争所带来的这一无法治愈的精神创伤。其中也包括了对社会层面的性道德混乱，以及对战争悲剧性的理性探讨[③]。还有一些评论家把《继承人》《半空日》等作品也看作他的代表

---

① 徐基源（1930—2005），出生于汉城市（现称首尔），从汉城大学（现称首尔大学）商学院中途退学。1956年在《现代文学》上发表《暗射地图》（「암사지도」）登上文坛。1961年他的《成熟的晚上的拥抱》（「이 성숙한 밤의 포옹」）入选东仁文学奖候补作品。1964年发表『혁명』。

② 『현대한국문학전집 7』，453쪽.

③ 同上书，第466页。

作，认为由于徐基源出身于首尔，所以他并没有像来韩作家一样被拔除了生活的根基，并且在作品中隐藏着思考如何回归到他的原生世界的努力。《继承人》《半空日》等作品就是他为了重新扎根于本土社会而作出的努力。对徐基源的这两条评价直观地揭示出徐基源价值体系的崩溃以及为寻找价值体系崩溃的根由和原因作出的努力。最能体现他的这一面貌的是其系列讽刺小说《马鹿列传》和诸如《革命》《金玉均》之类的历史小说。

从逻辑上来看，《马鹿列传》是对于《四肢演习》《半空日》《阿里郎》《误算》等机关信息员出场的小说的完结。这些小说描述的是权力所害怕的阴谋和他们调查的内容毫无关联这一事实。这些都"淋漓尽致地"展现了"顺良的市民对专断政治的虚伪以及对支撑这种虚伪的暴力产生的恐惧"①。徐基源的讽刺小说正是在对政治现实的洞察之上产生的。《马鹿列传》将现在与过去巧妙地重叠起来，讽刺了这一代人的傻气。把过去的语言和当下的语言放在同一平面上进行组合，是对过去与现实同时进行的犀利讽刺。"从历史的角度来看，他认识到了今天的情况并没有跳出陈腐结构的两面性，同时将现在的政治权利理解为颠倒了人的良心和真实的暴力。"②

《革命》《金玉均》等历史小说是他在剖析传统社会瓦解原因的过程中创作的。因此这些作品与朴钟和的统治阶级的历史小说，或是与柳周铉的浪漫历史小说截然不同。他在《革命》中描述的是朝鲜王朝后期两班社会的瓦解过程。世家出身的主人公金宪洲虽然被两班阶层排斥在外，但始终无法放下他的不舍。徐基源以此来犀利地揭示了动摇中的身

---

① 『현대한국문학전집 7』, 508쪽.
② 同上书，第200页。

第五章　民族的重组与国家的发现

份社会的诸多面孔。结果令人震惊的是，全琫准这一革命的主要势力反而背叛了身份改造的要求。这一主题可以视作领导阶层对历史的背叛。

徐基源除了在讽刺小说和历史小说领域取得文学成就之外，在文学史中值得重视的还有他的文学观。他坚持认为文学要使用简练的语言，并主张用简练的语言把围绕在作者身边的所有现实都表达出来。他努力同时接受文学即语言的纯粹主义立场和文学是表达现实的现实主义的立场。这样的文学观是在对殖民地后期纯粹文学派的文学理论（特别是在李泰俊的《文章讲话》中体现的文学理论）和解放后的参与文学理论（特别是李御宁等浪漫主义参与论）的接受并超越过程中产生的。对此也有人提出了反对意见，认为不存在简练并完整的语言，文学上完整的语言只能指代主题与表达无法分隔的相互融合的状态。[①]

4. 河瑾灿[②]

河瑾灿和金廷汉一样，都把庆尚道农村当作他们探究的对象。虽然河瑾灿把农村当作对象，但从狭义来看，他的小说并不是农村小说。他并没有像李光洙等作家那样，以施舍的态度对待农村；也没有像李无影等作家那样，关注的是憨厚正直且对土地强烈眷恋的农民。他关注的是在传统生活被隔绝、风俗场地被破坏、生活根基被动摇的外部条件下，仍顽强生活和克服自身困境的农民。能引发这些农民身上这些反应的因素基本上都是战争，具体来说是太平洋战争和朝鲜战争。这两场战争动摇了韩国农村的根本，相当多的韩国人非死即残。河瑾灿首先是站在农民的立场上描述了战争带来的灾难。《渡船的故事》中的森石头为了阻拦传达"入伍通知书"的人把船开往反方向，《哄笑》中的赵判守则将

---

① 김현,「테러리즘의 문학」,《문학과 지성》제4호.
② 河瑾灿（1931—2007），出生于庆尚北道永川市，从全州师范大学中途退学。1957年凭《受难二代》（「수난이대」）获得《韩国日报》新春文艺奖。

入伍军人的"阵亡通知书"扔进了小溪。他笔下主人公的反应相当朴素且直观。对这样的态度有两种评价：一种认为其属于恨的世界，另一种认为其属于民谣的世界。①表面上看来，这两种针对韩国人在自己无法克服的社会现实面前采取的态度所进行的评价是相似的，但实际上相差甚远。把韩国人的这种态度看作是恨的世界的人，认为主人公无法靠近历史或社会的中心，隐藏着他们"不是推动历史的民众，而是被卷入历史潮流中的民众的残片"②的想法。相反，把这种态度看作民谣的表达，其背后隐含了"愚昧又深远的反抗精神或土著幽默"③的观点。

在《王陵与驻军》《山鸣》《红色山丘》《三角屋》，还有把他早期被动的受害意识发展为悲剧的世界认知的《夜壶》中，河瑾灿完全释放了作为作家的能量，把灾难的现场上升到更高的维度。在这些作品中，他从"悲剧对于体验到的人才算是悲剧，带有正话反说的形态"④中观察韩国的现实。这样的观察包括了"认为全民族的生活绝对不能依靠外部的理解和援助的主体判断"⑤。对传统和风俗被"来帮助我们的美军"不得体的行为破坏这一事实的自觉，才是他的小说达到的最高成就。

他的小说有严谨的结构，使用了恰当的土语，保持了艺术的品格。在其艺术的空间中存在着"如实反映客观现实的同时，有超越这种现实的具有包容性的典型局面"⑥。

此外，同样值得关注的作家还有《李成桂》（1967）的作者金声

---

① 这两种观点可参考：김병익「한의 세계와 비극의 발견」(『현대한국문학의 이론』); 유종호,「비극 추구의 민요 시인」(『현대한국문학 전집 13』).
② 김병익, 같은 글, 296쪽.
③ 유종호, 앞의 책, 464쪽.
④ 김병익,「작가의식과 현실」,《문학과지성》제11호, 201호.
⑤ 同上文, 第201页.
⑥ 『현대한국문학전집 13』, 470쪽.

翰、《白纸的记录》(1957)的作者吴尚源、《关釜轮渡》(1972)的作者李炳注、《波涛》(1963)的作者康信哉、《小市民》(1964)的作者李浩哲、《金药局家的女儿们》(1962)的作者朴景利、《冻土》(1970)的作者朴敬洙、《黑麦》(1964)的作者李文熙,以及富有文采的短篇小说作家吴永寿、吴有权、姜龙俊、崔一男、南廷贤等。

第三节　真实与探究真实的语言

和殖民地时期相比,解放后韩国的诗歌从两个方面得到了外在的自由。一个是外部审查制度的废除,一个是韩语的自由使用。这两个外在的因素把诗人带领到了自由的广场,逃离了要求蛰居在抒情之中的殖民地时期的文化政策。因此,解放后韩国的诗歌被赋予了可以表达极致探索的能力,这在殖民统治下是无法实现的。许多诗人超越了自身的极限,努力对人与现实进行全面的反省,发表的作品的价值许多超越了殖民地时期的作品。具有代表性的诗人有徐廷柱、柳致环、朴斗镇、金春洙、金洙暎、高银,以及朴木月、朴南秀、金显承、金珖燮、宋稢、朴在森等。

一、徐廷柱[①]：佛教人生观的探求

徐廷柱和韩龙云都是从佛教中获取了诗歌灵感的优秀诗人。在徐廷

---

① 徐廷柱(1915—2000),号未堂,出生于全罗北道高敞郡。1922年至1924年在私塾学习汉学,1931年入朴汉永门下。1935年接受朴汉永的建议,进入中央佛教专门学校学习。1936年《壁》(「벽」)获选《东亚日报》新春文艺奖,1938年出版《花蛇》(『화사』),1946年出版《归蜀图》(『귀촉도』),1955年出版《徐廷柱诗选》(『서정주시선』),1960年出版《新罗抄》(『신라초』),1968年出版《冬天》(『동천』)。曾任东国大学教授。1972年出版《徐廷柱文学全集》(『서정주문학전집』)。

柱早期的诗里几乎看不到佛教的通达。在创作于20世纪30年代的早期作品中，他比任何诗人都迫切地吟咏被压抑的精神痛苦。正如大部分评论家指出的，他的精神矛盾来自他的身份本身，并用波德莱尔式的语言进行表达。在《自画像》中可以看到他的精神矛盾来源于他的身份本身，然而这并不代表这种矛盾只是粗浅地源于他是仆人的孩子。他通过将自己个人的问题置换为带有普遍性的问题，成功达到了相当了不起的艺术高度。同时，他也把自己的身份问题拓展为日本帝国主义统治下匍匐于日本这个大地主的韩民族（朝鲜民族）的普遍性问题，突破了自身的局限性。说他用波德莱尔式的语言表达精神矛盾，是强调他认识到了在感性经验中存在矛盾的因素，看到了丑中有美、美中有丑、善中有恶、恶中有善。①这样的认知来自于肉体与精神分离而产生的堕落与煎熬，是新教徒肉体观念的一种变形。徐廷柱同时感受到自身肉体的丑陋与快感，并将其拓展到包括自己在内的全体国民身上。这也告诉我们他的探求对象是人，他的创作是符合伦理的。这也反证了除了他和韩龙云、郑芝溶、尹东柱等几位杰出的诗人之外，大部分韩国诗人歌颂的是除人之外的大自然。在徐廷柱的诗中其实看不到传统意义上的大自然，大自然和他的周遭环境一样，对他来说都带有人性。他早期的精神矛盾会通过肉欲得到解脱，肉欲并不会通过正常的性生活得到消解，而是会通过非正常的、非伦理的行为得到宣泄，因此在他的肉欲中有凄凉的哭声隐藏在其中。

> 美丽的蛇……
>
> 诞生在多么巨大的悲伤中

---

① 김우창,「한국시의 형이상」,《세대》1986.6, 330쪽.

第五章　民族的重组与国家的发现

才有了如此令人恶心的皮囊①

麦田里升起月亮

就吃掉一个孩子

花一样火红的哭声

整夜哭啼。②

对土地长长的吻，噢噢让人颤抖

细细咀嚼艾叶，牙齿变得皎白

野兽般的笑容是甜的，甜的

像哭声一样是甜的③

哭声通过麻风病患者和红色得到弥补，更加强调了意识的分裂。"在某个灿烂迸发的早晨/搁在额头上的诗的露珠/也常常有几滴血"④混在其中。徐廷柱的精神矛盾使他两次陷入精神错乱之中，这是因为他的精神无法再承受生活和政治双重压力带来的分裂。然而，奇怪的是，他的诗没有像奈瓦尔或兰波那样涌向错乱，而是充满了节制与通达。这是他为了平息他的政治性错误⑤、安抚不健康的肉体找到的唯一出路。他的节制与通达使他避开了生活的现场，从而开始了"从绣绷中看花园一般"看

---

① 『서정주문학전집 1』(일지사, 1972), 314쪽.
② 同上书，第316页。
③ 同上书，第321页。在《徐廷柱文学全集》中出现的是"像微笑一样是甜的"，而不是"像哭声一样是甜的"，然而在《徐廷柱诗选》中是与上文一样的。笔者认为，只可能是全集出现了错误，但并不能确定是否为错别字。
④ 同上书，第313页。
⑤ 指他的亲日行为。

世界的精神主义。他的精神主义来自他拒绝从正面观察自己生活态度的喜剧。他的这种精神主义滋长了懒惰的人生观，催生了以故乡为主要叙述主体的诗。

> 没有一点办法的时候会思念故乡。
> 如今无法回去的过去的样子，召唤回雾霭一般消逝的形状。①

　　故乡是像雾霭一般消逝的存在，所以其"含义无从知晓"。其中生活与神秘主义相结合，一切都与"没关系……没关系"的安乐主义握手言欢。他自此开始试图努力创作散文以美化生活。《我的心路历程》与《天地有情》将他态度的喜剧表现得十分鲜明。在其散文中一切都达到了和谐，没有一处存在隔阂，也没有任何矛盾。在散文中，他的故乡有着马鞍岭的名字，但是在诗中又赋予了"新罗"这个名字。新罗是他想象中的故乡，象征着东方一元化的和平。在那里一切都通过佛教的因缘故事被说明和阐述，达到幸福的和谐与和平。但是在佛教的"业"中什么是可持续的，造化除了自我消亡是否意味着其他，生活在轮回中有什么意义等问题都被他搁置在一边，而用散文美化他家庭关系的态度的喜剧，在诗中重新表现了出来。

　　从某种程度上来说，在《新罗抄》之后他的诗通过《冬天》做了一个收尾。对此有两种不同的意见。一种是负面的，认为这部作品仍然是《新罗抄》之后荒凉的精神主义的表现；另一种是正面的，认为其中存在着爱情这一积极的人生观，超越了《新罗抄》的因缘故事。这两种态度都是为了理解徐廷柱这位独特的诗人而作出的努力。正如一位评论家

---

① 『서정주문학전집 1』(일지사, 1972), 302쪽.

第五章　民族的重组与国家的发现

的极端评论所言，他的失败也意味着韩国诗的失败。①

例1　三只狮子
　　　用额头顶着的房间里的学业
　　　我毕业了。
　　　在三只狮子用额头顶着的房间里
　　　我
　　　把这世上最后只有我一个人知道的
　　　你脸上的眉毛擦掉
　　　送给远方的布谷鸟，
　　　在那房间之上新盛开的
　　　一朵莲花上的房间
　　　滴溜溜地
　　　旋转得像莲花的花瓣
　　　就在现在长了上来。②

例2　不知道是谁在拖着磨破了的鞋
　　　走在世界的尽头。
　　　脚下踩着的
　　　沙子的声音传来。
　　　没有在世界的尽头死亡
　　　继续前行
　　　布谷鸟随之啼唤声声

---

① 김우창,「한국시의 형이상」, 334쪽.
② 『서정주문학전집 1』, 91-92쪽.

韩国文学史

> 青灯的光
> 葛花开着，
> 我也开始走着。
> 向着世界的尽头
> 无可奈何……①

  例1是《莲花上的房间》的全文，例2是《布谷鸟在葛花上啼唤的时候》的全文。在谈论徐廷柱后期诗的晦涩难懂和非伦理性的时候会经常提到例1，在表现他后期诗的伦理性的时候会提到例2。在例1中"因缘说话调"和他的佛教取向很难被他人所接受，或许是其表现得过分公式化。在他诗中所体现的解脱的姿态也表明徐廷柱的看破与通达变成了独善其身的自我防御。尽管较为单薄，但把这种独善其身升华为智慧的是后期经常与眉毛一起出现的布谷鸟——这一童年时期的回想。例2中可以看到他的轮回思想超脱了个人的业力，并恢复了与他人的关联。让人联想起瓦雷里《年轻的命运女神》第一小节中他人的脚步声，以及诗人对此无可奈何地不得不感觉深陷其中的伦理意识，展现出他从更高层面上克服了早期诗的精神矛盾。然而，在《冬天》之后，他在《马鞍岭神话》里开始继续探求故乡，使读者惊恐地预感到了他精神的朽迈。

  除了诗以外，徐廷柱的自传与诗人研究都在文学史中占据着重要的地位。他的自传指的是《我的心路历程》和《天地有情》。前者描绘的是他的童年生活与乡村风光，是他想象力的原乡；后者叙述的是他思想的形成与诗歌创作的过程。徐廷柱把他和他身边的人物用他独特的审美眼光进行渲染，相比自传更像是一部自传体小说。然而，和他后期的诗

---

① 『서정주문학전집 1』，104쪽. 他的诗中经常出现的布谷鸟是他少年时期的一个象征。

第五章　民族的重组与国家的发现

一样，徐廷柱在他的自传体小说中他逃避与现实的对抗，蛰居在自己模糊的记忆里，创造出只能看作是神秘人的人物，而非自我。这些人物始终与协调、生动以及现实维持着一定的距离感。徐廷柱借助特有的散文体、副词与形容词的重叠使用、口语的引入、恰当的诗意的比喻、特有的全罗道方言和拟声词渲染的文风，将这些形象升华为近乎史诗般的人物。徐廷柱的诗人研究指的是他以《韩国诗人与诗》为题对11位诗人进行的评述，他对诗人和作品的选择实乃批评之大家的典型。特别是对让他得到诸多影响与灵感的金素月的论述与研究，是精彩非凡的。

持续的探索精神是徐廷柱一切文学成就的根基。他的作品重复着相同的主题或元素，却因内容与形式的不同而产生的奇妙质感。例如，外祖母家的海啸在《我的心路历程》①和十四行诗《外祖母院子里升起的海啸》，以及散文诗《马鞍岭神话》中被反复探求。他的探索精神不同于在实验意识的美名下主张"不是自己形成的思想，装在从别人那儿借来的碗里倒成了自己的思想"②，反而是努力"用精神与语言和语言的律动来装饰适合自己呼吸和维持生命的世界"③。

二、柳致环④：志士的气节

柳致环是一位特别的诗人，他把申采浩式的志士禀性贯彻始终。只

---

① 『서정주문학전집 3』, 20쪽.
② 서정주·박목월·조지훈 공저, 『시창작법』(선문사, 1954), 80쪽.
③ 同上书, 第82页。
④ 柳致环（1908—1967），号青马，出生于庆尚南道忠武市（现统营市），曾在延禧专门学校文科学习。1931年在《文艺月刊》中发表《静寂》（「정적」），登上文坛。其作品有《青马诗抄》（『청마시초』）、《生命之书》（『생명의 서』）《郁陵岛》（『울릉도』）、《与步兵在一起》（『보병과 더불어』）、《第九诗集》（『제9시집』），自作诗解说集《寄情浮云》（『구름에 그린다』）。

有为数不多的诗人将自虐、愤怒和诅咒的先知的责任承担到底,而其中柳致环并没有像赵芝薰那样吟风咏月①,也没有像李陆史那样采用了象征的手法。在他的诗中如实表达着他情感的重量。正如他所宣称的,在这个意义上来说他并不是一个诗人。因为用修辞来打磨他情感的任务过于迫切紧急,所以他不认可诗和随想的不同,同时也反复声称自己不是一个诗人。

　　柳致环的自虐与愤怒来源于他认为本我应深深浸润在日常的自我之中的自觉。他的本我一直努力想要摆脱日常的压迫,但他的本我无法摆脱虚伪的生活。其对立的两个自我"始终悲伤地相守而过"②。然而,他总是在憧憬着他的本我。"热爱我的生命/和属于生命的一切"(《日月》),这样生活的自我才是他"理念的标杆"(《旗帜》)。他痛恨无法实现本我的东西,并对此爆发强烈的愤怒。

> 为我的仇人
> 和向仇人献媚的人
> 准备了最正确的憎恨

　　他早期的自虐源于无法将这种憎恨付诸行动。殖民统治下除了"在日本帝国主义这可恨的仇人面前承认自己是奴隶,并像狗一样向他们阿谀奉承"之外别无他法,这样的自觉唤起了他无比痛苦的自虐。

> 我的学识无法拯救深刻的怀疑

---

① 유치환,『보병과 더불어』, 97쪽.
② 유치환,『예루살렘의 닭』, 64쪽.

第五章 民族的重组与国家的发现

也无法完全承担我生活的爱恨

像病树一样直面生命的时候

我要去那遥远的阿拉伯的沙漠

那里升起的白日像不死之身一样灼热

一切都在沙子里消亡的永劫的空寂中

只有阿拉伯的神

在每个夜晚苦闷彷徨的热沙的尽头

在那烈烈孤独之中

吹动着衣襟孑然而立时

命运一定会和"我"相见

所以那个叫"我"的生命

无法再一次学会原始的本来姿态

不如让我在某个沙丘上被烤晒成无悔的白骨

——《生命之书》

"在沙丘上烤晒白骨"这种自虐是柳致环无法全身心地投入本我之中的呐喊。这一呐喊随着情况的白热化变得更加焦灼。他对解放后的混乱与自由党后期腐败的呐喊,是他自虐与自我抛弃的持续表现。这样的自虐存在"理念的标杆"这个对立面。在《旗帜》中得到最明确展现的他的标杆是"向着碧蓝的大海挥舞的/永远的乡思的手绢"。他并没有直白地表现理念的标杆为何物,他只是用没有陷入爱怜的对生命的热爱来进行表达。其热爱的结果是《春信》中鸟儿"在花枝荫翳连着荫翳的没有尽头的小径",是他的恋情,是他的情书。他对生命的热爱是一种泛神论的自然之爱。尽管他在延禧专门学校接受了基督教的教育,但他认为神不是人格化的神,而是"这个时空和让据此存在的万物存在的意义",是"没有形象的澎湃模糊的存在"①。

> 像山的回响一样,寻找会有回应但不存在
> 或者,
> 是我的意识之手可以触碰的那永远无穷②

源于他泛神论般自然爱中的神像自然法则,是"类似于东方的天的概念的意志"③,是"和人完全无关的意义上的"④虚无的意志。

从对生命的热爱这一点来说,他的生命诗学看起来与生命的哲学有所关联,但是表达的情感态度是志士般的超然或是预言家般的愤怒,而不是对生命跳动的歌颂。他相当多的诗都在歌颂岩石和树木,岩石代表极限的虚无意志,树木则象征着超然与孤傲。

> 例1 在我死后做一块岩石吧
> 　　　根本无法浸染一丝爱怜
> 　　　不随喜怒而动
> 　　　随着风雨的侵蚀
> 　　　在亿万年无情的缄默中
> 　　　鞭打着内心,只有内心

---

① 김윤식,「유치환론」,《현대시학》1970.11, 91쪽.
② 유치환,『예루살렘의 닭』, 42쪽.
③ 김윤식,「유치환론」, 91쪽.
④ 同上。

第五章　民族的重组与国家的发现

最终忘却生命
流云
远雷。

做一个做梦也不哼唱
碎成两半
也不作声的岩石吧。

例2 在看不见的地方深深落根，所以能一直苍劲的树。

例1是《岩石》的全文，例2是《树》的全文。例1中流露出的是极端的虚无意志，例2中以常见的树的苍劲象征文士的超然。他对生命的热爱无法成为向世界和个人敞开自我的力量，反而把自己缩小到内部，塑造出传统的老套形象，进而重新开始了他的自虐和愤怒。柳致环的愤怒与自虐是他对无法向外扩散生命力的惩罚。当他的生命力得到积极流露时，通常会以感性的小品收场。柳致环的代表作品大多充斥着自虐与预言家的愤怒。他的世界并不是面向未来的，而是重构过去的轮回世界，是儒家文士的世界。他绝大部分的遣词造句都是汉诗式的，也无不与此有关。他的诗达到了申采浩式的文士禀性的巅峰。

柳致环的诗几近于陈述。[1]他由自虐与愤怒产生的情感张力把他的陈述拉高到了诗的维度。这种张力击垮了那些带着不耐烦说他的诗出现了太多汉字词的抒情主义的批评[2]。然而，当他的诗想要积极表现对生命

---

[1] 김윤식,「유치환론」,《현대시학》1970.11, 96쪽.
[2] 서정주・박목월・조지훈 공저,『시창작법』(선문사, 1954), 140쪽.

的热爱时，又会变成老套而无力的东西。借用一位评论家的说法，柳致环将自己放在不是诗人的位置上时，他才是一个真正的诗人，但在解放后当他努力成为诗人时又不是一个真正的诗人了。①他是一个违背自我意识的诗人，不是顺从自我意识的诗人。身为站在历史前列的文士，他的本我受到压迫，当他痛苦地认识到无法肆意挥洒自己的热情时，他的诗便有了诗的气概。这种气概并非来自于他诗人的身份。

三、朴斗镇②：自然的愤怒

朴斗镇和郑芝溶、金显承一样，都是少有的从基督教中获得相当多灵感的诗人之一。他的基督教信仰不同于郑芝溶的天主教信仰，或是金显承超越自我的基督教，而是近乎旧约时期的救世主主义。相比个人的自我超越或救赎，支配他诗意想象的是预言者的愤怒和等待救世主的喜悦。表达预言者的愤怒时，他也没有像柳致环那样平铺直叙。他没有呈现出柳致环的自虐，因为朴斗镇把柳致环用非常抽象的语言表达的理念标杆具象化为信仰。

朴斗镇在早期诗作中奋力地表达着人们忍受现实的苦痛，以及等待救世主到来的欢喜。他用太阳表现救世主的到来，太阳是他早期诗作中想象的核心。

生而冤屈的尸体死了就不再受冤屈，只怀念着何时能把坟墓照

---

① 김윤식，「유치환론」，97쪽.
② 朴斗镇（1916—1998），出生于京畿道安城市。《文章》（『문장』）杂志推荐诗人。其诗集有《午祷》（『오도』）、《朴斗镇诗选》（『박두진시선』）、《蜘蛛和星座》（『거미와 성좌』）、《太阳》（『해』）、《人间密林》（『인간밀림』）。为公认的青鹿派一员。

第五章　民族的重组与国家的发现

亮的那种太阳。①

　　会挥动着白玫瑰和百合花迎接，会噙着高兴的泪水迎接，所以穿上雪一样白的衣服来吧。就像雪上闪耀着夺目的阳光，穿上又白又亮的衣服来吧。②

　　我相信在另一个太阳升起的那天早上，我会再次从坟墓里复活。③

　　红色的太阳象征着救世主的到来，所以可以把太阳升起后的世界看成原始的和平的世界。④在与那太阳的世界相对的地方存在着夜晚的寒冷的世界。"把山的影子拉得长长的/红色太阳正在落下/和黄昏一起/接着星星和夜晚将会到来/人生只觉越发凄凉"⑤，太阳与夜晚的对立是光明和黑暗这一《圣经》里对立内容的诗歌式表达。"当你带着光来的时候，夜晚将会永远褪去。所以……"⑥之类的表达直接引自《圣经》。柳致环对未来没能抱有明确的信念，无法恣意地挥洒自己的热情，始终感到痛苦异常。与柳致环不同的是，朴斗镇坚信并等待着在"凄惨的夜晚"⑦会有"熊熊燃起的火焰"⑧。他笔下的太阳同时象征着从日本帝国主义统治下获得解放，以及"爱情与和平与和谐与秩序与美与真实与真善的永恒成

---

①　『청록집・기타』(현암사, 1968), 86쪽.
②　同上书，第95页。
③　同上书，第110页。
④　这一内容可见于诗歌《蓝天之下》(「푸른 하늘 아래」)、《香岘》(「향현」)等。
⑤　『청록집・기타』, 89-90쪽.
⑥　同上书，第94页。
⑦　同上书，第106页。凄惨的夜晚指代的是殖民时代。
⑧　『청록집・이후』(현암사, 1968), 85쪽.

就"①。他的救世主主义深信没有压迫的健康社会必将到来，而他的这种信念在解放后他的诗集《太阳》中被爆发式地呈现了出来。在那里，他把摆脱了凄惨夜晚的解放者的喜悦表现得淋漓尽致。那样的情感像涓涓细流源源不断，那样的喜悦无法掩藏。他情感的阀门被完全打开，通过呼格和省略符号等尽情发泄他没有办法控制的情感。此时太阳与自然合二为一，成为他理想的故乡。《太阳》里收录的诗作是韩国诗歌史上前所未有的明澈且充满希望的吟唱。一切都充满喜悦地跳动着，充满着生命力，等待变成了实实在在的信仰，这份等待在《午祷》之后变成了行动。《太阳》中静态的等待在历史与现实的重压下，再次出现凄惨的夜晚、风雨和雨雪交加的原野，变成动态的存在。在《在原野上》最能体现这一点。

> 与以往的天空完全不同
> 如此的天空竟会到来
> 为了说出如此含义的话
> …………
> 不过我还是，
> 挥舞着，被绊倒，
> 要像挥动着翅膀一样奔跑。②

在他的等待变成动态的存在之后，他的诗中开始出现抽象的词语。太阳与夜晚的复调逐渐变化为自由与死亡的复调。

---

① 『청록집·이후』(현암사, 1968), 270쪽.
② 同上书，第252—253页。

第五章　民族的重组与国家的发现

自由啊！被虐杀扔进大海中的自由啊！①

这种变化来源于其"四一九运动"的经历。《旗》《花和港口》还有他后期诗歌的绝唱《大海的灵歌》等都向我们清清楚楚地展现了他的救世主主义在"四一九运动"中经历了什么。特别是《大海的灵歌》，狂热般地描写了象征着民族的大海与象征着思考主体的"我"的合二为一，向读者展示他救世主主义的具象特征。

这才再次相见的那内心和大海，创造，革命，血，混沌，死亡，绝望，挣扎，呐喊，怒吼，痛苦，将如此的一切，洗干净了让其腐烂，光明和黑暗，死亡与生命，爱情与憎恨，呐喊和沉默，诅咒和祈祷，反抗和顺从，肉与肉，血与血，血与血，血与血！火花和花与花和舌头的，

啊，从灵魂与生命与爱情的疙瘩开始，从变成花朵和火焰合一的疙瘩开始，从永远的全新的永远开始，从太初的语言的新语言开始，

——哈利路亚

啊，你和我这才重新成为一体。②

把现实想象为漆黑的夜晚并拒绝与其勾结，继续期盼着理想的故乡，从这一点来说他属于典型的浪漫主义者。这样的一个浪漫主义者在现实中发现革命是唯一的理想故乡是不无道理的。③

---

① 『청록집·이후』(현암사, 1968), 258쪽.
② 『청록집·기타』, 398-399쪽.
③ 同上书，第271页.

浪漫主义使朴斗镇自然而然地对诗的形式保持着开放的态度。散文诗是其诗作的主流。将他的散文诗赋以诗意的是对呼格和助词的省略、重复的手法、巧妙的省略符号和逗号的使用等。这样的写诗手法与朱耀翰的《灯火会》类似，不过奇怪的是在朴斗镇的诗中找不到消极的情感。他的散文诗没有像郑芝溶那样适当地控制情绪，而是随心所欲。他的散文诗的力量来源于像瀑布一般宣泄的情感。这是因为，在语言的瀑布面前读者来不及进行抵抗。金春洙称其为"留意节奏而写成的文章"①，因为朴斗镇过于重视节奏排列的意义，所以他的散文诗总被认为有不自然之处。

四、金春洙②：无意义的诗学

金春洙是少有的接受并吸收了西欧象征主义诗歌理论的诗人。考虑到大部分西欧倾向的诗人受到的是英美体系之下的现代主义洗礼，他的象征主义便显得十分奇特。金春洙的象征主义倾向在早期表现为无限的探索，在后期表现为对纯诗和绝对诗的探求。他无限的探索从里尔克式的祈祷开始，达到了对绝对的憧憬，对天空的发现。

  恍惚间飞翔在愉快的天空
  钉在了无垠的浪费的大地上
  在那样的位置上无法避免地

---

① 『청록집·기타』, 271쪽.
② 金春洙（1922—2004），出生于庆尚南道忠武（现统营市）。曾在日本大学学习艺术。1949年登上文坛。出版的诗集有《在布达佩斯的少女之死》（『부다페스트에서의 소녀의 죽음』）、《打令调·其他》（『타령조·기타』），诗论集有《韩国现代诗形态论》（『한국현대시형태론』）、《诗论》（『시론』）。

第五章　民族的重组与国家的发现

拥有了一个姿势。

噢，姿势——祈祷①

这篇名为《芦苇》的诗中，将人宿命般的条件表现为天地相克的意象。而人唯一能做的姿势就是祈祷，这份祈祷是想要摆脱自己肉身条件的超越意志。这种意志在《喷泉》中被表现为"撕裂般的疼痛"，无论如何踮起脚尖，喷泉都不得不分成两半掉落下来，其飞翔和挫折的形象是无限探索后无可奈何的归宿。金春洙表达无限探索的诗，在《裸木和诗·序章》中被描绘成超越了语言的诗。

> 冬天的天空消失在某种不可思议的深处，
> 似有若无的无限
> 使曾经茂盛的叶子和果实掉落
> 让无花果树裸身站着，
> 在那敏感的枝头
> 几乎能够碰触得到的
> 是诗吗？
> 语言失去了声音
> 在睡着的瞬间
> 无限带着微笑而来
> 曾经茂盛的叶子和果实掉入历史的事件。
> 在那敏感的枝头
> 闪着光的

---

① 김춘수, 『기』, 14쪽.

是诗吗?①

在这首诗中金春洙展现了三个命题:(1)无限会消除历史与事件。(2)无限面前语言会沉默。(3)诗歌向往的是无限。不过金春洙并没有明确告诉我们无限指代的到底是什么。收录在他的诗集《旗》中的作品指代的是思念、纯情、原始的健康,在《在布达佩斯的少女之死》中指代的是人的良心。他的无限探索同样也是对无法用语言表达的某种事物的探求。然而,他并没有将其规定为理想的世界,并对其进行绝对的探求。他的无限追求反而是女性化的,是谋求安定、寻找恢复信任之力量的。

老天爷。
安定所拥有的
那美妙得让人荡漾的含义之外
对我而言不存在安定了吗?②

我们都
想成为什么。
你之于我,我之于你
想成为难以忘怀的一个意义。③

莱内·马利亚·里尔克

---

① 김춘수,『부다페스트에서의 소녀의 죽음』,78-79쪽.
② 同上书,第83页。
③ 同上书,第43页。

第五章　民族的重组与国家的发现

我看着你的眼睛。
…………
没有信任的鸟
改用什么姿势挥动翅膀飞翔①

相比斗争，他更希望和解；相比痛苦，他更希望安定；相比探索，他更希望信仰。从这个意义上来说，他的诗是女性化的诗。这些诗并不懂得该如何生活，而是摆出了为了生活在艰难的社会中不得不祈祷的姿态。

他早期诗作致力于探索纯诗和绝对诗，而不是探索无限。他的纯诗论不是解放后由金东里提倡的排除政治的人文文学理论，也不是申石艸所说的没有不纯动机、纯粹创作的文学理论。他的纯诗论旨在把诗带入无意义之地。在使用无意义这个词之前，他用摆脱人文的状态、梦一般的状态来进行表述，这意味着"一个诗人的观念和学识还有经验在一条情景线中叙述式地溶解"②的境地。金春洙的纯诗论意味着把人性的东西转换为外部的情景描写，相比追求音乐形态纯诗的瓦莱里、白瑞蒙之流，他更接近于在绝对诗中将超越的观念具象化的形象主义诗论。他如何放弃了无限探索，开始倾向于情景描写的纯诗创作目前仍是一个未决的问题。不过已经有观点认为这与他童年时期的阉割情结相关。③

金春洙早期的代表作大都收录在《在布达佩斯的少女之死》之中，后期的代表作则是《处容断章》。（早期的诗有很多以花为主题的好诗。）他和徐廷柱、金洙暎都是对解放后的诗歌产生强烈影响的诗人。

---

① 김춘수,『부다페스트에서의 소녀의 죽음』, 31쪽.
② 김현,「신화적 인물의 시적 변용」,《문학과지성》제3호, 347쪽.
③ 同上。

那些被称为存在的诗,或是探索内心的诗中,有相当一部分都受益于金春洙的探索成果。

五、金洙暎[①]:小市民的自我确认与抗议

金洙暎是受超现实主义洗礼最深的诗人。在李箱之后,超现实主义这一文学思潮对韩国的诗人产生了相当大的影响,但是大部分诗人只停留在了技巧层面,将其理解为与陌生形象的邂逅和性形象的导入。然而,金洙暎将超现实主义的自由概念理解得十分透彻,追求生活变革与世界变革的意义。对他来说,超现实主义不是文学思潮,而是抗挣精神僵化的运动,因此重要的是在当下拥有"闯出去"[②]的力量。诗是完全投身其中的行为,从这个意义上来说,需要警惕的是假借投身之名的追求安逸或不负责任的行动。[③]投身于生活和诗歌创作是让金洙暎再次确认自由的方式。"四一九运动"之后在他的诗中反复出现的革命,都是他为了拒绝落入俗套的产物。革命是向往完整的不断的自我否定。"革命履行的是相对完整"[④]"革命是到处不断出现的火种"[⑤]等诗句的内容都从方法论的角度证实了他对向往富足社会和自由社会的革命的自我否定。他迫切地感受到了革命的必要性,同时又无法逃离韩国的现实情况。这也是他到最后也没能把生活的改革与世界的改革联系在一起的原因所在。对自由与革命超现实的立场,使他唾骂妥协与安逸,金洙暎也屡次坦言由

---

① 金洙暎(1921—1968),出生于首尔市,毕业于延世大学英文系。1948年登上诗坛。出版了合作诗集《新城市与市民的合唱》(『새로운 도시와 시민들의 합창』),诗集《月亮的顽皮》(『달나라의 장난』)。
② 김수영,「일기초」,《창작과비평》제11호,421쪽.
③ 同上文,第423页。
④ 同上文,第428页。
⑤ 同上文,第425页。

第五章　民族的重组与国家的发现

于言论自由问题无法公开他社会改革的内容。但他是继李箱之后少有的在诗中表现出强烈自我否定的诗人，其具体表现是努力使自己的生活不落入俗套之中。

他"参与诗论"的逻辑依据既不是"为脚夫感到的来自现实的巨大压力代言"[①]，也不是那种能纳入社会现实主义的现实主义（Realism）[②]。他把能揣摩出诗人良心的作品称作参与诗[③]，从这点来看，他创作参与诗的精髓在于不与现实妥协，以及对现实有一个全新的认识[④]。

> 如今的诗该专注的最大问题是人性的恢复。今天我们被人性的丧失这一巨大的悲剧集中在一起，诗人的任务就是要把这悲惨的集中引向光荣的集中。要通过语言吟唱自由，同时为自由而生。在这里要有诗的新意，其新意也要成为一个问题。……最近的诗坛报刊正涌动着这样一股急躁的潮流——以为有现实参与的诗就一定要描写悲惨的生活，用新闻评论栏之类的常识无法理解的作品则被排斥并被称为深奥诗。[⑤]

在他的"参与诗论"中攻击的对象并不是深奥诗，而是不可解诗，也就是感受不到自由的诗。他并不认为诗人只能为脚夫感受到的巨大现实压力代言，他用自由和革命捍卫人的整体性，不过可能是一些"胡话"，但这些胡话最终会"冲破三八线"成为"实话"[⑥]。

---

① 김수영,「생활현실과 시」,같은 책, 405쪽.
② 同上文，第404页。
③ 同上文，第405页。
④ 相比《第二超现实主义宣言书》，更接近于《第一宣言书》的精神。
⑤ 김수영,「생활현실과 시」,같은 책, 408쪽.
⑥ 김수영,「시여, 침을 뱉어라」,같은 책, 414쪽.

诗的新意当然会与压迫这种新意的周遭环境相冲突。然而，诗人哪怕用细微的声音也要说话。①从这个意义来说，金洙暎是一位诗人，同时也是一位见证者。金洙暎全新的诗论是韩国诗歌吸收现代主义之后表现得最为犀利的诗论。它与徐廷柱的传统美学和金春洙无意义的美学一起，成为解放后需要关注的诗论。它不是技巧的诗论，而是记录精神态度的诗论。他具有新意的诗学对李盛夫、赵泰一、金准泰等人产生了相当大的影响。

金洙暎的诗主要描述的是小市民的自我觉醒与抗议。从承认朝鲜半岛的政治状况这一点来说，他是小市民；但他对此并不接受，从他要探求其意义并尽可能表现出来的努力来说，他是革命诗人。"不要为合法的盗徒主动纳贡"②，这一句表现出了他的绝对精神。所以他会不断地去思考自己是不是在不知不觉中"主动纳贡"，对强迫自己的现实提出强烈抗议。

例1 咳嗽吧
　　年轻的诗人啊，一起咳嗽吧
　　看着雪
　　把胸口憋了一夜的痰
　　吐个干净③

例2 同她交合之后，
　　与妻子明显时间更久

---

① 김수영,「시여, 침을 뱉어라」,같은 책, 413쪽.
② 김수영,「일기초」,같은 책, 426쪽.
③ 김수영,『달나라의 장난』, 61쪽. 译文引自：金洙暎著、李丽秋、柳中夏译，《金洙暎诗集》，外语教学与研究出版社，2010年，第54页。

第五章　民族的重组与国家的发现

> 拖延了许久而后喷薄而出。
> 原本可以再一次梯山航海，
> 但是过分的欺骗会让我产生错觉。①

他自我觉醒的语调在早期和后期的诗中表现方式不同。一般来说，早期的诗聚焦在生活的挫败感和万念俱灰，伴随着回顾性的情景描写，结尾处大书特书想要克服现状的努力。后期的诗把周围的状况完全象征化，将其形容为刁难他的存在。所以，在大多情况下他的诗带有强烈的自我告白式的腔调。作为早期诗作的范例，例1中把"痰尽情地"吐掉这种自我降低变成了呼唤年轻诗人的纽带。而例2作为后期诗的一个例子，展现出要彻底观察自我行为的高度自我凝视。他的自我觉醒广泛扩散开来，有时可以从文化史的角度进行理解，有时也可以从政治的角度进行审视。他通过不断的自我觉醒，展示着他抗议的姿态。②尽管他自己称其为谦逊的姿态，但是这种抗议是长期不安和烦恼的产物。这也是与杂志编辑的审查进行的对抗。③作为一个诗人，他的不幸在于他没有活到能够明确阐明他的进步观的时候。他留下了歌颂民众期待的《草》，向我们展现了他小市民意识的另一面。

> 草躺了下来。
> 被赶雨而来的东风猎猎吹动着
> 草躺了下来
> 终于哭出了声。

---

① 김수영,「성(性)」,《창작과비평》제11호, 392쪽.
② 김수영,「일기초」, 같은 책, 429쪽.
③ 同上。

因为阴天又哭了一会儿

再次躺了下来。

草躺了下来。

躺得比风还快。

哭得比风还快

起身也比风还快。

天阴了起来草躺了下来

躺到脚踝

躺到脚底

比风先起身

比风哭得慢一些

但比风先笑了出来。

天阴了起来草根躺了下来。

金洙暎的诗几乎没有使用过传统的韵律和传统的诗歌语言。他把散文直接带入诗中，或是通过大胆的搁置，让人们感到意外。相比他早期的诗，后期的诗使用了更多的搁置手法，以唤起读者的紧张和期待。

六、高银[①]：消亡的诗学

高银和徐廷柱都是从佛教中汲取诗歌灵感的诗人。不过高银的佛

---

① 高银（1933— ），出生于全罗北道群山市。1958年登上文坛。著有诗集《彼岸感性》（『피안감성』）、《海边的韵文集》（『해변의 운문집』）、《神·语言、最后的村庄》（『신 언어 최후의 마을』）、《噻啰呀噻啰呀》（『세노야 세노야』），以及多部获奖作品集。

第五章　民族的重组与国家的发现

教倾向并不像徐廷柱那样建立在因缘说之上，他的佛教倾向反而有很多禅的因素，主张较为直观地把握对象。正是由于直观把握对象的禅意特征，高银相当一部分的诗带有警句的色彩。在不了解禅的情况下，便难以理解"响了整个秋天的水声要走到多远"①之类的表达。他的禅意表达是为了超越徐廷柱的原始宗教形象的结果，因此他丢掉了徐廷柱钟爱的土语，尝试使用生硬的西欧语言。西欧语言主要指的是一些固有名词，并不是金显承或金洙暎的唯心主义语言。被这些固有名词唤起的情感反而突显了异国的情调。因此他的诗大致可以分为与佛教警句相关联的禅诗和用欧洲语言描写的情景诗。

在具有佛教倾向的禅诗中，高银所表达的是消亡的意味。从他的第一本诗集《彼岸感性》开始到后期的杰作《到文义村去》，都充满了他对正在消失的或是正在消逝的事物的偏爱。然而，对消亡之物的偏爱未与因缘说相结合，反而与基督教接受死亡的命题相结合。有人说他对消亡之物产生兴趣的原因在于他的恋姐情结。②从他早期诗作开始，他就为替他而死的姐姐叹息。《肺结核》《致姐姐》《奢侈》等都表现了他原始的本性。他的恋姐情结是来源于他的生活本身，还是从书中得到的，对此目前仍无定论。此种情结从泪水开始，经过叹息"我打下的家产谁来继承"，产生对消亡之物的赞叹，最终走向对死亡的接受。

　　周游世界于落日后归来的你的哭泣③
　　哪怕看到篱笆下长出来一棵小草

---

① 고은,『피안감성』, 16쪽.
② 참고：김현,「시인의 상상적 세계」,『현대한국문학의 이론』。
③ "你"指的是姐姐。

>   我也会径自黯然落泪①
>
>   我打下的家产谁来继承
>   嫂子鼻洼处凄凉延伸入鬓的
>   阴影渐渐消淡，她抬起头看着我②
>
>   灭亡竟比创造还要灿烂
>   你们啊，要记住覆灭了的国家③

从《到文义村去》之后他开始接受了死亡。他在济州所写的情景诗中有不少佳作。《海软风》《与爱马汉斯一起》《我妻子的农稿》《在夜晚的林间路上》之类的情景诗，都是在他设身处地体验到周围人的生活之后而创作的，他讴歌的是健康的生活。这些诗作并没有局限于外部的情景描写，而是巧妙地使用未来式，将倡导健康生活的诗人意志渗透其中。诗人在乡土中只关注消亡的形象，而在异国情调的诗中展开对健康生活的追求。

高银作品的另一个特点是他对于大海的执念。这几乎表现在他所有的作品中。在韩国的诗中歌唱大海的尤其稀少，所以他描写大海的诗占据了特别的位置。高银笔下的大海不是20世纪60年代后期突然开始流行的意识表征，也不是性的象征。他笔下的大海首先是围绕着他的所处环境。渐渐地，大海成为最能展现他内部认知消亡和创造这一复调的对

---

① 这首诗以《致姐姐》（「누이에게」）为题，收录于《彼岸感性》（『피안감성』）之中，同时收录于《海边的韵文集》（『해변의 운문집』）中《眼泪》（「눈물」）一文里。参见『피안감성』80쪽；『해변의 운문집』68쪽。
② 『해변의 운문집』，59쪽.
③ 同上书，第80页。

第五章　民族的重组与国家的发现

象。从这个意义上来说，他诗里的大海与《海滨墓园》里深刻描写的瓦莱里式的大海如出一辙。

在高银的诗中可以找到翻译汉诗时常用的助词省略或误用，以及删除实词等巧妙的留白的韵味。他的诗中经常破坏课堂中的语法，这种破坏不同于现代主义者的语言实验，而是诗人为了保留余韵无意识而为之，所以并没有让他的诗变得生硬。

昨天，我用贫寒的背脊哭着磨了生锈的铁镰。
不管再怎么砍今天在海边小螃蟹也没能逃跑①

从上面的诗中可以看到，其诗的特点在于实词的省略。这与他的诗学追求有着紧密的关联。

高银的诗作中独特的是受到日本俳句深远影响的短歌，它们收录于短诗集——获奖作品集《噻啰呀噻啰呀》中。在这些作品中，高银向我们展现了他创作短小情景诗的演练实践，还有两行诗、三行诗等对诗歌形式进行的实验，这对开拓韩国现代诗歌的形式方面起到了重要的作用。

七、其他诗人

1. 金珖燮②

诗人金珖燮是翻译介绍英文文学时开始写诗的，相比于诗的音乐性

---

① 『해변의 운문집』，23쪽.
② 金珖燮（1905—1977），出生于咸镜北道镜城郡，毕业于早稻田大学英文系。诗集有《憧憬》（『동경』）、《向日葵》（『해바라기』）、《城北洞鸽子》『성북동 비둘기』。

而更注重理性的表达。不过理性表达并不意味着他的诗是与现实和历史正面交锋的产物,而是金珖燮将现实看作是无法克服或改造的对象,并自己退一步进行审视的结果。因此,他的诗中并没有向现实妥协而产生的虚伪和夸张,取而代之的是烦恼过后空虚的情感。

> 我
> 身为一个幸存者躺在这里
>
> 一间坟墓的另一边有无限的气流涌动
> 在大海深处某个静谧的岩石下面
>
> 我
> 像一条疲惫的鱼。
>
> ——《孤独》

他梦想着"纯情美梦",但带领他的只有"远古世纪的地层"。他是"疲惫的鱼",把现实看作是无法与之妥协的怪物,从这一点来说他是一个浪漫主义者,但他又没有企图从现实中逃离。这也是他的诗里看不到强烈的自我否定,只有温暖的憧憬和自我安慰的原因。这也印证了他始终保持着对生命的热爱。可以视为他的代表作的《城北洞鸽子》,和其他同名的作品都向我们明确展现出他的作品摆脱了早期唯心与思辨的抒情,找到了他对人的热爱。被追赶的人和与之不分上下的事物,都被赋予了来自审视与思索的热爱。不仅如此,他始终坚持着决不向现实妥协的信念,并在其诗作出尽情展现。

第五章 民族的重组与国家的发现

2. 金显承[①]

金显承和朴斗镇都是少有的从新教主义中汲取灵感的诗人。金显承始终将此视作诗的资源，即，他生活的根由。从他诗中可以发现以下几个特点：（1）他的诗并没有追随与西欧的衰落紧密关联的现代主义的流行趋势。现代主义诗歌运动起源于表现为神的死亡的普遍主义和绝对主义，以及相信超越可能性的来世主义的崩溃。这对20世纪30年代的韩国诗歌运动产生了相当大的影响，成就了金起林的诗论和李箱的诗作，而金显承依赖于新教主义的虔诚，轻松摆脱了科学主义和相对主义的限制。与同时期诗人的作品不同，他的诗能够"牢固"保持不变的原因就在于此。（2）他的诗与描写情景的形象主义无关。形象主义描绘的是人周围的环境和自然，还有融入自然的人，而不是人本身，因此会把痛苦烦恼的人排除在外。然而，金显承的主题局聚焦人本身。他笔下的自然既不是金光均复古主义的自然，也不是张万荣物质性的自然。他的自然表现的是人的有限性，以及想要摆脱这种有限性的超越的欲望，从这个意义上说他的自然是专注于人本身的自然。（3）他的诗以新教主义的自我烦恼与自我觉醒为主题。所以他的诗中没有彻底的自我否定，也没有彻底的自我遗忘。他的诗风来自严格克制的语言，并借此表达他痛苦的人生感受。这也是为什么他的诗中很少出现呼格的原因。就算他的诗中出现呼格，也是十分克制了情感的呼格，这种克制也是理性的。尽管他的呼格里有哀求的情感，但这只在承认自身的有限性时，以及向绝对精神祈求等类似情况发生的时候出现。（4）他的诗经常使用唯心主义的词语。这种唯心主义的词语没有像柳致环那样怀念过去，而是属于西欧式

[①] 金显承（1913—1975），号茶兄，出生于全罗南道光州市。毕业于崇实专科学校文科。诗集有《金显承诗抄》（『김현승 시초（诗抄）』）、《拥护者之歌》（『옹호자의 노래』）、《坚固的孤独》（『견고한 고독』）。

的。即这种唯心词语来自基督教文化圈。同时，他引用了很多《圣经》式的比喻、警句以及《圣经》故事。这也是非基督教徒的读者们会觉得他信奉唯心主义的原因。

金显承作品中传递出来的主题是孤独。这份孤独与新教主义自我觉醒的过程别无二致。神的沉默以及尽管如此也无法抛弃世界的人的孤单，主要通过他诗中宝石的形象表达了出来。人性的眼泪和他"灵魂的朋友们"与宝石的形象相结合，同时象征着他内心的孤独和超然。①他早期的诗作《悬铃木》和后期的《铅》可以视为他的代表作。

3. 朴木月②

朴木月是一位追求变化的诗人，这句话并不是说他一直进行着笨拙的尝试，而是说他把他的人生有区别地融入时空。他坦言，他的第一本诗集《山桃花》中注重的是，通过把外在的音乐曲调与诗进行极度压缩而得到含蓄美，表现了朴木月二三十岁的内心空间。第二本诗集《兰·其他》展现的是至亲的死亡和带有悲剧性的民族体验，反映出他四十岁刚出头时的感悟。朴木月的第三本诗集《晴昙》以他的家庭生活为素材，他对语言选择过于敏感的倾向收敛了许多，与《兰·其他》一脉相承。在他的第四本诗集《庆尚道的枯叶》中，他开始从语言层面对他的故乡庆尚道进行了新探索。在诗人的这些变化中，朴木月最受到关注的时刻是《山桃花》和《庆尚道的枯叶》面世的时候。《山桃花》因朴木月进行的对乡土与自然的韵律实验而受到了关注。有批评的声音认

---

① 김현，「보석의 상상체계」，《숭전대학신문》제209호。

② 朴木月（1916—1978），原名朴泳钟，出生于庆尚北道庆州市。1936年《文章》杂志的推荐诗人。被称为青鹿派的诗人。诗集有《山桃花》（『산도화』）、《兰·其他》（『난·기타』）、《庆尚道的枯叶》（『경상도의 가랑닢』）。诗论集有《紫色的素描》（『보라빛 소묘』）。

第五章 民族的重组与国家的发现

为他早期的乡土性由于受到金东里的影响而过于狭隘[1]，然而郑汉模表示他诉说的是"具有乡土性的同时又不尽是乡土现实的风景，而是超越了空间的有生动象征性的客观存在，即，具有韩国特性的自然"。[2]关于朴木月的自然是否既有乡土性又有普遍性这一问题，需要在考虑与其诗的相互关系后进一步展开讨论。然而，不可否认的是，他的自然是空幻的自然，是从现实的困苦中逃离出来的自给自足的自然。他的韵律实验始于如何将歌谣升格为诗歌这个问题。金素月在殖民地早期遇到的问题，对于朴木月来说仍然十分重要。和素月的音乐曲调不同，他是通过"简洁的表达，以及适当省略叙述性后缀或含义而产生的留白"[3]所实现的含蓄，来克服歌谣的单调性，从而将其升格为诗歌。

在《庆尚道的枯叶》中备受关注的是庆尚道的方言。与金永郎、徐廷柱等人长期探索的全罗道方言不同，庆尚道方言保留了很多可作为诗歌语言的部分。不少使用全罗道方言的诗人都主动接受了盘索里或杂歌的曲调，而出身于庆尚道的诗人基本上都选择用标准韩语来表达。就像是对此作出的反击，朴木月大胆地把庆尚道方言写入诗中并获得了成功。他的庆尚道方言实验对于寻找韩语的另一面来说会是一个巨大的帮助也未可知。在有关朝鲜方言的实验无法进行的当下，朴木月的实验值得受到更多的关注。值得留意的是，他的方言实验大部分都与巫俗相结合，可以说是在他语言的最敏感的位置上进行的。

---

[1] 『청록집·기타』, 253-254쪽.
[2] 同上书，第338页.
[3] 同上书，第331页.

4. 朴南秀①

朴南秀是一位自始至终将"超凡的表达才是艺术家的特权"②这一信念坚守到底的纯粹诗人。正如金春洙所强调的，朴南秀的纯粹是强调诗的可塑性的纯粹；不过和金春洙不同的是，他并没有努力将内心情景转换为外部描写，而是全力展现了对外部情景的象征性塑造，向我们展示了纯粹是多么难以达成的境界。金春洙认为创作纯诗是可能的，但他认为把纯粹进行诗歌化处理是不可能的。从这一点来说，他是柏拉图主义者，认为一切都不过是纯粹的影子。他的这种想法在他深刻描写鸟这一主要形象的代表作《鸟》中清晰地表达了出来。

> ——猎手用一块儿铅
> 瞄准了纯粹
> 可每次射中的
> 只不过是一只浸满鲜血的受伤的鸟。③

上面的诗句像是要把柏拉图的洞穴喻推翻似的，证实了他的纯粹接近于柏拉图式的理想。他努力要把这种纯粹用语言表达出来，但是表现出来的并不是纯粹而是其他的东西。他的这一诗歌理念在申瞳集身上也有所体现，同时影响了20世纪60年代相当多的诗人。朴南秀的诗试图用鸟来体现纯粹，而到了20世纪60年代后期他渐渐转向荣格的集体无意

---

① 朴南秀（1918—1995）。出生于平壤市。毕业于日本中央大学法学系。1939年《文章》杂志的推荐诗人。诗集有《灯笼》（『초롱불』）、《海鸥素描》（『갈매기 소묘』）。

② 『백철문학전집 4』(신구문화사, 1968), 557쪽.

③ 在《手》（「손」）中也有类似的部分。"手/马上得到确信的/仍然能被抓到的/只有虚无。"

识，努力将怀乡意识升华到文化史的层面上。

5. 宋稷①

宋稷因早期批判现实的讽刺诗《何如之乡》和后期煽情的自然诗《月精歌》被大家所熟知。他的《何如之乡》被认为是韩国诗歌中不可能出现的讽刺诗，因其诗的技巧、头韵、倒装、夸张的形象对立以及大胆使用外语受到了关注。在诗中他比任何诗人都犀利地批判了解放后韩国文化的混乱和伦理的丧失。不少被认为无法用于韩国诗歌的词语，都被他写入诗中。从拓宽诗歌语言的角度来说，他的长诗《何如之乡》值得关注。他用超凡的现实认知，超越了殖民地时期现代主义旗手金起林的《气象图》所拥有的浅薄才气，树立了讽刺诗的传统。金芝河的讽刺诗也建立在他尝试的基础之上，他把宋稷缺少的史诗情节加入讽刺诗中。然而，宋稷后期抛弃了《何如之乡》的讽刺世界，把探索对象换成了具有煽情作用的自然，这在他最早的成名作《蔷薇》中可见一斑。他具有煽情作用的自然描写受到了巴什拉诗学的许多影响，认为写作意味着幸福生活。他的自然诗从正面优美地描写了他生活中的喜悦，这种喜悦被表现为有张力的、性感的形象。他在《月精歌》中所表达的喜悦之歌，是韩国诗歌史上罕见的积极的诗歌。

6. 朴在森②

朴在森的诗歌空间由"对习俗的自我训练"③构成。他善于描写的自然同样不是人的自然，而是人可以在其中惬意休息的、忘却自我的自

---

① 宋稷（1925—1980），出生于忠清南道洪城郡，毕业于首尔大学文理学院英语系。诗集有《何如之乡》（『하여지향』）、《月精歌》（『월정가』）。曾任首尔大学教授。

② 朴在森（1933—1997），出生于日本东京，曾就读于高丽大学。诗集有《春香的心》（『춘향이 마음』）。

③ 김주연,「1945년 이후 시인 개관」,『현대한국문학의 이론』.

然。当然他的自然不仅不具备时空性，而且还深深包含着韩国底层民众的宿命观和虚无意识。他通过恰当使用感叹词尾成功地将自然诗歌化，这是要从余韵中确认诗意传统意识的产物。这种余韵通过其诗中反复出现的动词"哭"和名词"眼泪"，得到了情感上的助力。[①]他的诗相当依赖于余韵和眼泪的情感，这一点让我们再次确认了其诗的情绪根源在于习俗性。

朴在森的诗不加修饰地表达了在历史的重压下韩国平民阶层呻吟的的精神世界，可以说是女性化的诗。他许多诗歌作品的题材都来自韩国传统民间故事，也无不与此有关。其代表作是《春香的心》。

此外，值得关注的诗人还有出版诗集《羊》的张万荣，吸收传统汉诗世界而创立了独特宇宙的赵芝薰，受到超现实主义深刻的洗礼并发表《三曲》的金丘庸，把认为诗不是意涵而是存在这一诗论推向极致的描述型诗人金宗三，发表《休战线》的朴凤宇，以及朴成龙、朴喜玭、申东门、申瞳集、全凤健、金相沃等。

第四节　展望与期待

从朝鲜王朝后期到20世纪60年代，韩国文学主要在两大领域努力开拓：一是从个人经验的框架中认知并批判社会的混乱与矛盾，并试图进行超越的知识方面的努力；二是发展与守护韩语，并为此进行斗争的语言方面的努力。文学家们的努力并没有从政治和经济层面得到认可和采纳，但是从社会层面上却给予广大韩国民众以启发。平民百姓意识自己为民族中的一个个体单位，将自己塑造为国民的这一过程与近代韩国文

---

① 김주연,「1945년 이후 시인 개관」,『현대한국문학의 이론』, 247쪽.

学的成就密不可分。在这一过程中,韩语的独特性被重新认识,同时和别的语言一样,韩语也经历了语言逻辑化和规范化的艰难转变。

日本帝国主义殖民统治朝鲜半岛的36年间,是民族意识觉醒的重要阶段。虽然在这个时期朝鲜半岛是日本各种盘剥和掠夺的对象,但韩民族(朝鲜民族)人也经此阶段进一步激发了民族意识。其中,也有挑战和应战原则的影响。将日本帝国主义殖民统治时期从文学史中剔除的极端主张不无道理,但是从民族意识的觉醒方面来看,的确很难有一个时代更能唤起知识分子如此强烈的应战伟力。我们不应该将这个时代的文化看作被动接受统治者原则的奴隶文化,而应该将其看作对统治者毫无人性及帝国主义掠夺的抵抗与觉醒的文化。

"四一九运动"是充分展现国民潜能的一场运动。这不是来自民族生存苦难的本能的抵抗,而是组成一个国家的国民正当行使国民主权的运动。一个国民应该遵守的理念以及个人与国家的关系通过这场运动变得更加明晰。在那以后,许多文学家都通过知性的努力来试图理解他身处的国家。"四一九运动"后值得关注的文学论点和文学家如下。

1.个人主义的崛起

美式民主主义教育使个人的存在与其意志得到了重视。这与实用主义相结合,变成了自我中心主义,尖锐地表现出个人与个人的对立,以及社会与个人的对立等主题。人是什么,艺术可服务于什么,国家可为个人做些什么等这些问题均包括在其中。《首尔,1964年的冬天》的作者金承钰,《圆舞》的作者徐廷仁,《坍塌的剧场》的作者朴泰洵,《调音师》《传闻之壁》的作者李清俊,《黄泉路》的作者朴常隆,《进攻开始日的兵村》的作者洪盛原,《草食》的作者李祭夏,《客地》的作者黄晳暎,《亚美利加》的作者赵海一,《野蛮人》的作者崔仁浩、宋影等小说家，以及《李盛夫诗集》的作者李盛夫，《落在三南的雪》的作者黄东奎，《事物的梦》的作者郑玄宗，《国土》的作者赵泰一，《语言》的作者李昇勋，《黄土》的作者金芝河，《巡礼》的作者吴圭原，《庄子诗》的作者朴堤千，还有朴义祥、金准泰、崔旻、扈英颂、尹常圭、姜恩乔等诗人都参与了相关论战。

2.农村问题的突显

由于韩国国民的大部分是农民，农村问题成为一个重要的社会问题。农民是如何被掠夺的，以及这意味着什么，这些问题在当时被提出。《人间团地》的作者金廷汉、《农舞》的作者申庚林是致力于揭示这个问题的代表性作家。善于描绘农民出身且无法在城市扎根而流浪的情况的作家有《长恨梦》的作者李文求，以及《粪礼记》的作者方荣雄。

未来的韩国文学肩负着保护民族单位的民族文学和民族语言持续发展的任务。在作家、诗人、评论家比任何时候都要活跃的今天，韩国文学的未来是光明的。文学反映它所属的社会现状，同时也会超越社会现实，韩国文学亦将如此。

第五节　遗留问题

1.从殖民统治到解放后活跃的重要作家，其意识形态的选择问题并不是能轻松解决的。为了厘清这一问题需要公开更多的资料，也需要营造一个能自由处理这些资料的政治、社会、文化环境。因此，对大多数作家的评价不得不有所保留。

2.需要公开更多有关解放后韩国对美关系、朝鲜战争中外国的参战

第五章　民族的重组与国家的发现

情况、具体且全面的"四一九运动"的资料。如果社会风俗的变化与此有关,则需要探讨有哪些部分与此有关;如果与此无关,那么则需要探讨为什么无关。我们相信只有通过这样的社会学研究,才能更加明确解放后文学的局限性与价值。

3. 我们希望能够广泛开展有关作家的传记研究,特别是社会学的阶层研究和心理学视角下的精神分析研究。如果没有这些研究,作家与社会关联性的探索将会是徒劳。

4. 从我们的观点来看,学界目前最欠缺的是从文体学的角度来研究文学的方法。语言学的飞速发展打开了从语法生成的观点来研究文学的可能性,也使全新的修辞学研究成为可能。我们认为探索文学的文学性,以及作家与社会的关联性是文学研究的重要内容。

5. 思想史研究的欠缺成为文学研究的一大障碍。我们希望分析重要概念意义随着时代发展而发生的变化,深刻阐明思考者在文化史上的地位等。在我们看来,试图扼杀文化发展的外部势力越强,想要坚决抵抗的姿态和其意义反而会更加鲜明。

索 引

一、人名索引

A

艾略特 26
艾瑞克·弗洛姆 35
爱伦坡 26
爱因斯坦 4
安昌浩 144, 145, 154, 156, 188, 189, 232, 237, 245, 251, 309
安德烈·马尔罗 345
安国善 23, 32, 136
安怀南 171, 262, 319, 321, 334
安廓 189
奥斯丁 5

B

巴尔扎克 4, 212, 255, 339

巴什拉 383
白南云 189, 304
白石 134, 135, 204, 275, 282, 295, 298, 299, 300, 302
白铁 2, 20, 31, 32, 127
拜伦 32
本杰明·富兰克林 104
卞沃金 88
波德莱尔 26, 352
柏格森 26
柏拉图 195, 345, 382
布吕纳介 7

C

蔡万植 23, 185, 187, 213, 249, 251,

252, 253, 254, 255, 270, 272, 291, 316, 320

曹南岭 321

曹晚植 236

曹云 153, 321

柴田四郎 128

池奉文 321

池河莲 321

池锡永 86, 110

崔昌圭 19

崔济愚 51, 52, 55, 56

崔旻 386

崔南善 31, 119, 123, 142, 143, 144, 145, 146, 147, 149, 150, 151, 153, 154, 167, 189, 290, 307

崔仁浩 385

崔仁勋 16, 317, 322, 323, 324, 339, 340, 341, 343, 347

崔容信 238, 239

崔曙海 31, 189, 204, 205, 214, 215, 216, 217, 218, 219, 253

崔泰应 321

崔铉培 189, 240, 244, 245, 246, 303

崔载瑞 309

D

达尔文 7

但丁 26

笛卡尔 26

丁若镛 34, 42, 44, 46, 50, 51, 52, 53, 54, 56, 62, 63, 65, 90, 97, 156

E

恩格斯 31, 222

F

方荣雄 386

方钟铉 304, 305

弗洛伊德 27, 58

伏尔泰 26

福楼拜 31, 272

福泽谕吉 101, 108, 163

G

高晶玉 80

歌德 4, 26, 311

H

韩龙云 23, 189, 190, 191, 193, 194, 195, 201, 202, 203, 204, 240, 274, 278, 283, 296, 351, 352

韩晓 321

韩愈 73

河瑾灿 323, 324, 349, 350

荷马 4

黑格尔 3, 26, 30
洪范图 184
洪盛原 385
洪以燮 46, 103, 218
洪英植 89, 143
扈英颂 386
桦俊雄 306
黄东奎 386
黄河一 321
黄民 321
黄顺元 187, 316, 319, 321, 323, 324, 325, 326, 327, 328, 329, 330, 340, 344
黄锡禹 18, 175
黄晳暎 385
黄玹 23, 91, 94, 95, 97, 98

J

基亚 26
季洛杜 5
姜恩乔 386
姜龙俊 323, 351
姜宇奎 184
金炳渊（金笠）46, 65, 66, 104
金承钰 385
金春洙 351, 366, 367, 368, 369, 370, 372, 382
金东里 31, 196, 197, 229, 319, 321, 323, 324, 330, 331, 332, 333, 334, 369, 381
金东鸣 321
金东仁 154, 170, 171, 205, 209, 211, 218, 219, 220, 221, 251, 270, 297, 322
金东锡 321
金凡夫 331
金光济 189
金光均 204, 275, 293, 294, 302, 379
金弘集 88, 91
金焕泰 23, 309, 311
金基镇 189, 211, 223, 224, 307
金教臣 232, 234, 237, 239
金晋燮 306, 307, 322
金九 91, 184
金利锡 321
金南天 27, 189, 249, 270, 272, 273, 321
金起林 225, 274, 279, 306, 307, 309, 379, 383
金丘庸 384
金容燮 49
金声翰 350
金水山 313, 314, 315
金素月 190, 191, 192, 193, 195, 196, 197, 204, 274, 298, 357, 381
金台俊 31, 127, 303, 321
金天泽 79

金廷汉 323, 324, 349, 386

金万重 22, 37, 45, 76, 77

金文辑 309

金午星 321

金显承 351, 362, 375, 379, 380

金相沃 384

金亿 18, 173, 175, 322

金永郎 193, 204, 275, 295, 296, 297, 298, 300, 302, 322, 381

金永模 187

金永三 321

金永寿 268, 319

金永锡 321

金玉均 23, 86, 89, 94, 98, 99, 100, 108, 130, 143, 348

金裕贞 229, 249, 260, 268, 269, 270

金允经 189, 240, 303

金在喆 304

金镇寿 321

金芝河 383, 386

金洙暎 351, 369, 370, 372, 374, 375

金宗三 384

金佐镇 184

K

卡雷 26

康德 26

康信哉 351

克尔凯郭尔 26

克罗齐 24

L

莱尔 7, 26, 352

莱辛 26

朗松 2

雷纳·韦勒克 26

李白 73, 75

李丙仪 189

李秉岐 31, 78, 153, 154, 189, 240, 275, 289, 292, 302, 303, 306

李秉祚 189

李炳注 351

李崇宁 304

李东珪 321

李珥 11, 38, 65

李凤云 116

李根荣 321

李光洙 23, 25, 38, 46, 59, 106, 119, 120, 127, 132, 141, 144, 145, 147, 154, 155, 156, 157, 158, 160, 161, 162, 163, 164, 165, 166, 167, 168, 169, 170, 171, 172, 187, 189, 204, 205, 206, 213, 220, 238, 244, 245, 253, 256, 266, 290, 322, 349

李海潮 131, 132, 136
李浩哲 322, 323, 324, 351
李基白 160
李箕永 27, 171, 185, 187, 189, 209, 244, 269
李祭夏 385
李嘉图 222
李甲基 321
李陆史 188, 282, 283, 358
李洽 321
李清俊 385
李人稙 32, 112, 115, 126, 127, 132, 133, 135, 139
李仁石 321
李昇勋 236, 386
李盛夫 372, 386
李世春 78
李曙乡 321
李泰俊 31, 247, 249, 267, 270, 272, 295, 306, 307, 321, 349
李文求 386
李文熙 323, 324, 351
李熙昇 189, 240, 303, 304, 305
李相和 189, 190, 191, 193, 194, 195, 198, 199, 200, 204, 274
李相协 139, 140
李箱 28, 59, 249, 256, 257, 258, 259, 260, 261, 267, 270, 272, 293, 309, 342, 343, 344, 370, 371, 379
李轩求 23, 309, 310
李敩河 307, 308
李瀷 38, 46
李殷相 290, 303
李庸岳 204, 275, 321
李佑成 42, 62
李源朝 309, 321
李在郁 303, 304
李晬光 46
廉武雄 21
廉想涉 18, 23, 26, 185, 187, 189, 204, 205, 206, 207, 208, 209, 210, 211, 212, 213, 214, 218, 220, 251, 255, 262, 268, 321
梁启超 114, 115, 127, 130
梁柱东 164, 189, 244, 304
列维–斯特劳斯 1
林和 9, 10, 14, 15, 16, 20, 23, 27, 31, 32, 127, 189, 222, 223, 224, 225, 227, 228, 229, 230, 231, 244, 304, 309, 321
林学洙 321
林玉仁 321
柳呈 321
柳致环 351, 357, 358, 359, 361, 362, 363,

索　引

379
柳宗镐 121, 282
卢春城 33
卢卡契 26, 30
罗锡畴 184
罗云奎 142, 313
吕西安·戈德曼 3

M

马克思 27, 30, 186, 188, 222, 250
马克斯·韦伯 104
莫泊桑 31

N

南次郎 247
南廷贤 339, 351
内村鉴三 232, 233, 237
诺思洛普·弗莱 26

O

欧文·豪 127

P

朴八阳 321
朴常隆 385
朴成龙 384
朴堤千 386

朴斗镇 351, 362, 363, 366, 379
朴凤宇 384
朴珪寿 86, 88, 94
朴京钟 321
朴景利 323, 324, 351
朴敬洙 323, 324, 351
朴木月 351, 380, 381
朴南秀 321, 351, 382
朴齐家 40, 41, 44, 45, 46, 47, 48, 50, 62, 105
朴淇钟 88
朴山云 321
朴胜喜 312
朴世永 321
朴泰洵 385
朴泰远 185, 229, 249, 261, 262, 263, 265, 266, 267, 270, 272, 321, 340
朴喜琎 384
朴义祥 386
朴殷植 26, 86, 114, 145, 189
朴英熙 32, 229, 307
朴泳孝 86, 89, 143
朴在森 351, 383, 384
朴赞谟 321
朴趾源 22, 38, 40, 41, 43, 44, 45, 46, 47, 48, 50, 52, 60, 62, 63, 65, 86, 104, 105

Q

全海宗 12

R

荣格 1, 35, 382

S

萨曼 196

萨特 5, 30, 212

莎士比亚 4, 26

山口谕助 306

申采浩 10, 11, 23, 26, 31, 32, 113, 145, 154, 189, 236, 303, 357, 361

申东门 384

申庚林 386

申鼓颂 321

申箕善 110, 116

申瞳集 382, 384

申在孝 81

沈熏 171, 209, 237, 238

圣·埃克苏佩里 345

施蒂纳 222

石宙明 322

矢野龙溪 128

舒伯特 4

司马迁 73

司汤达 202

宋锡夏 303, 304, 305

宋影 321, 386

宋稷 160, 163, 164, 169, 196, 202, 282, 351, 383

孙昌涉 323, 334, 335, 336, 337, 338, 339, 340

孙晋泰 303, 304, 322

T

泰戈尔 202, 203

泰纳 2

汤因比 1, 11

特勒尔奇 28

托洛茨基 30

托马斯·曼 4, 26

陀思妥耶夫斯基 18

W

瓦雷里 173, 356

维克多·雨果 129

尾崎红叶 140

魏尔伦 174

吴圭原 386

吴尚源 345, 351

吴世昌 112

吴永寿 351

吴泳镇 321

吴有权 351

吴章焕 321

X

西格斯 30

鲜于辉 323, 340, 345, 346, 347

咸世德 321

咸锡宪 23, 232, 234, 235, 236

谢林 26

休姆 26, 277

徐光范 89, 143

徐基源 323, 324, 347, 348, 349

徐仁植 305

徐廷仁 385

徐廷柱 193, 196, 197, 198, 298, 351, 352, 353, 354, 356, 357, 369, 372, 374, 375, 381

徐载弼 89, 108

许筠 5, 37, 52

玄德 321

玄镇健 205, 209, 218, 220, 221, 250, 262

薛贞植 222, 321

Y

严兴燮 321

杨明文 321

杨云闻 321

尹常圭 386

尹东柱 23, 188, 274, 275, 282, 283, 285, 286, 287, 288, 289, 295, 296, 302, 352

尹圭涉 321

尹基鼎 321

尹善道 297

尹行恁 44

俞吉濬 86, 89, 101, 102, 103, 104, 105, 106, 107, 108, 110, 112

俞镇五 321

俞镇午 229

Z

斋藤实 179, 180, 184

张基郁 189

张龙鹤 121, 323, 340, 342, 343, 344, 345, 347

张寿哲 321

张万荣 379, 384

张志渊 113

赵碧岩 321

赵光祖 38

赵灵出 321

赵润济 189, 303, 304

赵泰一 372, 386

赵芝薰 358, 384

郑秉夏 107
郑汉模 21, 173, 381
郑明焕 160, 161, 163, 164, 261
郑玄宗 386
郑寅普 153, 189, 245, 303
郑芝溶 23, 204, 225, 275, 276, 277, 278,
　　279, 280, 281, 282, 283, 292,
　　293, 302, 306, 307, 309, 322,
　　352, 362, 366

中西伊之助 224
中野重治 224, 225
周时经 116, 117, 240, 243, 244
朱耀翰 154, 155, 172, 174, 175, 176, 177,
　　190, 193, 194, 366
朱永涉 321
庄子 73, 386
左拉 4, 17

二、作品名、报刊名索引

A

《阿里郎》142, 312, 313, 348
《哎哟，枫叶要红了》298
《爱国》246
《爱国精神》136, 138
《暗射地图》347
《傲慢与偏见》5

B

《白潮》32, 190, 205
《白鹿潭》275, 280, 281
《白纸的记录》351
《百八烦恼》143, 145, 152, 153, 154
《半空日》347, 348

《悲哀的印象画》277
《悲凉》262, 263, 264, 267
《北学议》40
《被害者》335
《本集六册》81
《彼岸感性》374, 375, 376
《标本室里的青蛙》204, 206
《波涛》351
《不如归》140, 141
《不遇先生》272

C

《采金子的黄豆地》270
《残灯》319

索　引

《草》373
《草食》385
《长恨梦》140, 141, 386
《常绿树》237, 238, 239
《朝鲜策略》88
《朝鲜汉文学史》304
《朝鲜民谣选》304
《朝鲜民族自力更生之道》245
《朝鲜青年独立宣言书》164
《朝鲜日报》20, 31, 180, 228, 237,
　　　　　268, 298, 304, 305
《朝鲜诗歌史纲》304
《朝鲜史研究草》303
《朝鲜文学走向何方》309
《朝鲜戏剧史》304
《朝鲜小说史》31, 304
《朝鲜新文学史论序说》228
《朝鲜新文学史思潮史》32
《朝鲜之光》222, 228, 305
《车》41
《城北洞鸽子》377, 378
《痴叔》250, 255
《翅膀》261
《愁谁语》307
《出走记》215, 216
《雏鸡》283
《处容断章》369

《处容歌》78
《川边风景》185, 261, 265, 266, 267
《传闻之壁》385
《船歌》219, 221
《创造》32, 154, 205
《春秋》65, 334
《春天春天》268
《春天会来到被掠夺的田野吗》
　　　　　193, 198, 200
《春外春》136
《春香传》50, 69, 70, 71, 72, 73, 74,
　　　　　75, 77, 78, 82, 84, 304, 343
《春香的心》383, 384
《春香歌》73, 74, 75, 81, 82
《从圣书的角度看朝鲜历史》235

D

《大东奇闻》66
《大海的灵歌》365
《大海寄语少年》32, 143, 145, 146
《大河》27, 272, 273
《大水之后》215, 216
《大雁》327
《大众小说论》228
《到文义村去》375, 376
《灯火会》154, 174, 175, 176, 177,
　　　　　366

《等身佛》333
《抵抗浊流》228
《帝国新闻》121
《冬天》351, 354, 356
《东亚日报》20, 32, 180, 204, 205, 228, 230, 237, 238, 245, 249, 305, 351
《东野汇集》50
《冻土》324, 351
《独立新闻》89, 108, 109, 111, 116, 121, 144, 156, 184
《杜鹃鸟》191, 193
《杜诗谚解》64
《渡船的故事》349

E

《扼杀手表》279

F

《法兰西咖啡馆》277
《放璃阁外传》62
《肺结核》375
《粪礼记》386
《凤山学者传》63
《福德房》272
《父亲》326, 327

G

《该隐的后裔》323, 324, 328, 330, 344
《改造》108, 222, 225
《概说朝鲜新文学史》228
《肝》287
《感性论》309
《告前线诸位劳动者》189
《哥哥与火炉》222, 224
《革命》324, 348
《革新时调吧》290
《个性与艺术》206
《共进会》136
《古歌研究》304
《故国》215, 218
《故事》174, 175
《关釜轮渡》351
《关口村的狗》319, 324
《广场》324, 339, 340, 341
《广文者传》63
《国土》386
《国文正理》116
《国语文典音学》116

H

《海东歌谣》78
《海软风》376
《海峡病》307

索　引

《韩国通史》106
《韩文》240
《汉城旬报》107, 109
《汉城周报》107, 109, 112
《汉阳歌》145
《好运的一天》220, 221
《何如之乡》383
《和星星一起生活》323
《黑麦》324, 351
《恨中录》1, 38, 56, 57, 58
《哄笑》349
《红色山丘》350
《红焰》215, 216, 217
《洪吉童传》5, 25, 37
《胡枝子村的神话》323
《虎叱》61, 62
《花和港口》365
《花园里鲜花盛开》283
《花之血》131
《皇城新闻》89, 112, 121, 143
《黄老人》327
《黄泉路》385
《黄土》386
《黄土记》332
《黄土萌芽》224
《灰色人》16, 322, 324, 340, 341
《秽德先生传》63

《火》220, 221
《火花》345, 346

J

《饥饿与杀戮》215, 216, 217
《击蒙要诀》65
《既成的人生》249, 251, 253
《继承人》347, 348
《佳人奇遇记》129
《甲申日录》94, 98, 99, 100, 101
《饯迓辞》216
《脚趾相仿》221
《金达莱》191
《金笠诗集》66
《金色夜叉》140, 141
《金妍实传》219
《金药局家的女儿们》324, 351
《进攻开始日的兵村》385
《京釜线铁道歌》145
《经国大典》53
《经国美谈》127, 128, 129, 130
《经济学手稿》30
《经营》273
《九疑山》136
《九云梦》69, 70, 76, 77, 342
《旧作三篇》146

399

K

《卡普诗人集》222

《开拓者》154, 158, 171

《可怕的时光》286

《客地》385

《狂画师》220, 221

《狂炎奏鸣曲》220

《旷野》335

L

《兰·其他》380

《老人和花》281

《累卵东洋》130

《离别》82, 193, 198, 199

《黎明来时》286

《李成桂》350

《莲花上的房间》356

《两班传》25, 50, 63

《晾晒的衣服》283

《烈女咸阳朴氏传》38

《零余者》334, 335, 337

《岭南民谣》304

《另一个故乡》287

《流失梦》335

《龙飞御天歌》64

《芦苇》367

《绿此集》66

《罗郁传》340

《裸像》322

《落书族》323, 335, 336, 337, 338

《落在三南的雪》386

M

《马》319

《马鞍岭神话》356, 357

《马鹿列传》348

《马驵传》63

《麦》272, 273

《没有旗帜的旗手》346

《梅泉野录》91, 94, 98, 99

《美丽的黎明》154, 155, 172, 174, 177

《民俗研究》304

《民族改造论》155, 245

《闵翁传》63

《末世的唏叹》193

《母亲》222

《牡丹峰》133

《牧民心书》51, 52, 53, 54, 90, 97

N

《南新义州柳洞朴时逢方》300

《逆天》198

《年轻的命运女神》356

《年幼的牺牲》119

索　引

《鸟》382
《尿炕精的地图》283, 288
《牛》315
《农民小说选集》321
《农政摄要》107

P

《喷泉》367
《批评的解剖》26
《疲劳》267
《朴石之死》215
《贫困与文学》309
《贫妻》220, 250
《评论界的低迷及其责任》309

Q

《齐武名士经国美谈》128
《旗》365, 368
《气象图》383
《铅》380
《前夜祭》347
《蔷花红莲传》31, 135, 136
《蔷薇》383
《禽兽会议录》32, 136, 137, 138
《青春》89, 119, 147, 151, 170
《青丘永言》69, 78, 79, 81, 304
《清晨的姑娘》175

《晴昙》380
《庆尚道的枯叶》380, 381
《穷人》263, 264, 267
《秋日抒情》294
《秋天》269
《秋天的风景》198
《劝酒的社会》220

R

《人间动物园抄》335
《人间接木》324, 328, 329, 330
《人间团地》386
《人间喜剧》4
《人文评论》31, 228, 247, 305
《瑞士建国志》127

S

《萨班的十字架》324, 330, 331, 333
《噻啰呀噻啰呀》374, 377
《三代》26, 185, 187, 204, 208, 212, 213, 255
《三角屋》350
《三曲》384
《扫帚》283
《沙滩故事》324
《山茶花》268
《山沟》268

401

《山鸣》350

《山桃花》380

《伤心的海潮》193

《少年》32, 89, 143, 144, 147, 151, 152, 335, 337

《少年成长》249, 254

《奢侈》375

《神的戏作》335, 336

《沈清传》25, 83

《沈清歌》83

《生活的》335, 338

《生活人的哲学》308

《生命之书》357, 359

《圣诞祭》261, 262, 264

《圣书朝鲜》232, 234, 236, 237, 238

《失花》260

《诗魂》195

《十字架》287

《十字路口的顺伊》222

《时调类聚》152

《时事日报》180

《时文读本》119

《始末》263, 264

《世界一周歌》147, 149

《事物的梦》386

《收到雨伞的横滨码头》222, 224, 225

《首尔, 1964年的冬天》385

《首阳大君》220

《鼠火》269

《树》361

《树木挺立在山坡上》328, 329, 330

《数星星之夜》287

《水浒传》43

《水田的故事》320

《思欲绝》191

《死缘记》335

《四肢演习》348

《随手草成之诗》287

T

《塔》171, 274

《太阳》362, 364

《太阳的时光》175, 176

《泰西文艺新报》20, 173

《坍塌的剧场》385

《天·风·星星与诗》282

《天地有情》354, 356

《天空的腿》322

《调音师》385

《通过思想看韩国历史》23

《屠格涅夫的小丘》283

《土豆》219, 221, 270

《土幕》313, 315

《脱乡》322

W

《瓦片夫妇》283, 288

《瓦斯灯》293, 294

《袜子里的信》222

《万岁报》89, 112

《王陵与驻军》350

《往十里》191

《为了批评文学的确立》309

《未解决之章》335

《未完成》4

《文学革命论》131

《文艺批评家的态度》309

《文章》247, 270, 275, 362, 382

《文章讲话》247, 248, 349

《我的牛和狗》120

《我的批评态度》309

《我的心路历程》354, 356, 357

《我的自然主义》207

《我妻子的农稿》376

《乌鸦》272

《巫女图》332, 333

《无赖》269

《无情》25, 120, 154, 155, 157, 158, 159, 163, 165, 166, 167, 168, 169, 170, 171, 238

《五千年的朝鲜之魂》245

《午祷》362, 364

《误算》348

X

《西游见闻》89, 101, 104, 105, 106, 107, 108, 112, 150

《溪西野谈》50

《下雨的日子》335

《向着我的卧室》193, 194, 198, 199

《小市民》322, 324, 351

《小说的一种社会学》3

《小说家仇甫氏的一天》261, 262, 263, 265, 267, 340

《谢氏南征记》37

《新东亚》306

《新罗抄》351, 354

《新人论》229

《新文学史的方法》9

《新小说》114, 127, 130

《新兴》304, 305

《兴夫传》25

《休战线》384

《许生传》25, 40, 50, 61, 62

《宣川行》307

《悬铃木》380

《穴居部族》319

《雪》69, 174, 175, 176, 177, 193

《雪中梅》127, 128, 130, 139

403

《血脉》319
《血书》334, 335
《血之泪》112, 113, 126, 127, 132, 133, 134, 135
《寻春巡礼》307
《巡礼》386

Y

《亚美利加》385
《烟囱》283
《烟雾》270
《言事疏》96
《岩石》332, 361
《眼泪》139, 140, 376
《演说法方》136, 137
《燕子》222
《羊》384
《野蛮人》385
《野猪》313, 314
《夜壶》324, 350
《易学大盗传》63
《意大利建国三杰传》138
《阴面》327
《银世界》133, 135
《尹光浩》119
《应旨进北学议疏》41
《壅固执传》343

《尤庵老人》272
《虞裳传》63
《与爱马汉斯一起》376
《雨中的品川车站》225
《语言》386
《圆舞》385
《圆形的传说》323, 344, 345
《约翰诗集》343, 344
《月精歌》383
《云雀》280
《云岘宫之春》220

Z

《杂技演员（曲艺师）》324, 328
《在布达佩斯的少女之死》366, 368, 369
《在夜晚的林间路上》376
《在原野上》364
《招魂》191, 193, 198
《沼泽》324, 325, 328
《阵痛》267
《郑芝溶诗集》275, 280
《织女星》238
《鼋鼍会豕》261
《致姐姐》375, 376
《雉岳山》134, 135
《中央》306

《中央公论》222
《中央日报》31, 270, 272, 330
《主席的声音》341, 342
《庄子诗》386
《追击的终曲》346
《浊流》185, 249, 250, 251, 252, 253, 254, 255

《子女中心论》38, 158
《自讼文》44
《自由新闻》129
《自由钟》132, 133
《总督的声音》340, 342
《最悲痛的祈愿》198